亲历中国丛书 | 李国庆 主编

五口通商城市游记

[英] 施美夫 —————— 著

温时幸 译

九州出版社
JIUZHOUPRESS 全国百佳图书出版单位

图书在版编目（CIP）数据

五口通商城市游记 /（英）施美夫著；温时幸译. -- 北京：九州出版社，2023.12
（亲历中国丛书 / 李国庆主编）
ISBN 978-7-5225-2533-4

Ⅰ．①五… Ⅱ．①施… ②温… Ⅲ．①游记－作品集－英国－现代 Ⅳ．①I561.65

中国国家版本馆CIP数据核字(2024)第020307号

五口通商城市游记

作　　者	［英］施美夫
译　　者	温时幸
策　　划	李黎明
责任编辑	张艳玲
出版发行	九州出版社
地　　址	北京市西城区阜外大街甲 35 号（100037）
发行电话	(010)68992190/3/5/6
网　　址	www.jiuzhoupress.com
印　　刷	北京捷迅佳彩印刷有限公司
开　　本	880 毫米 ×1230 毫米　32 开
印　　张	13.25
字　　数	280 千字
版　　次	2024 年 9 月第 1 版
印　　次	2024 年 9 月第 1 次印刷
书　　号	ISBN 978-7-5225-2533-4
定　　价	78.00 元

★版权所有　侵权必究★

总　序

《亲历中国丛书》的策划始于 2002 年，那时国家图书馆出版社还叫北京图书馆出版社，时任社长郭又陵先生来我校访问，我带他浏览了本馆所藏的大批与中国有关的西文旧籍。其时自改革开放后兴起的又一次"西学东渐"热潮正盛，域外汉学和中国学的经典作品在被有系统、成体系地引进。我们觉得，东西方文化的接触和交流，离不开旅行家、探险家、传教士以及后来的外交、商务人士和学者。这些来华外国人的亲历纪实性著作，虽然不是域外汉学的主流，也是与汉学和中国学紧密相关的材料，值得翻译出版。郭社长回去后邀请中国中外关系史学会会长耿昇先生担任共同主编，获得首肯。耿先生并为丛书作序，确立宗旨如下："《亲历中国丛书》只收入来华外国人的亲历纪实性著作，包括探险记、笔记、考察报告、出使报告、书简等。内容力求客观、公允、真实，并兼顾其科学性和可读性。在允许的范围内，力求满足中国学术界的需要，填补空白和弥补不足之处。"也就是说，集中从一个方面配合方兴未艾的对西方汉学（中国学）的研究，提供国内难得一见的资料。

经过 2 年的运作，第一批 2 种译作于 2004 年面世，反响颇佳。至 2010 年，《丛书》出满 10 种，耿昇先生退出，改由郭又陵社长共同主编，笔者写了新序，装帧也更新了。接下来的 6 年又出版了 10 种，郭社长荣休，出版社领导更替，此后只履约出版了 3 种签了合同的书稿，《丛书》的出版于 2019 年告一段落。

回顾历程，必须感谢郭又陵社长作为出版家的远大眼光和胸襟。这部丛书的经济效益或许并没那么好，社会影响却出乎意料的好。《丛书》中的《一个传教士眼中的晚清社会》获 2012 年度引进版社科类优秀图书奖，《古老的农夫 不朽的智慧——中国、朝鲜和日本的可持续农业考察记》被评为第十三届引进版社科类优秀图书，于 2002 年正式启动的国家清史纂修工程曾有意把它纳入，因技术原因未果。学界热烈欢迎这类域外资料，从中发现不少有用的材料。比如《我看乾隆盛世》，书名几成口号，内容被多种著作引用。即便是民间，该书也引起一些有趣的反响。比如《我的北京花园》中立德夫人客居的到底是哪个王公的园子，一批网友曾热烈地探讨过。其作为史料的意义，更是突破了最初设想的汉学范畴，日益彰显丰富。简而言之，因为《丛书》所选的西文旧籍都是公版书，当初截止于晚清，目前已扩展至民初，差不多涵盖整个近代。

近代史料的形式多种多样，过去相当一段时期，学界对与政治史相关的档案文献关注较多，其他，尤其是与当时中国的地方政治、经济、社会、文化、人物等相关的记载被相对忽略。本丛书所收集的纪实性著作的作者包括政府官员、军人、商人、传教士、学者、旅行家等。他们游历经验丰富，受过良好教育，在中国的时间少则半年，多则几十年，其中许多人还对中国社会的发展产生过重要的影响。他们对在中国的所历、所见、所闻做了细致深入的观察和记录。因为记录者是外来人，从而对中国人习以为常的事物天然地怀着某种好奇，对中国人无意识或不屑记录的内容的转述，到今天恰恰成为极为珍贵难得的史料。又因为近代中国天翻地覆的变化，当年各地的山川风物和社会百态多已烟消云散，却被凝固在这些西方人的著述当中了，就像琥珀中的昆虫，历尽岁月，依然栩栩如生。它们不但是研究中外关系、中外文化的互动等方面的极其重要的第一手资料，还是研究中国近代社会生活史方面的重要资料，正可以补上述之阙。换言之，这类旧籍有如一个包罗万象的宝库，不但人文社会科学的不同学科都有可能从中发掘出有用的材料，一般读者也可把他们当作 Citywalk 的指南，据以追怀各地的当年风貌，得到有趣的阅读体验。

我们还要再次强调，整理、翻译、出版这一系列丛书的目的，是为了保留历史资料，因而尽量少做删节，也不在文中横加评论。但是这些书的原作者，都来自 100 多年前，那样的时代，身份各异，立场多样，有些人免不了带有种族优越、文化优越和宗教优越的心态，行文当中就表现出对当时的中国、中国人、其他宗教、其他文化等的歧视。也许还有个别人是怀着对中国进行宗教侵略、思想控制、殖民控制等目的来到中国的。希望读者在阅读这些文字时，既有海纳百川的胸怀，也有清醒的认识；既要尊重他人的善意旁观，也要站稳自己的立场；对一些恶意的观点，坚持批判的态度。

因此，同样非常感谢九州出版社同仁的眼光和胸襟，愿意接过这套丛书继续出版。我们的计划是一边先再版早期的反响良好的译作，一边逐步翻译新书。再版的译文都请原译者修订一过，唯当初的翻译说明或序言之类一仍其旧，以存历史，特此说明。

李国庆

2023 年岁末于哥伦布市细叶巷

作者简介

施美夫（George Smith，1815年6月19日—1871年12月14日），又名"四美"。他是英国教会向中国派遣的最早的两名传教士之一，曾任香港英国维多利亚主教（1849—1865）。

1815年6月19日，施美夫出生于英国萨姆塞特郡威灵顿。

1837年施美夫在牛津大学获得古典文学学士学位，1843年获得硕士学位，1849年获得神学博士学位。

1839年10月20日施美夫受英国圣公会按立为会吏，1840年7月于约克郡教区被按立为牧师。除担当牧区主任牧师外，施氏亦兼任当时海外传道会义务干事。1844年6月4日，该会派他与麦赖滋牧师（Rev. Thomas McLatchie）一同来华。1844年9月25日，施氏作为英国教会向中国派遣的最早的两名传教士之一，抵达香港。由于健康原因，他提前返回英国。回国后，他不遗余力筹募捐款，为在中国进一步进行传教工作做准备。他撰写的游历中国的纪事于1847年出版。

1849年香港成立维多利亚教区，施美夫被任命为首任主教，兼圣保罗传教学院校监。

1850年3月29日，施美夫携新婚夫人布兰德拉姆抵达香港，投身于传教与教育工作。他研习汉语，可用汉语流利地布道。

施美夫主教也负责中国和日本的传教工作。尽管身体虚弱，他还是于1850年访问了琉球群岛，1852—1853年访问了印度和锡兰（今斯里兰卡），1859年访问了澳大利亚，1860年访问了日本及其他地方，部分工作是为中国移民服务。

1864年，施美夫最后一次离开香港。次年，他卸任主教之位退休。1871年12月14日，他病逝于布莱克希思（当时属于肯特郡，现在属于伦敦）的家中。

[资料来源：Bickley, Angela. "George Smith (1815—1871)." Oxford Dictionary of National Biography 51:124-5.]

原　序

　　开卷之首，作者以为有必要申明，此书并非仅仅是一部传教记事。本人游历新近开放的中国城市之主要目的乃是勘察地形，为英国教会其他传教士们铺平道路。为此，本人收集统计资料，记录综合性观察，提供详尽数据，以便对该国社会、政治及伦理道德各个方面作一正确评估。因此，读者在本书中会看到，许多题材的处理与信息的提供，与严格意义上的传教活动记事有所不同。作者以为，无论事物看上去与传教活动有无多大关联，只要有助于透视华人风俗与特性，皆非无足轻重或不合时宜，均应素心选录，以期拓展救世主之王国。

　　作者与麦赖滋先生结伴而行，在离英途中及在中国逗留早期，曾收到英国圣公会传教会特别指示，摘录如下：

　　首先，汝等使命当属探索性质。为此，本委员会将倚重汝等判断与睿智，而非本会下达的任何指令。

　　本会期望汝等分析在香港及其他来源所能搜集到的资料后，择时择地访问中国所有五个开放港口城市，进而实现汝等出访目的，即在全面调查每个可达地点的相对重要性及情况之后，就传教活动方面向本会提供充足数据，以便本会决定该从何地以何种方式开始传教。本会亦欢迎汝等建议及进言。然而未得本会回复之前，汝等做法当属权宜之计。

在此之前，英国圣公会传教会曾往新加坡与澳门派过一位代理人，那就是斯夸尔牧师，现任斯旺西[①]教区牧师。战争爆发之际，夫人身体欠佳，斯夸尔牧师被迫前往欧洲。《南京条约》及中国开放传教活动的消息传到英国，委员会收到许多迫切请求，敦促重整旗鼓，在中国建立传教团。由于资金匮乏，委员会曾一度无奈地拒绝了这一请求。在此关头，一位署名"贫之又贫"的匿名人捐赠了一笔6000英镑巨款给英国圣公会，注明该款为始建中国传教团专用。英国圣公会接受了这一捐赠条件。1844年6月初，作者与麦赖滋牧师一起动身前往中国。麦赖滋先生现为英国圣公会驻中国唯一传教士，已开始在上海向华人布道。

最后，作者恳切希望并祈祷，传教士葡萄园[②]伟大的园丁[③]会接受本人探索性游历中国的这本记事，亦希望这本记事有助于激励其他同工[④]从事欣欣向荣的传教事业。本人限于健康，已不再有此荣焉。

乔治·史密斯（又名：四美）
1847年4月于伦敦英国教会传教士会馆

---

① 斯旺西为英国一郡名（译者注，下同，除非另有说明）。
② "葡萄园"为《圣经》中常用一个比喻，此处拟指传教领域或基督教世界。
③ 此处"伟大的园丁"指称上帝。
④ 同工：基督教徒常用称呼，意指共同为主工作的同仁。

目　录

第一章　离港赴穗 / 001

　　访问广州之目的——搭乘中国船只——当地水手——黄埔——珠江——停靠外国商行——百姓对外国人的看法——周先生——方丈来访——梁阿发

第二章　广州概况 / 010

　　早期历史与文明——古代商界名人——早期穆罕默德记载——十六世纪扩大欧洲交流——满人入主中原的麻烦——城市地形——政府部门划分与相互制约——外国人合法进入该城市的困难——人口密集——街道狭窄——商铺——河上人家——瞎子乞丐——传教医院与它的道德影响力——病人——穷秀才——外科手术——教徒

第三章　广州概况（续） / 023

　　访问河南庙——广州众多的寺庙——和尚与尼姑——偶像崇拜盛行——拜访几位小官吏——神父惊慌失措——宗教仪式——与清朝高级军官会谈——即将举行的科举考试——博取功名的激动与渴望——国家发展的负面影响——公共荣誉——访问文人唐鑫

第四章　广州郊外远足 / 034

乞丐广场——游览河南的乡村——梁阿发的儿子阿德来访——与一位当地牧师一起游览河滨——当地编辑并发行的劝阻杀害女婴的书籍——张灯结彩与街上戏台

第五章　迁居澳门，返回香港 / 047

前往澳门——澳门概况——往日的辉煌与今日的衰败——殖民地的起源——传教基地的特殊地位——教皇的偏颇——马礼逊与米怜——前往香港——香港居留——传教行程——香港的村庄——中国大陆的村庄——当地牧师阿贡——英国政府反对秘密团体的法规——"三合会"的政治来源——香港的中国人口——阿贵事例——当地魔术师

第六章　东海航行半途而废，再访广州 / 062

三位英国绅士广州遭袭——英国全权大使递交抗议——谣传厦门混乱——搭军舰沿东海岸航行——东海岸特征——一路经过的地点——因故被迫返港——前往广州——最近颁布的弛禁天主教敕令

第七章　广州传教实际状况 / 071

宁波会馆中的传教计划——管理人员的恐慌——上流社会的冷漠——当地牧师勇气不足——分发宣传手册——一位朝廷下级官员提议陪同入城——继而惊讶这个建议竟然被接受——无法进入城门

第八章　广州更多见闻 / 081

访问中国绅士云堂——中国人对西方艺术、发明与天文学的兴趣——一位牧师的好奇心——中国的天文学著作——中国人的才能以及对物理科学的忽视——刑场——"长生殿"——潘庭官的花园——浩官的郊外别墅——中国忽视妇女教育——每年一度的纪念神鸡偶像的游行——对广州传教情况的总体看法

第九章　前往上海　/　092

文惠廉主教抵达香港——美国主教派教会三年一次的年会最新动态——乘船去上海——同船乘客——中国渔夫的技艺——诱饵捕鱼——台湾海峡八级大风——舟山群岛——扬子江入海口——船上做礼拜——吴淞江入海口——中国堡垒与炮台——英国鸦片船只——在吴淞村登陆——陆上乘轿旅行——到达上海

第十章　上海概况　/　102

第一印象——城市地形——周边乡村的特征——气候——自然物产——上海人的特性——人口估计——商业上的重要性以及与内地的联系——本地出口物——欧洲贸易——当局——英军占领上海——通往苏州的外港——官员逐渐消除偏见——罗马天主教居留地——上海作为一个传教驻地的总体看法——年平均气温统计表

第十一章　上海见闻　/　108

罗马天主教堂废墟——进入内地传教——罗马天主教村民——在寺庙布道——访问城北——为一位信奉基督教的满族官员建立的牌坊——城隍店——最近册封的英雄——漫画书店——传道服务——沿城墙游览——参观朝鲜船只——朝鲜的罗马天主教教会——同仁堂——育婴堂——关帝庙——一位朝鲜海员来访——罗马天主教对圣母玛利亚的过度崇拜

第十二章　抵达宁波　/ 123

前往宁波——沿扬子江南下——乍浦湾——中国领航员——镇海城——溯江而上、抵达宁波——海关人员重现礼仪——计划寄宿道教寺院——租房，侍者的礼节——接触中国家长制家庭——当地医药的荒谬原则——佐证中国人婚姻观的事实——新居的位置——宁波塔——参观伊斯兰教清真寺——伊斯兰教阿訇的回访——罗马天主教病人

第十三章　深入腹地　/ 135

旅程中的冒险经历——乡村风景——天童寺——方丈——藏经阁——佛教的宗教希望——附近村庄与庙宇——佛教念珠——村塾先生——返回宁波——城隍庙——夫子庙——参观暹罗船

第十四章　宁波概况　/ 145

地形——当地官员——省份管理体系——前任官员声名狼藉——英华战争对统治者与民众的影响——中国人试图夺回城市——宁波的文学声誉——学者的特权——当地物产与居民职业——往日的繁荣——传教基地的相关设施——气候——人们的道德状况——回顾

第十五章　访问舟山，宁波更多见闻　/ 153

访问舟山岛——定海市——罗马天主教神父——罗马天主教与佛教在仪式方面的相似性——僧人起源的传说——返回宁波——祭奠亡灵——道观小住——道观杂役——女信徒——道长与道士——中国式花园与假山——访问当地医生——回教店主——鸦片治病——访问尼姑庵——当铺老板——拜访道台阁下——欢迎仪式——中国式娱乐——话题——拜访被废黜的

道台——他的正直与不幸

第十六章　重游天童寺　/　169

乡间生机勃勃的景象——祠堂——募捐口袋——中国农业——免费歇脚处——龙舟——佛寺守夜——去远处村庄探险——文盲和尚——茶农的好奇心——方丈的友善——村民的热情——向神灵祷告——拜佛过程——攀登太白山——中国绅士的款待——返回宁波

第十七章　宁波最后见闻，前往舟山　/　183

宁波的天主教会——清朝军队的弓箭手——新任知县引起的公愤——读《圣经·新约》对当地一位商人产生的影响——奉化叛乱——击退官军——最终的妥协——世代为奴之族——宗教仪式——宁波传教活动回顾——到达舟山——法国大使的访问与接待——英军在佛教寺庙举行基督教礼拜

第十八章　舟山概况　/　194

地形——人口特点——自然物产——首次被英军攻占发生的事件——军队的过分行为——当地强盗——清政府的威胁性法令——中国绑匪——英军士兵的抢掠——舟山停战——清政府缺乏诚意——重新占领舟山——英军沿海岸征伐迅速成功——《南京条约》与继续占领舟山——英军占领的影响——英国治安管理——外国贸易——传教前景——当地居民对恢复自己的政府的看法

第十九章　再访上海　/　209

前往上海——上海与宁波两个传教基地之比较——中国内地的新道德派系——林则徐编辑的地理原著——中国教师与学

生——中国文人对文字的崇敬——替人受罪——阅兵——对外国人的蔑称——道台的随行队伍——弛禁勒令的最新补充——前往舟山

第二十章　访问普陀圣岛　/ 224

普陀之行——岛上各处——八卦——前寺——后寺——浪漫景观——好客的方丈——僧人强求礼品献佛——继承庙务的组织体系——赢修——佛教明显的衰退——僧人的葬礼——和尚的贪婪与无知——人们提的问题——游览佛顶山——新来的信徒——普陀概况及对佛教传播的影响

第二十一章　离开舟山，前往福州　/ 237

舟山最后见闻——中国人对政治的恐惧——跨岛旅行——行医传教优势之实例——前往福州——罗马天主教领航员——闽江口——风景如画——通往城市

第二十二章　福州日记　/ 245

河上人家奇观——福州桥——中国郊外生机盎然的景象——英国领事——乌石山顶俯瞰福州——英国领事与当地官员之间的关系——清朝官兵因攻击外国人而遭惩处——沿城墙游览

第二十三章　福州更多见闻　/ 257

沿江而上，进入城中僻远之处——访问满洲营——警察焦虑不安，极力防止骚乱——满族士兵逐渐变得友好——温泉浴——满族目前在全国的形势——中国大革命的可能性——道士与和尚不拘小节——罗马天主教徒——新月节发生的事——戴枷犯人——可怜的乞丐——南台郊外——鱼鹰——迷信与祭祀的例子

第二十四章　福州概况　/ 269

地形——地方贸易——鸦片走私导致白银外流——当地进出口业——货币体系——欧洲贸易的前景——人们的特征——附近乡村——当地士大夫的数量以及科举制度——地方官员的性情——对外国人的普遍态度——传教方面

第二十五章　前往厦门　/ 280

前往厦门——厦门港——英军攻占厦门，占据鼓浪屿——新教教会传教士首次抵达厦门——鼓浪屿——人们遭受战争与瘟疫之苦——避凶求吉的祈拜仪式——欧洲人的坟墓——传教士的墓地

第二十六章　厦门每日见闻　/ 289

访问海行——大量牌位——神像店铺——人们友好——传教士举行的礼拜活动——常来的听众——为中国妇女做的礼拜

第二十七章　中国新年　/ 299

新年的传统庆祝方式——当地文人撰写的道德传单——门前的对联——金钱方面的频繁调整——一年一度的"围炉"习俗——家庭场景——预知来年季节的迷信方法——给一些中国朋友拜年——大老爷——林伯——林先生——谭先生——赌博盛行——传教士举行的礼拜活动

第二十八章　拜访厦门高官　/ 311

中国新娘——拜访提督——他机智躲避英华战争——他最近遭到贬黜——千户——他与传教士的谈话——为偶像崇拜辩护——道台，一位满族人——海关监督，即海关检查官，一位满族人——市长大人——尼姑庵——丐帮

第二十九章　鸦片及其危害　/　320

访问鸦片馆——鸦片瘾君子的坦言——鸦片对道德与身体的影响——当地鸦片走私与零售方式——十名瘾君子的亲口证词

第三十章　杀死女婴　/　329

访问周围村庄——村民对杀死女婴之盛行与动机的证词——村民的宗族——祖庙——乡村校舍——杀死女婴之父母的坦白——杀死女婴的常用方式——病患的款待——企图杀死女婴的案例——女性地位的下降

第三十一章　厦门每日见闻，续　/　337

中国传教士会议——庆祝灯笼节——烟火制造术的巨型标本——节日假期完毕，生意恢复进行——祖先牌位的问题——中文查经班——布道的题目——中国听众的新奇解释——间接迫害宗教信仰者

第三十二章　厦门官员款待传教士　/　350

《圣经》新译——当地翻译委员会会议记录——厦门五位高官共同宴请传教士团体——预先的邀请与安排——大门口的欢迎仪式——先后次序的礼仪——宴会细节——话题——送别仪式——秘密动机

第三十三章　厦门概况　/　357

早期与欧洲的来往——人们的经商胆魄——移民国外——厦门市与厦门岛的地形——白鹿山——界限规定——罗马天主教村——另一份弛教解释公文——地方官员试图隐瞒——地方上对文学成就的奖励——方言——人们思想上的堕落——厦门的传教情况

第三十四章　告别厦门，三访广州 / 365

厦门最后一个安息日——中国朋友们的道别——乘船去香港——访问广州——广州与中国北部港口在开展传教活动方面的比较与回顾——广州最近的动乱——耆英的困境——中国当前的危机——对清政府禁止鸦片的道歉——英国基督教立法者的责任

第三十五章　香港概况 / 373

首次占领香港——定居者逐渐涌入——香港岛的地形——英国在东方的影响与前景——香港不适合作为传教活动中心——气候——中国居民的道德与社会特征——方言的多样性——欧洲的影响

第三十六章　香港概况，续 / 382

真实的传教活动——马礼逊教育学会——传教医院——罗马天主教驻香港使团——关于本地基督教机构的教育功能的看法——印刷机构——北方四港优越的传教条件——在华传教活动概况——传教劳工必备的条件——对英国信奉基督徒的父母与青年的呼吁——结束语——在华新教教会传教士名单

新教教会传教士名册 / 395

第一章　离港赴穗

访问广州之目的——搭乘中国船只——当地水手——黄埔——珠江——停靠外国商行——百姓对外国人的看法——周先生——方丈来访——梁阿发

1844年10月2日星期三晚间，即在宽阔的香港湾停泊之后一星期，我和麦赖滋牧师登上一艘刚雇的当地快船，驶往广州。此行的主要目的是设法雇佣一名官话①教师。与此同时，也想通过短暂居留及亲眼所见，努力弄清当地情况是否适宜传教事业。亦寄希望于在当地找到一位和尚，既是邻近庙宇的主持，又学识渊博，能做我们的教师，允许我们在庙里租房。那样，我们就会有非常理想的学说汉语的环境，因为庙里的和尚许多都讲官话。置身于他们之间，一定会促进我们的汉语对话能力。

大约晚上7点起的锚，空中刮着清新的东北风，船顺风而行，时速约达6海里。不久，我们经过千船百舸，穿出海湾，

---

① 官话：即普通话，汉语。——译者注。下同，除非另有说明。

向西南驶去。千灯万盏勾画出的维多利亚新城的街道楼宇，在我们的视线中渐渐淡去，最终完全消失。

船驶过青马海峡。该海峡长约1英里，将大屿山岛高耸的山脉与对岸中国大陆的悬崖峭壁分隔开来。船继续往北航行，经过宽阔的珠江三角洲的东部。

跻身于十来个华人水手之中，处境甚是新奇。船上除我俩外，皆非基督教徒。我们身为英国教会传教士，光荣而责任重大。虽然船上的人们一而再地显示出盲目崇拜，进行毫无意义的宗教祭奠，使我们不禁起了忧郁、孤独之感，然而，我们心中亦交杂着对未来工作期盼的快乐，这是以前不能完全体会到的。

我们的船上有两张高大的席子风帆，通过活动绳索升降，操纵极需技巧。许多次，我们得随时转变航向或缩帆，以避开强力阵风。水手们躺在甲板上各处。船的中心部位构建了一个舱，状似船尾楼，顶上有个水手不停地瞭望着。舱的一边挂着软百叶帘。我们躺在舱中，虽然几乎和衣而睡，终究获得一夜安息。

黎明，到了珠江的入口处虎门，距黄埔仅数里之遥。中午时分，我们的小船从各国的船只旁轻快地驶过。这一段的珠江称黄埔河段，泊满各国的船队。风渐渐地缓和下来，最终完全停息。此去广州的船速相当缓慢，有时甚至感觉不到船在前进。两岸风景如画，然则许多地方尽是水稻田、香蕉树、柑橘林、竹篱笆及为数不多的几个花园，未免有单调之嫌。梯田由山脚顺着山坡一直修到山顶，有些地方看上去岩石磊磊，十分陡峭。星罗棋布的宝塔和当地建筑，风格奇异，点缀得两岸风景多姿多彩。

临近省城，江面渐窄，两岸古炮台残缺不堪，显示出当局国库羞涩。两岸房屋渐多，江上当地船只剧增，空中烟雾愈浓，广州应不远矣。不久，中国城市的奇特景象，栩栩如生地展现在我们眼前。

此处江面约七八百米宽。船慢慢地沿着江心线向前划去，经过成千上万、各型各色的船只。中央王国巨大的贸易市场，吸引了东方各国的船只前来牟利。敲锣声，时而可见的燃烧锡箔纸的场景，闹杂喧嚣的鞭炮声，及形形色色的河上居民看到我们时脸上露出好奇而动态的表情，使眼前的景象显得生动活泼。

岸上，鳞次栉比的房屋几乎一模一样，住满成千上万的居民。宝塔、清真寺、富人豪宅，东一处西一处点缀其中，打破单调的建筑风格。右边，英国的国旗飘扬在领事馆的屋顶上，让我们感到即使在这世界遥远的地方，我国的国威犹在，并得到尊重。

不久，我们看到了外国商行，便划了过去。岸边泊满了大小船只。我们在男女船民的喧闹声中，好不容易才靠了岸。上岸不久，即得到伯驾[①]博士亲切的基督徒式的欢迎。

伯驾博士是个杰出的美国传教士，愿意为我们提供临时住处。我们居住未定，租房雇人既不方便又得开销，便决定接受他的盛情。数小时后，两张床搬到了我们的房间，摆在一头，房间另一头安置了桌子，以备教学之用。

---

① 伯驾（Peter Parker，1804—1888），医疗宣教者。1834年来到中国。他先利用一年的时间来学习语文，之后就开设了教会在中国的第一所现代化医院——博济医院（Canton Missionary Hospital），也是中国伟大革命家孙中山先生的母校。

我们抵达广州之际，民心格外躁动。两个世纪来的不平等交往，统治者的煽风点火，使得民众滋生敌视外国人的情绪。遗憾的是，外国人又往往不能自律，盛气凌人，干出些道德败坏的事，无疑是火上浇油。

英华战争①曾一度中和了这种仇洋气氛。民众把英军撤离广州高地、把用狂轰滥炸造成的血腥恐怖换来的外交赦免权，看作是怯懦的表现。对这一误解，清朝官员无意纠正，以免自贱中华国威。当地有识之士对北部地区战争状况颇为了解，对朝廷定期以"平夷"为名赔偿的赎金，深感民族屈辱。然而，广州民众的想法别具一格。他们把未能在本地区尽歼英军，归咎为朝廷的贪污腐败与怯懦无能。他们甚至踌躇满志，决心在下一场战争中，绝不让西方蛮夷轻易逃脱。

英舰停泊在江上，炮击西郊造成居民损伤。大量游民充斥本地，显然没有生计来源，无所事事，肆意妄为，敲诈打劫。下层民众将这一切都记在外国人头上，更坚定了对外国人的仇恨。每一件能使他们想起民族耻辱或让他们嫉妒的东西，都会激起新一轮愤怒的迸发。计划重建数月前被纵火焚毁的英国商行便属于这类事。

美国人在当局眼中要比蛮横的英国人好得多，却为民众同样蔑视，尤其是最近发生了一起美国人在公共场所争斗中开枪打死中国人的事件。美国领事馆屋顶上的风标是支箭，被人们看作是最近当地发生灾难的不祥之源。为此，愤怒的民众聚集

---

① 英华战争，指鸦片战争。

在外国人开的商行门前，决意要捣毁那象征毁灭的标志。应当局某人的私下请求，美国人撤除了这导致动乱的东西。虽然敌意暂时得到缓解，但没有根除。公共墙上还贴着许多公告，威胁当地承包商和劳工不要重建外国人的商行，否则格杀勿论。因此，重建工作中断，而暴动则随时可能发生。

在这节骨眼上，两广总督耆英①发布公告，下令禁止扰乱社会治安。这场运动才暂时得以制止。耆英是个性情平和、思想开明的人。当局亦不时公开表彰某地具有"绅士与学者风度"，用各种方式来反复宣传下级服从上级的职责，兼而抨击蛮夷恶毒的暴行。在这样的一段时期，显然不宜评估性情平和的当地人对把贸易、科学与西方宗教引进远东之人的看法。

在广州居住的6个星期里，很幸运，民众一直都很平静。我们有幸发现民众反感的迹象主要集中在最低阶层。虽然他们人数最多，但对社会影响却不大。我们随后的经历将会显示，民众的这种思想状况给我们的工作带来多少不便，甚至危险。头两三天，我们参观了人们常去的各种地方，看了一些新奇的东西，刻意去感知一个值得注意的民族的举止、性格、天赋、艺术、文明程度，以及道德、社会、宗教的状况，尤其是这个

---

① 耆英（1790—1858），满族，爱新觉罗氏，字介春，满洲正蓝旗人，以荫生授宗人府主事。1838年，任盛京将军。1842年3月署理杭州将军。4月，被任命为钦差大臣，同伊里布一起赴浙江向英军求和。8月，跟英国代表璞鼎查谈判，签订了中国近代史上第一个不平等条约——中英《南京条约》。1843年，耆英再任钦差大臣，与英国签订中英《五口通商章程》和《虎门条约》。1844年，任两广总督兼办通商事务，与美国签订了《望厦条约》，与法国签订了《黄埔条约》。1858年第二次鸦片战争期间，被派赴天津与英法联军交涉，因擅自回京，咸丰帝令其自尽。

民族长期受排外政策的束缚，未曾得到过正宗基督教的影响。

然而，我们的时间很宝贵。我们觉得，来这充满迷信与盲目崇拜的黑暗国度的目的不是科学考察，不是寻求充实世俗知识，也不是仅仅想更多地感知这个国家的民族特性。

所以，到达两三天后，我们便延请了周先生作老师，来我们住处，并安置了他的办公室。周先生是当地人，上了年纪，30年来，曾先后教过已故的马礼逊[①]博士和他仍在居丧之中的儿子。说起两人，尤其是马礼逊先生，周先生充满感情。若非去世，马礼逊先生一定会为他养老送终的。他来见我们东道主时已囊中羞涩。马礼逊先生去世才不到两个月，他就被香港政府解除公职，生活穷困潦倒，赤贫如洗。家中有9口人，于是求救于我们的朋友伯驾博士。周先生虽然才55岁，看上去要老得多，面黄肌瘦。他承认过去一度染上鸦片瘾，但他信誓旦旦，决心戒除。对此，我们常常怀疑是否真如其言。我们聘他为家教，发现他看上去精力不济，丰富的阅历则颇为可取。

河[②]对面有个佛教寺庙，名海幢寺[③]，但人们更多的称之为"河南庙"。庙里的和尚也来拜访过我们，正正式式的，极尽中华之礼仪。他极力打消我们想借住他寺庙的计划，声称在河对面，

---

① 马礼逊（Robert Morrison，1782—1834），英国伦敦会传教士。1807年1月31日被派遣来中国，9月7日到达广州。马礼逊抵达中国时年方25岁，遵照伦敦会的指示，他努力学习中国语文，仿效中国生活方式，1809年起在英国东印度公司广州办事处（在广州十三行英国商行）任职。他除充当汉文翻译外，并行医传教。

② 珠江广州河段，河南现为珠海区。

③ 海幢寺，位于南华中路和同福中路之间今海幢公园内，原来规模宏大，是清代广州佛教四大丛林之一（其他三寺为光孝寺、华林寺和六榕寺）。

离欧洲人开的商行较远,因此会不安全,且有遭公众嫉恨之忧。他认为我们白天去见他会比较安全,但晚上在庙里过夜,于他于我们都不便,有可能身遭不测。他建议我们在当地包一条船,住在河上。那样的话,他愿意做我们的客人,与我们在一起。

显而易见,我们不能接受这个建议。要是行得通的话,唯一的选择是聘他为家教,上我们的住处来讲课。问题主要在于他的独立地位,他不愿被当作佣工,而只能作为朋友。他已任方丈三年,根据寺规,任期届满,退隐闲居。海幢寺是广州最负盛名、香火旺盛的庙宇,他已获得平生最高殊荣,夫复何求?按照相传已久的惯例,他从庙里的进账中得到丰厚的津贴,并得到特许可以云游他国。此项规定也许意在避免前后任方丈嫌隙,同时亦可增长见识。

他曾一度渴望游历美国,为此请教过一位传教士。他也曾有意随马礼逊先生游历英国。未料马礼逊突然去世,这一切打算皆付诸东流。他留下来与我们共进晚餐,身着一袭行云流水式的黑长袍,头上丝发不留,在餐桌上格外显眼。他在细微之处显示殷勤,询问我们的年龄,为我们盘子里夹些水果、蜜饯。遵循中华礼仪,我们还不得不吃,以示感激。根据寺规,和尚戒酒戒肉。但此时此地,这位和尚似乎并无多大顾忌,用筷子尽情享受盘中之物。他整个举止充满绅士风度,既谦卑又庄重。虽然在相识后期我们觉得他贪婪傲慢,但以他这样的身份访问欧洲,将会是我们与中国交往中的一个重要的里程碑,也许还会相当程度地改变当地人对我们的态度。①

在他离开之前，又有一位客人来访。此人在欧美颇负盛名，是当代耶稣教在华传教活动的第一颗硕果，亦是他同胞中第一位华人福音传教士，名叫梁阿发②。他看上去六十左右，身材魁梧，性情开朗，令人肃然起敬。他似乎对我们的到来很感兴趣，兴致勃勃地加入交谈。

看着眼前这位皈依的华人，我们心中欣喜万分，此种心情只有身临其境才能体会得到，如沙漠中一叶绿洲，令疲惫的眼睛为之一亮。我们三人之间似乎有些惊人的相似之处。一面是个当地学者，博学多识、受人尊敬，然而盲目崇拜。另一面坐着个华人，在异端邪说方面或许稍逊一筹，却为神灵教化，从罪孽、死亡中拯救出来。我欣慰地看到，梁阿发与和尚之间没有不恭之举。他们相互致意，和睦交谈。一个具备基督教徒的谦卑，一个具有华人真正的教养，两人言谈举止之间不露任何嫌隙。对梁阿发，可以这么说，他既不畏惧迫害，也不怕长期流放到马六甲，亦不受周围人的影响，大胆地忏悔。而那和尚，毋庸置言，只要他获得福音的影响，既可远远超越他的同胞。为此，我们庆幸最

---

① 作者原注：此人的肖像收藏于伦敦中国展览会，目录编号为1032。展览会业主证实，在收集中国内地各种古玩样品时，曾得到该方丈鼎力相助。

② 梁发（1789—1855），原名恭，字济南，小名"阿发"，1789年生于广东省肇庆府高明县古劳村。梁发是中国基督教史上的重要人物。1810年梁发在广州十三洋行学印刷期间，结识英国传教士马礼逊和米怜。1816年11月3日米怜在马六甲替梁发施洗。1821年12月梁发在澳门被马礼逊立为中国第一名更正教的传教士。1828年梁发和古天青在广东高明县设了第一所基督教的私塾，既是小孩子读书的学校，也是早期的新式教堂，除了教中国语文以外也教西方的科学地理知识和英文。1832年刊行《劝世良言》9卷。1855年4月12日梁发67岁因病逝世于在广州和香港之传教任上，葬在故乡坟地凤凰冈。

终能聘他为我们的教师,每日教授几小时官话。

此后,我们潜心学习汉语,亦不时访问当地允许外国人去之处,留意感兴趣的事物与信息。

第二章　广州概况

早期历史与文明——古代商界名人——早期穆罕默德记载——十六世纪扩大欧洲交流——满人入主中原的麻烦——城市地形——政府部门划分与相互制约——外国人合法进入该城市的困难——人口密集——街道狭窄——商铺——河上人家——瞎子乞丐——传教医院与它的道德影响力——病人——穷秀才——外科手术——教徒

广州是中国南方历史最悠久的城市之一。当地历史学家攀比争奇，力图寻根求源，将广州的历史追溯到远古，以至不惜引用传说与神话。当地经典史书言辞笃笃，记载4000年前大禹曾差一位大臣到南方，掌管"华丽都城"及周围地区。对此，我们不想冗词赘句，详加引用，而直接跳到合理记载的时期。据那段史书记载，当时广州就是中国南方重镇，城建可观，人民勤劳，占贸易优势，具有一定程度的文明。而在那时，由于我们祖先的野蛮行径，不列颠遭到文明世界的排斥，不能与之交流；各国强盗屡屡入侵我国，烧杀掳掠。公元前两个世纪又25年，中国南方的人民已起义多年，成功地反抗了秦始皇的暴政。现在广州的地址在当年被旷日持久的围攻,腥风血雨,笼罩在恐怖之中。秦王的军队最终被击溃,围城被解。直到大约公元前 200 年,这些南疆叛乱部落才归顺汉高祖刘邦。

有人认为,公元纪元伊始,印度与广州便有相当多的交流。此论甚是牵强。唐朝年间,大约公元 600 年以后,广州才成为正规的商城,具有明文的规章制度,并收纳关税。然而,当时敲诈勒索盛行,常常迫使外商另觅他处销售商品。弃广州而他求的贸易曾一度使交趾支那[①]得利。于是,交趾支那与广州成了竞争对手,敌意甚浓,时而导致公开战争。

广州在发展贸易与提升自身价值方面尽管遇到这些障碍,还是发展迅速,国际交流日益扩大。一位伊斯兰教徒在 9 世纪末访问广州,他的游记被公认为真实可靠[②]。以下,我们引用他对当时的一场叛乱以及屠城的记载:"最后,他(黄巢)终于得胜,攻破城池(广州),屠杀居民。据熟知中国情形的人说,不计罹难的中国人在内,仅寄居城中经商的伊斯兰教徒、犹太教徒、基督教徒、拜火教徒,就总共有 12 万人被他杀害了。死于这场叛乱的四大教教徒,数目确凿,因为中国人的文史档案特别好。"关于这一时期,该游记还写道:"汉府(Hanfu,即广州)是买卖人的聚集处,中国皇帝派有回教徒一人,办理(已经得到皇帝允许)前往该处经商的回教徒的诉讼事务。"那位游客走进省城广州,看到一座高塔,形状结构与其他建筑不同,经询

---

① 交趾支那:今越南北部。
② 当是《苏莱曼东游记》,一本有关中国情况的最早的阿拉伯文著作,其中提到的叛乱指的是黄巢起义。

问方知是座约千年历史的伊斯兰清真寺①。

历经动乱、战争、杀戮以及其他天灾人祸，广州由半文明的状态进入商业史上的一个重要纪元。那是16世纪初，好望角航线的发现使得中国与欧洲的贸易交流更为频繁扩大。葡萄牙人一马当先，英国、西班牙、荷兰冒险家紧随其后。不幸的是，这些工业和平发展、贸易欣欣向荣的时代，由于满人的入主中原，又一次受到扰乱。

广州人民效忠明朝，在当地一位亲王的领导下，揭竿起义，向满人宣战。不久，八旗军攻克邻省。广州与围城之敌苦战，打退多次进攻，最终陷落。究其原因，很可能是广州提督与攻城之敌秘密交易，允其保留原职，于是变节背叛。有些当地史书记载了随后的惊心触目的大屠杀，受害者高达70万。广州古城被焚。现在的广州是在废墟上逐渐重建起来的。在清朝的统治下，广州经历了一段持续的安宁，成为中国第一个贸易都市。满洲旗人对外国影响十分警惕，一直限制广州与外国的交易。改朝换代期间，社会动荡，流寇盗匪应运而生，大发战争之财，甚至到今天仍为地方一霸。他们的存在也说明了警察治安不力。

以上的记叙，虽不完整，亦概括了广州在历史变迁中的盛衰。广州具有东方城市的通性，一旦目睹，对中国城市就有了大致印象。周围没有特别引人注目的景观，城外是大片平原，已开垦种植庄稼。东北方向，远远望去，有一陡峭的山脉。城

---

① 即怀圣寺，位于广州市光塔路，是伊斯兰教传入中国后最早兴建的清真寺。古代这里曾是阿拉伯商人聚居的"蕃坊"。寺称怀圣，是教徒怀念伊斯兰教创始人"至圣"穆罕默德之意。它是中国和阿拉伯国家友好往来的重要史迹。

市本身，即城墙以内部分，相对来说不大，绕城一圈大约20里。城中有一垛墙，自东向西，分隔老城新城。老城为旗人与卫戍部队居住，新城只有老城三分之一，位于老城的南边。两边城墙都延伸向珠江，距江边一二百米。郊区物业昂贵，占地大于市区。

政府部门安排有序，相互制约。两广总督私宅置于新城，而官邸则位于城西数里之外。为了便利，他可以住在城内，然而却不能将手下兵将带入城中。广东巡抚坐镇老城，拥有一支小部队。巡抚即广东代理总督或副总督，虽一般来说位居两广总督之下，在许多方面却不受两广总督制约，因此有时形成对立。这样就保持了权力制衡。为了防止总督之间勾结，或总督与巡抚手下以治安为目的的军队之间勾结，扩充政治权力，千总率一支八旗劲旅驻守老城。这样，一则牵制文官野心，二则护城抵御外敌入侵。在其他政府与金融部门中，这种相互制约的原则也发挥得淋漓尽致，目的就是维持清王朝的集权统治。

也许，这种猜忌限制的政策源于满洲旗人的特性，他们缺乏安全感，惧怕土生土长的汉人。他们听说西方蛮夷强盛，尤其是英国人，只用了一个世纪的时间，便由一个默默无闻的小国，改朝换代，将整个印度置于旗下。因此，这种恐惧心理，加上对汉人的不信任，导致他们坚持排外政策，长久以来不准外国人靠近京城，并在布告中对外国人百般辱骂。即使在广州，欧洲人尽管享有《南京条约》①的诸多便利，出了城也难保生命安全。

我们曾多次寻求教师帮助，对广州进行考察，总不能如愿。有一回，我们看到了油栏门，那是离外国商行最近的城门。我们遇到的欧洲人，没有一个在最近两年敢冒险出城。例外的只有一个海军上尉，他出城不久即遭遇枪林弹雨，不得不逃命，身上还伤痕累累。仇洋的暴力行为，长久以来得到鼓励，当局现在也许无力控制，也许还是始作俑者，背地里利用民众的暴力来阻止欧洲人的侵入，以免清朝统治者自觉屈辱。

清朝官员给英美领事的公文中总是一成不变地表示欢迎外国人来广州，同时亦申明无力约束民众，不能确保享受豁免权者不遭袭击。我们只能寄希望于当地人不断地感受到欧洲人举止文明，交易公平，处事公正，尤其是道德日渐高尚，渐而渐之，缓解并最终根除这种敌意。

新到达的外国人听说广州人口逾百万，自然会流露出惊讶或不信的表情。然而，一旦见到密密麻麻的街道，稠密的居民，匆忙的行人，拥挤在 1.5 至 2.7 米宽的胡同里，不由他不信广州的确有那么多人。要是在欧洲，这样的拥挤，让人连气都难喘。新鲜感一过，满脑的羡慕就变成了失望。

---

① 1842 年鸦片战争失败后，清政府在帝国主义坚船利炮的威胁下，于 1842 年 8 月 29 日签订了丧权辱国的《南京条约》。由于英国的要求，中英双方在广州和香港继续商谈，又订立了《五口通商章程》和《五口通商附粘善后条款》(又称《虎门条约》)。条约规定中国开放广州、福州、厦门、宁波、上海五处为通商口岸；赔款 2100 万元，作为赔偿英商被毁鸦片与英军军费；割让香港；中国关税税率不得自行改变、不能自己作主；外国人在中国不受中国法律管束，享有领事裁判权等，并给外国传教士在中国传教的特权。

我们离开外国商行（中国人称之为十三行①）前的空地，经过旧华街②、新华街、古董街③，以及名称与外国人居住区相关联的街道，看到一条接一条难以称之为街道的狭窄的大街小巷。当游人向前走去，他会看到狭窄的街道继续一条接着一条，使他的脑中渐渐留下映像，这就是广州街道的普遍特征。

忙碌的商人、技工、理发匠、小贩及搬运工沿街而行，偶尔听到苦力突如其来的大声吆喝，提醒路人大件物品过来了，赶紧让路，以免碰撞。不时可见大腹便便的旗人、颇有地位的商人乘二人或四人抬的轿子经过，使此单调的景致略为改观。然而，尽管路上如此繁忙喧闹，却很少见到事故或争吵。

河上亦是如此，有条不紊。河上船民不下20万，他们祖传的家业都在水上。他们秉性谦和善良，逢船让路，迁就别人。这些水上船民显示了处世泰然的人生哲学，因此不为日常琐碎问题烦心，偶尔船只受损或毁坏，也能以惊人的坚韧与耐心泰然处之。

我们将视线由河上船民转向市郊街道，到处可见对身外之物同样知足的态度，很难分辨究竟是狭小的岸上住所还是居家小船更令主人满足。中国街道具有罗曼蒂克的风韵。街道两边店铺林立，橱窗向外延伸，上面摆着当地土特产、家具以及各种商品，琳琅满目。橱窗中竖着标牌，由上而下写着店内销售

---

① 广州十三行，又称十三洋行、洋货行、洋行，是清朝在广州设立的专门从事对外贸易的商行，后成为外贸商行的通称。
② 原文为 Old China-street。
③ 原文为 Curiosity-street。

的各种物品。当地艺术家在标牌书写上大显身手，好像他们的书法可以显示店内出售的物品质地优良。许多标牌带有杜撰的店铺标志，此种做法在200年前的伦敦甚为盛行。

外国顾客踏进店铺，店主会携合伙人或伙计，以各式各样的问候来欢迎，有时会迎上前来握手，竭尽其能地用有限的英语致意。他们会极其耐心地展示欲售物品，即使外国顾客满足了好奇心，一物不买而离去，店主依然笑脸相送，不露一丝失望。

远离外国商行之处，外国人的出现就像西洋景，闲着无事的人们，或五十或一百，会很快聚集在店外。由于会话能力有限，常常会出现尴尬场面。在这些地方，店主只会自己的语言，态度客气，但缺少一份殷勤。他们的价格定得略低，可视为一种弥补。用中文书写自己的名字不失为一种赢得好感的手段。有时，八九个瞎子乞丐进入店里，赖着不走，嘴里重复唱着出殡似的曲调，手中一刻不停地敲着两块木板，最后店主心烦意乱，或出于怜悯心，每人给了个铜板，将他们打发走，以求店内安宁。于是，这些瞎子乞丐又去他处，故伎重施。街上有许多这样的瞎子乞丐，很少有人把他们当人看。他们挨家挨户乞讨，走进一家又一家店铺，总能讨得一个铜板，这是他们与生俱来的特权，也是人们对他们的善意纵容。据说，这种施舍养活了成千上万的瞎子。许多瞎子结帮成派，受帮规约束，一旦触犯帮规，即被开除出帮，失去庇护。

只要有块空地，就有江湖郎中高声叫卖包治百病的灵丹妙药。紧挨着的是狡诈的算命先生，面容猥琐，一面正经八百地参阅排列在身前的书，一面向某个诚惶诚恐的愚人解读他的来生。另一边，几只驯服的鸟在展示它们的聪明技巧，从上百张纸中抽出一张包着铜板的纸，并因此得到一粒小米，以资奖励。稍远处，摆着几个水果摊，老老少少的人们正在挑挑拣拣。离他们不远，几伙人看上去在非法赌博，吵吵嚷嚷，神情专注，十分地投入。另一边，摆着一副剃头挑子，剃头匠正在一个同胞的头顶上发挥职业技能。因为缺少顾客，不能开自己的理发铺，只好在此出卖手艺。

我们离开周遭形形色色的人群，去看一下在道德与宗教方面较为可取、令人快慰的事。

由外国商行出来，途经猪巷①。猪巷是广州的一个区，到处都是各种各样的垃圾，道德上的，物质上的，应有尽有。猪巷之名虽不祥，却也有几分贴切。走到大约一半，看到左边有扇门，虽然与其他的门没有什么不同，但门边停着几乘轿子，明示着内有贵客。

这是家眼科医院，属于医药传教会②。医药传教会于1838年在广州成立，在香港、澳门、宁波及上海都有类似机构。该会的主旨是向行医传教士无偿地提供医护助手及药品。那些行医传教士是受英美新教教会组织委派，试图用基督教的医疗技术使生病的中国人得益，以达到向中国人宣讲福音的目的。表面上，医药传教会不干涉传教士的活动，但却期望传教医院定

---

① 猪巷，即新豆栏街。
② 伯驾于1835年11月4日在广州新豆栏街租赁房屋设立眼科医院（时人称为"新豆栏医局"）。1838年2月21日，在东印度公司的支持和建议下，"中华医药传教会"在广州成立，东印度公司哥利支医生任会长，伯驾任副会长。

期报告进展状况。以后发生的事件导致医药传教会几乎瓦解。

进入医院后,许多中国人,通常是那些属于社会最底层的人,在楼下就诊。他们脸上挂着不耐烦或焦虑的神情。各种疾病患者,但主要是眼睛疾病患者被带到那里,希望基督徒医生用人道的技术予以纾解。楼上诊室每周工作日可接纳60到100名病人。病人到了楼上,坐着排队,等候传教士的医治。传教士和本地助手坐在房间另一头的桌子旁。

诊室四周墙上挂着各种巨大的肿瘤图画。画虽不精致,肿瘤却是医生亲手摘除的,旨在纪念医院的成果,也为了增强中国病人对洋大夫技术的信心。来这里就诊的有许多面容憔悴的患者,还有许多焦虑的母亲把可怜的婴儿紧紧抱在怀里,他们都全神贯注地听主治医生讲的每个字,想要从医生的表情上获得一丝安慰。

正是在这种场合,常年遭受疾病折磨的人一旦得到身心解脱,最容易感恩戴德。

主持这所眼科医院的朋友,有幸向约两万病人展示了他的乐善好施。病人中有一两位政府高级官员。希望耆英不会忘记,一位基督徒医生曾经为他治愈过体疾。

我们第一次去的时候,看见病人中有位秀才。秀才是已经获得最低学位的文科学生。从外表和衣着打扮,一看就知是出身寒门,此行来广州刚参加过乡试,想考举人,却名落孙山。穷人通常从家族子弟中选一可造之才,亲戚们鼎力相助,供其读书。这样,他不必为三餐操劳,可以潜心攻读,求取功名,耀祖光宗。由于长时间看书,他一只眼已失明,另一只眼患上早期黑蒙①。他打算回归故里，此时将一把扇子赠送给医生。扇上有他用中文题的即景赞美诗。

那时，我们的两个教师一句英语也不会讲，迫使我们不得不学讲汉语。开始时十分别扭，靠着由英国来的航行途中的恶补，加上一张词汇表和马礼逊的字典，不久我们就掌握了必要的常用语，能与他们交谈了。眼科医院也为我们提供了所需环境，因为偶尔会有病人从各省来此就医。他们中常有北方来的茶商等，会讲汉语，对我们的学习大有裨益。

我们多次目睹了外科手术。中国人在手术中显示出的坚忍给我们留下了深刻的印象。有一回，我们观看了 10 例白内障摘除手术。有两例是本地资深助理阿投做的，手术干净利落。我们也观看了几例摘除肿瘤的手术。一个可怜的中国人，脖子旁长了一个肿瘤，一直向上长到耳朵，重达 6 斤多，在十分痛苦、危险的手术中表现出极大的忍耐力。他不惧疼痛，刚被抬回病床就喊着要喝粥，三个星期后还来拜访我们。一个雅致的年轻女郎，双脚被裹脚布残酷地缠着，蹒跚地走向医生。她的两只耳朵中都长了大瘤，极不雅观。在冗长的手术过程中，她表现得坚忍不拔。她的父亲站在旁边，告诉我们这是在为她出嫁作准备。在众多陌生人面前，她表情举止均十分得体。她的服装很漂亮，镶着金边。

有几回，我们看到的景象惨不忍睹：老老少少的盲人一个

---

① 黑蒙，医学上又称为短暂性单眼盲。它不是一般意义上的眼科疾患，而是与脑血管疾病有着非常重要的联系，主要表现为短暂的单眼视力障碍。例如：出现视物模糊；看东西呈现雾样或是云片样的改变，视力下降。

一个走到医生跟前，却从他的嘴里听到令人沮丧的诊断，不是视力尽失，就是恢复毫无希望。我们不止一次地看到，病人磕头谢恩，长跪不起。

当局对这个机构甚是猜疑。不管是真是假，这家医院在传授宗教知识方面十分谨慎，偶尔会引用一段基督教箴言或新约全书。那时并没有真正努力让病人皈依基督教。

在城北地区以及城内，有一些中国人信奉罗马天主教。他们中有些人曾一度在这家眼科医院住过院。

广州也有些穆斯林教徒。有人在医院附近指给我们看一个十分体面的中国人。他是个虔诚的穆斯林信徒，曾经远途跋涉，经西藏赴印度，再由那里前往麦加朝圣。

印度袄教徒也为数不少，大都来自孟买，在外国商行占相当大的比例。每到傍晚，他们穿着宽松的白色长衫，偶尔有人穿明艳的粉红色或猩红色的长裤，三五成群走过。他们是商人中颇具胆识的人。他们在贸易中的成功，使他们在东方赢得了犹太人在西方早就赢得的声誉。他们通常讲英语，也会说他们自己的古泽拉提语①。他们的宗教信仰系统，除去特殊的仪式，看上去像自然神论，几乎类似无神论。他们不承认自己盲目崇拜太阳或火。他们声称信仰一个伟大的神，然而，他们对神的概念模糊不清。他们声称需要可见的物体来崇拜，因此转而崇拜火。在他们眼中，火是神创造的最灿烂的东西，最适合作神的代表。他们满脑子无神论的观念，还自以为是。行船出海时，

---

① 古泽拉提语（Guzeratee）为梵文的一个分支。

他们会把钱散发给穷人,通常的做法是把钱抛向聚集而来的游手好闲之徒,让他们争抢,这使邻居们十分头疼。

一次,我们在眼科医院认识了一位印度袄教徒,同他聊了有关宗教方面的话题。他自称常与孟买的一位传教士探讨类似的话题。当他提到那位传教士时,神情相当尊敬。有时,他会以十分自豪的口气谈及他的民族古代辉煌的历史,《波斯古经》①的庄严圣洁,以及琐罗亚斯德②怎样使他的民族脱离野蛮社会进入文明时代。他也谈到在波斯遭受迫害,不得不背井离乡,迁往古泽拉提③,造成语言、服饰上的变化。我们指着室内形形色色的病人,尤其是一个身形憔悴的婴儿,问他,若非人的堕落,罪恶与生俱来,否则怎样能解释那么幼小的生命受此煎熬,又怎样能解释造物主的博爱?他似乎察觉出我们的话中之意,极力回避,把话锋一转,问我们为何基督教有那么多宗派,而不是同宗同派。我们回答道,所有耶稣基督的信徒都具信仰、爱心并身体力行,尽管宗教仪式或许各不相同,外观迥异。我们向他指出,以我们尊敬的房东伯驾博士为例,在此之前,我们素不相识,分属不同的基督教派。对我们的到来,他以基督徒的热诚好客予以接待。这就是基督徒团结的具体佐证。我们

---

① 《波斯古经》(Zend-Avesta),是印度袄教徒的圣书,通常认为系琐罗亚斯德所著。
② 琐罗亚斯德(Zoroaster),公元前7世纪至公元前6世纪期间伊朗的古老多神论的宗教先知。
③ 古泽拉提(Guzerat = Gujarat),印度的一个邦。

向他讲述了英国及海外圣经公会①的起源与发展，以此证明基督徒愿意求大同存小异，不分宗派，同心协力。此后，我们寄了封信给他，随信附了本《圣经》，用的是英国及海外圣经公会的名义。这不仅显示了我们个人对他的关心，也象征着英国基督教派的团结。

---

① 英国及海外圣经公会（British and Foreign Bible Society）于1805年3月7日在英国伦敦正式成立。当时圣经公会的理事会由36人组成：15位圣公宗信徒、15位非圣公宗信徒和6位来自海外但必须住在伦敦或附近的信徒。当时理事会的总干事是浸信会的约瑟·休斯和圣公宗的约西亚牧师。这些教会领袖和信徒放下各自对其信仰的执着和对圣经独特的见解，上下一心，务必要把圣经带到全世界去。

第三章 广州概况（续）

访问河南庙——广州众多的寺庙——和尚与尼姑——偶像崇拜盛行——拜访几位小官吏——神父惊慌失措——宗教仪式——与中国高级军官会谈——即将举行的科举考试——博取功名的激动与渴望——国家发展的负面影响——公共荣誉——访问文人唐鑫

10月7日，随一群朋友首次访问著名的河南庙。前文已经提到，我们的一位教师曾在该寺做过方丈。我们在外国商行东边不远的地方渡河，上岸处邻近河南庙。

进庙后，穿过一个长长的院子，院子尽头摆着一只用整块石头雕成的具有象征意义的大龟。又穿过一重门，迎面看到两个高大的雕像，据说是神化了的英雄，守护着寺庙大门。穿过又一进院落，进入一个前殿，殿内有四座巨大的神像，一边两个，看上去十分凶猛怪异，使人意识到已进入"四大天王殿"。其中有三尊，酷似古希腊、罗马神话中的伊思库勒皮厄斯①、阿

---

① 伊思库勒皮厄斯（Aesculapius），罗马神话中的医神。

波罗①和马尔斯②。

  一条宽敞的大道由此通往正殿。正殿非常宏伟，和尚们在三尊佛像前做晚课。这三尊佛像，加上众多的其他神像和祭坛的衬托，给人以庄严肃穆之感。许多和尚双手合十站立，口中念念有词，面向菩萨诵经。一个当值的和尚在领诵，伸长着脖子，一气不歇地朗声诵读经文，不时有鼓声、铃声作和。还有个和尚在焚香，燃烧金箔。整个场景喧哗嘈杂，令人困惑。

  由此出来后，我们被匆匆领到我们的朋友方丈的住处。出于礼貌，我们仍尊称他为方丈。他彬彬有礼地接待我们，即刻奉上茶来。饮茶前，他与我们一一碰杯。接待过后，他派了一个和尚领我们参观寺内各处。

  寺内颇大，占地七八公顷，种有一些水稻，还有作观赏用的小树林。中心广场两边建有僧侣居住的公寓和形形色色的工作用房。我们被引领到猪圈——圣猪之家。一般认为，这些猪丰餐饱食，神圣不可侵犯，皆因佛门子弟不守戒律，啖食猪肉，祸及它们的同类，所以寺庙善待圣猪，聊以弥补。于是，僧侣们对这些圣猪礼遇有加，以此为邪恶的世俗赎罪。在我们看来，这些猪过于肥大，赶了许久也站不起来，这恐怕是他们认为的神圣之处吧。

  我们从那里来到一个类似灶房的地方，那是僧侣死后尸骨焚化之处。离那里不远，有个陵园。在每年特定的日子，僧侣

---

  ① 阿波罗，希腊神话中主管光明、青春、音乐、诗歌、医药、畜牧等的神，又称太阳神。
  ② 马尔斯，罗马神话中的战神。

的骨灰被寄存在这里。紧挨着那里，有个地窖，供骨灰瓮暂时存放，留待每年开陵之时。

河南庙历史悠久，但声名鹊起仅一个半世纪。那是拜一个满族亲王的眷顾，捐赠了大量钱财。据说，清朝康熙年间，广东省有些地区仍效忠前明王朝，形同叛乱。康熙派一位驸马，率精兵强将平叛。广州南郊的河南村落惨遭涂炭。该亲王下令大屠杀。命令正要执行时，亲王看见了该寺的一个胖和尚，便痛骂僧侣虚伪，居然不戒酒戒肉，胖成这个样子，下令予以处死。又据传说，亲王做了一个梦，醒来后不仅收回成命，还赠送大量礼品给僧侣们，并让该寺享受亲王的恩惠与大笔财富。亲王的基金旨在供养300名僧侣，为此还赠与房地产和钱财。由于难以维持那么多僧侣，现在寺内的人数为160左右。其中，许多是逃犯、强盗、土匪，不得已而托庇于寺墙之内。这些人一般都属于社会底层，只有为数不多的人精通文学。方丈由投票产生，任期3年。

此后，我们数次访问河南庙，每次都受到方丈的款待。有一次，方丈还邀请了一位年轻的挂单和尚与我们见面，他来自另一寺庙，举止十分得体。总的来说，每次进寺，都有许多地位较低的和尚会围上来，打着各种手势索讨烟草。我们明确告诉他们，没有那种礼物，而赠送他们几本《以弗所书》[1]以及一本名为《永恒的赐福之道》的小册子，很受欢迎。

离寺时，我们看到有几个僧侣坐着读我们赠送的书。在以

---

[1] 《以弗所书》(*Ephesians*)，《圣经·新约全书》中的一部分。以弗所位于小亚细亚的西海岸，一度是商业中心，虽然在新约时代没落，但仍为亚细亚省的主要城市。该城一大特色是亚底米神庙，为古代世界七大奇观之一。

后的访问中，更多的僧侣向我们索讨。有一次，方丈本人要求从我们屋中借阅一本米怜博士[①]撰写的布道手册。下次去方丈的住处时，他给了我一本盛在香木匣子里的精致的小册子，里面用汉语记载着拜佛经文。佛经原本用的是古印度巴利文，用汉字拼写，读起来毫无意义。

广州有上百座寺庙道观，分属不同的系统，控制着百姓大众的思维。一些寺院属于道教。时而可见道士在街上走过。道士很容易辨认。他们的发型奇特，四周剃光，顶上束着发髻。很多寺庙是宗祠或家祠。然而，最多的寺庙是用于拜佛的。另外，公共神龛亦为数不少，祭拜主宰一方生灵的神灵，或是主管金木水火土的仙人。各家各户供奉的家神更是不计其数。宗教游行和节日，在迷信活动中，占相当重要的比例。这也表明，无论世界何处，都存在宗教崇拜现象。

广州的僧侣总数约2000人，都过着禁欲生活。只要住在庙里，就注定得禁欲。和尚还俗虽然为人所不齿，但许多人出家是因为别无生计。僧侣生活悠闲，在庙前站立，无所事事。他们与众不同之处，不在举止仪态，而是光秃秃的头顶。各种机构亦赡养着上千尼姑。尼姑衣着与和尚一般，剃光头，穿黑色长袍。虽然儒教被国家、圣人、学者奉为唯一正教，但各种封建迷信对愚昧大众均有影响。尽管有识之士反对盲目崇拜，遗憾的是，所有的人还是或多或少参与其中。

10月10日。机缘巧合，让我们目睹了一件事，从中看到

[①] 米怜博士（Rev. Dr. W. Milne，1785—1822），继马礼逊之后第二位来华的更正教宣教士。他们同样是英国人，同样属于伦敦会。

广州人对与外国人来往的普遍态度。晚餐时，一位满族官员因为公事拜访我们的房东，房东就把我们介绍给他。他彬彬有礼地走近前来与我们握手。他的官帽顶上镶着一颗半透明的白扣，一根孔雀翎从脑后垂下。他官拜县丞，年纪五十上下。他在邻近的游廊上热切地与我们的房东交谈，使我们在用餐的大多时候，都能有幸听到北京话高亢的颤音。

餐后不久，我们坐在自己的房间里与两位教师——周先生和河南庙老方丈交谈。忽报三位满族官员来访，令老方丈惊恐万分。我们极力安抚他，却毫无成效。他瑟瑟发抖，眼睛恳求我们不要暴露他。应他所求，我们把书籍和其他书写材料移到卧室。我们的卧室与走廊相通，离满族官员和我们的朋友交谈的房间不远。在最近的几次与美国人的交涉中，我们的朋友担任译员。老方丈恳求我们说话尽量小声，似乎一点声音即能穿透他的灵魂。至于周老先生，与外国人来往了30年，早已司空见惯，未显一丝惊慌。周先生说话柔和，但字音清晰，使方丈愤愤不已。后来，出于好奇，周先生悄悄溜出屋去偷看了邻屋一眼。而另一个中国人，即老方丈，因为地位较高，更容易遭到官方训斥，所以担惊受怕。最后，满族官员离去，老方丈才如释重负。在《南京条约》所提供的新的通商机制下，很难描绘有地位的中国人的害怕，唯一可循的原因是，地方当局向外国人让步实非情愿，因而对当地人与外国人交往尤其反感。

10月13日，我在伯驾博士的餐厅向约40位欧美侨民布道。我的同工麦赖滋先生根据英国教会的礼拜仪式主持了祷告。在广州期间，每逢安息日我们都做礼拜。下午，房东与太太，加上梁阿发和我们,分享了圣餐①。这是我们抵达中国后的第一次领圣餐。在走向主的餐桌时,与我们同行的就有一位当代中国传教工作的第一颗丰硕成果,他现在是华人传教士。我们唱着赞美诗走向餐桌,领圣餐的最后仪式由梁阿发主持。他在家中每日祷告,诵读《圣经》。他家在河对面,离河边3里路,时常有中国人去他家,与他谈论基督教。他有一妻一子一女,都是基督徒。大约一年前,他年迈的母亲也受了洗礼。

10月15日。晚上,我们受邀前往邻近的一个商行,去会见一位清朝二品官员。该官授有军衔,享受赐以满洲旗人姓氏的荣耀。那些满洲化了的汉人,祖辈都曾为满洲人夺取王位立下过汗马功劳,因而被授予与满洲贵族同等的军衔。该官军功显赫,被授以三眼花翎②,极为尊贵。见面不久,我们便无话不谈。谈话有译员翻译。虽然从谈话的性质来看,他并没有多少见解,但我们还是尽量配合,使那个晚上不至于毫无趣味。他极力鼓励我们讲汉语,若是讲得还行,他会拍拍我们的肩膀。他喜欢炫耀随身携带的小玩意,其中有个水晶的鼻烟壶。我往里面装了些鼻烟,那是我在书桌里放了多年的。他接受了我的

---

① 圣餐:一般来说,基督教会并不注重仪式或礼节。然而受洗礼及领圣餐是一般基督教会所尊重的两种具有仪式的礼节。
② 花翎是清代官员的冠饰,用孔雀翎毛饰于冠帽后,以翎眼多者为贵。清朝最看重花翎。宗室中,以贝子戴三眼花翎,最为尊贵;镇国公戴双眼花翎,为稍次;镇国将军等戴单眼花翎,而亲王、郡王虽然爵位比以上更为尊崇,非蒙皇上特赐不能戴花翎。清代有品位的官员之例有花翎者,内廷王、御前大臣、领侍卫内大臣、直省将军、内大臣等,以及领侍卫校官、满族官员五品以上皆冠戴孔雀花翎,六品以下者只能戴褐羽蓝翎,也就是俗称"野鸡翎子"了。清代勋臣中,功勋卓著或恩宠有加者,仅仅能够得到皇上赏赐的双眼花翎。外任武臣中,非军功卓著不可蒙赐花翎。

礼物，看上去十分珍惜，因为两三天后，他从城里住宅送来了一封快信，向我致谢，并询问我在香港或澳门何处可以买到那种鼻烟。他有两个随从站在身后。若话题有趣，他的随从也会自自然然地加入，不时表达他们的见解。若有人走进我们的房间，身材较高的话，他会与其握手，然后提议背靠背站，比比谁更高，因为他比一般中国人高。虽然他自称在外国居民中有一两个老朋友，有时会在晚上去拜访，但只要有人提出去他家拜访，他总会十分讶异，显得极不情愿，也许怕染上鸦片瘾吧。他的举止彬彬有礼，享有思想解放的声誉。

10月17日。从周老先生那里得知，72位（法定人数）通过乡试的举人要在当天与政府官吏一起用餐，庆祝升迁。周先生的妹夫也在幸运人之列，而我们也可以放他几天假，让他回家参加家族的庆典。

应试者多达八千之众。他们都必须是秀才，即已获得省城各部门颁发的最低学位，才有资格在三年一度的乡试中角逐。乡试一考数周，考题是一个人们极感兴趣的主题。考生的亲戚们心中百感交集，既希望又害怕，既高兴又担心，憧憬着他们能耀祖光宗，泽被后世。

每个考生按时进入考场，考场由士兵守卫，防止外面向考场内通消息。每个考生一间小屋，并受严密监视，以防考场舞弊。在各自的小屋中，考生有三天的时间，就有关古典文献的题目撰文或作诗，然后用格言警句作为假名，把诗文呈交给考官，以保证阅卷的公正。任何涉及朝政的议题均被排除。

文章的优劣根据古代圣贤的风格与情趣来判断。因此，长期以来，中国文人追求的是儒家的传统思想。西方以独创性为主来评判文章的优劣，中国却恰恰相反，遏制创造性，把改革创新扼杀在萌芽之中。因而，中国的学者把精力浪费在维护知识一成不变之上。在他们落伍系统的黑暗斗室中，物理学的光芒不能渗透一星半点。多少世纪以来，中国在真正的科学和实验性艺术方面，毫无进展，而这些领域有助于拓宽人类对物质的思维。

人们那么热衷于博取功名，锲而不舍，七八十岁方才中举的，亦不罕见。官方在严防泄题方面警惕性不够，测试阶段便有试题外泄。三四年前，广州一富有盐巡道之子，是邻里出名的傻蛋，竟然中举！他的中举，显然是贿赂的结果，引起极大的不满。落第的考生对之甚是怀疑，百般讽刺挖苦，当在情理之中。

对中国人而言，中举及第乃最高境界。无论出生多么低微，一旦中举，功名利禄随之而来。满族出身虽具优势，但不能保证出人头地。家庭的荣耀亦不能父传子承，皇亲国戚则另当别论。

这种科举制度，为皇帝搜罗了大批受过优良教育的官吏，同时也永久性地误导考生，并对宣扬基督教设置了道德上难以逾越的障碍。这样的科举制度的缺陷十分明显：在这种制度下，文史优异的考生得以升任高官；他们饱读四书五经，成绩优于其他考生，然而常常缺乏管理能力，不能应对时代的突发事件。

艰难的文史测试后，在巡抚，即副总督的官邸外墙上，会公布及第考生的姓名。在某个特定时辰，巡抚走出官邸，鸣枪致礼后，往墙上张贴公告。在向中榜名单鞠躬后，巡抚告辞回府。巡抚及本省其他高官，莅临为新科举人操办公开宴席。当数千落第学子失望地回家之时,及第的少数人受到大肆颂扬,他们的名字及文章被送往北京的皇帝。

10月19日。晚间喝茶时,有幸得一商界名流作陪。他叫唐鑫①。由于新近签署的条约,老字号商行垄断一切的日子已一去不复返了。然而,他们的名望与经验,在贸易来往中,享有得天独厚的优势。而唐鑫既富有又饱读诗书,在道德方面颇有研究,曾出过一两本专著。他答应要赠送我们一本。

唐鑫与我们相聚了数小时,交谈有时用官话,有时用不太地道的英语,我们的房东——予以翻译。谈到中国女子缠足习俗的渊源②时,他的见解证实了当时的看法,即公元前3世纪,秦朝有个邪恶的皇后名妲己③,她使其夫下旨,令所有女子仿效皇后的畸形脚,以此为美的标准。我们也问过一些小脚女人,她们声称,大家闺秀不干奴婢之活,无需用脚。

唐鑫对外国政策多有了解,见解开明。他认为,当务之急是向各国派遣皇家特使,那样,"国内之人就不会对外国之事一无所知",和平可以得到更好的维持。谈到鸦片买卖,他认为比美国贩卖非洲黑奴更糟。对黑奴,人们还得提供吃穿,保障身体健康。并且,黑奴也许还有机会被遣返回国,此处他强调

---

① 原文为Tang Shin,译音。
② 缠足相传是商纣王的宠妃苏妲己留传下来的。传说苏妲己是九尾狐狸精变成,已能化成人形,但唯独爪子还不能化成人足。她怕纣王发现,于是就用白布把脚缠了起来,但她又怕就是自己缠足太惹眼,就对纣王说妇女缠足好看,并把自己缠成的小脚给纣王看,纣王看后觉得小脚很惹人喜欢,就下令全国妇女必须缠足,久而久之就留下了中国妇女缠足的历史。这只是一种传说。
③ 原文为Ta-ke,此处与缠足有关,疑为妲己,然而妲己是商朝最后一位君主商纣王的宠妃,时代不符。

"应当"被遣返回国。"然而,"他继续说道,"鸦片的受害者,体弱多病,心灵堕落,在体格、思想和道德上全给毁了。"

我们的女主人极力敦促他允许夫人来见她,他笑了笑,没有作任何承诺。他后来说,中国的法律不允许女子出国。当时在场的一个人回答说,在中国的律例里永远找不到这一条。唐鑫于是说,希望将来什么时候,中国的习俗也能像国外一样,但现在还办不到。关于一夫多妻制,他似乎非常敏感,极力驳斥此乃家庭不和之起因的说法。他说,他的结发夫人(现已去世)比以后娶的四位妾地位要高。那些妾不允许与夫人同桌吃饭,她们的地位类似仆人。"并且,"他继续说道,"她们生活得很快乐,从不争吵,像姐妹一样。"他有 15 个孩子。孩子们不愿有个后母,所以他也不想再娶个家庭主妇。妾的地位也没有因为夫人的去世而得到提高。

谈到最近的科举考试,他认为所有大清官员,无论文官或武官,都至少必须是秀才。不过,时下舞弊盛行,与其等待择才量用,许多野心勃勃的人会使用各种手段,贿赂考官,或出钱买文凭,或仗势豪取文凭。全国有数千举人等待授官,而各省巡抚则往往提拔青年,排斥年长而更有资格的人。没有举人以上资格的人不得任命为县官。但最近几年,滥用职权比比皆是,愈演愈烈,严重地影响了人们刻苦攻读的信心。

我们可以在他的言谈中体察到,文人与政府官员已在全国分裂为两大派别:一方要坚定地执行闭关政策,保持民族风俗习惯;另一方倾向于较开放的观点,尤其是建议采用高关税的方法使鸦片买卖合法化。前派领袖人物为著名的钦差大臣林则徐①。后一派的显著人物有钦差大臣琦善②和两广总督耆英。琦善因与英军代表义律谈判被降职，耆英为现任钦差大臣，在最近与英美法的谈判中举足轻重。

中国大众不知外国人在艺术、文明和军事方面占优势，是真是假姑且不论，唐鑫显然在这方面饶有兴趣。他对欧洲制造的燃气灯认真端详，显得很感兴趣，赞不绝口。他对液体气化的感念显得难以理解。

离开前，他得到了一本《以弗所书》修订版和一本十几页的基督教宣传手册。两本书他都仔细地看了几分钟，然后说，前一本很难读懂，后一本在写法和主题上更容易为中国人接受。

无疑，唐鑫的思想比他的同胞遥遥领先。不久以前，美国的某个文学协会授予他荣誉会员资格。在给该协会的谢函中，他附带地提到贩卖鸦片的罪恶，呼吁各国携手，杜绝这一非人性的买卖。他还在信中劝诫美国在其疆土上废除奴隶制。

---

① 林则徐（1785—1850），道光十七年（1838）十一月受命为钦差大臣，前往广东禁烟，并节制广东水师，查办海口。道光十九年（1839）正月抵广州。他会同两广总督邓廷桢等传讯洋商，令外国烟贩限期交出鸦片。四月二十二日（6月3日）起林则徐在虎门海滩销烟，20天中销毁鸦片19179箱、2119袋，共计2376254斤。十一月林则徐遵旨停止中英贸易，十二月实授两广总督。

② 琦善（1790—1854），字静庵，博尔济吉特氏，满洲正黄旗人。道光二十年（1840）八月下旬，道光帝任命琦善为钦差大臣赴广东查办，九月初又革林则徐、邓廷桢职，任琦善署两广总督兼海关监督。鸦片战争爆发后，琦善拆除林则徐所布置的一切防御设施，裁减水师，遣散水勇，以迁就英军。英军代表义律利用琦善"一意求和"的弱点和做法，于1841年1月7日突袭虎门外的大角、沙角等炮台。1841年1月25日，琦善在英军武力要挟下，擅自与义律议定《穿鼻草约》。其主要内容为：割让香港，赔款六百万元，开放广州为通商口岸；英军撤出沙角、大角炮台，归还定海等。琦善蒙哄清政府，诡称赔款为"商欠"，割香港只是允许英在外洋一小岛寄居。广东巡抚怡良以义律在香港发出的布告为证，揭发琦善的卖国行为，清政府不承认此约，并将琦善撤职，逮回京师查问。

第四章　广州郊外远足

乞丐广场——游览河南的乡村——梁阿发的儿子阿德来访——与一位当地牧师一起游览河滨——当地编辑并发行的劝阻杀害女婴的书籍——张灯结彩与街上戏台

10月20日。我和两位朋友从外国商行出发，向西北方向走了四五里，来到郊区一个叫作乞丐广场的地方。

乞丐广场是块空地，每边长约100米，一面有成排的寺庙，一直延伸到附近的街道。这些街道两旁建有许多住宅，看上去比其他地方要舒适体面得多。这里的药铺也比其他地方多，墙上挂着许多旧布，乍一看还以为是枯死的常青藤。经询问方知，那些是素有成效的各种膏药，挂在墙上作为招牌，显示铺主卓越的疗伤技术。

走进那些寺庙，有的残垣断壁，破烂不堪。一群人跟着我们进了前院，一直跟到庙的内院门口。这里摆着圣像，当值的和尚也在。一位和尚让我们看里面的各种物件，还给我们解释拜佛的手势，怎样抽签询问经商或娶妻事宜。

离开这些地方后，我们来到广场中心。几群游手好闲之徒在玩着各种取乐的把戏。一些苍白消瘦的人形躺在那里，身上半盖着草席。有的张着口喘气，几乎不能移动。有的躺着一动不动，看上去毫无生机。几个可怜的乞丐，病入膏肓，被亲属抬来遗弃在这里，让他们自生自灭。有个可怜的年轻人，竭尽全力伸出手来，想要得到一些施舍，却不能如愿。他脸上的神情，深深地刺痛了我的心。

我数了一下，周围有五六个人看上去已经死了。为了证实，我弯下腰，揭开半遮着他们毫无生机的躯体的破草席，凝视着死神降临的可怖景象。距尸体三四米，一群赌棍吵吵嚷嚷地从事着他们肮脏的职业。无人向垂死的人伸出援救之手，任他们一步一步走向死亡。大多数人是活活饿死的，或是因为无人照料而死去。

当局不时会派人到广场把尸体运走，安葬费用也由政府支付。

10月22日。下午，我们组团远足，去珠江广州河段南面的乡下。我们穿街过巷，翻过几座桥，到达了广袤的田野，在田里走了三四里。我们看到了梁阿发的房子，觉得还是不提他的名字为好，免得别人以为他与外国人有染，危及他的安全，因为悬赏捉他的公告还没有正式撤销。

我们的路线途经一片坟地，到处都是墓碑。在坟地的一端，建有一个小小的祭坛，坛上设立着一个让人祭拜的神像。一个可怜的女人在焚纸烧香，跪拜神像。祭坛看护人请求我们快走过去，怕那女子不敢捐贡，危及他的收入。她阻止了他，幽默地说，不在乎我们留下。不久，又来了一个女人，两人一起磕头捐贡，口中喃喃细语，祈求保佑。后来，两人站起身来，向神像求签，把两块用竹根做成半圆形的竹块扔到空中，以求神灵明示。

凸面落地为吉利,凹面落地为不吉。她们求完签后就走了,临走前没忘了赏 15 文钱给守坛人。

我们接着往前走,穿过一个精耕细作的地方,到处是稻田,水渠和小水坝。我们到了一个较大的村庄,很快就有许多人围了上来。我们中有个人会说汉语,他进了一家店铺,向店里的人问了些问题。但是,店里的人和旁观者深具戒心,极不友好,回答粗鲁,要我们滚回去。

我们一群人有七八个。回来时,走了另一条路,没有遇到任何麻烦。只有一次,一群男孩子看见我们穿过一条小巷向一道门走去,他们马上从另一条路跑过去,把门闩上,使我们不得不停了几分钟。不过,这像是开玩笑,而不是敌意。过了一会儿,他们中有个脾气较好的人把门打开,让我们过去。许多人跟在我们后面,大声嘲笑着。归途中,碰到几个在传道医院受过治疗的人,他们心存感激,利用自己的影响,使得邻人对我们稍有敬意。

10 月 29 日。梁阿发前来拜访,向我们介绍他的儿子阿德。阿德聪明,受过良好的教育,曾受美国新教教会代表大会传教董事会裨治文[①]博士亲自指导和关怀过一段时间。在裨治文门

---

① 裨治文(Elijah Coleman Bridgman, 1801—1861),美国公理会传教士,美国第一位来华传教士。1830 年 2 月 25 日,他从波士顿来到广州。当时中国尚不可能公开传教,他主要是向第一位新教来华传教士、英国人马礼逊学习汉语,担任英文《中国丛报》的编辑,向西方介绍中国的情况。他还担任过林则徐和美国公使顾盛的译员,到虎门亲眼观看焚毁鸦片的场景,也到澳门望厦村亲身参加并订立了中美《望厦条约》。1847 年以后,移居上海,参加《圣经》的翻译工作。完成的裨治文译本将"God"翻译为"神"而不是"上帝"。一般认为,这个译本比此前的其他译本切近原文。在上海期间,翻译《圣经》之余,他和妻子还创办了上海第一所女校裨文女塾(1850 年,在老西门外,后来的裨文女中)。

下，阿德受益匪浅，智力上比他的同胞大大超前。除了学过欧洲其他综合类教育，他还懂得一些希伯来文。他最近脱离了香港传教活动，加入潘庭官①的商行作为译员。潘庭官是广州本地最大的商人和绅士。因此，传道会方面自然对阿德颇有疑虑，担心他为金钱与世俗享受所迷惑，从而抛弃恬静的生活，不再为传教会工作。阿德承认自己暂时他就，但不久就会回香港。他有时会受邀去见耆英，为其解答有关欧洲的风俗、历史和军力。他所得的高薪使他父亲很难望其项背。虽然，有这样一个人能在政府机构施加影响，从长远的角度看，也许对改善国际交流颇为有利，但对直接的传道工作而言，我们已失去了他，这种看法是很难从心里抹去的。阿德的例子似乎印证着，在今后的岁月里，传教学校不应该使用英语，否则会给传教工作带来困难，使之不尽如人意。

　　阿德能说一口流利的英语，他为我们和他父亲之间的交谈作翻译。法国条约②及其为罗马天主教在中国内地受保护的条款，已有传闻，成了那些知晓外国事务之士的热门话题。阿德认为传闻可信，但此项条约不会得到皇帝的批准，或许清朝官员会阻止售地给教堂，及以类似的策略，阻挠条约的签署。他

---

① 潘庭官（Powtinqua），即潘正炜，字榆庭，改其祖父潘启创建的同文行为同孚行，曾任行商首领。

② 鸦片战争以后，法国眼红英国、美国在不平等条约中取得的许多特权。在法国传教士的力促下，法国政府第二年即1844年，派遣使臣拉萼尼（Lagrene）率领兵船七艘、轮船一艘来到中国，于1844年10月24日强迫清政府在停泊于黄埔的一艘法国兵舰上签订了不平等的中法《黄埔条约》。法国除取得中英、中美条约中规定的全部特权外，还在第二十二款中规定法国人可在五口建造教堂，"倘有中国人将法兰西礼拜堂、坟地触犯毁坏，地方官照例严拘重惩"。

们父子俩对香港颇有微词，认为香港乃乌合之众的聚集地，去那里的人，不是为生活所迫就是犯罪分子。阿德特别谈到警察和欧洲人怎样傲慢地对待中国居民，在提到最近父亲受辱时，显得非常激动。他说，英国人对华人一向傲慢无理。除非英国人改变态度，对华人较为友善，否则基督教不会受到华人尊重。他接着说，尤其是在鸦片战争后，由于英国人的所作所为，华人一般都比以前更恨英国人。由于鸦片战争，华人更不会听信基督教义。他们会想，若英国人是基督教徒的话，那么基督教一定不是个好宗教，因为基督教允许其教徒如此傲慢无理，干伤天害理之事。

阿发虽然对阿德的评论总的持赞同的态度，但语气较为谦和。我评论说，他们父子俩是中国人中福音的第一批成果，因而期望他能拯救更多的灵魂。对此，阿发充满感情地回答道："外国基督徒都能怀着爱心前来，向仇恨他们的中国人传播福音，作为一个中国人，我更应该不遗余力地让我的同胞皈依基督。"我问他，阻碍传教的主要障碍是什么？他回答说："中国人的心肠很硬，他们会听欧洲传教士布道，不做任何反对，直到他们离去。但我认为，他们会这么说：'英国的教义或许不错，但我们希望你应当先在英国人自己身上试一下，因为他们才是邪恶之徒。如果这个教义能使他们改邪为正，那时再来对我们说吧。'"有人会三天两头到他家，听他讲解基督教，在对新的教义提问时，最后一个问题常常是："如果加入基督教，每个月可以领多少大洋？"阿发对我说："除了主，谁也不能软化这般铁石心肠。"在他离去之前，我告诉他，他的名字在英国为许多基督教徒所熟知，他们热切地关注着他的每一步进展。听了我的话，老人忍不住泪流满面，对天祈祷，愿能不负众望，只是觉得自己不够坚强。

阿发虽然与外国传教士渊源颇深，但他亦是个坚定的爱国者。在英华敌对公然爆发之前，有这么一件事：出于爱国热诚，他找到现已故世的马礼逊先生，恳求他施展影响，阻止战争。他的论点具有独到之处。他担心，如果英国攻打中国，杀害生灵，他的同胞以后决不会从英国传教士手中接受《圣经》，或听英国传教士布道。因此，为了基督教的利益，他应当不遗余力地去阻止敌对行动。在香港布道时，他大胆地替英国人向听众道歉。有时他会提到儿子阿德，要是哪个华人觉得他对英国人的性格理解的不对，可以问他的儿子。阿德是在外国人中间长大的，会说英语。在这种场合，中国听众会显得激动，对阿德既敬又疑，把他看作"对外国人懂得太多的人"。不过，总的来说，通过这些方式，基督教国家的艺术、知识和文明在潜移默化中得到接受，阿发的英国朋友的好施乐善也被看作是无私奉献。

下面记述的事情会证实，广州现有的传教设施虽不充足，业已经营有年，甚至在较早时期就用来向市郊居民宣讲基督教义。

市郊距外国商行有一段路程，我曾多次去过，顺路拜访美国传教士罗孝全^①牧师的陋室。

在过去7年里,罗孝全牧师一直在澳门和香港向社会底层的民众传道,去年夏天来到广州。在他来到之前,广州与传教活动有关的设施只有一家在外国商行附近的眼科医院。

罗孝全牧师到广州后,马上在中国人中安下家来,这样可以经常和他们交往,此举甚为可许。他在当地一商人家租了几间房。房东也十分乐意,因为他想扩展贸易,有心结识外国人。

罗孝全牧师在广州入乡随俗,遵循中国人的风俗习惯。然而,有的人可能会怀疑他这么做的动机,但大家都赞赏他的勇气和热忱。我每次去都在他家看到两名中国助手。周日,常常有一些当地小商贩来拜访他,进行友好的交谈。

一次,我租了条船,沿着商行东面的珠江向下游航行了3里路,到了一个人们称作荷兰炮台^②对面的郊外。我们的船沿着错综复杂的航道,穿行在熙熙攘攘来往的船只之中,费了好大劲才辨认出罗孝全牧师家门墙上写的汉字。罗孝全牧师和他

---

① 罗孝全(1802—1871),原名 Issachar Jacob Roberts,美国浸礼会牧师。他是第一位来香港的传教士。另外,他还因为与太平天国有着特殊的关系而闻名于世。1802年出生于美国田纳西州,1821年加入浸礼会,1833年被按立为牧师,1837年他被派到澳门开始在中国的传教生涯。在澳门学中文后,他1842年来到香港出席了《圣经》翻译会议。1844年到广州,开始穿戴中国式的服装,1846年他还在那里建立了一所小教堂。1847年,他认识了洪秀全,这对他以后的经历产生了重大影响。1851年成为独立传教士。1853年洪秀全已经开始在南京建立了政权,他邀请罗孝全去那里帮助传播宗教。经过多年曲折,1860年罗孝全到达南京,并在那里停留了一年多。在此期间,他受到热情的接待,还被封为爵位和重要的官职。在他的影响下,又有其他不少传教士到达那里。但是他最终发现,洪秀全的政权与基督教的差距太大,最后他又失望地离开。

② 即海珠炮台,为广州城南珠江上的第一座炮台。1655年,荷兰人来华时曾占领过该炮台,故西方人也称它为荷兰炮台。

的中国助手就住在这里。这儿靠近靖海门。靖海门为广州南城门之一。上岸后，我走进商行，马上被带到罗孝全牧师的寓所。

我的到来似乎引起了当时在场之人的兴趣。四五个中国人，看上去相当体面，正坐在房间里，与罗孝全牧师和他的助手交谈。他们中有个以前是穿街走巷的算命先生，到过很多省份，通晓数种方言，现在也住在此屋。中国人通常要问来客年龄，到广州多久了，等等。好奇心满足后，中断的谈话又继续进行。

罗孝全牧师的一个助手有一本宣传小册子，他一边朗读，一边作长篇解释，这样就勾画出基督教教义的大致轮廓。另一个助手又花了一刻钟的时间，继续为这些人讲解。在这段时间里，来访者都听得聚精会神，不时点头以示赞同或领悟。罗孝全牧师也加入谈话，并回答他们的问题。

当天晚些时候，我们乘舟顺流而下，同行的有个罗孝全牧师的助手，并携带了许多宣传手册。船在河南这边靠了岸，离商行约6里路。这里的人很少见到外国人在此登陆，很快就有一群人围了上来。我们费力地穿过人群，走上一个用木头搭起来的平台。平台有一段伸入江中。我们刚在平台上占好位子，台下已有一百来人挤了过来，使我们几乎站不住脚。这里住着的是社会底层的人们。邻近的屋子里有一群人在赌博。罗孝全牧师的助手向听众宣讲永久平安的福音。宣讲后，我们向听众赠送了约200本宣传手册以及《圣经》片段。人们越来越多，都渴望得到宣传手册或《圣经》，有时竟然顾不及遵守中国人惯常的礼貌。

我们到四处走了走，没有察觉到有人对我们无理或骚扰，只是有些人出于好奇而做出些无伤大雅的举动。然而，要想纠正当地人的误解，尚非易事。当地人把基督教当作儒家一样，属于理论探讨的范畴，而不是有关心灵纯洁的实实在在的原则。尽管每张脸上都绽放出专注与兴趣，尽管他们所提的问题显示出对宣讲内容的理解，我们不久就痛苦地发现，他们道德松弛，而他们认为我们传教的目的亦不过如此。

我们又向下游航行了1里多路，在河对岸登陆。这里离广州南城墙已不远。我们很快认识了一位茶商。在他的店里，又做了同样的宣讲，只是规模小了一些。我们又分发了许多宣传手册。店中也有些当地出版的有关道德的免费刊物，店主赠送了一本给我们。在下文中，我会提及它的内容。我们与店主饮过茶后，又给一两个眼疾患者写了去眼科医院的介绍信，然后告辞店主，走向泊船之处。有一百人左右一直伴我们走到河边。若是他们对外国人心存恶意、蓄意复仇，河边有的是鹅卵石。然而，四周的人们显然是心地良善之辈。

回到靖海门，我们与一位当地人一起吃中餐。

傍晚，我在朋友的陪伴下，向十三行走去。在一条街上，我们俩一人一边，拜访沿街的每一户住家。此时正值晚餐，主人和仆人们都在用餐。我们向每一户赠送了宣传手册，每户都客客气气地收下，还常常露出感激的表情。我们赠送的宣传手册题为《主的爱》，收录了《哥林多前书》第十三章大部分的章节。

对于中国助手的虔诚和知识的程度，我无法形成意见。他们无疑都是新手。不过，我亦不能肯定，他们是真的想宣传主的荣耀，还是另有企图。我的朋友罗孝全牧师本人显示出的虔诚和勇气相当可观。他是第一个进入郊区稠密的居民中做传道工作的，作为朋友和兄弟在他们中间生活。他没有受过很好的人文教育，而他独特的计划又使得他与传教会分离。不过，他主要的经济资助仍然来自当地。他辛勤的传教活动后来开花结果，证实了上帝常常选择世上的弱者去打败强者。

关于我们在那茶商的店里得到的小册子，周老先生给了我以下的背景知识。这本书是30年前一个满族名人韩崶所撰，正如书名所示，意在劝告人们不要溺死女婴。作者是个好人，官拜广东巡抚。他在10年前去世。这本书当时是政府出资印刷，免费发行的。即使现在，这本书的发行也是由当地居民资助的。

我于是就时下盛行的溺死女婴的做法请教周先生。作为回答，周先生给了我以下统计资料。以我们所在之处为中心，画一个半径为30里的圆圈，一年溺婴的数目不超过100。溺婴之事都发生在穷苦人家，起因在于他们养不起女孩。有钱人不会溺死女婴，即使是贫穷汉子也以此为耻。他知道有些他认识的人溺死女婴，但他们都不承认，声称是死于疾病。在福建省，溺死女婴十分普遍。

有个地方叫嘉应州①，在广州以北800里，约5天路程，每个月有五六百个女婴被溺死。相比之下，这种恶习在广州发生的较少，他把此归功于当地的育婴堂以及政府的监督。

根据他的计算，每年有5000个贫困家庭的女孩被送进这所育婴堂，她们在那里得到临时的照料。一位政府官员5天来检查一次，并提供一笔专款。富商与绅士也会时而前来，挑选一

---

① 嘉应州：即梅州市。

些女孩带回家去，经过训练后或做妾或当仆人。这所育婴堂能容纳约1000名的婴儿，每个婴儿一般在那里待两三个月，就被有钱人领回家，或送到育婴堂之外的奶妈处喂养。这是广东省唯一的一所育婴堂，坐落在离广州约3里路的东郊。以前，对外国过往船只征收的税有一部分是用作育婴堂的经费。广州溺婴率之所以较低，这些因素都起到很大作用。

但是，既然中国人愿意自掏腰包，赞助免费发行这本小册子，以期劝告人们不要溺婴，那么就足以证明此陋俗在一定程度上依然存在，以至于仍有必要进行道德教育。

当地有个年轻人叫阿新，英语水平不错，我们有时雇他作临时教师。阿新进一步证实了周先生有关溺婴的记叙。

11月4日至13日。住在广州南码头的外国人，对中国上流社会的生活方式几乎没有任何概念。他们住在外国商行附近狭窄的区域里，与中国有钱有势的阶层没有直接来往。即使在广州住上几年，对他们也是一知半解，不能对他们的行为作出成熟的判断。由于中国法律的限制，以及中国宗教的束缚，广州不像其他国家的自由港，外国人的居住区甚是局限，因此很难对上流社会作出详尽的观察。

关于中国上流社会，我无法做出精确估计。有一回，一群清朝官员经过我身边，朝河边走去，几个警察跟着护卫，还有一队蹩脚的乐师，以及几顶饰有徽章的轿子。那些官员看上去并不显赫，有的大腹便便，有的老态龙钟。

关于宗教对日常生活及社区活动的影响，要作出估计不是太难，但也不易。未受过教育的人显然崇拜神灵，处境较好的阶层也不见得不信迷信。事实上，中国人没有公认的宗教信仰系统，只有各种稀奇古怪的伪宗教、和尚道士、玄学和敬畏鬼神之说，掺杂在佛教、道教和儒教之中。他们的宗教概念含混不清，糊里糊涂。他们常常把荒诞无稽的信仰与毫无意义的仪式结合起来，以求好运气或好机缘。

在这个季节，广州到处可见这种大杂烩般的戏剧性表演。广州的房屋用的是轻便易燃的建材，大火一起，整条整条的街面房屋被焚毁。因此，冬季伊始，各社区都要祭拜土地公公。为此，募捐活动热火朝天，从一条街到另一条街，一夜接着一夜，灯火通明，俨然当作是认捐日。当地还成立了公共机构，提供常用的灯笼、花彩装饰、神像及其他用品，增添了不少节日气氛。在一些街头巷尾，若是商家过去一年格外发财，作为酬谢，会比往年认捐更多的钱。

走在街上，眼睛会突然被某个景象吸引。街上有构思新颖的装置，用图像来表现日常生活中的许多场景，使观众不亦乐乎。再过去一点，有一群乐师在转弯角或阳台上为歌手伴奏，牢牢地吸引了爱好者。突然，在较宽的一段街面上传来了锣鼓声和中国特有的高腔，显然那里是表演中心。

一个临时搭起来的台上正在演出各种各样的戏剧：达官贵人在列队行进；天兵天将大战蛮夷（在这种战斗中，前者总是大获其胜）；当地英雄跳跃腾挪，施展武功，刀斩成千上万的敌人；骑士挥鞭驯马，似乎挥鞭的动作可以让人想象到胯下骑着马。接着上演的是皇家宫廷，圣君的政治措施，有时也可看到中国社会生活的内幕。这一切都演得活灵活现，不时赢得观众的喝彩。

有一出戏演的是曹操的生平。曹操乃汉朝一奸臣，野心勃勃，紊乱朝纲。他是中国的拿破仑。观众对皇帝和他的忠臣的不幸深表同情。那叛军首领野心得逞，其孙子建立了新的王朝。

　　演员说的是南京话，即旧官话，穿的是绫罗绸缎。剧间休息时，一个戏班子的人走到前台，更换剧情板上的题词。剧情板上通常写着道德箴言，提示下一场的剧情。

　　每个地方的人明着说是用这些欢庆习俗来取悦当地神灵，其实是自寻快乐。戏中的女角色是由年轻男子或男孩扮演的。这让人领悟到，在书香门第及上流社会眼中，演员无论多么受欢迎，也只是戏子而已，与奴仆、僧侣同类，不能参加科举，因而永无飞黄腾达之日。

　　这些是我首次到广州，对中国人新奇的生活方式所产生的大致印象，至今仍在我的记忆中栩栩如生。当时的快乐时光如今记忆犹新，回忆那段过去的时光会感到某种特殊的芳香，真乃三生有幸。

第五章 迁居澳门，返回香港

前往澳门——澳门概况——往日的辉煌与今日的衰败——殖民地的起源——传教基地的特殊地位——教皇的偏颇——马礼逊与米怜——前往香港——香港居留——传教行程——香港的村庄——中国大陆的村庄——当地牧师阿贡——英国政府反对秘密团体的法规——"三合会"的政治来源——香港的中国人口——阿贵事例——当地魔术师

广州的气候，加上刻苦学习汉语，影响到我的身体健康。医生建议我去澳门换换空气。于是，11月14日，日落不久，我即乘一艘当地快船离开广州，同行的还有两个美国人。航行途中，我一直头疼发烧。经过约30小时，船在15日半夜抵达澳门。靠岸后，那两个美国人即刻下了船，而我身体不适，在船上待到天明才上岸。

我晚上睡得很少，常常被过往船只激起的浪头撞醒，到了天亮则根本不可能睡了。旁边船上的男男女女像看到了西洋景，他们撩开我们船的软百叶帘，窥探船舱里的东西。他们被一次次地赶走，又一次次地回来。到了我该穿衣服的时候，二十来

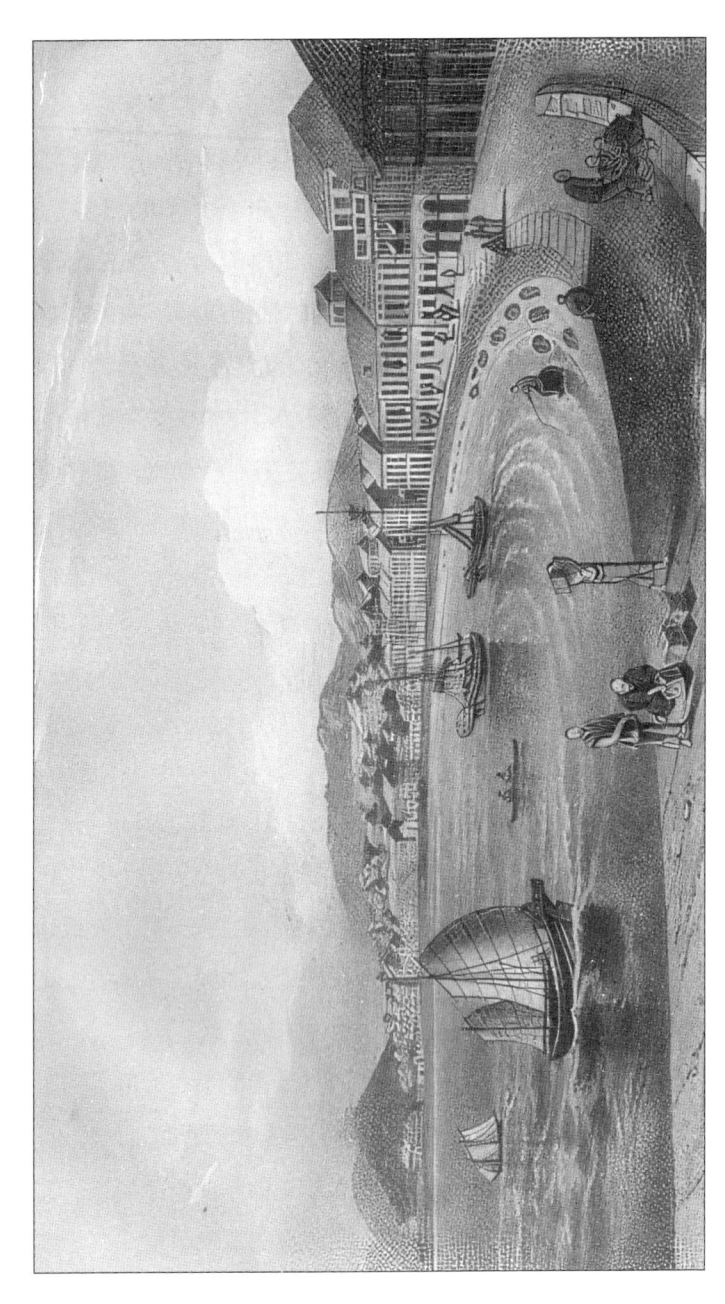

⊙ 澳门景观

双眼睛从头到尾紧紧地盯着我穿衣服。

上岸后，我去了一家葡萄牙人开的旅馆，在那里待了3天。后来，我被转移到一位名叫娄理华①的美国传教士家。在我目前的状况下，他的好客与仁慈使我倍感温暖。我在他家住了两个星期，有时在附近沙滩上或邻近的地方走走，并常有机会与新从美国来到澳门暂住的几个传教士交谈，不亦乐乎。

澳门的风景，从海湾眺望，非常壮观。那时的澳门是中国对外国人开放的人间乐土。两个世纪以来，澳门在葡萄牙人的管理下，呈现出欧洲城市的风貌，到处是教堂、塔楼和堡垒。

澳门坐落在香山岛②不太起眼的海角，在地峡处被一道狭窄的筑垒与大陆分隔。筑垒以前由中国人守卫，用于阻止与内地的交通。澳门有两个优良海港，一里一外，建在岛两边的岬上。半圆形海滨上，马路平坦宽阔，到处可见形形色色的人种。中国人和欧洲人的后裔构成澳门的主要人口。欧式房屋室内宽敞，外观华丽。

鸦片战争结束之前，澳门是外国商人唯一可安家之处。广州不允许外国商人携带妻子前去。香港的租让以及清政府对外

---

① 娄理华（Walter Macon Lowrie，或作娄礼华），1819年出生。他是美国长老会海外传教会派遣到中国的第一位传教士，任中国长老会会长。1842年，他先在澳门工作，1845年到达宁波。1847年夏天，他应邀到上海参加一个会议，在返回宁波的途中，遭到海盗袭击，据说被抛入大海中淹死。他在澳门期间对当时港澳社会进行了详细的描写和刻画，这一记载保存在其后来的回忆录里，成为今天研究近代港澳社会的一份珍贵历史文献。著有《礼拜日要论》，1855年由亚比丝喜美总会在福州出版。

② 香山即广东省原香山县，香岙即香山岙，明时又称壕境，今称澳门。澳门在香山县南120里，在珠江口西南，面临南海。

国女子在广州居住条例的放宽，使得几乎所有英国人和美国人乔迁他去，如今只有几家美国人还留在澳门。

对于得到中国边陲这一偏僻小岛，葡萄牙人十分感激中国历代君主。作为回报，葡萄牙人平息了海盗，使之不再威胁朝廷的安定。在以前的对华政策中，澳门在通商和宗教两方面都至关重要。相比之下，广州的传教士寥寥可数，地位不稳，圈子狭窄。而澳门，特别是在此之前，是中国本土上唯一的一个据点，真正具有传教的性质。

在很多方面，澳门像英国一样，是个时尚的海滨胜地，物质生活舒适优雅，甚至媲美欧洲生活的奢侈。这样一个得天独厚的地方居然没有开发传教热忱，没有向当地人推崇我们的宗教。然而，澳门是中国这一宽容的帝国在边界上唯一对外开放的通道，其他地方都对基督教亮起红灯。

住在澳门的新教徒不多，还常有不如意的地方。一方面，澳门的罗马天主教教士与当地政府关系密切，随时准备将皈依新教教会的企图扼杀在襁褓之中。另一方面，传教士与华人大众的联系十分有限，很难使他们遵循福音的基本原理。

此外，澳门受葡萄牙和中国双重管辖，体制混乱。两国权力到底是怎么划分的，一直混淆不清，且时有变化，以至于双方非得相互容忍，罔顾事实，方能行使幼稚而低效的手段，使华人在道德方面得以解放。

英华战争爆发前夕，澳门只有四个新教教会传教士能流利地说汉语。他们所做的主要是发行传教出版社的基督教刊物，翻译或修改《圣经》，准备分发宗教宣传手册，办医院使当地人受惠，和教育一些能接触到的当地孩子。直接的传教活动，即便有，也是规模甚小。宣传福音的过程中明显地缺少了上帝用来归化人类的器具，而这些在世界其他地方都得到使用。

马礼逊博士①、马夫人②、儿子马儒翰③，以及台约尔先生④的骨灰都葬在基督教坟场里。首批赴华的新教教会传道士将永远记得这些名字，将来皈依基督教的华人也会对他们感激涕零。在华传教的前期，马礼逊不得不以世俗的职业作掩饰，才能在僵化的罗马天主教与固执的清政府的地盘站住脚。由于没有这种官方的身份，米怜刚到不久即被驱逐，不能在预定的地点从事传教工作，而被遣送到遥远的马六甲海峡。

天主教的耶稣会总部最近从澳门移至英国管辖的香港，他们得到许可从政府那里购买土地，建造使团总部和教堂，公开地劝告人们加入耶稣会，因为香港的新教教会教规不那么严厉。由此可见，在对政府政策影响方面，罗马天主教与新教之间原则上的差异所在。

---

① 马礼逊一家四口的墓群坐落在墓园的一个角落，依离世的先后次序排列是长子（1811）、妻子（1821）、自己（1834）和次子（1843），而他们在世上存活的时间分别只有一天、三十年、五十二年和二十九年，都不长寿。

② 马礼逊的妻子玛莉（Mary Morton）是住在澳门的英国人，二人于1809年结婚。依当时中国规定，洋人不许携眷居住广州，因此，一年中马夫人大约有半年要独居于澳门。除长子雅各（James）夭折外，她又生下一女与一子，1815年因健康原因带儿女回英国，到1820年才返回澳门，不幸于次年感染霍乱而遽逝。

③ 马儒翰（John Robert Morrison）是马礼逊的次子，从小学习中文，十七八岁时已在中英的商务、外交斡旋间，为各方所倚重。他也秉承父志，热心投入译经、宣教、教育等事工，不料英年早逝，与父母比邻而葬。

④ 英国台约尔牧师（Samuel Dyer，1804—1843），又称戴尔或戴雅。他曾在剑桥大学攻读法律，后来成为宣教士，并将西方先进的印刷技术引进中国，他也是另一位著名来华宣教士戴德生的岳父。

12月2日上午，我乘当地客船，离开澳门去香港。船上满载中国乘客，他们将时间均匀地花在吃饭、抽烟和赌博上。船上只有我一个欧洲人，花了些小钱，得到一个单间，与同船的其他乘客隔离，可他们抽鸦片、吸烟斗的烟雾还是飘进我的住舱，令人讨厌。

第二天中午，我们抵达香港。不久，我就在文森特·斯坦顿牧师家住了下来。我在他家住了很长一段时间，斯坦顿牧师和夫人对我热忱招待，无微不至。

12月20日，麦赖滋从广州来，与我在香港同住。

次年2月20日，麦赖滋动身前往上海。此行的目的是安顿他的永久住所，以便在上海继续学习汉语。从整体上来看，上海很可能成为英国圣公会传道会梦寐以求的一个基地。

探索中国新近开放的所有港口城市的工作就落在我一人身上，而我身体一直欠佳，到了暮春季风过后，方才动身。

在香港逗留期间，许多日常事件给我留下深刻影响，回想起来乃机缘所至。不过，我不想在此赘言。因为从性质上讲，那些日常事件对了解中国和中国人帮助不大。在对不列颠殖民帝国新近获得的香港的描述中，我会谈到某些细节，用以说明传教士概况，以及传教工作的特性。有关香港对华人的命运可能起到的影响，有关获得香港对基督教传教士的真正优势，以及有关香港作为传教活动的一个中心的可能性，都将留在卷尾作系统而详尽的论述。

读者伴着作者沿海岸旅行，将看到中国所有设领事馆的港口城市的现状，这有助于读者正确而客观地了解香港和其他港口城市相对的优势。

在香港逗留期间，我有幸与各派教会的传教士交谈。当时在香港聚集的传教士比平常要多得多，许多是来暂居，探索香港的可行性，或是途经香港去沿海传教地点。有些人已传教多年，与他们交谈受益匪浅，在很大程度上弥补了因种种原因滞留香港的无奈。

在中国，有个非常杰出的外国人，他就是郭士立[①]牧师。他的大名在英国宗教圈子里人人皆知，成名之作乃是他出版的沿中国海岸进行传教旅行的记载。虽然许多事情显然出自他的想象，因而传教士们对他的观点不无保留，但他以前确实从事传教工作，其胆识与勇气无愧于使徒时代。他通晓多种中国方言，脑明体健，实为不可多得之人才。遗憾的是，他作中文秘书，为政府翻译，业务繁忙，以至于在很大程度上脱离传教工作。不过，在安息日和晚上，他仍然会在他信赖的当地牧师的陪伴下，去中国人的村庄传教。值得称道的是，尽管庶务繁忙，他所做的工作比起一般专职传教士毫不逊色。

有一次，他友好地邀我陪他下乡。下面的记叙可以让读者了解岛上居民的阶层，以及传教工作可以进行到的程度。

12月22日。上午9点左右，我们在阿修和阿泰两位当地牧师的陪同下，登上一艘小船，沿着港湾向东而行。阳光明媚，天空晴朗，然而气温略寒，须披外衣方才舒适。右侧是香港耸立的山岭，左侧是大陆陡峭的海岸线，农居村落历历在目，前

---

① 郭士立（Karl Gutzlaff, 1803—1851），19世纪普鲁士基督教传教士，通晓中文，曾先后在英国东印度公司与香港殖民政府任职。

面九龙湾中舢板、军舰游弋，勾画出一幅赏心悦目的景象，平添一丝罗曼蒂克的情趣。我们绕过港湾东边的海岬，不久便把维多利亚城抛在身后。

我们原计划穿过鲤鱼门海峡，转而向北，航行60里，抵达大陆上一个大村落。由于逆潮而行，风向不顺，看形势得下午很晚才能到达。于是我们改变航向，决定以九龙湾为当日活动的目的地。九龙湾沿香港海岸延伸6里多与鲤鱼门海峡连接。我们下了船，指示船上的中国人看着我们的走动，然后将船沿着海滩与我们保持一定距离跟着。我们登岸的地点是个石矿，没费多大工夫就说服了二十来个工人放下手中的活儿，围聚过来，成为热心的听众。

郭士立牧师用当地语言宣讲福音，努力模仿当地人的声调、手势和举止。工人们听得很感兴趣，常常回答问题或加以评论。郭士立牧师讲完后，由他的两个中国助手继续演讲。他俩，尤其是较年轻的阿泰，都饱含热情，向他们的同胞宣讲。整个传教过程以郭士立牧师向主做的简短祈祷而结束。我们留下了一些宣传手册，在聚会人群的鼓掌与致敬中离去。大多数人都与我们话别。

我们又走了6里多路，沿途平坦可居住的地方都建有简陋的棚屋，外墙颇为坚固，以防海盗袭击。人们似乎认得郭士立牧师和他的助手。他打着官腔，摆出一副官架子，使犹豫不决或漫不经心的人不得不来到他跟前听讲，这真是让人不禁莞尔。有一次，我们在露天集会，以天为庐，以地为坛。另一次，我们在当地一所房子里聚会，附近棚屋的居民都过来听讲，郭士立牧师站在门口，使人只能进屋而不能溜号。他的"强制"行为博得善意的理解，欲溜者哭笑不得，其他人则大为赞同。人们大多热忱听讲，还一路跟着我们到下一个聚会的地方。

每地的传教方式略有不同，每个传道士分配的部分或有改变。有些聪颖的听众会在传教过程中提问。他们讲的是客家话，与当地盛行的广东话大不相同。

郭士立牧师精力充沛，健步登山，而我则望尘莫及。山上传来阵阵鞭炮声，使我注意到山上有个突出的小东西，似乎具有某种神圣的意味。爬上去一看，原来是两三个神像，黑漆漆的，只有15厘米高，穿着金箔做的衣服，佩戴着各式各样的装饰品。他们面前摆着小小的茶杯，大盘子里盛着刚烧好的鸡肉和火腿，还有土豆和红薯，及其他中国节日常用的食品。我在那里的时候，只有两个女人和三四个男人来拜访过。他们公开留下食物，毫不担心会被人拿去。但这种虔诚的举动通常是在外面展示的，若在家中，他们会取走贡品，大吃一顿。

后来，我们上了一艘停泊在海边的船，船上满载着铺路石。船员有二十来人，看上去怯生。我们在船上做了场简短的传道，因为船员注意力不集中，漫不经心，一副不情愿的样子。郭士立牧师在演讲时对他们说，"你们是海盗，是邪恶的人，因为你们心中没有主。"他规劝他们忏悔罪孽，信奉圣子[①]。对于谴责他们道德低下，船员们对此无动于衷，既无反驳之念，亦无否认之意愿。

这些零零落落的村子里，居民除极少数外，都是品格低下的亡命之徒，或作奸犯科之类，通常是在外地无法生存，才来

---

① 圣子，即耶稣基督。

到这附近定居。

这些访问一共花了6个小时。最后的聚会是在一个大村庄的一个颇为殷实的商人的店里。这是当天最大的聚会，人数多达五十来人。村里大约有三四百人听说过福音。

下午4点半左右，我们再次登上船，乘习习微风，轻快地驶回维多利亚城。我们那天访问的人大多信仰佛教，家家户户都供奉着佛像。

此后不久，一些其他传教士组成一个小组，陪同阿贡访问维多利亚城对岸大陆上的一个村庄。阿贡是个中国基督教徒，6年前由已故的马礼逊博士主持洗礼，现为中国传教士，与传教医院有关系。我也在该小组内。由于没人能流利地说当地方言，阿贡成了此次活动的主要宣讲人。随行的还有一个当地男孩，为我们携带分发用的书籍和小册子。书籍和小册子几乎白带，因为在那些地方，一个村都难找到一个能读会写的人，虽然许多人能识些汉字用以开店或计算欠债。不过，我们还是希望这些书籍和小册子最终会到达看得懂的人手里。

我们在一个叫作深水的村子登陆，分成两拨，以免引起人们恐慌。我们中的两个人徒步翻越村旁的小山，而我和一位行医传教士进入一个个小村庄。出于好奇，一些村民会围上前来，于是阿贡就向他们讲解所分发的小册子的内容。我们给几个病人做了检查，邀请他们去香港的行医传教机构作进一步治疗。我们还分发了几份传教医院的内部规定，其中明确阐述了医院的基督教宗旨，以及病人每天需集中聆听福音。

主要的对话在阿贡和村民之间进行。通常第一个问题是：

"你们来这里干吗？"阿贡回答说，不是为了赚钱，而是来向他们介绍基督和他的福音。一个女人问他，若送生病的孩子去那所医院，我们会得到多少钱？阿贡回答说，我们不会得到一个铜板。阿贡的回答使他们觉得难以置信，一脸怀疑的神色。于是，阿贡夸张地抚摸他的白胡子，让他们注意到他的年纪，然后说，在他这把年纪，有什么理由要骗他们去香港？

我们就这样走了两里半路，访问了几个村子，途中没有发生特别的事。这里的乡间，耕作具有一定的水准，田里主要种植甜薯和类似莴苣的洋白菜。小径弯弯曲曲，两边狭窄的篱笆圈着私人属地，小水沟紧挨着小径流淌着。海滩宽敞多沙，相当不错。人们头脑开放，举止纯朴，有个人还招待我们喝茶。

到了第一个村子，我们在一座小庙前聚集。这座小庙供奉的是观音菩萨，即"慈悲女菩萨"。神像为一尊女菩萨，臂中抱着一个男婴。观音菩萨像后稍远处，排列着3尊菩萨像。人们显得很高兴，为我们介绍各种圣器，然而没有一丝宗教的敬畏之情。距这小庙不远，有一所房子，大门上方刻着长长的题词。大门通向主院，那是个类似小农场的庭院。门上的题词昭告路人，屋内主人的某个亲戚文采出众，曾经中举。

这些零散村庄的居民，显然以务农或捕鱼为生。这些村庄散落在两里半的路上，从维多利亚城可以眺望得到。

在后来的日子里，我有机会访问岛上邻近的村庄，到过九龙对面大陆上有三千居民的村庄，还参观过一个中国炮台。我还访问过好几个统称为莱德隆群岛①的小岛。海盗岛②之名拜葡萄牙人所赐,源自岛上居民海盗般的性格。

我在香港居住期间,"立法委员会"通过一项法令,允许政府惩治中国秘密帮会成员。让我来提供一些背景知识,以便读者了解香港形形色色的居民的社会状况与特性。中国有几大秘密帮会,成员因某种共同的目的而聚集成帮。其中有个主要帮会叫"三合会"③。这是个政治帮会,成员为忠实于前明朝的各路人马,其宗旨为驱逐满族统治。会员誓言保密,互相帮助。为此,有大量的人加入三合会,尤其是在南方。后来,帮会的目的逐渐脱离建帮之初衷,演变为无法无天,偷盗抢劫,聚众叛乱。

简而言之,现在的三合会与其他类似帮会一样,会员来自社会上目无法纪的阶层。他们的誓言系统与秘密性,为打家劫舍提供了充分的机缘与保护,很难被警方侦破。前不久,警方抓到了一伙盗贼,从他们身上搜到的秘密证件可以佐证香港存在着这些帮会。许多中国居民讲义气,互相包庇,为防止或侦破犯罪建构了一道难以逾越的屏障。这项严惩秘密帮会的法令,

---

① 即万山群岛(英语:Wanshan Archipelago、葡萄牙语:Ilhas do Ladrones),是位于珠江口之外,处于香港主陆地以南及西南、澳门及九洲洋以东的多个岛屿的统称,当中包括大万山岛、小万山岛、东澳岛、白沥岛、桂山岛、外伶仃岛、担杆列岛、佳蓬列岛、三门列岛、隘洲列岛等一百多个岛屿,现由广东省珠海市香洲区管辖。而其他岛屿(香港岛、大屿山等香港岛屿以及澳门离岛)则分属香港特别行政区及澳门特别行政区管辖。

② 莱德隆(ladrone),在葡萄牙语中意为强盗、海盗、恶棍。

③ 三合会(Triad Society)是香港传统黑帮社团的统称,是著名的反清复明组织天地会(洪门)异变。由于很多华人黑社会组织根源都可以追溯到清朝的三合会,所以现在,尤其在香港,一般用来泛指华人黑社会组织。

明示了秘密帮会在推动该项法令人士眼中的性质。该项法令的开场白如下：

鉴于"三合会"及其他秘密帮会盛行中国，存在于香港居民之中；

鉴于这些帮会的宗旨不符合维护社会秩序之需要，反而鼓励违纪违法，危害人民生命财产，并通过秘密方式，或助长犯罪，或庇护罪犯；

为此，特颁此法令。

惩戒方式包括：囚禁三年，右颊烙印以及驱逐出境。官方担心，香港的中国居民中有许多人属于某个或多个帮会。这些帮会，除帮会宗旨应受谴责外，在某些方面具有类似互济会的性质。

这些帮会，尤其是"三合会"，一直使朝廷坐立不安，一旦抓到该会成员必严惩不贷。此举乃火上浇油，使社会上无视法规、蓄谋叛乱者日多，致使江洋大盗无法无天。同天，广州地方政府发布多道公告，证明清政府的担忧。

"三合会"的起源与历史甚是神秘，难以断定。这种帮会的存在，说明清政府中强弱派系比例失调，缺乏大众代表，因而对统治者施加了一定的压力，以至于在中国许多地方，民主开始蓬勃发展。

离开香港之前，我陪一位传教朋友数次去中国人的居住区，走过濒临海滩的当地集市和后街，把宣传手册分发给几家看得懂的人。我们在好几家中看到抽鸦片的用具，但没有一人正在抽鸦片。

后来，我们来到了一户富庶之家，屋主名叫阿贵。他在集市上有50套房子，靠收租过日子，生活优裕。而当地一般居民是来自邻近的陆地上的社会底层。

鸦片战争期间，阿贵为英军提供给养，发了一笔财。战争结束后，起先他不敢回大陆，怕被清朝当作卖国贼抓起来。最后，他在香港定居，据说贷款给不法分子，从卖淫与犯罪活动中获取财源。他为我们介绍了阿泰。

阿泰是他的一个生意合伙人，我们见到时，阿泰正在吞云吐雾，把烟从口中吸进去，然后由鼻中喷出来。经过调制的稠稠的鸦片液在火上烧几分钟，变得硬实，然后装在烟锅里，伸到玻璃小灯上烧烤。抽鸦片的人躺在躺椅上，头枕着枕头，静卧着，细细地品味鸦片的刺激作用。

阿泰刚从英国政府那里投标得到在香港零售鸦片的特权，只要一次出售不超过一盒就成。为了得到这个鸦片零售特权，每月他得付550元。他计划开个办事处，向鸦片房业主出售执照，允许他们零售。他希望，每月付给英国政府550元后，出售零售执照会让他获得纯利润。然而，后来发现合同文字有纰漏，合同几经转手，零售特权最终被阿贵买下。后文会提到这一豪取强夺之举，以及阿贵的经营之道给殖民地当局利益带来的总的不利之处。

与我同行的传教朋友所分发的反对鸦片买卖的宣传手册，或许已经引起人们谴责我们英国在鸦片一事上态度不一致。

阿贵领我们进屋，他的两位太太衣着漂亮，正透过窗子观望街上一群人围着看耍把戏的人表演。

那耍把戏的人操一口南京方言（演员通常都说南京方言），大声吆喝着，然后走到人群一角，从那里拽出一个不情不愿的五六岁的男孩，不顾他一路挣扎，把他拉到圈子中央。他打着夸张的手势，猛地把男孩扔上一个木凳，让他躺着，然后在男孩上面挥舞着大刀。男孩一直抽泣着、哭着，似乎吓坏了。两三个老人从人群中走出来，劝耍把戏的人不要做这么危险的表演。耍把戏的人不听劝告，回到仍在可怜地哭泣的男孩身旁，让他背朝天，然后不顾年长者激烈的抗议，突然一刀劈向男孩颈背，几乎把头砍下来。伤口血流如注，流到地上，沾满了耍把戏之人的手。男孩的挣扎越来越弱，最后完全停止不动了。耍把戏的人站起身来，刀仍然留在男孩的脖子上。围观的人们大把大把地往圈子里扔铜板，赏给主要演员。助手们四下里捡铜板，看到纷纷而来的铜板十分高兴，不停地向观众鞠躬，嘴中不停地嚷着"多谢"。过了一会儿，耍把戏的人走到"尸体"旁，念了几句咒语，拔起刀来，大声喊那孩子。不久，"尸体"似乎有了动静，僵死的身躯渐渐松弛，最后，男孩在观众的热切期待中站了起来。观众围了上来，赏了他很多钱。这场表演显然取悦了观众，他们不停的叫喊声，表达出满意的心情。

第六章　东海航行半途而废，再访广州

三位英国绅士广州遭袭——英国全权大使递交抗议——谣传厦门混乱——搭军舰沿东海岸航行——东海岸特征——一路经过的地点——因故被迫返港——前往广州——最近颁布的弛禁天主教敕令

2月间，我的朋友暨主人——香港殖民地牧师——趁我暂时逗留之际，到访广州。离开广州的那天早晨，他在副领事杰克逊先生和殖民地"财政部长"马丁先生的陪同下，沿城墙散步。

天刚拂晓，他们就出发环城步行，走完整段西城墙。在途经城北高地时，见一群乡间民众聚集起来，手持梭镖、刀剑等武器，追上他们，轻而易举地把他们制服了（因为寡不敌众，抵抗毫无希望），抢劫他们的手表、钱财及其他有价值的物品。他们刚被放走不久，另一群人又扑将上来，有些人开始剥他们的衣服，幸而被另一些人阻止。城上的一些人，很可能是士兵，得到长官默许，把几斤重的大石头从瞭望塔上推下来，犹如雪上加霜。不过，我的朋友们还是完成了对广州城墙的勘探。

这些事件，加上最近几次英美领事就不许外国人入城之事

与当地清朝官员的会谈，导致了与当地最高政府的特别交涉。清朝当局委派一名下级官员拜访英国领事。一位当事人在英国领馆通过译员与那位清朝官员交谈。在当事人记述事情发生经过的整个过程中，那位清朝官员哈欠连天。他把事件归咎为暴民所为，声称此地人不及北方开化。他们厌恶外国人，施暴于外国人，当局对此无能为力。也许他受人指点，借此为清朝当局开脱。但任由英国臣民遭受人身攻击，无论如何讲不通。如果清朝总督公开承认无力保护英国居民，那么英国将不得不在广州派驻军队，威慑暴民，维持安定。

几天后，香港总督就英国臣民最近受辱之事致函清朝钦差大臣耆英，言辞强硬，要求调查事端，并对怎样安全进入广州这一悬而不决的问题作出令人满意的解决。与此同时，"维克森"号军舰被派往黄埔示威，以便中方为英人所受的侮辱早日作出具体的赔偿。托舰长之福，我上了"维克森"号军舰，前往黄埔，打算从那儿乘船去广州，逗留几日，看望朋友。去年秋天得病，匆匆去了澳门，至今尚未相聚。

3月30日星期一上午，我来到"维克森"号军舰旁，当值的警卫建议我不要把行李提上去，因为已接到命令不去黄埔了。为了证实这一消息，我登舰去见舰长。舰长告诉我以下详情。前一天，香港不期获得情报，澳门发生动乱，危及英国领事与侨民人身安全。由于军队不久前撤离邻近的鼓浪屿，导致多起抢劫事件。因此，他们恳切要求派军舰前去保护，以防暴民加害。香港总督与驻港部队司令磋商后，于昨天晚上决定更改"维克森"号军舰的航向，改派去澳门。我十分失望，舰长对此深表遗憾，建议带我去澳门。鉴于澳门是英国圣公会传道会指示我去访问的一个港口城市，我欣然接受了舰长的好意。我匆忙上岸作必要准备，不久回到舰上。11点刚过，军舰起锚离港，疾驶而去。

两边崎岖、陡峭的海岸形成英国舰队在东方刚获得的殖民地的宽敞屏障，完全围住港湾，使之不受飓风侵扰，而清新的微风则把健康吹到香港的每个角落。军舰穿过鲤鱼门海峡进入公海，港岸在后面的地平线上渐渐下沉。

公海上点缀着许多小岛，看上去均崎岖不平，荒芜凄凉。不时可见渔民的小屋，建在细窄的岬上。屋旁架着绞网机，安装在长长的活动杆上，远远地伸到海中，控制宽大的渔网的起降。偶尔可见小片土地，孝顺的家人将之开拓为墓地，上面竖立着半圆形或三叶形的墓碑，常摆着供品，奉祭逝去的长辈。另一些地方，没有雕饰的石板上刻着几个汉字，显然死者家境贫困。除此之外，还见到几个村庄，村边停泊着渔船。这就是我们沿东海岸一路航行所见的景象。

"维克森"号军舰向东南方航行，绕过一个名叫担头的小岛南岬，穿过人们通常称之为大红门①的海峡，转向东偏北，沿海岸13至19里处航行。极目之处，无论岸上还是海上，景色一样单调。陆地上，悬崖峭壁连绵不断，间或可见狭窄的沙滩，

---

① 大红门（Ta-thong-mun）海峡，应是赤门海峡，又名吐露海峡，是香港海峡之一，位于船湾淡水湖东南岸及西贡西北岸之间。海峡东北端连接大鹏湾，西南端则连接吐露港。

土地贫瘠，了无生机。辽阔的海上，成群结队的渔船，一样大小、一般模样，畏惧风力，不敢离岸 10 里之外。

"维克森"号军舰一路经过乌洲岛、九柱石、石牛湾、大鹏湾和大山湾。日落后，我们继续在海上孤寂地航行。只有几个大胆的渔民，驶离海岸较远，来不及在夜幕降临前返回，偶尔会在我们的航线前面穿过。

次日早晨，所见景色与前一天大致无异，只是海岸线不那么陡峭了，山岭也离海岸稍远。尤其是沙汕头东面接近大海的陆地，地形明显不同。沙滩与远方山岭之间，一片平地，或大或小，而大片的沙滩沿海岸延伸，承接浪潮的冲击。海上十数里内，千船百舸。

这里船的外观与广东不同，帆呈方形而非矩形。船员也大多扎深色头巾，显示出他们是福建省吃苦耐劳、勇于创业的人们。然而，有些勤奋划桨的人们，却衣不蔽体。我们经过石碑山和南交表，已接近东澎岛，远处可见南澳岛。南澳岛位于广东省东北端点，与福建省接壤。

此时，我发觉情况异常，便由船舱走上甲板，看到官兵聚集起来，并听到一个坏消息，机械出现故障，发动机完全丧失功能。唯一的选择是改变航向，转向西南，凭借强劲的风力，靠船帆返回香港。虽然离澳门已不足 300 里，不免令人失望。然而，大家还是努力而为，顺风而下，沿原路返回。第二天晚上，又有灾难降临。一船不幸的渔民，或许正在船中睡觉，被我们的军舰撞个正着，撞断了桅杆，撞落了船帆。

事故发生后，渔民立刻吹起号角，敲起铜锣，燃烧纸钱，抛向大海，祈求海中神灵息怒。而我们的军舰，在猛烈的撞击中，舰首三角帆下桁受损，从中断裂，右舷明轮被渔网缠住。当时，有一两艘船正在附近，准备救援。于是，我们继续航行。

4月2日星期三中午，经过大约48个小时，"维克森"号军舰缓缓驶入港湾，在香港城外抛锚停泊。此次航行1200多里，使我精力倍增。朋友们见我离去不久，这么快就回来了，均十分讶异，在我解释后才疑团尽消。与此同时，有消息传到香港，说澳门动乱只是暂时的，实属虚惊，我们半途而归并未造成不便或是危险。"麦达瑟"号军舰正在澳门，动乱已经平息。

4月3日。我按照以前定的计划去访问广州。晚上即搭船出发，同行的还有两个欧洲人和几位印度水手。次日下午，抵达黄埔时，我们船上的中国舵手闯了祸。当时他正准备靠近那艘印度水手该上的船，由于靠得太近，以致我们船的桅杆把一块帆桁从那艘船的帆缆上刮了下来，掉向我们头顶，威胁到我们的安全。为此，我们的船长被拘捕，关押在他们的船上，直到他对事故作出赔偿为止。我们船上好几个水手与那艘船的英国籍船长激烈争辩了许久，最终达成妥协，在停留半个小时后，我们得以继续航行。而那个英国籍船长则取下刻着我们船号码的木板和航行执照，作为凭据，以后可以估价索赔。

这一不幸事件对水手们的情绪打击不小。有些乘客暗示会资助些钱弥补他们的损失，他们的情绪才稍有好转。船上的服侍生热衷赌博，非得我们严厉申斥，不然不会注意到我们的需求。航行的后半段枯燥乏味，不过日落的景色倒是十分绚丽。

晚上9点，我们的船穿越珠江上的千船百舸，抵达广州外国商行，抛锚停泊。

到广州后，得到的第一个与传教工作有关的消息是，传闻清政府颁布敕令，容忍基督教。人们请教潘庭官，想要证实这一传闻。他的回复闪烁其词，装作一副毫不知情的样子，只是表示皇上确有此意，不再对传授"天国之主的宗教"者实施法律制裁。"天国之主的宗教"之说，源于早期耶稣会会士对基督教的称呼。

然而，不久即获得更为确切的消息，上海的一些传教士得到当地公布的一份中文文件，将其译成英文，传送到广州。该文件是耆英递交给朝廷的奏折。在该文件中，耆英恳请圣上完全容忍天主教信徒。该文件上面附道光皇帝朱笔批文："着如所议"。以下为中文抄件之英译文，其中有些段落或许会令读者记起小普林尼[①]

[①] 小普林尼（Pliny，全名 Plinius Secundus），此人在文学上颇有造诣与成就，在政治上又是罗马皇帝图拉真（Trajan）的密友。此段落中所提及的内容，系出自小普林尼于初任俾泰尼亚省长时的上奏，当时约在公元110至111年。这篇奏文《俾泰尼亚的基督徒》是一篇纯粹在外邦执政者眼光下初期教会的光景，因此显得格外写实并珍贵。文中对于初期教会的信仰、实行、见证、美德，以及小普林尼对逼迫政策所感到的不解等，都有相当坦率的描述。而图拉真回复小普林尼的信中（又被称为图拉真对基督徒的政策），可以看出图拉真一面认同有德行的基督徒不应受到不公义的对待，但另一面图拉真又肯定小普林尼斩杀那些坚称自己是基督徒、不拜偶像的人；他又明令只要有人否认自己是基督徒，又在公众面前拜偶像，就可以勾销所有之前所犯的错。

写给君主图拉真①的著名诗体信件②。在小普林尼的信之后刚两百年，十字架的旗帜就在古罗马帝国皇城的塔楼上飘扬起来了。愿类似情景在中国重现。

钦差大臣暨两广总督耆英，额首顿拜，特此上书。查"天主"之教，为西夷各国崇尚，旨在劝人为善、谴责邪恶。于前明朝导入中华，迄今未被查禁。以后，有人借传教行邪恶之事，甚至勾引良家妇女，用诡诈术取出病人眼珠，至此朝廷不得不

---

① 图拉真（Trajan），全名 Marcus Ulpius Nerva Traianus，生卒日期为公元53年9月15日至117年8月8日或9日，古罗马帝国皇帝（98—117在位）。生于西班牙的伊大利卡，随父在军中长大。公元89年成为军团指挥官。91年任执政官。97年任上日耳曼行省总督时被皇帝内尔瓦收为养子，成为帝位继承人。翌年即位后对内加强集权统治，对外奉行扩张政策。101—102年、105—106年两次发兵达契亚，使其沦为罗马一行省（见达契亚战争）。106年灭阿拉伯半岛西北端的纳巴泰王国，设阿拉伯行省。113年出征帕提亚（安息）。次年攻占亚美尼亚。后沿底格里斯河南下，吞并上美索不达米亚。116年攻陷帕提亚首都泰西封，直抵波斯湾（此时为罗马帝国版图最大时期）。117年回师途中病死于小亚细亚的塞利努斯。

② 见小普林尼《书信集之十》，第96—97页：
小普林尼书呈图拉真皇帝陛下
主上，臣已习惯于向您求教任何臣心存疑虑之事。因为除您之外，谁人能为臣指点迷津或是点出缺失所在？以前臣从未参与过对基督徒之审判。故臣对于此种应予惩处和审查之罪行应如何处罚及如何量刑一无所知。此外，臣对于年幼者与成年犯之间量刑是否应予区别；对于忏悔者是否应予宽恕；曾身为基督徒者一旦退出是否应予优渥；未曾犯罪之基督徒与彼等之犯罪者，何者当受惩处；臣心中于此几点大存疑惑。
又，对于在臣面前被指为基督徒者之诉讼，臣谨遵循下列程序：臣质询其人是否为基督徒；若其人供认不讳，臣威胁以刑法惩处之；质询第二遍，复之以第三遍，若其人仍固执己见，臣遂命处以死刑。盖臣深信，无论其人所持教义为何，冥顽不化、固执谬见者合当处死。对于陷入歧路之罗马公民，臣特为之签署命令，着将其解往罗马。

予以捉拿、惩处，此乃有稽可查。嘉庆年间首次下谕[1]，列专项惩处此等败类。因此，原禁令乃针对借传教而行恶之大清臣民，

世事往往如此，随臣等办案之进展及某些事件之发生，告发蜂起。遂有一匿名文件广为流布，内中提到众人姓名。对于否认身为或曾身为基督徒之人，当彼等遵臣之口授向诸神祈求；向陛下画像及臣特意吩咐搬来之诸神雕像祈祷、奉献薰香美酒；并对基督之名加以诅咒——据传，身为基督徒者以上诸行之任一皆不可强迫而为之——凡能履行以上诸行者，臣以为当予撤诉。或有被线人指为基督徒者则否认之，彼等断言尝为基督徒然已推出久矣——有3年前退出者，有多年前退出者，或竟有20年前退出者。彼等俱能礼拜陛下画像及诸神之雕塑，并能诅咒基督之名。

然彼等断言，其人之罪过或曰错失之处在于曾习于在某固定日期之黎明前相晤，彼此和之以赞美基督为神之赞美诗歌；并发誓约束自身，非为作奸犯科，而是誓言不欺、不窃、不通奸、不背信弃誓、当被吁求之时不得抵赖不还他人寄存之财物。嗣后，据彼等之习俗，彼此分别，复聚会分享饭食——食物合于常规无异。彼等宣称，尽管其行若此，其人既见臣奉陛下之命颁布之严禁政治集会露布后，参与基督教之行动即行终止。缘是之故，臣以为，为求探明真相，严刑拷问二女奴——彼等称为女执事者——极有必要。然除顽劣与极端之迷信而外，臣一无所获。

为此，臣将审判延缓，火速求教于陛下。唯因该案涉及人数众多，此事在臣看来理当咨询于陛下。已然身受或将受此案株连者，无分寿幼、无分贵贱、无分男女，人数众多。唯此等（基督教）迷信祸延城乡，及于农庄。然依臣之见，或可挫阻而消弭之。很明显，此前几乎已被废弃之神庙宇如今已恢复人气；久已漠视之宗教仪典，现已有所恢复；时至今日，虽然献祭牺牲仍乏人问津，然（牲口贩）已从四野麇集。臣于是不禁有感焉：陛下法外开恩，仁信广布，黔首奉旨受化，自当歧途知返哉。

图拉真皇帝回信小普林尼

字复普林尼，朕之股肱：审理被揭发为基督徒之案件时，汝所遵循之诉讼程序正确无误——缘于无法指定普遍适用之规章用作一成不变之标准。汝不必将此等基督徒一一甄别；假如其人遭到指控被证明有罪，则自当惩处之。按此条件，任何否认身为基督徒者，如能证实之——亦即礼拜吾人敬拜之诸神——则无论其人过往是否形迹可疑，悔过之后仍应予宽恕。唯匿名之告发，不应准予起诉：要在此类行为实乃危险之先例，并与吾人时代之精神不符。钦哉！

---

[1] 嘉庆十年（1805），清仁宗下谕命各省督抚转饬地方官，"查禁天主教，务绝根株"。"民误入教者，勒令反教。""其潜入内地之教士，缉获之后，从重治罪"（刘准：《天主教中国传行考》）。

而非为西夷各国所崇尚之宗教。今，法兰西公使拉萼尼要求对习教而不滋事生非者，概予免罪。微臣以为，似可应允。为此，微臣提议，从今以后，凡学习天主教者，无论大清臣民或番邦夷人，只要不滋事生非，均可得主隆恩，免予刑事处罚。若勾引、奸污有夫之妇或黄花闺女，若以诡诈术取病人眼珠，或以其他犯罪方式触犯律法，则当根据大清律例予以惩处。至于法兰西等西夷国度教徒，微臣以为，可允其在五口通商之港市建立教堂，但不许他们深入内地传教。若违反或蔑视条约，超越界限，行事乖张者，地方官员将予以缉拿，即时送往该国领事馆约束与惩处；但不得当场处死，以期得到从宽处理。如此，良莠不至混杂，仁政得以彰显。恳请皇上，赦免学习天主教而不滋事者。向皇上进言乃微臣之责，企盼皇上允奏，颁布上谕。祝：吾皇万岁，万万岁！

第七章　广州传教实际状况

宁波会馆中的传教计划——管理人员的恐慌——上流社会的冷漠——当地牧师勇气不足——分发宣传手册——一位朝廷下级官员提议陪同入城——继而惊讶这个建议竟然被接受——无法进入城门

4月5日。抵达广州的第二天，我拜访了两位美国传教士。他们新近把传教机构从香港搬迁过来。因为觉得在那里发展不利，于是把活动地点迁至广州，期望能有更好的作为。许多朋友对此深表遗憾，对他们的这一步棋颇有微词。他俩现在住在外国商行附近的一个商行里，期待在不远的将来能搬入华人居住区之中。他俩两天前才刚到，计划自然尚未实施。不过，他俩至少已计划好次日的活动。

第二天是安息日，他俩的计划相当大胆，值得赞赏。上午10点半，他俩要举办一场宗教仪式，在当地华人杨牧师和孟牧师的协助下，到宁波会馆的大厅里向华人布道。宁波会馆是祖籍宁波的当地商人的集聚地。与此同时，王牧师、雷牧师和洪牧师将在几条街外的晋州会馆举办类似的聚会。而陆牧师、游牧师和戴牧师也将为同一目的去一个叫作松口浦①的地方。我的两个美国朋友陪我在附近几条街走了走，主要是去看看第二天计划传教工作的场景。

宁波会馆是我在广州所见到的最好的当地建筑，内有各种各样的大厅和宽敞的房间，梁柱精工镂雕，铭文题词镀金镶银，神像精美颇具尺寸，装饰品琳琅满目，家具优雅华贵，这一切显示出以前曾花费颇多。我们看了不同的房间，两个同伴不时讲出心中的感受与愿望。我们一处一处地逛着，走过许多院落和大厅。五六个会馆的官员或侍者围了上来，从我们手中接受了一些基督教宣传手册，把它们放在大楼中各个地方。一个朋友不久就和他们交谈了起来，给他们讲解教义、我们此行的目的，以及明天准备的传教活动。

最后那个话题引起了相当长的讨论，显然我的两个美国朋友有些过于乐观，以为在过去的访问中已经得到明确答复，允许在大楼里从事他们所计划的活动。那些华人对此持异议，声明他们只是管理人员，而非业主。这座大楼不是为宣传宗教而设计的。简而言之，他们唯恐与外国人交往会带来麻烦。我的一个同伴极力想减轻他们的恐惧，向他们证明基督教义的优越性，解释他的动机毫无私心。我的男仆阿发也热心地加入辩论，向他的同胞讲解外国人的风俗习惯和传教目的。

我们让这一小群人继续思索刚听到的话，自己上了楼，坐在一间可俯瞰楼下庭院的房间里，一边恢复精力，一边讨论明

---

① 松口浦，原文为Shong-kou-poo，译音。

天活动的前景。楼下华人在讨论外国人怪异的活动，我们则振作精神，感激上帝让我们蒙受福音的祝福。

离去时，新认识的人们向我们礼貌地道别。我们走到邻近的街上，见到可能会认真阅读的人，就分发宣传手册给他们。我们在一家店铺里待了段时间，店里的人对我们的书很感兴趣。店主上了年纪，将打点经营之事交给侄儿。他的侄儿是个中年人，举止殷勤，头脑灵活。我们讲解基督教主要教义时，他听得很认真，提了许多问题。他说从未听到过这么精彩的教义。当讲到人的堕落，因此有必要忏悔，以获得全新的心时，他热切地询问，设神坛是否罪孽。我们回答说，上帝禁止盲目崇拜，崇敬他的人应当精神与行动一致。他指了指楼上的一个小小的壁龛，说那是他独自拜佛的地方。他说，他的心想要相信，但还不能完全理解基督教义。在随后的对话中得知他说有一个儿子，一个女儿。根据华人的观念，这是很有福分的了。对此，他既同意又有所保留，说他没有钱财。我们告诉他，蒙主恩宠，得知真理，比有钱更宝贵。他坚决否认人类的腐败堕落与自己有任何关联，认为自己有颗善良的心。在进一步谈到人的罪恶欲望，以及他不曾为崇拜偶像忏悔过时，他终于承认，他的心里是有过邪念。

早些时候，老伯父听到我们谈到他，十分恼火，走到公寓另一头去了。不过，在我们离去时，他似乎平静了下来，耐心地听我们给他的忠告，并向我们友好地道别。

他的侄儿提到，以前在广州曾与一位传教士谈过话。这时，我的一个朋友讲了我们来华传教的目的。他的第一反应是，我们很有钱，才能离开自己的国家，老远地来到中国。我们告诉他，我们不是有钱人，来这里是遵循主的差遣："去吧，去向所有的国家传教。"此时，阿发又一次为传教作了雄辩，为差传作解释，说明我们不是来赚钱的，而是向华人讲授"古老的教义"。那侄儿又问我们是美国人还是英国人。我们告诉他说，我们中有两个美国人，一个英国人。虽然我们分属两国，却在基督教义下彼此团结在一起。他对此表示同意，评论道："门徒不分国别。"离别时，我们邀请他参加第二天将在宁波会馆举办的活动；若有兴趣或感到好奇，可来我朋友家拜访。

两位朋友的这些尝试，是为他们的计划做准备，即在郊外租一幢房子，用做教堂兼寓所。那样，他们可以大胆而有步骤地开展活动，每晚由当地牧师在城里城外同时举办宗教聚会。传教工作的朋友们大多对他们的试验结果拭目以待，但也有一些人预言这种试验会很危险。我暂住的那家教友对此事尤其忧心忡忡，声称确切知道当局对此疑虑重重，而有些人则在一旁虎视眈眈。他预言，这种试验的结果，肯定会导致骚乱，很可能会给整个传教工作带来阻力和冲击。这样的负面影响也许得用许多年的谨慎活动方能消除。

结局证明，乐观的一方和担忧的一方都有些偏颇。虽然一个会说当地语言的传教士可以去郊区各个地方，虽然在当地居民家交谈没有任何约束，虽然可以一家一家地分发宣传手册、解释书中内容，但是除了在外国商行自己的住宅外，传教士不能举办任何公共的宗教活动，这样就远离了华人社群。华人倒是愿意来找传教士私下交谈，有些还参加了刚开始举办的布道活动。但在宁波会馆及其他公共场所，不允许举办公开的宗教活动。唯一可做的，是与二三十个可能聚集在传教士身旁的人进行非正式的对话。

当地传教士发觉传教的话题在人们中不受欢迎，具有与外国人交往的意味，因此有些胆怯。他们一般受教育程度不高，对基督教了解得不多，热情也有限，容易害怕，只向与会者分发了几本小册子。至于他们在城里的工作，只能听他们记叙，因为外国人不能进城。

过了些时候，那两个美国传教士几经周折，从一直犹豫不决的房东手里租到了一幢房子，离外国商行有段距离，正着手将它布置成教堂兼住宅。然而不久，附近的居民察觉到有个"洋鬼子"罔顾中国习俗，居然要住到他们中间来，因而强烈反对。事态变得十分严峻，美国领事馆不得不出面干涉。

一年后，那两个美国传教士仍然住在那里，在外国商行中进行小规模的宗教活动。一位英国传教士也作出了类似的尝试，也遇到了同样严峻的问题。他在东郊把一幢房子改建成教堂。那天，梁阿发正在布道，一群华人闯了进来，砸条凳板凳，吓得阿发不知所措。

关于这些活动，有更为详尽的记载，显示广州用于公共传教活动的设施的数目及其真实性质。目前，由于民众反对，胆大妄为，公共传教设施数目略有减少。但在另一方面，传教士面前展现着一望无际的田野，他们可以串门走户，宣传福音。那里的居民，社会地位较高的相对比较聪明，态度也较友好，好奇心也较多。有些人，若行事谨慎，待以诚意，有可能前来

⊙ 清明上坟图

传教士住处私下拜访。

无论在世界何地，传教士方面若能态度谦和，留意文明生活的文雅精致之处，对于获得人心，将是十分必要的，有助于向他们传达重要信息。

这些结论，在日常发生的事件的检验下，究竟有多大的可信度，读者可凭借我在下面的记载，自行作出判断。下面记载的，是我与郊区居民及来传教医院就诊的人们的交往。

4月7日。一大早出发去城西，随行的有我的男仆阿法。他为我提着一包书，兼做翻译。凭着一张画在扇子上的广州及郊区地图，我们几乎无误地找到了目的地。

出发前，阿法显得有些心虚，担心提着书，万一被朝廷官兵逮着，会绞了他的辫子。而没了辫子，那在华人眼中，就像强盗了。我觉得他是懒惰多于恐惧，因而不愿失去他的服务。他跟在我后面几步远，在我买东西时给予帮助。在几家店里，我分发了一些书，大多的书将留给城西地区。那里离外国人住宅区较远，不太可能看得到基督教刊物。为了让阿法减少些窘迫，我从他那里拿了一些宣传手册，自己携带，这样在公共场合就不用向他拿了。

有一两个中国人走近前来，恳切地讨书，我就给了他们一本。别人受到了启发，也来要。不久，我不得不从阿法的包里取出两三本宣传手册。这时，许多手伸了过来，人越聚越多，喧喧嚷嚷，把整条路都堵塞了。我费了九牛二虎之力才从人群中挤了出来，觉得应当谨慎从事，回头为好，于是叫阿法回去。

在经过他身旁时，看到他被热切的讨书者挤到墙上，泪眼汪汪，显得处境危险。我本来选了70本厚厚的宣传手册，准备今天到目的地分发，未料到会被人强抢而去。我亲切地告诉阿法，以后将不再要他为我提书外出分发，他显得十分感激。阿法虽然才16岁，已是个明白事理的少年。他富有同情心，所以传教士常找他帮忙。他认识到偶像崇拜是愚蠢的，没有一丝疑虑。不过，他虽然在理智上确信基督教的优越性，却和许多受到传教士影响的孩子一样，对世俗之外的事务十分冷漠，宁可重蹈覆辙，也不愿公然背弃传统。

回到传教医院时，正巧赶上接收新病人。这通常是在每周的第一天，即星期一，进行的。我很高兴地发现，自从去年访问广东以来，传教医院的传教性质有了明显的增强。桌子上展示着一些基督教的书籍，病人可以自行索取。即使没有更好的动机，人们大多出于好奇，从桌上拿了书，到屋子里各个角落静静地阅读，这也是值得庆幸的。墙上挂着一张中文的公历年历，展示着福音派教义，以及西方各国数据、科学、地理和国力，让人一目了然。

在我认识的人之中，有个在广州府当差的军官，祖籍江苏镇江府，在南京以西，为英军最后夺取之地。他看上去很有学问，告诉我那些主要城市的相对地理位置，与我的地图精确吻合。我向他暗示，愿意陪他由医院返城，他欣然接受，甚至邀我去他家做客。我觉得这是中国人的客气，并不十分相信他的诚意。不过，他是北方人，也许在一定程度上没有南方人那种强烈的反欧情绪。此外，再过两天，他即将返回故乡，所以伯驾博士赞同我的看法，认为他的邀请或许真是发自内心，极力劝我不可错失良机,应当在他的庇护下进入广州。

那位军官临出院时,再次客气地提醒我,邀请我随他去访问,问我是否愿意成行。我们雇了一顶轿子,准备随他进城。但是,正当计划即将实行之际,他突然害怕起来,问我是否真的想进城,极力劝我不要让他进退维谷,成为第一个把外国人带进广州城内的中国人。我们向他解释外国人进城的合理性,以及禁止外国人进城毫无道理,他对此都表示赞同。但话又说回来,这些都是祖传习俗,此事可能会引起动乱,对此他可担当不起。与传教医院有联系的中国人都同意,自由进出是合情合理的,但都强调,外国人进城肯定会引起骚动。于是,进城之事不了了之。那个军官显得乱了章法,结结巴巴地道歉,客客气气地鞠了几个躬,然后上了轿。

晚上,我和伯驾博士沿着早上的方向朝太平门走去。"太平门"之称与附近居民的性情实是大相径庭。我们走近这外国人足迹罕至的地方,人们对我们的好奇心就越来越浓。但是,当我们走到城门下,脚步不停,显示出要进城里的架势,人们便向我们投来生气的眼光,继而向我们吼叫,打手势,告诉我们,我们这样做是亵渎,不会得到容忍的。伯驾博士走在前面,有两三个粗俗的家伙就挨近他,愤怒地抗议,吼叫着要他止步。民众的愤怒越来越大,聚得越来越多。我们在城门下逗留了大约5分钟,觉得还是谨慎为好。在审视了古老的城门通道后,沿着城墙下一条狭窄的街道走去。路上见到许多有趣的东西,走了3里路,我们最终到达外国商行区。

后来,我独自一人又去了太平门,再次想要试探入城的可能性。我走到城门洞里，两旁的中国人都对我嚷嚷。我充耳不闻。到达城门洞的另一头时，一个军官走上前来，叫我止步。那个军官既会官话又会英语，显然是个朝廷密探，派驻城门，阻止外国人入城。他见我犹豫着是否停止，便把手按在我的肩上，友好地笑了笑，请我返回。我问他，作为朋友，为何不能进城。他依然坚持要我返回，尽管态度和善，彬彬有礼，显然有密令在身，不放任何外国人进城。若有必要，作为最后措施，将不惜诉诸武力。他似乎急于打发我，告诉我城门内有驻军，因此不许我通行。我最终同意返回，使他如释重负。临走前，我给了他一套宣传手册，他客气地接受了。围观的人们看着我沿小街向郊区走去，脸上的怒容才渐渐消除。

英国领事后来告诉我，清廷最近同意颁布一项公告，允许自由进出广州。刁难想进城的外国人，将受到惩罚。此次访问广州期间，我已查明，那项公告尚未公布，有待于通过外交途径促成。

第八章　广州更多见闻

访问中国绅士云堂——中国人对西方艺术、发明与天文学的兴趣——一位牧师的好奇心——中国的天文学著作——中国人的才能以及对物理科学的忽视——刑场——"长生殿"——潘庭官的花园——浩官的郊外别墅——中国忽视妇女教育——每年一度的纪念神鸡偶像的游行——对广州传教情况的总体看法

4月8日。我穿过郊区，向西步行3里路，来到一条名叫下八甫的街道，拜访中国绅士云堂①。云堂先生为当地颇具名望的李盐督的六子，亦是潘庭官的妹夫。昨天，云堂先生在传教医院给了我名片和地址，并邀请我去他家拜访。他的师爷仔细而颇为精确地为我介绍了主人的家谱及名望地位。

进了大门，他的家人带我穿过三四井院落和前厅，到了一间宽敞的屋子。屋后有座花园，种植着许多灌木和花卉，排列成行，错落有致。寒暄过后，奉茶上果，互相恭维一番。云堂先生、师爷和我在屋内交谈，二十几个家仆站在外屋，竖起耳

---

① 云堂，原文是 Yun-tang，音译。

朵，眼睛盯着我，显然十分好奇。

不久，我们言归正传，谈起外国事务。云堂先生问我能否提供外国人用蒸汽机织布的图表及说明，问我是否见过那样神奇的发明。我给他相当详细地讲解蒸汽机的广泛用途，并趁此机会暗示，由于中国闭关自守，造成了多么巨大的损失，还强调说，只有允许外国人在广州自由行动，开设互惠交易的办事处，才能坦诚相见，完善友谊。

云堂先生听我说外国人愿意来教他们西方国家的艺术与学问，便说起澳门有个美国人已经得到指示，为中国人制造一艘蒸汽船，预期不久将抵达广州。他走到房间另一头，取来两卷当地人撰写的天文学书籍，书中附了许多图表与星象图。他要我仔细阅读，看看是否正确，是否与我们的天文学体系一致。他问我是否能捎几本有关星象系统的书给他，他将不胜感激，言下之意将酬以重谢。我答应尽力而为，然后向他描述欧洲科学已经发展到较高程度。举例而言，我们的领航员在一望无际的大海上航行了几万里，仍能确定船的位置。他向我请教所指仪器的名称，然后询问象限仪的价格。他也提到，马礼逊博士曾向他显示过太阳系的运动，说明地球是球形的，尤其值得一提的是，在地球下端的人为何不会掉下去。

我们接着谈到此行访华的目的，以及我访问其他设领事馆的港口城市的计划。我向他解释福音的主旨与约束条例，福音所谆谆教诲的崇高境界与世界和平，以及它所要传达的完美的幸福。师爷与云堂先生作了长谈，解释说我此行的目的没有商业性质。后来，他问我来华的目的是否与马礼逊博士或伯驾博士相同。他又问我，云堂先生赠书于我，是否可以得到一些有关外国宗教的册子，我欣然答应。云堂先生浏览了两三分钟我给他的册子之后，问我其中是否涉及天文学。我说没有，他的脸上便露出了失望的表情。我解释说，这些是纯宗教书籍，我会寄给他一本有关星体的书籍。他听了后觉得满意，留下了那些宗教册子。

师爷的英语说得比一般的当地译员要好，远非广东式英语可比。他一再邀请我有空再来。我曾起身告辞，但在他们的热情挽留下，又坐了会儿。最终离别时，他们十分客气，极尽待客之道。美中不足的是，在师爷向云堂先生解释我的评论时，尽管态度十分恭敬，还是用了"番鬼"一词。这次的经历，以及在其他场合的遭遇，使我觉得，使用这一贬义词是习惯使然，已不再具有字面上的那种唐突性。

回来后，我遇到一位河南大庙的和尚。他见到云堂先生赠我的两卷书，便要我给他一本，以为它们是有关外国人宗教的。我让他看了书的题目，说明它们不是外国出版物，他才罢休。他看着我把手伸进口袋，掏出三本给云堂先生同样的书，显得十分高兴。我把书给了他，要求他也让他的朋友看，他答应了。

回到伯驾博士家，我在他的协助下，仔细地阅读了这两卷当地撰写的有关天文学的书籍，发现它们与17世纪耶稣会传教士传入中国的欧洲原理有着明显的内在联系。书中用以解释黄道，黄道十二宫，时区分划，以及两极之间为180纬度的各种图表，显然是借助于外国人之手绘成的。根据气象学原理，那些图表解释为何下雨的原因不足凭信。此天文学著作，虽然混淆着中国创世之阴阳原则,总的来说甚为正确,欧洲科学的基本原理贯穿全书,只是经过稀释而已。

此后,当地一位满腹经纶的教师为我们讲解别人送给他的各种中国发明制造的小玩意。其中有各种形状的磁铁,分别用于航海罗盘、日晷仪、月规仪以及日月规仪,上面刻着表格和图表,注明要怎样排列刻度盘和磁铁,以用于不同的目的。

后来,我对一件物品着了迷。就其制造的精致程度和适合日常生活的天才匠艺而言,应当出自文明程度更高的国度。从外观上看,那是一块扁平的象牙,小巧玲珑,可置于马甲口袋内。上面装饰着闪光的汉字,说明使用方式。一面是个圆形的表面,上面刻着时刻,中间有个指针,凸起着,以便接受太阳的投影。细小的铰链把指针从象牙主体上托起,再根据不同季节太阳下坠的角度,将一枚小针嵌入下面不同的小孔加以调整。一根保持着灵敏平衡的指针,显示此表与太阳光线相接之必然位置。这块表上刻着白昼时刻,也刻着夜晚时刻,通过围绕中心轴的圆周运动,把指着午夜的一根指针对着外围与月亮盈亏对应的数字,可以迅速将其改为月规仪。配备着这样的仪器,人们可以探索人迹罕至的沙漠,白昼可以相当准确地知道时刻,夜晚亦可得知大致时辰。

中国人聪明智慧,他们将对物理学有限的知识发挥得淋漓尽致,实是让人叹为观止。令人迷惑不解的是,他们既能将知识应用于日常生活,为何又长期固步自封,驻足不前?众所周知,一些最重要的现代发明使得西方产生了如此之大的社会变迁,而这些发明在中国已有几百年历史了。

那位教师在回答我的问题时一口断定，中国对磁铁的了解已有5000多年历史了。在我的进一步询问下，他正言道，磁铁早在周朝就发现了，即公元前几世纪。这一时期比他此前断言的要更接近现代一些。

与外国人有接触的当地教师，在同胞中都颇负盛名，是学富五车之士。然而，他们对地理、历史和物理学却一窍不通，常常令人惊讶不已。究其原因，乃是中国人把智力运用于对其他知识的探求上，通常是玄奥的知识，常常很不成熟。他们对物理学知识贫乏，显然是把大量的才能花在中国的玄学体系上。

中国的玄学是建立在想象的理论基础之上，脱离现实，缺乏真理。那些强大的脑力，若环境适宜，本可掌握最尖端的课题，从事最崇高的探索，名利双收，却被浪费在一种幼稚而荒诞的体系之中。为此，几个世纪以来，中国人的脑力被误用来建造谬误的金字塔，这样的金字塔也许还得用几个世纪的时间来推翻，因为它对一场有利于基督教真理的道德革命形成了极大的阻碍。

我后来发现，云堂先生赠我的天文学书写于24年前，作者为一中国学者，是大约10年前的两广总督阮元①的朋友，在其建议之下撰写了此书。

4月9日。在郊区漫游中，我把船停泊在河北大码头，距外国商行区下游约6里路。有时，一群人会固执地跟着我，在两边喊着"番鬼佬"，所以很难确定是否安全，是否会受到人身

---

① 阮元（1764—1849），字伯元，号芸台。1817—1826年任两广总督。阮元知识广博，在经史、小学、天算、舆地、金石、校勘等方面均有极高造诣，在广东创办学海堂，培养了许多人才。

攻击。这种普遍的敌意有一两次明显地超出谩骂的范畴，在我穿过人群时，有些卑劣的人会暗中给我一肘，看不出是谁干的。

我在南郊河边偏僻的地方，穿过几条小巷，来到南大门附近的刑场。在这里，中国严厉的王法以罪犯的鲜血得到维护；在这里，判了斩刑的犯人，为犯下的死罪接受最后的惩罚。他们面北而跪，以崇尚君权的方式被处死。这条巷子的一边地上摆着二十几个骷髅，另一些则盛在土瓮里，臭气熏天，惨不忍睹。这块血田①是实实在在的陶瓷场②，用来晾干土瓮的场地。这里到处可见土瓮，上面铺着草席，防止日晒雨淋。虽然个把月来没有斩过犯人，可有时一杀就是二三十人。我站着的地方正是犯人的头颅被一刀斩落之处，没有生命的尸体被用来见证公正之严厉。一些中国人围了上来，我借机向他们分发了一些宣传手册，没有受到人群的干扰。这个地区的人们，声名狼藉，常常制造动乱，但这次却相当平静。

夜间稍晚，我陪一位传教兄弟去访问著名的"长生殿"。该殿位于西郊，在外国商行区西北方向四五里处。我们到时，正赶上庙里做晚课，就站在门外观看。这所佛教寺庙有 100 至 150 名僧人，当时有 70 人左右在大殿里做晚课。大部分时间，他们都站着，双手合十，口中喃喃低语，伴随着锣鼓声，用巴利文③诵赞菩萨。他们有时跪下，有时列队绕殿行走，敲着一

---

① 血田：Aceldama，源出基督教《圣经》，即杀戮的场地，流血之地。
② 陶瓷场：原文 a potter's field 是双关语。另一意为"义冢地"，源出基督教《圣经》。
③ 巴利文：古印度的一种语言，现已成为佛教的宗教语言。

种奇怪的调子。一个和尚站在大殿的一角，当其他僧侣经过时，根据寺规，发给他们一人一根木签，上面刻着"寿"字，以证明没有缺席。有几个僧侣见我们手中拿着一些书籍，便离队前来索讨，然后回归行进的队伍，将书留待以后研读。这些僧侣对基督教学说的评价，总而言之是，基督教学说对我们非常有益，对他们则没有必要；基督教也许是外国人最好的宗教，但佛教对他们更为适合。

我们上了大殿顶楼。此处可鸟瞰内城。殿下葱茏的树木中，两座宝塔巍然耸立。大多数僧侣面目可憎，不讨人喜欢。我们在这静修之处看到一个僧侣，对我们的到来浑然不知，在一座高大的神像前，独自低着头默默地敬拜，显然已为迷信所惑。

我们走过构成这一重要佛教寺庙的一进又一进的庭院、一座又一座的殿堂，心中谦卑地祈祷，愿今晚分发给许多僧侣的书，能够传递拯救世人的信息与明明白白的基督教真理，使他们得到天堂的赐福，而不会徒劳无功。我看到有的僧侣颈上戴着一串念珠。在佛教崇拜与堕落的基督教派[①]之间，即使是在具体细节上，都是那么相似。

4月11日。我陪几位朋友前去拜访大名鼎鼎的潘庭官。他派了一艘船来接我们，并让一位侍从做我们的向导。

我们在宽阔的珠江上，向西北航行了约9里路，然后拐进右边一条运河，又行进了半里多，在一座凉亭旁上了岸。

我们穿过花园，一路欣赏着奇花异草，接着又经过几座小

---

① 堕落的基督教派：暗讽罗马天主教。天主教亦颈戴念珠一串，共165颗。

桥。小桥将一连串的小湖分割成数块，构成这一避暑山庄的主要风景。值此时节，湖水尚浅、浑浊不清，未能锦上添花。但再过些时日，尤其是6月间，湖水充盈，荷花盛开，与岸上的草木连成一片，呈现出盈盈绿意、簇簇锦团，将会美不胜收。

园中各处点缀着小巧玲珑的夏日建筑，内置家具和摆饰，处处体现出园主富有的家境。华丽的石匾，斗大的题词，向来访者宣示着赠送者的地位与影响。由此亦可见，屋主与赠送者之间的友情非同一般。在这些题词中，有一处是耆英与潘庭官共同署名的，并附有两人的印章。

这些小屋里，中国家庭内部的日常活动，通过清晰的图像得以展示，大多是女戏子表演各种滑稽可笑的片段。另一些地方陈列着珍奇玩物，显然是来访的外国客人所赠的礼品。其中有个蒸汽船模型，具有引擎和明轮翼，制作简洁，以利讲解。

此处附近贴着一张告示，是用尚可将就的英文写的。那张告示说，园主希望外国朋友不要赠送礼物给侍者，但若能得到欧洲制造的礼品以资纪念，将会笑纳。

沿湖垒起一圈又一圈的步行道。道旁摆着大笼小笼，笼中饲养着金雉银雉、鸳鸯、白鹳、孔雀、梅花鹿及其他珍稀动物。各种树木、灌木以及花坛，令人赏心悦目。凉亭比比皆是，顶上都建有高台，可以鸟瞰四周。在一处高台上，有三个中国人与我为伴。他们告诉我，他们的祖父就葬在附近，所以一年一度会依循惯例前来祭拜。

为了避开逆潮，我们回程时取了另一条道，在运河里航行了七八里路。两岸小木屋林立，建在原木之上，延伸到水里。

这些简易的木板小屋，是吃苦耐劳的人们唯一遮风避雨之处。当我们的船经过时，那些居民，三五成群地聚在一起，看到我们中有女人，不停地喊着"番鬼姆"。

我们的船驶出运河，进入珠江一段宽阔的江面，穿行于形形色色的船只构成的航道之间。那些船上居民众多，不亚于欧洲许多城市。成千上万的人聚集在一起，大声喊着，显示出亢奋与好奇。母亲们怀中抱着婴儿，一边咒骂着，一边探着头盯着蛮夷女人怪异的容貌。英军占领和摧毁邻近炮台后，曾在这些地方登陆。因此，位于市郊的这块地方曾受过战争的摧残。此地民众对我们的到来，表现出好奇，而非敌意，值得庆幸。

不久，我们在一座宽大的宅第靠岸。这是当地名人浩官①的儿子与继承人的宅第。浩官之子继承了其父的许多优点。他乐善好施，一直不收传教医院租金。此一善举始于其父浩官。侯家宅第延伸到水边，有石阶递级而上。这是浩官之子郊外的一处住宅，一房姨太太住在那里。这所豪华的宅第，内部陈设考究，家仆众多，处处显出家道殷实，生活奢侈。

鸦片战争后，该宅第重新修缮，一楼屋顶加了个宽敞的平台，筑有花坛、步道，与女主人卧室相通。我们中的那位女士被立即带到楼上一个大房间去见女主人。女主人在成群丫鬟的环侍下，与我们的那位女士寒暄了一番。女主人生活奢侈，显然甚为得宠。我们离开时，女主人在二楼平台上观望，身前站着一个女仆遮人视线。但有时，她也走到前面，窃窃私笑，尽

---

① 浩官，十三行之一的怡和洋行老板，本名伍怡和，道光年间为十三行总商。

情看着下面的外国人。

目前，基督教尚无法传达到这些可怜的女人。进行传教的女士，中文程度有限，尚不能向她们启示基督教真理。中国的女子教育畸形，使得女子知识贫乏，理解力低下。即使传教机构中的女士有机会给她们基督教的书籍，也很少有人看得懂。

4月13日。西郊闹闹哄哄的。一支游行队伍抬着一座庙里的神像，穿街走巷，庆祝神鸡①的诞辰。根据惯例，人们一年一度将神鸡像抬出庙外，举办盛大游行。游行队伍很长，足足走了18分钟。

游行队伍不时吹起喇叭，敲锣打鼓，许多人举着庙里华丽而俗气的装饰品。男孩女孩穿着奇装怪服，骑在马背上。一些妓女，脸上涂着浓妆，坐在移动平台上。孩童的小乐队，少年乐师，穿插其间，头戴清朝官帽和其他徽章的官员紧随其后。有些旌旗横幡相当漂亮，价值一定不菲，上面用各种材料写着，"天之至尊"等颂扬神像的头衔。值此周年欢庆佳节，庙里所有神器经过抛光打蜡，抬出来游行，以示净化。神像上一年来日积月累的香火油垢得到彻底清除，佳节中显得光鲜亮堂，生机盎然。在乐师、骑士、女人、旌旗、官仗、朝廷官员走过之后，人们抬着寺庙巨大的玻璃模型，四四方方的，里面安置着神像，

---

① 原文为"Shing-kea"，凭粤音，似为"神鸡"。旧时广州有南海神诞，相传是每年农历二月十一日至十三日。十三日是正诞，那天，邻近十五乡各家各户都包粽子或做包点，有些乡还请省港名班粤剧团演戏助兴，同时行宫菩萨出会游行到各乡，你来我往，到神庙朝拜。十五乡村备具仪仗，飘声鼓乐，童男童女则艳妆抬着供奉的神像菩萨，逐坊逐乡巡行，各坊都搭有"贡棚"，陈列着三牲、海鲜、饼饵、糖果、酒饭，以迎祭菩萨。然日期似不符。

引起围观者哄笑喧哗。最前面的两个玻璃框子里，各坐着一尊神像，约六尺高，两边都站着几个小一些的神像。最后的那个玻璃框子里只有一尊大神像。

我们傍晚散步时，不巧有两三次碰到游行队伍，给我们计划中的远足造成了一定困难。

有些街上，富裕的店主摆着整套祭奠食品，有水果、糕点，中间是只大烤猪，四边各悬着一面镜子，上面写着似是神鸡的几个大字。游行队伍经过时，人们兴高采烈，看不出一丝崇敬或是敬畏之心。每组神像之前都有几个穿着刽子手奇丑无比服装的人，也许是象征着神灵对天谴之人会使用的惩罚。游行费用向神像经过的街道征收，两旁店主解囊捐款，支付给操办的公共机构，使他们能够张灯结彩，助长节庆气氛。整条整条的街上，各家都在自家小小的祭坛上点燃香烛，迎接经过的游行队伍。

为了使读者对广州传教的特色和范围有一个较为正确的看法，作者觉得有必要记录一定数量的日常所发生的事情。

目前，传教医院是最有希望在大范围内起到有益效果的，使当权者及百姓大众对外国传教士颇为好感。虽然自英华和约[①]签订以来，地方当局的口吻与姿态大有改善，但进行公开传教活动以获得全面成功，尚困难重重，有待于民众对我们更有好感。下文可见，北方港市民众较为友善，交流机会较为成熟，而广州民众敌意甚深，反差何等悬殊！读者需了解后面发生的事件，方能做出进一步的比较。

---

① 英华和约：即《南京条约》。

第九章　前往上海

> 文惠廉主教抵达香港——美国主教派教会三年一次的年会最新动态——乘船去上海——同船乘客——中国渔夫的技艺——诱饵捕鱼——台湾海峡八级大风——舟山群岛——扬子江入海口——船上做礼拜——吴淞江入海口——中国堡垒与炮台——英国鸦片船只——在吴淞村登陆——陆上乘轿旅行——到达上海

4月16日。离开广州，航行两天，于4月18日抵达香港。雇船去北方遇到麻烦，因而在香港停留得久了些。不过，在香港的耽搁却让我有机会与文惠廉博士①结识，建立了珍贵的友谊，应是十分值得。

---

① 文惠廉（William Jones Boone，1811—1864），美国圣公会主教，该会在华传教的开创性人物。1837年先到爪哇的华人中间传教。1842年他进入厦门，1843年成为主教，1845年进入开埠不久的上海，开辟江苏教区。1853年建成租界里最早的教堂之一"救主堂"，教堂大门开在南面的百老汇路（今大名路），东侧的马路就以文惠廉的名字命名为文监师路或蓬路（今塘沽路）。1864年7月16日文惠廉在上海去世。后来美国圣公会在武昌所办的大学以他的姓氏命名为"文华大学"。文惠廉的长子文恒理（Henry William Boone，1839—1925）是传教医生，1880年创办了上海同仁医院。

文惠廉博士最近在美国被美国主教派教会任命为驻中国首任主教，于4月下旬携家眷抵达香港，随行的还有两个已婚牧师，及几位在他的使命中承担教育职能的女士。在此之前，文惠廉博士于1837年以传教士身份去巴达维亚①，1842年调往厦门，由于身体欠佳，不得不由厦门返回美国，以调节气候对身体的影响。

任命驻外主教是美国主教派教会的一项最新措施。美国主教派教的全体代表大会每三年举行一次，与会者代表各个主教管区的教士和俗人。最近召开的1844年度全体代表大会，决定任命三位驻外主教，其中一位为驻中国主教。

虽然美国教会声称是以教会的名义进行传教，然而对传教士团的指导，实际上转交给一个类似英国圣公会传道会的委员会独立进行。驻外主教是该委员会雇用的传教士之一，年俸1500美元。传教使团的指导委员会由30位当选成员组成，包括教士与俗人，主教们为当然成员。在与坎特伯雷大主教沟通之后，为中国专设一名主教之举得以采纳。

鉴于厦门气候不利于健康，方言难以听懂，以及当地已有若干名新教教会传教士定居，文惠廉主教放弃了回厦门的计划。他决定遵循传教使团指导委员会明确表达的意向，到上海巩固传教使命。他估计，掌握一种全新的方言所遇到的困难，将会由于这个传教基地的极大优势而得到平衡。

有关北方港口城市的信息很少，因此我们曾计划结伴访问

---

① 巴达维亚：印度尼西亚首都雅加达的旧称。

沿海各个港口城市。这一计划未能付诸实施，因为在获得欧洲船只进行这样的航行方面，遇到了极大的困难。而雇用中国船只去这些港口，虽然能够立即进行访问，有利于开展传教活动，但置身于陌生的当地船员之中，人身安全难测。综合利弊，不值得冒此风险。我们等了一个月，终于找到机会一同前往上海。

1845年5月25日。我们登上一艘由香港驶往上海的英国纵帆船，随行的有文惠廉太太、他们的小男孩，以及两位与传教有关的女士。全体乘员包括船长（及船长太太），大副二副，4个英国水手，16个主要来自孟买的印度水手，和一个来自莫桑比克海峡的黑人。此外，还有个男乘务员，他是印度马德拉斯人，是个一夫多妻的伊斯兰教徒。主教的仆人是巴达维亚人，具有华人与马来人的混合血统。还有个中国男孩，宁波人。我把他当作我的仆人，一方面为了对宁波方言有所了解，另一方面也是带他回到离别两年的家乡。地球上每个角落都贡献了自己的份额，各种方言，各种肤色，各种宗教信仰，构成了我们的组合。

起锚后，我们的船缓缓驶出维多利亚港。北风常常使我们转变航向，以借风力，直到驶出鲤鱼门海峡，进入公海，方才平静下来。我们在香港岛东岸抛锚停泊，距担头仅1海里之遥。

次日早晨，我们再次起锚，却不得不向东南航行，不久在香港以南数里的一个小岛抛锚停泊。接连四五天，风平浪静，或有轻微的逆风，几乎整个航行都是如此。天气很热，在关闭的船舱里，温度高达摄氏35度，热得我头昏脑涨，而虚弱和发烧使我几乎一直处于昏迷状态。

航行的头 10 天，我们大多沿着海岸航行，终于到达南澳岛附近。这里有许多渔船，有些还来拜访我们。有一艘渔船与我们并排前进，极其聪明地用马口铁做成假鱼，从船尾拖在水里，而一个渔民用草席击打水，或者说扬起水花，以此引诱一群在船旁嬉戏的鱼。整个鱼群追逐着假鱼。在航行了两百码后，渔网从两艘渔船上放了下来，而第三艘船上的渔民则拽起网来捞鱼。然后，他们回过来，将一部分靠技巧获得的收成卖给我们。

我们沿着福建海岸航行时，常常可以看到这样愉快的人们在不远处勤奋地捕鱼。用望远镜观察渔民，到处可见欢愉的面容。看到我们的船经过，有些渔民还会挥手致意。有一艘船靠过来，一个中国人扔过来 3 条大鱼。问到价格时，他们说要大米。然而，还未来得及成交，他们就松开了从我们船上扔过去的绳子，脸上愉快的表情告诉我们，这些鱼是送给我们的礼物。

靠近槟榔屿，进入通往厦门的海湾时，连续 3 天遭遇暴风骤雨。有一天晚上，刮起八级大风，我们的船不得不频繁地换舷，在台湾海峡中逆风航行。有一次，我们几乎在金门岛以北的一个海湾抛锚停泊。那是个小小的锚地，已有两艘船在那里避风。但是，冲击岸边的白色大浪，显示出附近有危险的沙滩。于是船长再次把船驶到海峡中央，以待天明。后来，终于等到了强劲的西南风，刮了约 12 个小时。风渐渐平息下来，我们能够继续前进。

经过了多天的耽搁，我们终于看到了舟山群岛。那是由海里众多的花岗岩群组成的陡峭的山丘，光秃秃的，没有一草一木。

渔民的临时住所东一处、西一处建在崎岖的岬上。整个景色或许结合着此地人们的特征，在以往的岁月里，让来自异国他乡的冒险者，对这岩石磊磊的海岸望而却步。丰沃的舟山本岛在我们的西面，只能依稀望见那里起伏的山脉。

6月11日。我们在外甩山附近抛锚停泊。次日，我们试图抄捷径，穿过一些人迹罕至的小岛。由于航海图的错误，发现穿行于小岛之间极其危险，这样就白白浪费了两天时间。

6月13、14两日，我们在大戢山附近逆风"之"字形航行，进入扬子江入海口。晚间，抛锚停泊。

6月15日，进入著名的扬子江。扬子江是通往内陆的主要河流，通过无数的支流和运河，将各种贸易辐射到中华帝国遥远的边陲。南行的船只寥寥无几，而北上的出口里，满载的帆船林林总总，显然是前往山东及更北的省份。

很快就要结束这次航行了，我们的心充满喜悦。对我来说，此次航行几乎是一路病痛，现在终于有了盼头。

与传教朋友作伴旅行十分愉快。船长的一番盛情，使我们每个礼拜日都能在船上做礼拜，每天晚上做家庭祈祷。

船溯江而上，两岸约三四里之遥。低低的岸边长着矮矮的树木。庄严的现实，使我们不禁想起我们将从事的传教工作的难度。我们这一小群人聚集在一起，诵唱希伯主教撰写的赞美诗，此情此景让我们感受到这首赞美诗独特的悲怆和力度。历经水浅造成的重重困难，在见到陆地前数次差点搁浅，终于幸运地、平安地通过沙层，进入吴淞江口，在一小队鸦片船中抛锚停泊。此时的快乐，无法用言语表达。

几只当地小船很快就围上前来。我的中国男仆试图施展会话能力与船工、水果贩子及其他人交谈，却发觉他的话有一半没被听懂，不禁有些气馁。我们不久发现（其实早有一些心理准备），当地的方言与官话大不相同。在这方面，当地的方言与中国的任何一种方言的特征相似，即使对同一省份稍远的地方来说，也是难以听懂。

次日早晨，我们仔细地观察了四周，发现离我们停泊处不远，沿着北岸，有一条兼作堤岸的长长的土炮台。在中国要塞范围内，驻军的射击声清晰可闻。要塞内牢牢地拴着6艘缉查走私船只所用的舰艇，既损伤士气，又浪费国家资源。这些舰艇的官兵在制止犯罪方面没有做任何努力。很难想象政府官员不会默许行贿，从中得到好处。即便官员本人超群脱俗，不受腐化之影响，亦认为抵制进口让国人飘飘欲仙、外国人牟取暴利的鸦片，实属无济于事。

我们搭乘的船，虽然并不从事鸦片运输，也在货物中捎带了750箱鸦片，卸交给停泊在吴淞口的一艘接收船只。航行途中，我的中国男仆不止一次地问我，知不知道船上载有鸦片？如果在听我讲述"耶稣道理"之后，中国人问我，明明知道鸦片让众多的中国人沦为瘾君子，为何还要搭乘运载鸦片的船只来华？那时，我该怎样回答？

我们上了接收船，观看在买卖前测试浓缩鸦片汁的准备过程。鸦片箱被打开，清除掉一些干枯的罂粟叶，一条重四五磅、呈长方形的棕褐色干饼被取了出来。东印度公司在装箱时格外谨慎。鸦片球粒粒浑圆，相互隔开，每盒40粒，用牛皮盒盛装。买卖很快就成交了。中国掮客承担为上海及邻近地区的鸦片富商购买鸦片的风险。从三粒鸦片球中各取了些鸦片作为样品，在3个不同的锅中炼烤后试吸，看看是否掺假。这一过程耗时几乎一个小时。在这期间，鸦片与水调和，用文火慢煮过滤，保持沸腾，通过蒸发，缩成类似糖浆的黏稠液。每盒鸦片售价近200英镑。我们看到大约1500两大如鞋状的银锭过秤后，付入我们船上的铁制钱柜。广东省来的钱币鉴定人仔细地检验了每一块银锭。钱币鉴定人、鸦片商、译员、当地会计师在甲板上各处站成几堆，显得忙碌激动的样子。一个福建的鸦片商确定主教懂得他的方言后，开始与他握手，愿意用他的走私船提供去上海的无偿旅程，然而被主教谢绝了。

看着东印度公司包装精致的盒子打开，内盛的物品被取出，我们不禁思绪万千。走私鸦片与基督教的观点大相径庭，然而与那些不愿用基督教的观点来看待鸦片走私的人理论，胜算甚微。除非东印度公司同意放弃对罂粟种植的垄断，并且英国政府愿意在基督教的圣坛上奉献营销鸦片的岁收。

6月16日上午10时左右，我们的船经过吴淞村，航行不到3里地，不得不再次抛锚停泊。强劲的逆风，加上汹涌的落潮，使我们抵达上海无望。虽然仅40里之遥，我们也只得留待明天。

于是，我和主教决定把女士留在船上，若可能，雇轿子由陆路从吴淞去上海，那样走只有二三十里地。

决定既下，我们很快就坐一条中国渔船到达吴淞村。靠岸时，我们拾级而上，在一群游手好闲的中国人的观望中，到了街面。街道两旁的房子大多简陋，许多房子用柱子半建在水上，一看就知属于社会底层阶级。一个村里的小吏用当地话与我们的船工兼向导交谈。船工向小吏解释了我们的目的和希望，说明我们的船抛了锚，打算节省时间，乘轿子去上海。那官吏表情和蔼，举止谦恭，确定我们的目的合理后，向我们鞠躬行礼，匆匆离去，似乎是去向他的上级报告。

我们在一个公共茶馆坐下。茶馆中聚集着老老少少，边喝茶边抽烟，谈兴正浓。我们的到来使茶馆人数倍增。雇用轿子时，曾有一番激烈的讨价还价，期间我们威胁说，若不答应我们的价钱便返回船上。不过，我们不久就达成妥协。

两杆竹轿准备就绪，顶上及两侧覆以狭长的布幔，为我们遮挡阳光。轿子两边绑上长长的竹竿。两个苦力抬一杆竹轿，另有两个苦力跟随着替换。

我们在小河的对面出发。小河在这里流进吴淞江。主教的轿子开路，我的轿子随后，相隔不远，相互可以交谈。一路经过曲折的小径、绿树成荫的小巷、稻田、棉田、运河、小桥、村居小舍，走了3个小时。轿夫十分健谈，不顾疲乏，一路逗趣欢笑。有一两次，路况危险，乘轿不安全，我们便下来行走。

乡间土地肥沃，精耕细作。男男女女的农夫在田里劳作着，看上去安分守己。在田里劳作的妇女普遍缠着脚，我们经过时匆匆地瞟上一眼。几条水牛在耕田耙地。有一条牛在拉着水车的转轮，从下面的运河里把水提上来浇灌稻田。所见的农舍，看上去居住者生活并不富裕，但也没有贫困的迹象。

路上，轿夫在一家小茶馆歇脚。我们饮茶解乏，嚼豆饼充饥。有的桥十分狭窄，弯转得很急，有时觉得会被甩出单薄的轿子，落到六七米下的水里。

离上海五六里，有个小村落。我们在那里上了一条小船，通过一条运河，又进入了宽阔的吴淞江，沿着北岸航行。沿途可见商人居住的洋房正在兴建。

我们在一处主要的石阶旁靠岸，再次上轿，向南抬了五六里，穿过市区，来到英国传教士雒魏林①的宅第。雒魏林医生热情地欢迎我前来做客。我发现亲爱的兄弟麦赖滋在此定居。麦赖滋热诚地接待我。晚上，我们拜访了麦都思先生②一家。主教暂时寓居麦都思先生家，待到为家人置妥寓所。主教家人次日安抵。

无论是乘轿行走在狭窄的街道上，还是刚刚抵达市区，或是当天晚上的步行，我不由自主地将此地对外国人的尊敬与南方广东人依然显著的傲慢自大进行比较。我们一行中的女士与

---

① 雒魏林（William Lockhart, 1811—1896）是一位著名的英国行医传教士。鸦片战争时，他就随英国远征军到达浙江定海。1843、1844 年，他先后在舟山、上海设立诊所。1847 年，他与另一位英国传教士麦都思（Walter Henry Medhurst）在上海北门外设立上海第一所教会医院——仁济医院。1861 年，雒魏林任英国驻华使馆医生，他便又在北京设立了第一所基督教会医院，即后来的北京协和医院的前身。

② 麦都思（Walter Henry Medhurst, 1796—1857），英国传教士。1816 年被英国伦敦会派往马六甲。麦都思在马六甲学会马来语、汉语和多种中国方言，并帮助编辑中文刊物《察世俗每月统记传》。1819 年，麦都思在马六甲被任命为牧师，在马六甲、槟城和巴达维亚传教，并用雕版法和石印法先后印行 30 种中文书籍。1843 年麦都思代表伦敦会到上海，是第一个到上海的外国传教士。1843 年和美魏茶、慕威廉、艾约瑟等传教士在上海创建墨海书馆，印刷出版中文书籍。麦都思在墨海书馆得王韬协助，将《圣经》翻译成中文《深文理圣经》。他在山东路一带建立了伦敦会的总部，包括墨海书馆、天安堂和仁济医院，被人称为"麦家圈"。1848 年 3 月，麦都思违反清政府规定至青浦传教，与当地漕运水手发生冲突，史称"青浦教案"。

我们一起走在街上,路边的旁观者会投来好奇但不会让人生嫌的眼光。他们的好奇亦有节制,不至越轨。总的来说,举止得体,合乎礼仪。

第十章　上海概况

第一印象——城市地形——周边乡村的特征——气候——自然物产——上海人的特性——人口估计——商业上的重要性以及与内地的联系——本地出口物——欧洲贸易——当局——英军占领上海——通往苏州的外港——官员逐渐消除偏见——罗马天主教居留地——上海作为一个传教驻地的总体看法——年平均气温统计表

上海县隶属松江府。与大多数中国城市一样，上海的外观没有经过刻意设计，意图显示本地的富饶或辉煌，借此吸引过往旅客。上海的街道狭窄、胡同肮脏不堪，无法使身临其境的欧洲游客打消不利的印象。

城市本身由城墙围绕，兜一个圈子约 9 里路。城墙上安置了 6 道城门，通往四周的郊区。4 道城门开向吴淞江附近，商行大多坐落在那里。一条宽约 7 米的护城河环绕在城墙外侧。吴淞江在此处宽近 1 里，3 条运河自吴淞江横向穿过市中心，运河上又有数条沟渠衍生出来。

四周乡村一马平川，延绵几十里，无数小河、沟渠横贯其间，有效地排泄土壤中过多的水分，干旱季节则能提供灌溉功能。最近的小山在西北方向，约百里之遥。最高的山据说有海拔300米，山顶上住有人家，还有几座寺庙。从山顶鸟瞰，各种罗曼蒂克的风景一览无余。

上海气候宜人，四周田地精耕细作，一年四季均有各种蔬菜、水果接替供应。不过，温度变化很大，酷暑季节高达摄氏38度，冬天可降至零下5度。

人们性情平和，工作勤奋，对外国人态度友好，颇为尊敬。与欧洲人做交易时则难免唯利是图、贪得无厌，总觉得欧洲人腰缠万贯，理当宰上一刀，填塞自己的腰包。

人们所需不多，并且简单，因而生活所需易于供应。主食，即便是富裕之家，也是大米。人们对奢侈的追求尚未超越生存之必需。

西门附近有好大一片私家花园，鳞次栉比，在城墙内延伸四五百米。

吴淞江对岸皆是田地，尚未开发建筑。沿河地带，长1里半，已规划为外国商人建筑用地。该地带含市东北郊部分，距市区不到1里地。地点很好，空气新鲜，易于装船卸货。

上海的地理位置为北纬31度24分，东经121度32分，坐落在吴淞江畔，与黄浦江交界，距扬子江约60里，人口估计为20万。

上海在商业上的重要性再怎么评估都不为过。上海是北方山东和满族人的货物集散地，是内地省份的输出港，是南方福建和台湾贸易的大商场，是通往时尚与本土文学大都会苏州府的口岸与门户，是内陆贸易主要动脉扬子江与大运河的汇合地，再通过网络般的各种运河连接邻近地区无数的商业城市，还是欧美贸易在华北的大商场。乍看起来，上海的城市规模与有限的人口，很难让人想象到她有如此的重要性。

上海地区以农业为主，主要物产是棉花，为许多当地居民提供了纺纱织布的工作。大米与小麦亦大量种植。茶叶也有大量出口，主要来源于300里外的浙江湖州、安徽徽州，以及千里之外的内地。欧洲人在上海购买茶叶、丝绸及其他商品，减去付给中国商人的运输费用，价格还是要比在广州便宜一成。因而外国贸易从南方商业中心转向北方这一发展迅速的大商场，数量甚为可观，当属情理之中。

当地最高长官为道台[①]，管辖两府一州共计22座城。位列第二的是海防[②]，即主管海洋事务的官员，道台不在时，由他主持地方事务。下属主要官员是知县，统率治安队伍，掌握职责内的许多实权。

上海位于江苏省，与安徽省同属江南[③]。江南的主要城市为南京。江南与江西构成两江，由同一总督管辖。

上海道台在领事官员中颇享盛名，为人正直，性情和蔼。英国领事宅第置于市内，与道台时而互相拜访，彼此相当了解。

在最近灾难性的战争中[④]，上海受损甚微。上海为英军攻占，但毁坏的财产不多，伤亡有限。大多损失是当地暴民恣意抢劫

---

① 1843年11月上海开埠后，对外一切交涉事宜均由上海道台兼理。上海道台，亦称沪道、上海道，全称为分巡苏松太兵备道，辖制苏州、松江、太仓三府。上海县属松江府管辖。
② 原文为hai-fang。
③ 指江南省，含今日江苏、安徽两省及上海市。
④ 指鸦片战争。

所造成的。因此，在那方面，上海人对英国人没有太多的憎恨或不满情绪。最初，人们偶尔会用"鬼子"这一丑化词来称呼外国人。但清政府迅即贴出公告，禁止使用该词，若使用类似的攻击性词语将受到惩处。

上海的公共建筑，值得赞赏的，可谓寥寥无几。虽然此地与别处一样，有相当数目的寺庙，可为外省的移民或商人提供临时旅居之便。当地商行的老板通常居住苏州，生意由经纪人或雇员打点。苏州距离上海150到240里路。

临时居住上海的外地人过多，清朝官员对来自其他省份的陌生船员与商贩疑虑重重。福建晋州的水手，性情骚动、无法无天、肇事生非，致使当局颁布治安条例，禁止非上海居民入城。

也许基于上述原因，当局开始时对外国人在市内租房也不十分愿意。所幸，此一难关，由于有了一个有利的先例，现在已经得到克服。对于居住此地的传教士的执着，道台大人也是焦虑不安，在要求得到优惠考虑的影响下，似乎渐渐屈服，或是说在公正与仁慈的原则下，他觉得遏制是不可能的，或是不明智的，因而默许了。

上海内和附近有许多罗马天主教教徒，主要居住在河对岸十来里路的一个名叫金家巷的地方，主教[①]就住在那里。他是

[①] 当时的南京教区主教是意大利传教士罗伯济（Louis de Besi），上海教友是南京教区的主要部分。1840年教宗额我略十六世派遣罗伯济来华署理江南教务。1841年，耶稣会又派遣法籍南格禄、艾方济、李秀芳神父来华，于1841年7月2日到达上海，由几名教友驾着一条小船把两位神父接到浦东金家巷。后来谣传集中在浦东的地痞流氓准备向收留外国传教士的金家巷，发动一次洗劫。他们于是转移到张朴桥（松江古城区佘山镇），并在那里建起了号称"江南第一堂"的张朴桥天主堂。

有封号的赫利欧波利斯[①]主教。他的主教管区包括江南和山东，据说北直隶（省会北京）也将纳入他的主教管区。这是教皇与澳门的葡萄牙人争执的结果。据统计，他的主教管区有大约6万名天主教徒。在苏州发现那份清廷容忍宗教信仰的文件之后，他对教众的宣讲过于大胆，惹得满族官员不快。总督称自己管辖仅两省而已，而主教大人竟统驭三省！

每年有6000艘帆船从鞑靼海峡[②]为皇上运来粮食，其中许多帆船是由罗马天主教水手操纵的。他们常来听麦都思先生布道。传教士也许可以通过麦都思前往满洲，因为满洲和朝鲜来的人都声称愿意与外国人交往。

作为传教基地，上海比起北方其他三个设领事馆的港口城市（厦门、福州、宁波）具有两大重要特点：便于进入，连接内地。

就便于进入来说，无数船只频繁进出上海港，可以使我们保持与香港和欧洲的持续交流，这对传教的实际运作极具优势。

在上海的新教徒传教使命，将与中国基督教徒和教士社区一起，对中国内地所产生的影响，将会无比重要，不可估量。

---

① 原文为Heliopolis。
② 鞑靼海峡是位于太平洋西北的一条海峡，将其东的萨哈林岛（库页岛）同其西的亚洲大陆分开，也将其北的鄂霍次克海同其南的日本海连接起来。该海峡约900公里长，水深4—20米，最窄处7.3公里，黑龙江在此入海，沿岸主要城市是尼古拉耶夫斯克。该海峡因鞑靼族而得名，鞑靼是俄罗斯人对中亚和北亚许多亚洲游牧民族的统称。根据中国和俄罗斯签订的《尼布楚条约》，该海峡是中国内海。第二次鸦片战争期间，俄国于1860年逼迫中国签订中俄《北京条约》，将该海峡两岸据为己有。日俄战争后，俄国将南萨哈林割让给日本，该海峡南部成为两国边界。二战结束后，苏联收回南萨哈林，该海峡又重新变成俄国内海。

大量的基督教书籍，如同生命之树的叶子，已经送到南京、苏州、镇江及其他重要地点，在人们中激起欲望，想要对这些书籍了解得更多，从中得到启示。14500 箱医药，已经被用来减轻中国的原罪继承人的病痛。这些将有助于在当地社区中，传播外国人的仁慈，推崇他们所信仰的宗教。

我有幸得到下列平均温度，那是雒魏林医生友好地提供的，记载了去年每个月份的温度。6 月份的平均温度只记载了下旬的温度。

月份	每天白天平均温度	每天晚上平均温度	每天白天最高温度	每天晚上最高温度	每天白天最低温度	每天晚上最低温度
1844 年							
6 月	25	18.9	31	21.6	22.2	18.3
7 月	33.8	23.9	37.8	27.8	25.5	21.6
8 月	31.7	25	36.1	27.2	29.4	23.9
9 月	26.1	19.4	32.8	25	20	17.2
10 月	23.3	15.6	29.4	19.4	15	5
11 月	18.3	11.7	22.8	15.6	12.8	4.4
12 月	9.4	2.2	17.8	9.4	1.7	- 3.3
1845 年							
1 月	7.2	2.2	15.6	7.2	1.1	- 4.4
2 月	7.2	2.8	16.7	8.3	2.2	- 1.1
3 月	11.7	6.1	26.7	17.8	5	0
4 月	17.8	10.6	23.9	18.3	8.37	5
5 月	21.7	15.6	30.6	20	15	10.6

第十一章　上海见闻

　　罗马天主教堂废墟——进入内地传教——罗马天主教村民——在寺庙布道——访问城北——为一位信奉基督教的满族官员建立的牌坊——城隍庙——最近册封的英雄——漫画书店——传道服务——沿城墙游览——参观朝鲜船只——朝鲜的罗马天主教教会——同仁堂——育婴堂——关帝庙——一位朝鲜海员来访——罗马天主教对圣母玛利亚的过度崇拜

　　我们花了两三天时间，安排麦赖滋先生乔迁至南城门内新租的房子。当局曾私下里试图对中国房东施加影响，但租房合同还是按期签订，到了我们手中。麦赖滋先生立刻打开行李，在新居度过第一个夜晚。

　　6月19日。我们步行3里路，到乡下去考察以前属于罗马天主教传教使团的教堂废墟。该废墟看上去有150年了，坐落在风景优美的僻静之处，四周住家不多。

　　一位老人从邻近的房子出来，带我们走进一座断垣残壁的建筑。那座建筑现在用作仓库或是柴房。依稀看得出教堂的痕迹：一个半圆的拱，隔出供牧师和唱诗班使用的圣坛。圣坛上有个石雕的圣台，高约1米，宽近3米。台上水平面地安装了一块纵深将近一米的厚板。外侧用大大的罗马字母鎏刻着IHS[①]，上面镶着一个十字架，余下地方装饰着几条雕刻的龙。龙是中国神话中神圣的象征。靠近入口处的外墙上，有一处铭文，纪念某个信奉基督教的清朝官员。我们走到房子另一头，看到6块墓碑，碑上刻着同样的罗马字母IHS和十字架，置于一个高4米的坟堆旁。坟上长满百合、植物及一些低矮的灌木，形成环绕着废墟花园中的一个亮丽景观。若需要，这里有充足的证据显示，在以前的岁月里，罗马天主教徒不仅可以进入乡间，在传教工作中也得到相当多的容忍。

我想查明上海地区传教设施的性质和规模，便接受了麦都思先生的邀请，随他一道溯河而上，进行每周例行的远足传教。

午夜时分，我们登上一艘有棚盖的船，同行的还有另外两位传教士。我们在这样不合时宜的时间出发，目的是争取尽量多的时间，以便遵照领事馆关于界限的商定，在一日之内完成旅行。

我们睡在船舱两侧的座椅上，上盖毯子，下垫草席。蚊子对我们大肆攻击，我们试图在船上燃烧烟草雾驱赶蚊子，却是枉然，反而使我们自己更难入睡。天快亮时，蚊子扰人的叮刺才缓和下来，逐渐消失，我们方能小睡片刻。醒来后，觉得有些精神，在船上吃早餐。

一夜之间，我们由上海向西南方向前进了近60里。从那里

[①] IHS（希腊文 Iesus Hagiator Soter）：耶稣基督是人们的救世主。

开始，航行的速度很慢，最后转入右边的一条小溪。我们又划了一个小时，停在一个小村旁。此地水不够深，船无法继续前进。

上岸时，有百余村民围上来讨书。我们把书给了他们中最聪明的人。随后，麦都思先生向他们讲了10分钟的话，发现他们大都是罗马天主教信徒，于是着重讲解基督乃上帝化身，他到人间来是为了替我们赎罪。对此他们表示赞同。但接下去，麦都思先生详细讲述，信任基督为唯一救世主之必要，以及信奉其他救世主之罪孽，如贞女玛利亚，她和我们一样，也是肉体凡身时，他们显得有些震惊，直愣愣地盯着他的脸，似乎对他的话不敢置信，甚是怀疑。他们取出一本罗马天主教出版的小册子，俗称《南京教义回答手册》，指着彼得①的中文名字，问麦都思是否可以给他们一些有关彼得的书。我们获知，有三四位欧洲教士常来访问附近村庄。

我们下一站将访问的大村子名叫马桥②。距那里3里路，有一座教堂，礼拜在教堂里举行。

我们走了6里路，越过田野，来到那个村庄，再穿过一条两边开着店铺的长街，走进土地庙。麦德思先生站在大殿神像前，向二百来人布道20分钟。那些人聚在我们周围，对公开讲演还不习惯，吵吵嚷嚷的，大声说着话。尤其是有个中国人乘机兜售、贩卖糖果，还敲着两块木头，把人们的注意力吸引到他那边。

回到外门，麦都思先生又站在条凳上向人群演讲。讲到一半，有人给他递茶水，他便停下来在人们的欢呼中喝完茶，然

---

① 彼得：耶稣十二门徒之一，原为渔夫。
② 马桥，现为闵行区马桥镇。

后继续演讲。演讲结束时,一个衣着体面的人走上前来,从头到胸,然后从左肩到右肩画过十字后,合拢双手以示虔诚,说我们的教义与他的完全一致,而他信奉天主。他接着在会众之前,毫无顾忌地公开介绍附近地区罗马天主教的情况。这一现象表明,他们没有受到严格监控,也不担心受到迫害。

我们后来知道,他们的牧师惯常和他们一起旅行,不管远近,随时准备为垂死之人主持圣礼,尤其是临终涂油礼①。

我们从这里步行3里路左右,到了一座寺庙。庙里有几座佛像,按常规以三尊为一组。在这里,同样的情形再次发生。人们听得显然十分专注,认同讲到的每一个真理。麦都思先生指着庙中主要的战神,详细讲述崇拜这样一个毫无感觉的东西,向这样一个奇形怪状的泥雕木塑诉说自己的需求与苦恼,是多么的愚蠢,而不去崇拜唯一的真神,又是多么罪孽深重。人们听得都笑了,完全认同这一告诫。当问到他们为什么没有停止这种荒唐的习俗而另辟蹊径,他们又笑了,虽然仍然兴致勃勃,但看上去对自己的迷信已感到羞愧。在这里,人们为我们奉上茶来,并匆匆地为我们安排了最好的位子。

这时候,潮水上涨了,人们把船划过来,让我们上船。下午两点左右,我们顺流而下,踏上归程。归途中,时常可见田里劳作的人们,丢下手中之活儿向我们跑来,一边喊着向我们讨书。若得不到,便会显得很失望。后来,我们看到有个中国人穷追不舍,便取出一本《路加福音》准备给他。看到我的举动,他恳切

---

① 临终涂油礼为天主教一仪式。

地请求船工靠岸，一边沿着堤岸追上来。我看准机会，把书折起来，安全地抛到干燥的堤岸上。

进入大河之前，我们在一家制油厂靠岸。那里住着几户人家。我们在那里分发了一些小册子。在河北岸我们又停下来，穿过一个名叫闵行的村子，那里有许多人热切地希望得到书，他们跟着我们到船上取书。

经过几次不太严重的危险之后，我们在晚间 11 点左右回到上海，合法地遵循了有关界限的规定。

6 月 21 日。晚间，我们去探索城北地区。由小南门而入，过大街穿小巷走了四五里路。这里的大街小巷没有什么特色，只是茶馆较多，通常有 10 到 30 位茶客在里面小聚。社会最底层的劳工阶级，花上三四个铜板（不到一个法寻[1]）就能到茶馆坐坐，喝上一杯解乏，又不至于醉倒。宁静和谐、平安有序，似乎是他们的共同之处。将这些拥挤的茶馆与通常冷冷清清的酒肆做一比较，令人感到高兴。除了喝茶，人们的另一嗜好是抽烟。从他们激动的表情可以看出，围桌而坐的人们正非常投入地讨论着与附近有关的问题或事件。

我们经过火神庙，即中国的普路托[2]，外面围观的人群和里面吹打的音乐，昭示着这是个庆祝神灵的节日。

在这附近，我们经过一座牌坊。这座牌坊是为了纪念著名

---

[1] 法寻：英国旧时值 1/4 便士的硬币。
[2] 普路托：希腊神话中的冥王，阴间之神。

的徐光启[①]——甘第大[②]之祖父而建立的。徐光启和甘第大两人在 17 世纪的事件中都占据显著的地位。徐光启虽然是个基督徒,却得到中国最高的荣誉。他的墓建在南门外,覆盖着青翠的草皮,旁边种着七棵高大的树木。他的后代子孙,基督徒和非基督教徒参半。他的非基督教子孙在城里为他建立圣台,以资纪念,并继续向他的遗像叩拜。

北门附近,我们参观了一座寺庙,或者说是个寺庙区,名为"城隍庙"。这是奉献给管辖该城市之神的主要庙宇。城隍庙里有几处庭院和神殿,神殿里供着神像。有些神像身材巨大,精工制成。四周排列着众多神像,代表城隍的随从,身着古装,脑后没有满洲人引进的长辫。城隍安置在大殿阴森森的地方。那里灯火昏暗,很难看清它的面目,但似乎做得特别精致。

毗邻的一座大殿里供着清朝的一员名将。他是吴淞炮台的主将,在最近的战争中,抵御强攻炮台的英军,战死在炮台,死后得到册封。几天前这里曾举行过隆重的祭奠,慰藉他的亡灵。我们走进该殿,看到他的遗像前,香火缭绕,祭品丰盈。据说这位不幸战死的英雄的塑像乃精工雕琢而成,因而栩栩如生。

---

① 徐光启(1562 年 4 月 24 日—1633 年 11 月 10 日),明末科学家、农学家、政治家,中西文化交流的先驱之一。字子先,号玄扈,教名保禄。南直隶松江府上海县(今上海市)人,天主教徒,并且被称为"圣教三柱石"之首。崇祯十四年(1641)徐光启归葬于上海。墓地共 10 个墓穴,葬有徐光启、夫人吴氏和他的四个孙辈夫妇。墓地附近形成村落,后称为徐家汇。

② 甘第大(1607—1680),明代徐光启孙女,自幼受洗,圣名甘第大(Candida),受家学影响,知书达理,16 岁时嫁松江许远度为妻。夫人专心修德,笃信天主,子女均自幼受洗入教。柏应理来华后,在松江一带传教,太夫人即尊柏应理为其神学师。夫人时常以钱财赞助柏氏及其他传教士,柏氏曾著《许太夫人传略》以颂夫人美德。

远处传来笙箫管弦音乐，吸引我们来到一家店主的住宅。店主正雇用戏班在祭祀，还摆着丰盛的蜜饯和水果。表演者清一色为男孩，他们随着不规则的曲调变换角色，表演现实生活中哀婉动人的罗曼故事，有时模仿悲戚的哭泣，有时规劝告诫。我们的到来似乎一时干扰了一些少年演员的表演。不过踌躇片刻后，他们又继续生动地演唱起来。

店铺里悬挂着几幅漫画，一看就知画的是英国人。有的身穿陆军军装，有的着海军军服，个个奇形怪态，被艺术家用来嘲弄外国人。在一幅漫画中，一位欧洲女士姿态不雅，显然用意在取笑外国人的举止风度。

附近的一大片公共土地上，建有多座寺庙，有的坐落在小湖上，用小桥连接。整个景致别具匠心。

回程中，我们发现城门已在晚间 8 点关闭。我们高声呼喊后，城门立刻打开了。我们经过时，口令迅速传给了外城门守卫，他没有问我们任何问题或是作任何耽搁，马上为我们开了城门。

6 月 22 日。在英国领事馆做过礼拜后，我又在麦都思先生家楼下一个大房间参加了他主持的中文礼拜。这天是刚故去的知县夫人的葬礼，在苏州举行。城里到处是戏班子表演，所以许多中国人没能来参加礼拜。通常影响礼拜人数的还有财神庙的庙会。

百来位衣冠楚楚的中国人，听麦都思先生演讲了近一个小时。他边朗读边讲解特地为今天撰写的布道文。听众人手一份，可以跟着诵读，还可以带回家去仔细研读。人们看上去很感兴趣，对教义的讲解感到满意。麦都思先生常用书面语撰写布道文。布道前，先打印好，以便每个听众手中都有宣讲的题目。

他一般朗诵几句，然后用当地方言进行讲解，再加以扩展引申。听众中，有个人来自百里之外的嘉定，他特地请求传教士去他们那里布道。在苏州和南京也遇到过类似的请求，这次，还有在雒魏林医生家做客的镇江府的人[①]的请求。这类的请求，通常出自生活殷实、受过教育之人。在一系列环环相扣的传教活动中，传往遥远城镇的基督教手册起到第一链接的功能，引导人们去聆听宣讲《圣经》的声音。

上午9时，麦都思先生在市里用福建方言做礼拜，方便暂居上海寻求发展的福建商人。晚上，他在雒魏林医生家又做了一次礼拜，参加的有百来人，其中三分之一为女士。她们坐在手术室里，而男士则坐在旁边的庭院中。礼拜结束后，几个中国人走近桌旁，索讨书籍，特别点明要《通书》，即《基督教年鉴》。其中有一位是来自大运河终点的杭州粮食商。他和其他几位还问，何时还会举行这样的礼拜。这是个很好的迹象，显然他们对这样的礼拜感兴趣。

6月23日。早上6点出发，作环绕城墙之旅。由于无力走完全程，遂雇用两人用竹轿抬我。我们从郊区走到小南门，登上二十几级的护墙，折向西北，朝大南门走去。

城内此处，一派田园风光，连绵不绝的花园，令人赏心悦目。偶尔可见几幢房屋点缀其间。城墙以外，几乎看不到任何住家，直到抵达北门。那里，无论市内还是郊区，看上去人烟都较为密集。

[①] 作者原注：此人为一儒生，从此接受洗礼，皈依基督教。

近北门处，城墙上建有一座道观，挡在我们的必经之路上，只得从此穿越。一位老人，显然与道观有联系，开始与我的轿夫交谈，然后走近我的轿子，同我握手，坚持要我下轿参观道观。他引我走过一间侍者众多的屋子，又走过一连串的房间，一心想向我展示他认为此处的精华。由于时间关系，我不得不谢绝他的好意。

在此处附近，我们经过两具乞丐的尸体。人们将垂死的乞丐抬到这里，度过弥留之际，然后由政府或是慈善社团出资予以埋葬。出游期间，我们在城墙上还看到另外六七具尸体，其中有两具躺在一家寺庙门口。

我们由北门折向西南，经过城里人口密集的市区。这里寺庙众多。有些寺庙挡在路上，使我们不得不走下护城墙，然后攀上另一边。

两座东门附近，郊区与城墙有一定距离。数条宽阔的大道穿行其间。偶尔可见几幢房屋。郊区的主要建筑沿河而建，显示出居民的商业特性。

城东，私人建筑最为豪华，居民更为富裕。海关大楼连接着一长排建筑，占据了相当可观的面积。

我注意到一个事实，也许可以用来佐证祭拜在人们生活中占据多么重要的地位。不仅沿街开着许多店铺，还有专卖祭拜用的锡箔纸。我在城墙僻静处看到一个小摊，卖的物品都是香、烛和锡纸做的元宝。

我们绕城墙一周，再回到郊区，花了一个半小时。所遇到的人都显得很友好。总的来说，上海给我留下良好的印象。最令人吃惊的是，大半个城墙周围，房屋稀少。有些地方，方圆三四里内，没有一条像样的街道。城墙附近居住的人们，显然从事农业或园林工作。

当天晚些时候，我参观了一艘朝鲜平底帆船。该船由罗马天主教水手驾驶，停泊在海关大楼附近的河上。

迎接这艘小船的来访，具有特殊的意义。自封的船长是罗马天主教以前安插在朝鲜的副主祭，在那里历经迫害，父亲和祖父都被处死。这些陌生人的到来，奇装异服，头戴高帽，让上海人惊艳不已。朝鲜人不久便成了当地漫画家的题材，画廊书斋里常可见到丑化朝鲜人的漫画出售。

他们前来访问上海，直接的目的是要求上海附近的罗马天主教使团派遣一位主教，随他们回朝鲜。为了不使清朝当局起疑，他们谎称受天气影响，桅杆折断，不得不进港避难，在上海修理船只，以便返回朝鲜。

我上船时，船长不在，两三位船员接待我，带我进入一个船舱。船舱窄小，仅用帆布遮风蔽雨。桌上摆着三本拉丁文弥撒书和一张罗马天主教日历，大多是在巴黎印刷的。有一本书的出版日期是 1823 年。虽然朝鲜人有自己的语言，但他们也会说汉语。在交谈中，他们常常手画十字。

告辞前，我用拉丁文给船长留言，概述了福音最重要的真理。刚写完，接到通报说，船长从岸上回来了。几分钟后，船长到了，热诚地向我问候。他名叫宋金，24 岁。据他估计，他的祖国朝鲜，人口有 1400 万，其中基督教徒约 1 万人。他们遵守安息日，但没有严格禁食。他在回答我的询问时说，朝鲜只有三四本拉丁文书，就是我在桌上看到的那几本。他们的主教和牧师都被处死了。他承认船上没有运载货物，也不打算带任何货物回去。他们远道而来，唯一的目的就是为朝鲜寻求一位主教，将他带回国。由于罗马天主教的主教现在不在上海，正在秘密出使北京，朝鲜人只能一天天焦急地等待他的回来。据说，他们绞尽脑汁，向当局陈述耽延离港的缘由。在我的请求下，船长诵读了一段拉丁文弥撒书。他所诵读的那一页对圣母格外赞颂，尤其使我注意到的是用了"上帝之母"这一称呼，紧接着是"敞开天国之门，使我们得以通过"。

6月25日。我们参观了"同仁堂"①。中国存在着这种机构，彰显了其民族特性中的一个显著特点，展示出几分中国人所几乎特有的、与生俱来的仁爱。两千多年以来，这是个与世隔绝的民族。然而，在他们中间可以看到，存在着以往基督教作家质疑或否认的作为非基督教道德成果的仁爱机构。

同仁堂有自己的墓地和医院，在市内各处与郊外都有类似机构，提供棺材，为无人认领的死者出资埋葬。有些老弱病残者也得到救济，为他们提供服务与管理的费用，均由私人赞助支付。

---

① 清嘉庆五年（1800），上海知县汤焘及邑绅朱文煜、徐思德等人集资购地在城北设义冢。嘉庆九年发动商界捐款，购城内乔家栅房屋建立当时上海最大的善堂，名同仁堂，主要行赡老、恤嫠、施衣、施棺、掩埋等善举，并设有义校。道光二十三年（1843），邑人梅益奎等人募款设立赊棺栈，还开展施药等活动。道光二十六年购同仁堂旁陆氏旧宅为常设机构。咸丰五年（1855），同仁堂与赊棺栈合并，称同仁辅元堂，扩大慈善范围，增设验尸、收买淫书、清除垃圾、水上救生、安装路灯、修路筑桥等内容。民国初，根据上海县议会决议，同仁辅元堂与其他慈善机构联合组成上海慈善团，同仁辅元堂为上海慈善团总机关驻地。（据《上海市地方志·南市区志》）

进入同仁堂后，我们转入一个大厅，一位教师正在教二十来个男孩。他们 15 岁左右。屋内别无他人。右边一个小房间，摆着九具棺材，相当新，质朴而结实，随时可用。棺材上刻着"同仁堂"三个中文字，以及 6382 到 6390 的编号，显示了同仁堂开办以来无偿提供的棺材数目。

我们由同仁堂前往"育婴堂"。育婴堂也是靠私人赞助维持的，其目的为接受无力抚养之贫困家庭的女婴。在育婴堂门口，中国侍者指着一个类似抽屉的小盒子告诉我们，亲属把女婴放在盒子里，推进墙内，触发铃声，告诉里面又有女婴送到。侍者对盒子用途的解释，以及相应的手势，引起围观者善意的笑声。据说，育婴堂每年接受 200 名女婴。大堂中挂着一幅巨像，画中人为一老妇，5 个女婴或抱在怀里或依偎着她。我们走过几个育婴室，看到 6 个育婴员各自带着数目相等、周岁不到的女婴。大多数女婴来自医院，由基金供养。每个女婴都有一个木制小牌，上面刻着姓名和育婴堂的名字，由育婴员保管。育婴堂总管赠送了我一本《育婴堂年度报告》，将近 100 页长。

下一站，我们参观了一座古庙，名"关帝庙"，又称"天主堂"[①]。原址为一所罗马天主教堂，焚毁于明朝年间。后来，明廷利用民众反感罗马传教的情绪，在其旧址上，改建了这座庙

[①] 似指上海城内第一所天主教堂、1640 年建成的敬一堂，亦称老天主堂。乃是意大利天主教传教士潘国光（Fr. Brrancati）在徐光启孙女潘徐氏（豫园潘恩曾孙潘充庵之妻）的帮助下，购得与豫园齐名的上海城内梧桐街安仁里的世春堂旧址，将其改建而成的。1723 年清廷禁传天主教，教堂充公。1731 年改成关帝庙。1846 年清廷被迫"弛禁"宗教。1861 年法国传教士强行夺得产权。1862 年复建天主堂。

⊙ 妇人寺庙进香图

宇。废墟上建起大庙，纪念关帝。关帝为三国时代著名战将，后被人神化。据说，罗马天主教主教此时竭尽其力，向清政府施加影响，试图恢复该址原来目的，建造天主教大教堂。

进入关帝庙，只见前庭中聚集着数百人，正在观看戏剧表演。庙后有块平台，据说当年有些博学的耶稣会传教士利用对科学的了解，在此观察天文，向清朝统治者施加影响。然而，耶稣会传教士刚制定出天文日历，推算出未来几个世纪，皇帝就即刻将他们驱逐出境，不再需要他们的服务了。

关帝庙本身并无值得称许之处。只是众神像高大辉煌，关帝像位于显著之地。庙内有些人在各处修缮装饰。这段时间，上海似乎具有重燃美化公共建筑的激情，象征着贸易蓬勃发展。与此同时，居民迷信亦日盛。

临出发去宁波之际，我乘小船最后一次拜访那艘朝鲜帆船，随身携带了中文版的《路加福音》，准备给12个船员人手一册。另外还携带了一本《致罗马人使徒书》和一本祈祷文手册，准备给船长。到了船边得知，船长不在，但船员们欣然接受了我的书籍，并热诚地邀请我上船。我没能接受邀请，因为去宁波的船随时可能起锚。

上船后约一小时，一位朝鲜船的水手登上我们的船，极尽恭谨之能事，恳请退还所有书籍，并谢绝我赠送的礼物。我猜想，很可能是船长回来后，不愿他的人接受新教教会的"左道邪说"之故。朝鲜船的船长是个罗马天主教副主祭，曾在澳门受神父教诲。而朝鲜人所说的缘由是，船长不在，船员无权接受任何书籍，并且船长已经给了他们一些宗教方面的书。这套说辞蹩脚得很,不难一眼看穿。他离去之前,我与他做了简短的对话,想要确信他对福音最重要的真理有多少理解。他马上暴露出肤浅的热诚和对福音真理的无知。我问他,一个罪人可以向谁寻求庇护、祈祷宽恕。他不顾我一再告诫,仍然回答说:"耶稣的母亲,玛利亚。"

一位罗马天主教的传教士后来告诉我,那些朝鲜人待了很久才达到来上海的目的,带回1位主教和3位神父。那位主教来自香港,已经在某个内地省份传教7年。

第十二章　抵达宁波

前往宁波——沿扬子江南下——乍浦湾——中国领航员——镇海城——溯江而上、抵达宁波——海关人员重现礼仪——计划寄宿道教寺院——租房，侍者的礼节——接触中国家长制家庭——当地医药的荒谬原则——佐证中国人婚姻观的事实——新居的位置——宁波塔——参观伊斯兰教清真寺——伊斯兰教阿訇的回访——罗马天主教病人

6月26日。船起锚，乘落潮顺江而下。江中有许多来自山东、满洲的平底帆船，满载谷物。单橹、双橹船只不计其数，有些大的足以雇用八九个船工。从机械性能来看，与橹相比，桨显得不足轻重、毫无价值。我们在吴淞村抛锚停泊。夜里刮起八级大风。次日早晨，天气变好，风向略变，使我们得以顺扬子江而下，向大戢山岛东驶去。到了黄礁岛附近，遇到大雾，船抛锚停泊。

黄礁岛位于乍浦湾①喇叭口。乍浦湾使江苏与浙江两省海岸线内陷。湾中有两个位于海岸中心线的最重要的港口：杭州

---

① 乍浦湾：即杭州湾。

府（大运河南端）和乍浦（日本商船不得入内）。

6月28日。云开雾散，船立即起锚，驶向舟山群岛东面的一些岛屿。下午4点，再次被迫抛锚过夜。

次日早晨，发现我们已经到达通往宁波的甬江口。然而，甬江航行不易，江中暗礁重重、危机四伏。我受船长委派，兼作译员，与一名水手一同前去拜访渔船，寻求领航员。江上无风，可怜的渔民即使想逃避我们划桨追赶，亦是不能。几经口舌，才使他们明白我们为何而来。我说尽好话，担保待遇从优。有个渔民动了心，跟我们回到船上，为我们指引航线，穿过这段暗礁密布的水道。

进入甬江，风突然停了，而逆潮汹涌，不得不在镇海城附近抛锚停泊数小时。周围的小山风景优美，具有南方罗曼蒂克的韵味。别具一格的是，许多地方经开垦耕作，土地被切割成层层叠叠的园地，体现了人口众多之需求与人们之勤奋。

江左、江右，各设一个要塞，沿岸构筑炮台，足足一里半路长，护卫着甬江入口。在最近的战争中，这两座要塞为英军夺得。镇海城被英军占领达数月之久。据说，在整个战争过程中，镇海之战虽稍逊于攻占镇江府，亦是最为惨烈的战斗之一。千余中国士兵被杀，大多被英军从两岸驱入江中，只有两三百人，经译员担保生命安全之后，才回到岸上。

这时，有大群的人们聚集在城墙外江岸上观看我们。外国船只的到来，尚属罕见。我们在一队平底帆船中抛锚停泊，看到一只小船向我们驶来。那只船上挂着一块大布，状似旗帜，悬在一根竿子上，上面写着中文字，标明是从海关来的。两位官员要求我们出示通行证，由哪个港口而来，运载货物种类，以及其他细节。检查完我们出示的证件后，他们又照本询问一系列用中英双语写成的问题。我打断他们的例行询问，告诉他们今天是安息日，根据我们的传统，不做不必要的事务。他们心领神会，马上中止询问，鞠躬致敬后，下船离去。

船乘着夜潮，溯江而上，向宁波驶去，距离约36里。沿途村庄、寺庙不断，为风景增添异彩。甬江喇叭口的小山在两岸渐渐隐去。宁波占据了广袤平原的中心位置。四五十里外，八九百米高的高地，环绕着宁波盆地。

城外停泊的唯一外国船只，是艘苏格兰三桅帆船。我们在它附近抛锚停泊。不到几分钟，又有一群海关人员到来，一再鞠躬后，又开始询问。我重施故技，告诉他们，今天是我们神圣的日子，不愿做任何事务，明天将会在英国领事馆向他们提供想要知道的任何信息，包括我们船的通行证。听了我要求豁免的陈诉，他们觉得合情合理，旋即离船。这进一步证明，中国人愿意尊重他人习俗，因为他们自己也是严格遵守习俗的。

6月30日。早晨，我在英国领事馆上岸。宁波的外国人不多，居住在江北一个小小的郊区，与宁波城隔江相望。副领事热情地接待我。他以前曾在剑桥大学执教。

接下来三天，我拜访了几位传教同仁，是我在南方结识的，尤其是江对岸的两位美国朋友，此时在北城门内一座道观借宿。相对来说，这座道观历史不久，建于50年前嘉庆年间（嘉庆为前朝皇帝）。这座道观由一群寺院构成，统称为"佑圣观"。

佑圣观的主要建筑是道观。观内住着6位道士，个个其貌不扬，神情空虚，陋知寡闻，肥头大耳，令人不禁生疑，怀疑他们是否严格遵循道规，食斋忌荤。西北角有座小小的尼姑庵（尼姑庵常附属类似寺庙），庵中住着3位尼姑，名声不怎么好。西南角有个宗祠，由道士监管。每月两次，城里的达官贵人会来此祭拜。东南角有座孔子学派的寺院，也由道士管理，正式名称为"文昌阁"，即"高雅文学之殿堂"。我的两位传教朋友就寓居于此[①]。我们察看了寺院中无人居住的地方，想要替我找个落脚之处。我中意的房间旁边有间小屋，屋里有尊北极仙翁，这也许是文昌阁中唯一的神像。我看中的住处里，摆着好几具厚实的棺材，由迷信之人送来此地，死后将殓入其中。他们荒诞地认为，棺材存放在圣洁之地，将会保证他们延年益寿、富贵荣华。对于这种迷信，道士们或许无意予以纠正，能为道观带来滚滚财源，何乐而不为？

不过，我把宁波看作将来传教工作的可选之地，若可能，想要寻觅较长久的住处，置身于当地居民之中。因此，我们一路漫步到市中心，沿途看了几处住宅。在这方面，我得到施先生宝贵的帮助。施先生是一位传教士的教师，他对基督教很感兴趣。听说我是传教士，他很高兴，极力为我精打细算，力求节俭。

我们看的几所住宅都不合适，正打算放弃希望，这时有个老人告诉我们，在东门和盐门之间有幢空房。我们看了后，觉得甚合我意。经过两三天的初步商谈，7月3日，我和房屋中

[①] 1843年11月11日，美国浸礼会医生马高温（D. J. Mac Gowan）首来宁波，初在北门佑圣观厢房，继在北门外江边赁房，施医传教。1844年6月，美国长老会医生麦嘉缔（D. B. McCartee）到达宁波，也在佑圣观内施医传教。

介正式签订租房契约，旁证的除起草文件的中国人外，还有一个外国人和一个中国人。租金相当优惠，即每月9块大洋。我当场预交了6个月租金作为押金，同时中介保证，房东不能驱逐房客或增加房租。契约对半撕开，双方各执一半，以作凭证。此事花了3个小时，其间有过各种小小的争执，以及由此引起的磋商。但这在处理此类事务中，已算是相当快捷，实属罕见。

7月12日。我与一位行医传教士和他的教师一起，访问了西城区的一个中国家庭。那家有个人病得很重。家长是个老人，他在厅房接待我们，为我们奉上茶水、蜜饯。一种用大米中蒸馏出来的烈酒从壶里倒入小杯，让我们品尝。老人一直在旁看着，不时为我们的碟中添加蜜饯和糕饼。他还用手指把糕饼掰成小块，蘸上调味汁。然而，施先生对他的过分殷勤不免反感，尤其是用手抓东西，便告诉他，外国人习惯自己动手，并把筷子递给我们。老人坚持尽主人之谊，仍然用手指拈着糕饼递给我们，调味汁一路滴滴答答地掉下来。

屋外空地上种着几株矮小的树。这些矮树显示出中国人无穷的耐心和精湛的园艺技术，能将树木生长控制在一定范围之内。空地上还种植着类似无花果和橡树的灌木丛。它们保持着原本高大树木的形态比例与靓丽的蕨叶，只是压缩成小型，高度很少超过半米。

不久，我们被请去观看病患房间的令人忧郁的景色。同一屋檐下，住着一家之主和他的三代子孙，以及媳妇们和孙媳妇们。主妇们站在一个门口，渴望偷偷看上外国人一眼，发现行踪败露后，又匆匆退入屋中。主人的一个儿子躺在床上，全身浮肿，肿得有正常时的两倍，显得痛苦不堪。年迈的老母扶着他怠倦的身躯，母爱之情，溢于言表。父亲则以洪亮的音调、杂乱的手势，仔细讲述病症。当地郎中曾用一种不可理喻的方法为他诊治，认为是有个凝结的血球在病人周身循环，因而需将它排出，方有治愈的希望。为此，他们为病人开了蟾蜍及其他药物。然而，真正的病灶是在肝脏。但是，由于已是晚期，而他们对江湖郎中的处方又没有坚决反对，致使外国医药技术于事无补。两个星期后，病人去世了。

回到江边，狂风大作，波涛汹涌。中国船员不愿冒险渡江。于是，我留在城内两个美国朋友处，夜宿佑圣观，与文昌阁毗邻。次日清晨，再次试图过江，得以遂愿。

7月14日。我与见多识广的邢先生作了一席长谈。邢先生是英国领事馆的一名参赞，在最近的英华战争中担任中国军队的军需官，为此得以在帽上镶上金扣，那是清朝官员下三品的装饰。他与英国人的关系、对英文的了解，使他在清朝官员眼中颇具分量，常派人找他解释与外国人有关的公务。

他地位不断提高，收入日丰，近来决定结婚，但阴差阳错，使本该欢愉的婚礼变得不尽如人意。那天，一群当地女子前往某个寺庙进香，其中有个邻居的女儿被邢先生看上了。他为她的花容月貌所动，遂按常规延请媒婆。媒婆这样的行当通常由老妇操持。她们谙熟此道，聘礼经由她们之手送出，婚约亦由她们正式签订。不幸的是，邢先生心中之人是四小姐，却被误为五小姐。这桩婚事就这么糊里糊涂地定下了。迎娶之日，花轿抬着新娘，在乐鼓手的吹吹打打中，从娘家抬到新郎家。两个已婚妇女挽着新娘迈过新家的门槛，新娘才头一回被引见给未来的主人。婚礼即将进入高潮，由新郎新娘共饮"合欢酒"，但就在此时，邢先生满心的喜悦突然烟消云散了。他本该欢迎以前见到的美女，却屈辱地发现眼前之人是她的妹妹，相貌平平，抑或本来有些可取之处，亦被天花的痕迹破坏殆尽。他先是建议她回娘家，遭到她的反对。三思之后，他觉得应该权宜处之，以耐心承受失望，借时间而认命。

中国人对娶几房太太没有顾忌，只要娶得起就行，虽然妻妾过多有时会影响个人前程。邢先生告诉我，不久以前，有位一品武将李大人，官拜宁波将军。30 年前，其父为朝廷立下奇功，皇上赐他爵位，自他而起四代，享受伯爵称号。该将军有妻妾 10 人，被人告知皇上。他处理公务的能力受到怀疑，被革除军职，遣返原籍福建。革职缘由为，家务过多，恐碍军政。

邢先生才智出众，处事圆滑，但道德方面甚为松弛。他公开承认，儒家不信来世报应之说，轻蔑地把这种想法归咎于佛教。依他的观点，孔夫子没有留下任何尊崇神灵之说，而教导他的追随者，偶像崇拜不足为道，世人但凭兴趣或品位自行决定。依圣人之见，"径路"① 乃道德责任之唯一路径。

7 月 16 日。小恙数日后，我安全迁入城内新居，后门几乎紧挨城墙。左邻右舍居民，品格低劣，令我苦恼不断。他们对欧洲人的道德观念嗤之以鼻。凡此种种，每每使人心情郁闷。我对其中一人加以驳斥，引起不小的惊讶。不过，宁波此区却

---

① 原文为 ching loo，"the straight way"。

是个掌握当地方言的绝佳之处，我家距市内主要街道东门街仅百米之遥。在这里，我与基督徒的联络在很大程度上中断了，却觉得这样的孤寂甚为合意，得益匪浅。天气不久炎热起来，只有日落时分方能安全外出。在这个季节，我通常于傍晚时分，在屋旁城墙上散步。

有时，我坐在城墙的小塔楼里。中国劳工偶尔会停下来，翻翻我通常随身携带的书籍。但识得一个汉字的人，勉勉强强够得上五分之一。一些颇有身份的商人和公共机关的文书有时会驻足询问。他们通常都会问我的书籍的性质是什么，在哪儿高就，家住何处，有几个仆人，每天吃几餐米饭等，诸如此类的问题，以便估量我的重要性。有些人后来上我家拜访过。有两个老汉常问我有关十字架的事，还问我的宗教与罗马天主教有何区别。据他们说，在邻近的慈溪镇见过罗马天主教徒。他们不久便自称是我的相识。

7月23日。我改变了晚上通常的散步，与教师一起，前去参观俗称"天风塔"①的地方。

我们穿过邻近一家佛教寺庙的重重院落，来到一块空地，一座高塔巍然矗立在那里。地上爬满了厚厚的草本植物，墓碑林立，依据华中与北方省份的习俗安置在地面上，看上去宛如欧洲的墓地。天风塔高7层，呈六角形。塔内一架架木制楼梯

---

① 宁波似无天风塔，而有天封塔，恐作者听误。天封塔位于宁波市海曙区郡庙东南侧的大沙泥街，建于唐武后天册万岁及万岁登封时（695—696），并建有天封寺，天封寺亦称"天封塔院"，始建于后汉乾祐三年（950），一说建于后汉乾祐五年（952）。塔高18丈，共14层，7层明，7层暗，六角玲珑。

引导来访者直上顶层。

拾级而上，窗外景色一层比一层更为壮观、宏伟。脚下平展着一座繁华城池，芸芸众生正在辛勤劳作着。形形色色的物体、大大小小的尺寸、缤缤纷纷的色彩，增强了新奇的效应，给眼前万物平添了一种罗曼蒂克的情愫。极目远眺，因封建迷信而建立的林林总总的庙宇寺院、设计新颖的楼房、怪诞的建筑风格、雕塑奇特的牌楼、市政机构形形色色的徽章、公共建筑的不规则排列，凡此种种，构成了斑驳杂乱而绵延不断的一个群体。城墙绕城而筑，两边相距三五里。城墙外观原本单调，幸得城门上安置哨楼，略添变化。宁波城三面溪流环绕，明渠暗沟将城内污水、垃圾排入溪流。城东，甬江横流，江上帆影重重。城墙以外，一马平川，土壤肥沃，物产丰富。三五十里外，山岭轮廓分明，远远浮在天际，使得眼前景致完美无缺。此时此地，游人啊，望着这感人的人生全景，你是否会理解一个置身于新世界之人的感受？

下楼时，一个僧侣站在下面接受几文钱的捐赠，作为宝塔管理费用。据说，天风塔建于 900 年前的后周王朝。一种仰仗城隍保佑的似有似无的迷信，或许是这座宝塔的唯一起源。千秋万代之后，人们仍兴致勃勃地前来观赏。

天灾人祸，使得宝塔受损严重。宝塔外表显示着岁月的痕迹，看上去有种摇摇欲坠的感觉。塔内维护得较好。据说，6 年前，一位在当地颇有名望的王姓绅士，出资三千大洋，用于塔内修缮。他的公益心与善举使得另一位冯姓中国富豪起而仿效。冯先生凭借帆船在东海上搞运输，敛得巨额钱财，现寓居于一个叫慈溪的地方，距宁波不远。他在那里享受荣华富贵，亦用中国人的方式广施乐善，修缮寺庙、美化公共建筑、为乡邻出资修补道路。

天风塔高 30 多米，92 节高阶一直通到最高一层，再上面则是塔顶了。看管的僧侣既聋又哑，周围的人群似乎对他毫无敬意。作为参观纪念，我们把《约翰福音》和《詹姆斯使徒书》留给他。这些僧侣的处境十分可悲，或是家境贫困，或是无以聊生，或是在襁褓中就被卖到寺庙。

从天风塔出来，我们又去参观"回回堂"，即清真寺。回回堂位于城内著名的五色湖①附近。该建筑不大，但外观特别洁净。主院中种植花卉与灌木，安排有致，典雅悦目。两三座房屋，门开向庭院。清真寺（若用此名称显得庄重的话）本身占据主院的远端，地面略微垫高。年长的阿訇，睿智和蔼，动作轻快，彬彬有礼地接待我和教师。

宁波的穆斯林教徒不多，两百年前从山东迁来，现在男女老少共有 67 人。他们是蒙古人的后裔，以经商为主。有些人在公共机构担任文书，也有人从军。

年长的阿訇，祖籍山东。40 年前，依据阿訇任命的惯例，由原籍派来宁波补缺。我们饮茶一番，互赠薄礼。阿訇遣孙子取来几本阿拉伯文书籍和《可兰经》章节，一看便知是他常读之物。他所知的地名，远远超过华北的一般民众。他列举了穆斯林

---

① 五色湖：即月湖。

教盛行的国度，如布哈拉①、马德拉斯②及阿拉伯的几个地方。

我们移至寺内继续交谈。寺内到处写着出自《可兰经》中的经文。屋里有一个小小的书柜，里面放着经书。此外，还有一个可移动的布道坛。在此之前，我曾赠送他和另一位穆斯林教徒各一册中文版的福音书和使徒书。我请求阿訇念寺内的几段中文题词，但惊讶地发现，尽管他中文说得很流利，在宁波居住了 40 年，却不识一个中文字。他提到南京，说那里穆斯林教众最多，估计超过两万人。

回途中，我绕着五色湖和湖边优美的公共建筑群走去。走过拥挤喧闹的街道之后，此地幽静恬雅，景致开阔，清新的微风在湖面吹起圈圈涟漪，沁人心扉。

次日，穆斯林阿訇冯先生回访。他的一位穆斯林朋友最近从山东来，带来 3 匹蒙古矮种马出售。他的朋友想带它们前往舟山，而冯老先生则希望听听我的建议，看看是否有捷径，或许可以在英国居民中找到买主。我告诉他，春节后，舟山的英国军队将开始撤离，这对卖马很可能会增加难度。

后来，我们聊了些较泛的话题。阿訇本人发音清晰和缓，加上我的教师李先生的配合，使我能够将谈话继续下去。阿訇谈到，他的教派严格戒酒。若有教徒纵酒无度，他会行使职权，

---

① 布哈拉：位于今乌兹别克斯坦西南部的一座城市，也是该国第五大城市和布哈拉州的首府，人口约 25 万。
② 马德拉斯，南印度东岸的一座城市。坐落于孟加拉湾的岸边，是泰米尔纳德邦的首府，印度第四大都市，人口约 865 万。1996 年它的名称被官方改为金奈，但是旧称马德拉斯仍被广泛使用。该市是印度的一个大型商业和工业中心，以其文化遗产而著称。

处以鞭笞。他接着谈到，他们常常进行宗教沐浴，认为是虔诚的表现。我回答说，基督教并不疏忽外部洗涤，但福音的目的是清洗内在的人。若心灵端正，外部行为必将端正。他找了个机会，嘲笑佛教徒无知而虚伪，从座位上站起来模仿，闭目合十，口中喃喃低语，不时匍匐叩拜。临走时，他提到彼得，我没能明白所指，猜想可能与天主教有关。经我问起，他说宁波有两三个天主教派。李先生认为不止那个数，许多人私下里崇拜天主，但害怕受到迫害。

数日后，我正坐在传教医院在北门内设立的小诊所里，有个人上门求医。他从附近的慈溪镇来。我们发现，他是个罗马天主教徒。他脖子上挂着一个小小的纪念章。经询问，他坦然承认崇拜天主。那块纪念章大约一个铜板大小，正面画着十字架，刻着罗马字母 M（玛利亚），而不是通常的 IHS，反面为圣女的肖像，肖像旁刻着几个中国字。

第十三章　深入腹地

旅程中的冒险经历——乡村风景——天童寺——方丈——藏经阁——佛教的宗教希望——附近村庄与庙宇——佛教念珠——村塾先生——返回宁波——城隍庙——夫子庙——参观暹罗船

气温逐日增高，热浪肆虐，身体甚感虚弱。承友人好意，于7月30日结伴入山避暑。那清凉去处在60里外，那里有座佛教大寺。

宁波有关界限的规则是根据地方而非时间制定的。我们意欲参观的景点，在外国人允许的区域之内，因此我们不必当天甚至几天之内返回宁波。

我们晚上8点乘一条篷顶船出发，从城东溯江而上。船航行了2里来地，遇到一座堤坝，耽搁了一些时间。那座堤坝将甬江与我们必须进入的一条运河隔开。我们下了船，待在江岸上。6个中国人把绳子套在船上，然后慢条斯理地推着一架笨重的绞盘机。就这样，他们慢慢地把船绞到一个斜坡上。从斜坡顶上，船可以靠自身的重量，轻而易举地滑入对面运河里一米左右。总的来说，这是个代替船闸的不错的装置。

接下去几里，我们的船员帮助拖船，大声喊着号子、咒骂着，使我们根本无法睡好。运河上有许多桥梁。有好几处，拖船的人鲁鲁莽莽，不顾船工的大声警告，把船桅撞到桥拱上，使桅杆和纤绳都掉进水里。

在一个地方，一些士兵从瞭望塔中高声喊叫，要我们停下来。我们的随从举起我那位朋友的灯笼，上面写着他的头衔和机关名称，以此证明我们的身份，因而得以放行。

子夜时分，船抵达运河终端。从这里将开始翻山越岭。夜深人静，等了两个小时，才从附近村庄找到轿夫和抬行李的人。最后，我们让所有的扈从在一个摆着女菩萨的长棚子里列好队，向目的地天童林地出发。

我们的轿子制作简陋，只是两根竹竿，两头与中间绑上短短的横杆，中间用两根绳子悬挂着一小块木板，权作座椅，一节横棍在前面挂得更低一些作为脚镫，绑在两根竹竿中间的横杆便成了椅背。

我们开始了上山之旅，各有两个健壮的中国村民抬着我们，使我们能够沐浴在习习微风之中，欣赏乡间风景。有八九里地，我们的路径经过一片风景宜人的乡间。小路引领我们步步登高，翻越一座高高的山岭。借着星光，可以看出大致的风景。一边有座年久失修的宝塔，另一边有所佛教寺庙。庙里有3个和尚。庙旁有个给人们歇脚的屋子。我们停轿休息时，庙里敲起晨钟，是和尚做早课的时候了。

由此开始，我们一路下山。此处的路径做成台阶，以利下山。晨曦中，两旁景观渐渐清晰，漫山遍野的竹林、杉树，看上去与英格兰乡村风景颇有几分相似。山谷绵延五六里，一直通到山脚。村居小舍不时可见。小溪时隐时现，淙淙地流过卵石铺成的溪床。路径两边，山岭之间，稻田成片，小庙、祖坟、牌坊，点缀其间。

到了山谷下，我们走上一条蜿蜒大道。两旁树高叶茂，将我们罩在浓浓的绿荫之下。在这一片寂静之中，隐居之心油然而生。无怪乎，迷信的人们会作如此之想。

三面为崇山峻岭。极目望去，树木苍翠，直至峰顶。路左，鱼塘中睡莲、荷花盛开。盈盈池水形成小瀑布，由右面泻下。一道深深的沟壑暗示着，一年中某些季节，山洪可能爆发，奔腾着冲下山去。有些树木，直径达六七十厘米。有的树皮上被挖了洞，摆上崇拜的偶像。蓦然，一大片华丽的庙宇寺院呈现在我们眼前。建筑风格奇特，琉璃瓦金碧辉煌，飞檐翘壁精雕细镂。寺院外门宏伟，入口处有一片开阔的水池。走进正门，只见院落层层叠叠，大殿鳞次栉比。我们探查寺内各处，希望找到合适的栖身之处，最后在客房中选了两间，将行李搬了进去。

到后不久，便有和尚接踵来访，欢迎我们的到来，或许是期望得到捐赏吧。休息片刻之后，我们前去拜谒方丈。方丈十分客气地接待我们，请我们入座。由于我们来得突然，他没有准备，便瞧了个机会溜出去，换了件较为端庄的袈裟回来。他告诉我们，他年纪五十有四，祖籍远方某个省份，现在主持的天童寺始建于晋朝①。方丈每3年一选。他询问我的年龄与国度。关于国度，他先问我是否来自西班牙，继而问我是否英吉利官员。经我否认后，又问我来华目的为何。我告诉他，我来华的目的是传教。于是，他问我是否来传回回教②。听说我是来传有关耶稣的宗教，他略为思虑后，又问我所传的是否为天主教。在好奇心得到某种程度的满足后，方丈转而回答我关于这所寺院的起源与目的。他说，建立天童寺是为了让人能够退隐此处，修身养性。我告诉他，我们宗教的教义可以使人心向善，恳请他接受一些我们的圣书。他接受了几本小册子和一本福音书。我还赠送他一本基督教年鉴，内附地图，引起他极大兴趣，要我讲解不列颠与美利坚的相对位置，以及不列颠在世界各处的领地。会见结束前，方丈欣然允诺我夏日在寺内暂住。

离开方丈的居室后，我们接着去寺院各处，更为仔细地探查。在一个院落里，好几个人在阳光下晾晒数百卷经书。藏经楼就在附近。在一间屋子里，我们遇到一位学生，独自一人在埋头学习，匆匆看了我们一眼后，又潜心钻研，显然已进入忘我之境。

天童寺有100多和尚，大多或被贫困的家人自幼送至寺中，或后来贫困潦倒，或前科累累，不得已到寺中寻求庇护。和尚

---

① 天童禅寺位于宁波市区以东30公里的太白山麓，号称"东南佛国"，为佛教禅宗五山之第二，建于西晋永康元年（300），至今已有1700多年历史。寺院傍山而筑，梯级布局，有天王殿、法堂（藏经楼）、先觉堂、罗汉堂、钟楼、御书楼等20多幢古建筑。原有999间，为历代兵火所毁，现尚存730多间，占地面积5.8万平方米，其规模之大，为国内罕见。天童寺坐落在国家森林公园，整个寺院掩映于茂林修竹间，群山环抱，古木参天，有十大景观点缀其间。寺内有清代顺治、康熙、雍正皇帝的御书碑刻等文物。

② 即伊斯兰教。

们坦承，人们出家的原因通常如此。一位 80 多岁的老和尚告诉我，他乡来的和尚几乎个个是畏罪潜逃的罪犯。在此，这些不幸的人住在一起，过着优哉游哉的生活。他们对社会漠不关心，没有人际关系，没有理想抱负，只图有个温饱，便隐居此地，日复一日，周而复始，过着单调的生活。他们与世隔绝，戒七情六欲，不能享受人间欢乐，寄希望于虚无缥缈的来世。这些不幸的人们，在寺内慢条斯理地游逛，脸上挂着痴呆的微笑，目中透露出空漠的神情，其智力似乎只比飞禽走兽略胜一筹。只有为数不多的几个，心智超常，行为举止颇具涵养。或许，这些人是因为人生失意，或是悔恨交加，才来此隐居，寻求慰藉。他们奉行自以为道德的禁欲主义，希望借此摆脱人世间七情六欲，皈依佛门，终成正果。为此，他们戒食荤腥，每日诵读阿弥陀佛，清心寡欲，累积功德，最终，虔诚者可以登上西方极乐世界，换句话说，即是圆寂。这就是佛教的宏愿。这就是佛教所能给人的唯一的激励。人之肉体凡胎应当净化清除，大致依个人罪过或功德的比例，历经人兽不同阶段的轮回，灵魂最终得以升天，成为菩萨的一部分。与此渺茫的希望对照，福音揭示的物质现实是多么的辉煌[1]。

傍晚，我们乘轿出发，越过田野，穿过树林，行走了八九里地，到了一个名叫"小天童"的寺庙。小天童寺与我们参观

---

[1] 参见:《新约·约翰一书》第三章，第一至三节:"你看父赐给我们是何等的慈爱，使我们得称为神的儿女；我们也真是他的儿女。世人所以不认识我们，是因未曾认识他。亲爱的弟兄啊，我们现在是神的儿女，将来如何，还未显明；但我们知道，主若显现，我们必要像他，因为必得见他的真体。凡向他有这指望的，就洁净自己，像他洁净一样。"

过的其他寺庙一样，都是天童寺的外庙。寺内住着几个和尚，日常供给来自主寺。在一座外庙里，我们看到天童寺几代方丈的墓地。所到之处，和尚都会奉上附近特产的名贵茶叶。他们都渴望与我们结识，接受我们的赠书。

返回天童寺的途中，乡间风景如画，美不胜收。山岭溪谷，此起彼伏，相互交替。四周田野里，勤奋的民众安静地从事着日常劳作。每经过一户人家，屋内的男女老少都会跑出来观看陌生人，大多情况下，都会报以善意的微笑。有一处，路径狭窄陡峭，轿夫若一脚踩空，或是承载我们重量的竹竿断折，都会将我们抛下百丈深渊。我们回到天童寺寄宿处，对今夜见到的人们和如诗如画的乡村风景，没有半点理由予以抱怨。

次日凌晨，方丈和小天童寺住持前来回访。坐了一会儿，发现我们还未用早餐，一再抱歉过早打扰后，方才离去。白天，一个和尚项上挂着一串念珠，见我留意他的念珠，便谦逊地赠送与我。他后来觉得我除了书籍，可能不会回赠其他礼物，便在稍后不久，前来拜访我，神情显得有些焦虑。他告诉我的男仆，那串念珠花了他1000个铜板，是从南京买来的。

有个小和尚，9岁大小，似乎深得方丈喜爱。他热切盼望早日长到16岁，那时便可以剃光头颅，成为名正言顺的和尚。他不久就整天跟着我们。他长得活泼机灵，我们便让他跟着。不过由于他缠着索讨，我们觉得有必要看管好物品。

日上三竿之前，我们乘轿作晨游，去附近一个名叫天童集的村子。在村里，我们在一所学校和师生们坐了一会儿。教书先生从一个盒子里取出一张欧洲图片给我们观看。他似乎对这张画十分珍视。画的名称为"易猎图"。画中人为不列颠女王之夫君，坐在客厅安乐椅上，瞄准着屋中各处用绳子绑在椅子、搁脚凳、桌脚上的野鸡、鹧鸪、野兔。他身后站着一位动物饲养员，手中拿着一把子弹上膛的猎枪，随时准备递给亲王。教书先生说，这张画是一个英国人给的，他十分珍视。除此之外，他对赠画者一无所知。

晚间，我们出发返回宁波城，走了两个小时，到达运河。从那里上船而行。午夜时分，我们抵达通往甬江的堤坝。因遭遇八级大风，在此耽搁到日出。

天亮后，我们弃船，乘轿穿过军事演练场，到达一座浮桥。过桥我们才能到宁波。这座桥由一系列长长的平台构成，每个平台置于两条船上，平台之间用一些活动板条连接，所有平台连在一起，横跨150米的江面。我们过了浮桥，从东门入城，几分钟后就抵达我的住房。

天童寺回来后，又过了几天，我参观了城隍庙。这是该城的主要庙宇。每逢初一、十五，达官贵人习惯来此聚集，隆重祭拜庇护此地的神灵。我被引领着穿过一重又一重的院落。神像个个装饰考究，院落井井有条，给人以壮丽之感。

城隍庙以及我后来参观的两座夫子庙，都附有大片园地。园中筑有装饰性的池塘，池上架设小桥。那些闹中取静之处，常有些年高德劭的中国人坐在那里，看上去在沉思冥想，追忆流逝的岁月。

小夫子庙的主殿中，悬挂着许多三块一组的匾，取代常见的三座神像。唯一的塑像是孔夫子，鹤发童颜，长须飘逸，头戴四

⊙ 宁波近郊寺庙图

方黑帽,手执木制小牌,上书密文,一袭圣人风采,令人肃然起敬。塑像前摆着香炉,余烟袅袅。

大夫子庙坐落在盐门附近,为纪念孔圣人而建,庙中并无任何塑像。

这段时间,我偶尔去拜访停泊在东门外甬江上的暹罗人[①]的平底帆船。登上暹罗船,看到有几群中国人,大多在边赌博边抽烟。这艘船有3根桅杆,船尾楼甲板宽敞。我被带到下面一个船舱。据说,这艘船属于暹罗王。只有船长和商务总管是暹罗人,水手都是中国人。我去拜访时,两个暹罗人都上了岸。船上运载的物资有巴西染木、椰子及马六甲海峡常见物产。船舱的另一头设有祭坛,镶金镀银,装饰华丽。暹罗帝国迷信盛行,由此可见一斑。

上次来访期间,我随身带了一些精心挑选的小册子,期望有一天会被带到暹罗王国。

我走上甲板时,两个中国人正在将锡箔纸折叠成银元宝形状,以及准备其他贡品,祭贡摆在船尾楼甲板前的神像。我开始分发小册子,发现有好几个人看得懂,有的马上阅读起来。

不久,那两个中国人敲起锣来,在神像前焚烧纸钱。这是让所有船员来此集合的信号。做完祭拜之后,他们分成小组,在甲板上各处进餐。由于我的规劝,祭典被中断。对此,主要的锣鼓手耐心处之。他的整个举止表明,尽管表面上在祭拜,内心对那神像并不十分在意。类似的情景,不胜枚举。形单影

---

① 暹罗人:即泰国人。

只的一个外国人，对他们的偏见横加斥责，却没有引起任何愤慨迹象，不禁让人感到，中国人热衷从事迷信活动，乃习惯使然，而非超自然之意识。

第十四章　宁波概况

地形——当地官员——省份管理体系——前任官员声名狼藉——英华战争对统治者与民众的影响——中国人试图夺回城市——宁波的文学声誉——学者的特权——当地物产与居民职业——往日的繁荣——传教基地的相关设施——气候——人们的道德状况——回顾

前面的记载中，对宁波曾有过断断续续的介绍。此处或许适宜增补宁波概况以及居民特征。

宁波位于东经121度22分，北纬29度55分。以前曾经有过一家欧洲商行代理处，后因外国人过分的暴力行为以及中国人日益增长的反抗，而最终关闭。

这是宁波府所在地，位于浙江省境内。浙江省省府为杭州，在宁波西北250里外。浙江巡抚住在杭州，归浙闽总督管辖。浙闽总督坐镇福建省省府福州。因此，中国五个设领事馆的港口城市之中，有三个，即浙江的宁波、福建的福州与厦门，隶属同一个总督治下。

宁波地方政府设道台①一职。现任道台为正三品官员，祖

---

① 全称宁绍台道，兼水利、海防，驻宁波。

籍南京，名陈之骥①。为了方便起见，宁波道台署衙可视为专区。除宁波行政区外，还下辖宁波以西的绍兴和宁波以南的台州，各距宁波180里。

就重要性和权利而言，位居第二的官员是知府，管辖宁波行政区。现任知府是李汝霖②，祖籍山东，官拜四品。每个府或行政区，又分为若干县。每个县由一位称为知县的下级官员掌管。知县有两位副手，一称"左堂"，一称"右堂"。左堂地位稍高，位居衙门左侧。中国人以左为尊。宁波行政区下辖六区，即宁波、慈溪、奉化、象山、镇海、定海（舟山之首府）。现任宁波知县，祖籍福建，官拜五品，名叶堃③。政府机构中，最为完善的是警察机制，三千年的民族内聚力凝合成现在的体系。地方政府的文官从来不任用本地人。文官很少能讲管辖地的方言，因而不得不雇用译员。由于地方方言繁多，使得京城方言得以广为应用，成为帝国各处政府机构之间交流的通用语言。政府官员俸禄甚微④，致使贪赃贿赂、敲诈勒索案例层出不穷。

---

① 陈之骥，江苏上元县人，进士，曾任靖远县知县、督办浙东善后事务。
② 李汝霖，山东聊城人，进士，曾任临海知县。
③ 叶堃，闽县人，曾任杭州知县、杭嘉湖道。
④ 作者原注：政府官员俸禄（根据两家独立信息来源）

甲：根据一位秀才及第的师爷	乙：根据一位张姓绅士
总督：年俸一万两千两	
巡抚：年俸一万两	
道台：年俸八千两	道台：月俸五百两
知府：年俸五千两	知府：月俸二百五十两
知县：年俸三千两	知县：月俸一百五十两

作者原注：一两相当于六先令八便士。上列数目可能已包括政府支付俸禄之外一些其他收入。将货币差异考虑在内，最高俸禄可视为相当于英国年收入一万英镑。

唯有如此，方能设法达到与官衔相称的富裕程度。不过，许多官员一生清贫，屋中家具通常简陋价廉。

英华战争的经历使当时执政的官员蒙羞乃至丧失地位。道台鹿大老爷[①]被废黜，幸得市民请愿，才免受刑罚。他被革爵停薪，降职使用，协助现任道台处理市政。不过，他正渐渐地重新获得圣上欢心，已部分官复原职。英军撤离舟山后，他很可能成为定海的知县。被废黜的知府舒老爷[②]则没有这种福分。英军进逼时，他弃城逃离。作为惩罚，他被剥夺一切荣誉，贬为城墙修缮总监。被废黜的知县王老爷[③]受到的惩处更为严厉，他被流放到冰天雪地的北方，永无生还的希望。

宁波居民的特征是中国民众令人喜爱的样本。与外国人打交道时，他们通常显得尊敬、友好。不过，只要粗略观察一下，就不难察觉到，他们对西方人的态度主要源自畏惧。

领事馆人员与市政府官员之间迄今虽有联络，但交往甚少。领事馆位于城外江对岸，无疑在某种程度上影响到交往。一些其他设领事馆的港口城市，也有类似的自然障碍，影响到频繁交际。最近战争的经历也给当局带来那么多灾难，以至继任官员力图防止敌意复发，于是尽量避免与外国人交往的机会，减少冲突的可能。

民众似乎亦有同感，与英国人打交道时，不以寻常尺度来衡量，而是运用手段和机敏来瓦解英国人令人生畏的性格。人们具

---

① 鹿泽长。
② 恐作者记录有误。当时知府是邓廷彩。舒大老爷应是舒恭受，定海知县。
③ 疑是鄞县王鼎勋。

有这种感觉，对我国文明程度的看法甚为不利，这并不奇怪。

1841年，英军首次攻城，没有遇到什么抵抗，因而宁波受损甚微。后来，大批清朝军队对英军发动突然袭击，意图夺回宁波，改变了整个事态。夜深人静时，清朝军队从西门攻击英军岗哨，并以大量人员攀登附近城墙。然而，这一突然袭击使清朝士兵损失惨重，尸横累累，也使宁波惨遭战争的创伤。

那场屠杀惨烈之极。据一名目击者记述，在攻击点附近狭窄的主街上，英军用葡萄弹连续炮轰，炸得尸体成堆。从这以后，英军的条款更为严厉，对市内财产根据估计价值征收百分之几的税，这样就消除了人们所担心的不分青红皂白的掠夺。

尽管身处逆境，人们还是很快便从恐惧中解脱出来。外国人说句好话，就常常足以赢得友善的对待。比起其他地方，宁波人显得更为宽容。欧洲人住在他们中间并不困难，只要能够有所忍耐，克服偏见，就会逐渐赢得人们对他的好感。

对外国人开放的中国沿海城市中，宁波享有最佳城市之声誉。即使在中国人心目中，宁波亦是颇具盛名，被认为是中国极具文学素养的城市，仅次于苏杭。

一位当地学者给了我宁波市民各阶层的统计信息。据他估计，城墙以内的居民，五分之四经商或从事体力劳动，五分之一的人属于士大夫阶层，包括生员与秀才、进士等，公共机构文职人员亦算在其中。通过科举制的各级考试之人，大多在地方上享有重要的文职特权。他们隶属省监考院，可向主考官申请政府低级官职，获取既得权利，或可称之为"士大夫权益"。同时，若当地有迫害之事发生，秀才签名的请愿书对纠正冤案具有相当大的影响。不久前，宁波曾发生过类似案件。一名当地人被指控偷窃，遭受严刑拷打。经该地区四位举人联名请愿，被诬陷之人获得释放，肇事的衙役受到上司的严厉处罚。

郊区的人们，自平原至山地，六成的人以务农为生，三成的人为各种工匠，剩下的一成为渔民和船工。编织地毯、篾席为许多人提供了就业机会。妇女中有相当数量的人纺线织布。

现任道台曾报告说，宁波有 10 万家住宅和店铺向政府纳税。若他所说不虚，保守地计算一下，宁波的人口就有近 40 万。然而，若以建筑物真实的覆盖面积衡量，似乎又估计过高。宁波由城墙环绕，周长约 15 里，6 座城门开向郊外或江河。6 座城门分别为北门、西门、南门、灵桥、东门和盐门。[①] 每座城门上都建有哨所，由士兵守卫。

市内有些地方，相当大的面积被用作花园和墓地。墓地上到处种植灌木以及各种瓜果，使城墙内的这些地方显示出一派田园风光。市内寺院众多，私家住宅宽敞，实属罕见。主要街道宽阔、整洁，令人油然想到当地居民生活富裕、社会地位颇高。然而，市内出租给外国人房屋相对便利，许多建筑坏损失修，还有的房屋无人居住。种种迹象表明，宁波正在迅速地失去往日的繁华与重要性。不过，宁波依然是个重要的地方，与内地的杭州、苏州仍有相当规模的贸易。宁波与福建及台湾岛的海上贸易集市规模盛大，由两地进口蔗糖和大米。宁波与山东的贸易亦是十分广泛。

---

① 现六门已拆，留下六条以门命名的路：灵桥、长春、望京、永丰、和义、东渡。

市内驻扎 3000 名左右士兵，其中 800 名是骑兵。不过，大部分士兵是当地民兵。所有文职官员都是汉族人，武将中只有两名是满族人。

作为传教基地，宁波具有得天独厚的优势。相形之下，其他对外开放的城市则较为逊色。即使只考虑本身，不去考虑与其他地方的联系，宁波亦具有独特的吸引力。

宁波的气候与上海类似，温差很大，夏日可高达摄氏 37 度吧，冬季可降至零下 8～9 度。尽管如此，对于一个体质一般的欧洲人，宁波的气候对身体健康可能颇有益处。

正如我们所预期的，宁波人对《圣经》的法令和戒律一无所知。他们的道德标准很低。只要有一线可隐瞒的机会，他们就会罔顾事实、摒弃正直。话说回来，宁波人为人友善，惯于息事宁人，受到极度挑衅时，也是君子动口不动手。

他们饮食清淡，很少醉酒，即使没有宗教约束，也是秉性温良，安分守己。他们耽于声色，视之为人生最大享受。金钱使拥有者更有机会寻欢作乐，因而，外国人的洋元一直是他们垂涎欲得之物。他们原本少有道德约束，在金钱面前更是毫无抗拒之力。外国人只要不显露钱财，便能安全地生活于他们中间。不过，他们对贫富之间相对关系的看法与我们的大相径庭。为此，正如在世界其他地方一样，尤其是在中国，显然有必要强调，传教家庭在购置住宅和日常持家方面，应当格外节俭，任何可能使当地人误以为富裕的东西都应该避免。那些人别无生计，在他们眼里，几块大洋就是一大笔财富，因此，欧洲任何阶层的人想要不显得富裕都不可能。

除了因贫穷而起的贪念之外，这些人值得予以毫无保留的信任。在一般平静的环境下，外国人可以独自一人到宁波周围的乡间走上十来里路。虽然出于好奇，偶尔会有一群人围上来，但这里的人们没有任何残酷无情、奸诈狠毒的症状。他们有时会受到个别外国人的欺凌，但作者本人可以用自己的切身体验说明，只要一句好话，就会得到当地人自然感情的回报。作为一名在这些偏北省份与快乐的村民生活在一起的传教士，或者作为一名在各个城市与更为聪明的市民交谈过的传教士，我不能不感到，在没有福音洗涤心灵的情况下，愚昧之人浅薄的人生观在这里达到了力所能及的某种最高境界。

然而，这幅图画悲惨的一面反映出，人们只为现世而活，对未来没有明确的想法。他们的视野为现世之狭窄的地平线所阻挡。他们对坟墓之后的事物，从未想过，不想知道，也不关心。

不过，这里的人们没有受到多少大宗欧洲贸易通常带来的令人不安而有害的影响，没有大量的外国人涌入他们的生活范围。因此，基督教传教士就有了直接接触他们的机缘。一旦掌握了当地方言，传教士眼前就会展现出一望无垠的田野，任由他在聪明而善良的听众中进行日常传教工作。

宁波对外国人的界限规定也十分有利。一旦得到允许，外国人可以在宁波县内各处访问或居住，不受时间限制。这一区域，向西南延伸 150 多里地。在东南面，包括海港在内的海岸的一部分，以及天童寺茂林修竹的山岭。其他方向的界限为 15 到 50 里不等。

宁波的优势可概括成以下两点：

一、宁波是中国最大的城市之一，市民文化素养极高，且没有受到与外国人广泛贸易而带来的不良影响，便于不受干扰地进行传教工作。

二、宁波具有得天独厚的地利之优势，可以作为传教分站，随着今后传教活动的需要，由此向周边地区做定期访问。

第十五章　访问舟山，宁波更多见闻

访问舟山岛——定海市——罗马天主教神父——罗马天主教与佛教在仪式方面的相似性——僧人起源的传说——返回宁波——祭奠亡灵——道观小住——道观杂役——女信徒——道长与道士——中国式花园与假山——访问当地医生——回教店主——鸦片治病——访问尼姑庵——当铺老板——拜访道台阁下——欢迎仪式——中国式娱乐——话题——拜访被废黜的道台——他的正直与不幸

8月12日。日落时分，我登上一艘当地船只，前往舟山，同行的还有一位传教朋友和他的夫人。船乘着落潮，顺江而下，微风助力。11点左右，风完全停息，只得在江口镇海市附近抛锚过夜。

次日拂晓起锚，风向不顺，船"之"字形地航行了几个小时，抵达舟山群岛，在港口两百艘船只中抛锚停泊。不久，我上了岸，受到一位军方朋友的热情款待。我在舟山的整个访问期间，就住在他家。

我此行舟山的直接目的是想换换空气，并且寻找医疗方面的建议。由于身体虚弱，岛上路途稍远处，便不能前去参观访问。

不过，我有一次机会乘船去附近小岛和港湾探幽，看到轮廓分明的山地景色与触目可见的郁郁生机天衣无缝地结合在一起，不禁大为赞叹。山岭为肥沃的沙土覆盖，虽然浅陋，开垦者的辛勤劳动还是赢得丰厚的回报。山坡上，树篱层层叠叠，以郁郁葱葱的枝叶将各种庄稼分隔开来。与此美景格格不入的是欧洲人的军营和哨所，不列颠士兵的红衣和步枪，印度士兵的深褐肤色和柔软肢体，军官们华丽的服饰。凡此种种，与岛上总体的中国风格极不协调。

人们似乎听天由命，接受外国人的管控。他们欢愉的面容显示出，在他们心目中，对政治的操心何等无足轻重。

每座城门以及一些主要建筑，都有印度兵守卫。印度兵的装备虽不如不列颠士兵，但似乎沾沾自喜，觉得比中国人优越，偶尔会作出盛气凌人的举动。市内除驻扎着印度军队外，还有将近1000名欧洲士兵住在3里之外靠海滩的兵营里。定海市和大海之间的空地，全是稻田，一年中的某些季节，水深达15厘米，看上去像是一片沼泽地。

离开舟山前，有人介绍我去见顾铎德[①]先生，我与他作了一席长谈。他是个罗马天主教传教士，曾在澳门罗马学院做过10年的拉丁文教授，3年前来到舟山。除传教工作外，他受法国政府之聘，担任政治代理人。

根据顾铎德先生提供的信息，罗马天主教在华的传教活动，

---

① 顾铎德（M. François-Xarier-Timothe Danicourt，1806—1860），为法籍遣使会神父，随英军至舟山群岛（定海），开始在舟山及通商口岸宁波一带传教，并逐渐深入浙西嘉兴地区。

部分经费由欧洲承担。以前，路易十四曾设立专款，用于传播基督教，在华传教活动的全部经费皆由此专款支付。但是，由于法国革命带来的问题，以及拿破仑对罗马天主教会的掠夺，致使这一基金遭到废除。23年前成立的信仰传播会，致力于弥补基金被废除带来的损失，每年向每个在华传教士提供100大洋的补助。

顾铎德先生认为，在通常情况下，这笔钱应当够用了。因为每个传教士在中国内地各处巡回传教，在访问罗马天主教徒或是向他们讲授期间，都作为客人暂住他们家中。

顾铎德先生说，在舟山，这笔钱就不够用了，因为他的教堂有开销。不过，信仰罗马天主教的士兵亦帮助捐赠。他自称，在舟山使25个当地人皈依天主教，不包括两位住在舟山的中国传教士。

他在会谈期间提到，罗马天主教传教士对清政府十分不满，因为他们对内地的人们隐匿弛禁天主教的上谕，使他们依然因宗教信仰而受到困扰。弛禁天主教的上谕与政府历来的政策大相径庭，显然是受到外国人日益增强的影响，清朝统治者目前不予公布于众，亦不足为怪。

顾铎德先生对清朝官员和百姓的看法似乎不怎么好。他对清朝百姓的评价为，表面上温文和蔼、性格开朗，内心里虚伪奸诈、贪得无厌，对他们来说，"金钱就是上帝"。

罗马天主教神父认为，凡是诚实坦率的，必然会对天主教和佛教在宗教形式方面的相似之处感到困惑不解。和尚庙、尼姑庵与男、女修道院，和尚戒色与神父禁欲，剃度与削发，袈裟与长袍，僧帽与冠冕，佛珠与念珠，地狱与炼狱之说，焚香摇铃，诵经吟咏，拜佛与祈祷用的均是无人能懂得的语言①，在和尚庙与天主教堂祭奠亡灵。尤其值得一提的是，他们所尊崇的女神之头衔，一为"观音"，一为"圣母"，怀中各抱着一男孩，神态酷似，坦诚之人无不一目了然。细节如此之相似，虽然有助于使佛教徒皈依天主教，却难免会让人困惑。这一问题有时显得无从解释，以至于从前有个罗马天主教传教士百思不得其解，曾断言道，佛教必定是撒旦为抗衡基督教而建立的体系，必定是撒旦的总计划，以此阻碍传播基督教信仰。

顾铎德先生是否对此也感到困惑不解，则不得而知。不过，我倾向于认为，他也是如此，这从他突然把话题转到佛教这一举动上，即可看出端倪。他所提供的信息让人玩味，也证实了一些我以前听到的传闻。

中国古代有个皇帝，有一天作了个怪梦，使他焦虑不安。他梦到一个人，手持一把弓和两支箭，要去完成奇怪的任务。应当立即设法劝阻此人。皇帝询问了几个释梦之士，有人解读为，那个人代表汉字"人"，那把弓即为汉字"弓"，加上那两支箭，整个图形合成为汉字"佛"，即刚从印度引进的神灵。"佛"字又可分解成右为"弗"左为"人"，意即"非人"。此一解释又对应了皇帝梦中的另一部分，隐喻他非肉体凡胎，皇权浩浩，受之于天。于是，皇帝差人寻找佛像，设专职僧侣供奉。意想不到的问题出现了：中国人不愿出家为僧，称此举有违孔子之道，不符帝国体制。许多人宁愿受刑，也不肯做此大不肖之事。皇帝找不到

---

① 一为梵语，一为拉丁文，均非常人能懂。

诚实的人心甘情愿出家当和尚，最终只得找一些犯了谋杀、抢劫及其他罪行的囚犯。那些囚犯，只要出家为僧，到全国各地的佛家寺庙里一辈子供奉菩萨，便可得到赦免。为了防止他们以后逃出寺庙，他们被迫剃成光头。这样易于辨认，便于捉拿归案、严惩不贷。据顾铎德先生所言，这就是中国人的传统。有关这个可怜阶层的起源与堕落，可以从一些古老的记载中得到证实。

我于8月22日离开舟山。在舟山逗留期间，受到这里不列颠居民的热情款待，在我此次访问的特殊情况下，尤其感人。我们登上一艘中国帆船，乘风顺浪，七个多小时就到了宁波。

回到宁波后，头两天晚上几乎夜不能寐。时值"放焰口"①，外面锣鼓阵阵、唢呐声声，彻夜不断。这种活动在中国人中十分盛行。"放焰口"指的是中国阴历七月替亡灵举办的祭祀仪式，目的是把他们从佛教的地狱里拯救出来。据解释，那些人死后没有子女或亲戚为他们焚烧银钱、纸衣，因此在阴间贫困潦倒，该祭祀仪式即起源于此。届时，东南西北都挂着灯笼，祭台搭起来，上面摆着食物，让饥肠辘辘的孤魂野鬼前来就餐，而人们则彻夜守灵。为了这一节日，人们纷纷募捐认捐，筹得相当可观的捐款。据我的男仆说，他捐的数目是一块大洋②。

在最近的战争中，宁波的公共建筑毁于战火。此时，道台府重建完毕，亦在庆贺之中，为此节日增光添彩。当地一位中国绅

---

① 瑜伽焰口：是对饿鬼施水、施食、救其饥渴之苦的一种佛教仪式，俗称"放焰口"。因七月十五日是中元节，各家各户皆祭祀亡灵，顺便也接济孤魂野鬼，故也放焰口。

② 原文是a rupee，即一个卢比。然而，卢比是印度钱币，似不可能，因而译为一块大洋。

士慷慨解囊，资助道台府重建。作为酬谢，他将被授予挂名的三品官员头衔。时下，中国各地实际上在公开买卖功名，此举则不那么露骨。

不久前租赁邻屋的中国人，属于家道中落的一族。有一天晚上，正值管辖阴间的地藏王诞辰①，他花了三四块大洋，雇了几个和尚，唱了一夜低沉的歌。一年中的这个月份，迷信的大众，纪念亡灵暂时由阴间释放，来到人间接收衣食钱财。据说，献给地藏王曲调忧郁低沉的歌，以及奉献给亡灵的食物，可以博得地藏王的欢心，使他们在阴间的亲戚朋友得以摆脱困境。值得庆幸的是，邻居做法事的铃声、锣声以及不协调的歌声，在午夜前一小时结束了。

类似的法事在家中有人生病时也常可看到。家里人会敲锣打鼓，摆设宴席。根据迷信的说法，阴间的某个死去的家庭成员正在挨饿，为了报复阳间的亲人没有照顾他，就开始吃病患者的身体。为此，他们试图用宴席进行贿赂，辅之以摄人魂魄的锣鼓声，驱逐给他们家庭带来灾难的不速之客。受过教育的中国人往往不受这些愚昧恐惧的影响，然而就整个中国而言，迷信几乎无处不在。

8月25日。有两个传教朋友寓居北门附近的道观，我去那里小住了数日。我住的厢房与一大殿相邻。欲摘文学桂冠者常来大殿，向文昌帝君顶礼膜拜。道观另一处建有不同殿堂，分别设置主司一年四季及其他道教诸神之神龛。

---

① 农历七月三十日，佛教传说为地藏王生日，旧俗在街巷地上及居家庭院遍插棒香并点燃蜡烛叫作"地灯"。

我头一回去参观主殿时，只见到一位男士在祭拜。他是个道教俗家弟子。道教俗家弟子是道士与百姓之间的一个阶层。他们不必戒色或过禁欲的生活。那名道教俗家弟子匆匆地、周而复始地诵读毫无意义的词句，一边在一块雕花镂空的共鸣板上敲着节拍。然而，他看上去并没有投入感情。我进去时，他站起来鞠躬迎接，然后继续诵经。

道教俗家弟子力图通过重复诵读各种经文，达到完善，掌握足够的知识之后，便有资格去附近地区行走，替人在各种迷信时节做道场，有时也在私人家庭作法。

那位道教俗家弟子的一个朋友等在一旁，跟着我们在道观里走动，不时献着殷勤，有些举动暴露出他贪婪的意图。

我进道观时，有几个女士在祭拜。她们属于上流社会，衣着华丽，由阿妈伺候着。我一现身，她们就装出矜持的模样，半转过脸去，压抑着笑容，悄悄地离去，步履摇曳。

我在道观孔夫子区居住了5天，没有见到一个中国人来祭拜。有时，可以听到道观的道教区传来的锣钹声和道士单调的声音。

对面的一个花园里，每天早晨，有位老妇会走出屋来，跪在地上，声音洪亮而不带感情地诵读几遍经文。

道长年逾古稀，暴躁的脾气因疾病缠身而有所抑制。道长与道士们都很想与我们结交，有时来我们的房间迟迟不肯离去，有些讨人嫌。

与佛教和尚相比，道士人数不多，遵循寺规戒律也没有那么勤勉。在文学圈子里，道士的声誉也较好。道士有别于佛教僧侣的最明显的标志是他们的发髻，高高地束在头顶。

8月28日。我在朋友的陪伴下，参观了康老爷的花园。康老爷腰缠万贯。他做投机买卖，从政府处买来食盐，然后垄断盐市，牟取暴利。他用银两向政府支付市场垄断权，而卖盐给民众收到的则是铜板。由于时下银元奇缺，铜板相应贬值，因而盐业垄断近来大亏特亏。有些盐业巨商身价大跌，沦为贫民。不过，康老爷依然显得殷实。他的花园布置得格调高雅，奇花异草名目繁多，室内家具精致考究。假山岩洞，规模虽不大，却显得小巧玲珑，令人赏心悦目。盈盈一方小池，满塘荷花。池边立着一架巨大的鸟笼，笼中侍养着一只白鹤，据家传记载，已逾百年之寿。老绅士本人亦80有余，耳背重听。他告诉我们，前些日子，有个英国人来访，百般乞讨，一心想得到一株珍贵名花。虽然他是花了10块大洋买来的，还是赠送给了那个英国人。他似乎对回赠之礼非常失望。那是架显微镜，应当是个相当丰厚的回赠，然而康老先生却把它说成是个"小玩意儿"。

　　我们坐在那里聊天，有几个中国女子在邻屋透过窗子看我们。只要朝那个方向稍稍瞥上一眼，就足以使她们左藏右躲，直到好奇心驱使，顾不得矜持，又鼓起勇气，观看外国人的模样。

　　从康老爷的豪宅出来后，我们去拜访一位姓张的中医。他就住在同一条街的对面。他招待我们坐的房间里，挂着许多中国书法精品、题词，其中有一幅写道，本医生技术精湛，医治百病。

　　英华战争期间，他充当间谍，为宁波官员将半官方信函送到英国驻舟山军队。他为英军做过一些事，结识了好几位英国绅士，十分得意地展示他们的信件和明信片。不过，这位老绅士与类似的人一样，既被英国人看不起，又使中国人生疑。英国人对他追根刨底的鲁莽行径大为反感，而中国人则怀疑他是否爱国。

若从他房子显露出的捉襟见肘的迹象来判断，他的行医处方并没有多大的进账。他的中医外科专长是针灸，自称可以用针灸治愈风湿性关节炎及类似疾病。

我们拜访期间，他在教3位学生，贴补家用。得知我年底前想去福州，寻找去福州的欧洲船只又遇到麻烦，他便极力建议我乘福建船，并自愿做我的保护人，陪我一同前往。他建议我穿中国服装，由陆路从福州去厦门，愿意为我做一切安排。

回道观路上，我们进了一家山东人开的店铺，逗留了几分钟。我们发现店主是个穆斯林，虽然能说中国话，却不识一个汉字。

8月30日。宁波外国居民的房屋主要建在江对岸的一个小区，我常雇中国船民载我渡江。今晚以及前几天晚上，在我渡江之时，船工急切地向我乞讨药物，想要医治因抽鸦片而引起的病症。那些可怜的人，面目憔悴，一脸病容，暴露出沉溺于这种毁灭性的习惯对他们体质带来的可怕的后果。他们说自己穷，指着褴褛的衣衫，骨瘦如柴的四肢，恳求我给他们所需药物。他们听说我的同胞有这种药。他们看上去迫不及待，要求我给个日子，好上我家取药。我的男仆给了他们我的住址，后来我还写了张便条，把他们的情况介绍给一位行医传教士。那位传教士使用补药及其他药物，力图增强病人体质，对抗由于停止使用习惯已久的刺激剂而引起的神经衰弱。

9月2日。我和朋友一起参观了附近的尼姑庵。那座尼姑庵是奉献给佛教"西天女王"或称"慈悲女菩萨"的。她的头衔直译的话就是"观世音"，显示出她比其他诸神具有更为和蔼可亲的特征。庵里住着六位尼姑，由一项基金及祭拜者偶尔的捐赠维持。

我们在庵里待了约一个小时。在此期间，住持老尼用蜜饯和水果招待我们，亲手把它们放到我们面前，为我们选择她认为好吃的。为此，我们后来还不得不赠礼。这种款待亦是一种变相索取的手段。

尼姑通常举止粗俗，面目平庸。住持具有阳刚之气，不时给院中五六个男丁下指令。有些男丁在清洁原棉，另一些男丁在制衣。还有两个小尼姑，四五岁左右，因为献身尼姑庵，作为回报，可以保留天足。

尼姑的穿着与和尚极为相似，头发尽削，主要服装为一袭宽松长袍。住持老尼头戴一顶黑色丝帽，中间有个孔，孔中可见她的光头。她一边甩动着手臂上的念珠，一边问了许多有关一位英国传教士的情况。那位传教士曾在庵中住过一个月。目前有几个中国人住在庵内，这类寺庙常作客栈使用。

回程中，途经东门街，我们在一家当铺待了一段时间，端详了几件物品。不知老板是怎么搞到这些东西的。其中有个古老的钟，重约100斤，上面刻着许多汉字。钟声尚为和谐悦耳，由附近慈溪镇上的一座尼姑庵送来典当。那座尼姑庵还有一件物品在此典当，是一座观音菩萨像，青铜制成，高约25厘米。当铺老板欲售两块半大洋。

在附近的街道上游逛，人们不难察觉，中国人尽管表面上遵循该国各种宗教习俗，然而不断有蛛丝马迹表明，其实他们是怀疑论者，或是无神论者。

9月3日。我和一些朋友前去拜谒宁波最高长官，通常称为道台大人。按照规定，数小时前就作了通报。通报中罗列了我们的造访内容，想必会得到道台大人的礼遇。

我们乘轿，过大街小巷，向衙门走去。衙门是道台办公与居住的政府机构。我们走近通向前院的大门时，听到一声锣响，紧接着听到里面其他锣声、铃声与之呼应。与此同时，一个当地艺人用唢呐吹起一支喧闹的曲调，伴随着声声锣钹，迎接我们进门。

我们穿过一重重门，看到里面众多的公职人员忙忙碌碌的迹象。我们的轿子在通往一个门庭的几节台阶下的平地上落地。在这里，道台陈大人走下台阶欢迎我们。数度鞠躬和致敬后，我们被带进客厅让座。但主宾之礼先得解决，颇费了些时间。道台不肯就座左首之位，那是主位，而我们一行也故作谦卑。一方极力劝说另一方，试图让对方坐到主位，一方婉言相劝，另一方婉言相拒。在通常情况下，这种谦让推诿也是让人疲惫不堪，何况夏日炎炎，更是让人倍感厌烦。最后，我们中的一员一本正经地取了主位，终止了争执，使事情得到圆满解决。一位朋友能讲流利的中文，就做了我们的发言人。

道台的官帽上镶着浅蓝色圆扣，显示他的官阶为三品。他从头上取下官帽，递给侍从。侍从把它置于室内显著之处。不久，另一位侍从应召而来，替他脱去蓝色丝质马褂。尽管天气炎热，我们还是恭维他身着毛料服装显得精神焕发，而我们自己则欣然接受他的建议，脱去身上的累赘，在余下的访问期间只穿衬衫。

客厅中没有显示主人财富的迹象，家具简单质朴，而非豪华。门外站着几个侍从，有时想要听听看看，便围到门边。主人挥一挥手，他们就离开门两边远一点。但后来道台转过身去，背门而坐，他们又悄悄地回来，人数还增加了，因为另一些侍从也想满足他们的好奇心。

饮过茶后，侍从们在客厅中央的桌子上摆上形形色色的碗碟，显然在为晨间小吃作准备。一切准备就绪后，同样的谦让又开始了。这次，道台取了下首就座。

小吃期间，他回到之前的话题，尤其是关于我们的学位。因为介绍时说，我是文学教师，他便问我所获得的是何学位。我的朋友不假思索地回答说，我得的学位类似进士，即中国科举四级中的第二等。道台陈大人获得的也是进士，于是恭贺我，年纪轻轻就获得文学晋升，真是鸿运高照啊。他继而仔细观看我的面相，对我的仪容作了一番评价。幸得我们一直保持着严肃的谈话，话题最终引入到中国的科举考试与学位，对此道台发表了长篇大论。

在此期间，我们努力而为，以便对得住川流不息端到我们面前的美味佳肴。每上一道菜，主人便用自己吃过的筷子为我们夹菜。侍者将一种从大米里蒸馏出来的酒倒入小杯，端到我们面前。除了中国传统佳肴外，还照顾到我们外国人的口味，上了切成薄片的西式火腿、牛肉、鸭子和鸡肉。鹌鹑蛋、坚果、蜜饯，亦成了我们口中之福。主人不停地看着我们的碗盘，不时地添加他认为最可口的佳肴。有一两回，我们冒险品尝一些从未见过的菜肴，但很快就得出决定，最好还是相信他的选择。

最终，我们被一道又一道的菜肴打倒了。当我们告诉他已经吃饱了，他不信，一再保证说没剩几道菜了。我们谢谢他如此破费，反而使他硬要我们坚持到底。

此时，大家在热烈谈论外国风俗。他又把话题转到我的学位上来，问我姓氏。他把我的姓氏根据中文发音，转变成"四美"。他又问我名字，这次他读不出来，说要写下来得用四个中国字。他尝试多次，想要捕捉 George 的发音，把它转变成"吉阿乐极"①。最终不能够掌握这种稀奇古怪的发音，束手无策，只得作罢，倒在宽大的椅背上，纵声大笑。

后来，他又问起我的朋友有关英国的古文，即古典文学。我的朋友告诉他，英语是逐渐完善的。英国文学的起源相对来说不太久，从希腊与罗马引进了大量的古典学识。欧洲文学界盛行以拉丁文作为媒介，不同的种族相继移民到英国。对所有这些话题，他都听得聚精会神，常以中国历史上发生的类似事例佐证。

他后来又问到一个欧洲国家，但我们从未听说过。我们仔细地听他的发音，发现那是个许多音节的奇怪组合，应当是丹麦。后来，话题又转到美国和它的 26 个州，包括：上个世纪美国从英国分离出去，英美两国共同的血统和语言，英美两国在贸易上互为对手而在政治上则相互仿效，每年从英国移民到美国的数目，清除树林营造农田的过程，美国商人开拓进取的性格，以及英国政治霸主的地位。他提了些问题，事关移民他国

---

① 原文为 Ji-ah-le-jih。

的缘由，以及为何英国商人愿意不远万里来到中国。他不停地做出反应，时而开怀大笑，显得轻松自如。他说他以前曾被中国政府派往蒙古地区，说那里气候寒冷，森林辽阔，也许与美国相似。

我们几次三番试图离座，都被他劝阻下来，最终才让我们告辞。我们逗留了一个多小时。他处处显示出待客之道，谦恭有礼。浙江省划分为11个行政区，他的管辖范围占了3个。因而，他是个举足轻重的官员。他所管辖的地域如苏格兰一般大小。他看上去有五六十岁，举止威严而优雅。他不顾我们再三劝阻，坚持把我们送到停轿处。与来时在大门口受到的礼遇一样，离去时也是唢呐声声，锣钹阵阵。

我们下一站拜访的是被废黜的道台鹿大老爷。我们走过一个长廊，里面摆满了桌子、条凳。出于无知，我猜想大概是作公共宴会之用。不久得知，这是科举考试大厅，可一次容纳900名秀才候选人，为每一位提供座位与纸笔，让他们应试考题。大厅的另一端设有雅致的房间，分配给废黜的道台暂住。他对我们笑脸相迎，彬彬有礼，看上去亲切热诚。

然而，眼前的景致是多么不同啊！愁云覆盖着他的面容，忧郁笼罩着他的神情，被废黜的道台的不幸命运尽然写在其中。想当年飞黄腾达时，多少人会趋之若鹜，迎上前去致敬。然而现在，因圣上龙颜不悦，他被革职停薪，贬来处理民事。他唯一的罪行就是爱惜生命。敌军势不可挡扑向宁波之时，他加入了逃难的民众。他非武将，又如何能组织有效的抵抗，抗御中华民族之大敌？

然而，依皇帝之见，他理应以身殉职。为了杀鸡儆猴，阻止其他官员背叛朝廷，鹿大老爷被剥夺官爵。他只能私下里哀叹受到的屈辱和贬职，只有一小群忠实侍从还留在身边。

他头上戴着镶白扣的帽子，那是六品官员的装饰。自和平以来，他又恢复了以往官职中的一部分。他已年过花甲，疾病缠身，背有些驼。据报告，他颇有私财，不再渴望官复原职。不过，英军即将撤离舟山，他还是有希望东山再起。

他比现任道台学识渊博，智力更高，在接下去的热烈谈话中努力显得乐观。不过，他的笑声中少了一份开怀之意，举止也缺少些轻松愉快。他为官正直，私产颇丰，从宁波居民的请愿书中可见一斑。单凭市民的努力，已使他免于监禁候斩之惩处。道光帝罚他无偿服役 8 年已完成近半，他若能东山再起，官复原职，百姓将欢呼雀跃。朝廷赐恩变化无常，惩治起来则严酷无情。因此，鹿老先生也许满足于现在的地位，不想就任危机重重的地方长官。

道台衙门发生的情景在这里又大多得到重演。午宴摆设开来，我们恭敬不如从命。每隔 5 分钟就有一个侍从带来一管水烟，鹿大老爷咕噜咕噜通过烟杆吸入浓郁的烟草气，然后心安理得地从嘴巴、鼻孔喷出。唯一扰乱他平静的神情的是我们不会使用筷子。他谈起外国钱币铸造，检验银子成色的方式，怎么取样，以及几种钱币的相对价值，讲得头头是道。他从墨西哥和秘鲁的钱币引申到西班牙及其早期对南美的征服。

除了偶尔提到一些地名，他与道台两人对西方国家的地理知识了解甚少。对他们来说，西方各国只是一片荒芜的、无人知晓的地域。他们只记得几个国家的名称,还是用中文贫瘠的单音节字加以改编,变得面目全非。

我们在鹿大老爷处待了一个小时,过得极其愉快。临走时,他客客气气地把我们送到轿旁。

在这里,我从他们悲惨的现状中,深深地体会到战争的罪恶,以及战争给人们带来的灾难。他现在待之以宾的人,来自那个给他带来毁灭与耻辱的国家。他接待我们所表现出的外在的尊敬,一定与他内心深处的情感大相径庭。英华战争给中国中部省份成千上万无辜的人们造成的伤害,多少个人的悲惨经历,使基督教珍贵的恩惠变成一种债务,须由不列颠双倍奉还于这块土地。

第十六章　重游天童寺

乡间生机勃勃的景象——祠堂——募捐口袋——中国农业——免费歇脚处——龙舟——佛寺守夜——去远处村庄探险——文盲和尚——茶农的好奇心——方丈的友善——村民的热情——向神灵祷告——拜佛过程——攀登太白山——中国绅士的款待——返回宁波

宁波依然酷热难当，我又得去宁波平原边缘的山岭地区避暑。于是，9月15日，再次出发，访问天童寺，随行的只有我的中国男仆。

我乘轿穿过市区，行走了四五里路，到了东郊一个僻静之处。这里有个小湖，湖边店铺、仓库环绕。湖上有条船，是雇来载我和男仆及一些随身用品去我们的目的地的。

我一出现，船工便显得激动，很快就跟我的男仆争吵起来。船工发现载的是个外国人，便要求加价，因为几小时前我的男仆与他谈价钱时，没有提到主人是个外国人。他们愤怒地吵了很久，不久就把一群人吸引过来。对于不了解中国人脾气的人，他们之间看上去马上就会斗殴起来。然而，无论他们激动的手

⊙ 龙舟图

势，还是激烈的语调，都仔细地控制在极限范围之内，所以打不起来。

这个最初的难题一经克服，我们便动身沿着运河划去。运河中有许多船，都载着人，带着蔬菜、粮食去赶集。运河是将沉重物品从一个地方运送到另一个地方的唯一运输方式。

出城3里路，乡村开始显示出秀丽的景色。对当地人来说，成片的坟墓掩埋着祖辈的遗体，使他们敬畏而又有种种关联。

我们经过好几家祠堂，分别属于蒋、吴、易、陆和施姓家族。这些氏族都住在城里，都有权进入祠堂。祠堂里供着祖辈的牌位。牌位按照辈分排列，井然有序。

我们经过的路上，每里地都有个小庙。庙门口有两三个和尚闲逛着。有些庙中伸出长长的竹竿，竹竿上绑着口袋，这样可以接受过往船只捐赠香火钱。每条船都捐赠几个铜板到香袋里，岸上的僧人看到了就敲一下锣，以示感谢。我在每个香袋里放了几本基督教书籍，作为礼物，以期缓解偶像崇拜的罪孽。

郊区的人们非常愿意接受我的书籍，有时在我停止分发后，还跟着船跑。有个人急于接抛过来的书，失去平衡，掉进了运河。

不久，我们穿出了郊区，来到开阔的乡间。遍地是水稻和其他谷类。但是，这里的田间景象与别的地方有所不同。没有秋季清新的微风，没有乡间沁人肺腑的纯净空气。生长中的庄稼覆盖着粪料，因而稻田和菜园散发出强烈的臭气。船只来来往往，满载着这种令人作呕的东西。这里的人们不浪费任何垃圾。他们在村里各个角落安放粪桶、大缸，接受这些肥料。正是通过施肥和灌溉系统，贫瘠的土地才能年复一年地生产两季庄稼，维持众多的人口。这在当前，很少国家能够办得到。中国人对土地的利用触目可见。早婚亦是每个人的不二选择。这也许就是世人对中国人口估计的最主要的依据了。

接近运河终点时，我们看到乡村节假日常见的场景。两条船划过来，或许是准备竞赛，看看谁划得快，或许是准备表演传统迷信节目。每条船上都有 20 个人，手中之桨漆得华丽粗俗，身着花哨的服装，以色彩和服饰来区分他们的船只。一个人直立着擂鼓，人们随着鼓点划桨。

运河上桥梁众多。通常每座桥上都刻着建造年份。桥由石阶构成，一阶高于一阶，渐渐由两边延伸到桥顶会合。桥顶铺着大块的青石板。只有一座桥是用通常的拱形横跨运河的。

隔上个十来里地，就有个亭子，让旅客休息。亭子里有免费的茶水供应，是由一些有钱的善人提供的。我们的船经过时，看到有些劳作的人们在亭子的阴凉处休息，一边喝着免费茶水，恢复体力。那些乐善好施之人，有生之年得到人们的尊敬，死后亦为人们所纪念。每个村庄都建有石牌坊，高高地耸立着，上面刻着昭告世人的铭文，证实了这种善举比比皆是。

我在运河终端附近的一个小村庄弃船登岸，然后乘轿翻山越岭，前往天童寺。日落时分，在寺内一处四合院的客房安顿下来。经允许，那套厢房分给我使用。我睡在内室，行李也放在那里，让男仆住在外屋。

外屋有尊高大的佛像，偶尔会有人前来参拜。最早来的参拜者中有个和尚，他点燃几炷香，插在佛像前，然后跪下来，用头敲地三次。夜间常可听到钟声、锣声，夺去我不少安眠的时光，若非如此，本可安枕入眠的。和尚守夜对安神宁心绝无好处。然而，此时此地，想起单就祷告而言，基督徒就与身旁其他信仰教徒不同，感恩戴德之情比在其他地方体会得更为深切。

9月16日。一大清早就被外屋一个和尚的呻吟声吵醒。那个和尚点着香，俯伏在面目狰狞的佛像前，口中发出悲哀的声音。我对这可怜的人好言相劝。他呆呆地望着我，问我的国家有没有和尚，我们参拜的又是哪些佛。我给了他一本宣传手册，可他看不懂，我便收了回来。

下午，我经过一些偏殿，看到里面有几个和尚在默诵经文。后来，我被吸引到主殿，那里有三十来个和尚在做晚课。方丈站在中央，面向几丈外的一尊巨大佛像。身后不远处，一些和尚左右排成两列。摇铃叮当一响，他们便缓缓地唱诵起来，随着木鱼的节奏，语速逐渐加快，发出毫无疑义的声音，有时似在背诵，有时似在吟唱。有几个和尚，一边口中吟诵着，一边偷偷向我伸出手来，作手势要我腋下的书籍。最后，他们都在佛像前跪下，脸碰在地上，静伏几分钟。

看到这种自欺欺人之举，我心中的犹豫一扫而光，立刻进入大殿，穿行在两排和尚之间，在每个跪倒磕头的和尚前放了一本宣传手册。那本宣传手册是梁阿发撰写的，书中忠告世人扬弃偶像崇拜之罪孽。梁阿发是个中国基督徒，他本人也是弃暗投明，皈依基督教的。

傍晚，我去了几百米外的一个外庙，那里住着两个和尚。他们在主殿中展示所供奉的丑陋的小佛像，似乎自得其乐。我当着许多在场人的面对他们说，要我参拜这些毫无知觉的泥塑木雕是多么荒唐。我接着用雨伞指着那些佛像，用了一下力，为首的佛像就被推动了，一时疏忽，还戳破了几处。旁观的人群哄堂大笑，使我更为胆壮，想要使其他佛像显示出自身难保的样子。我轻轻一推，那些佛像就摇动起来，趔趔趄趄地从宝座上翻滚下来。那两个和尚左试右试，想让一个佛像保持端坐的姿势，只是徒劳，因为摔下时将肢体错位了，引得人们又爆发出开怀大笑。我猜想这放肆的行为也许玩得过火了，便一本正经地对他们说，上帝对那些亵渎他的名字的人会大发雷霆的。在我得到的回答中，只有一个还有点道理，即中国人习惯参神拜佛。

一间临屋里，横七竖八地摆着几杆长矛。遇到抢劫，或是有人毁坏竹林，和尚们会用长矛作武器。竹林是天童寺的一项重要收入来源。

9月17日。我乘轿出发，去15里外的乡间，欧洲人还从未到过那里。

离开天童寺时，碰到一些来烧香拜佛的妇女。我给了她们几本书，让她们带回家去。起初，她们还不愿接受，问我要付多少钱。

我经过的第一个大村落从未有西方人来过，于是老人对我十分好奇，而小孩则怕得要命。我乘着轿子穿过村中长街，孩子们吓得尖声大叫，四处逃散，寻找母亲。

自治原则在这个地区的保安中得到充分的体现。每个地方都有老人被选为村长。离此地最近的政府官员远在宁波。税收由每个地方的地保征集。地保是住在村里的官员，除了收缴地税外，没有其他任何职权。地保的收入为普通农民的两倍。

该村拥有土地最多的是个茶农，他的小茶园就在附近的山上。我带的书都已送完，不能给他一本书，对此他感到失望。有一小群人想要得到宣传手册，我试了试他们的看书能力，发现没有一个识字。不过，他们中有一个试了几次，想要猜测封面上的字是怎么发音的。许多讨书的人都通不过阅读封面书名的测试，没能如愿，还感到十分失望。

一座山顶上建有墓地，墓地旁有个长长的棚屋，屋里照常规挂着一幅佛像。一位看管此棚的老和尚端来茶水请我喝。他极力想提高我对他的看法，告诉我，他的女儿嫁给了一位英国人。一个站在旁边的人对着我耳朵悄悄地说，这和尚把女儿卖了，得到两三百块钱。

出家做和尚前，有些人已有婚娶，养儿育女。妻子死后，家境贫穷，有的丈夫就出家到庙里当和尚，混口饭吃。

我此次访问中到过的最远的山，从山顶可以看到大海。附近的山有阳寿山①、黄鸡山②、乌鸡山③和白塔山④。离海岸不远，可以看到一些礁石小岛点缀海中，几只渔船极目可见。山脚下有个渔村，名叫杨浩集⑤。虽然方圆六七十里内没有其他外国人，但所到之处，人们都十分友好、安分守己，很高兴我的来访。我所依赖的两名中国轿夫，以前只见过一面。无论我走到哪里，都可感受到同样的礼貌。

---

① 原文为 Yang-so san，译音。
② 原文为 Hwang-ge san，译音。
③ 原文为 Woo-ge san，译音。
④ 原文为 Pow-tai san，译音。
⑤ 原文为 Yang-haou keae，译音。

傍晚，我抄小路，途经一座大庙时，遇到一位和尚。他十分无理，硬要我入乡随俗，向一尊佛像参拜。我跟他理论，说要我向这个木雕石刻的东西参拜，那是多么的荒唐可笑。他面带愧容，一声不响地走开了。一个18岁左右的年轻和尚，看着他离去，然后走近前来，大概想讨好我，说道："四美先生，拜菩萨不好的。"我给了他一本宣传手册，却又失望地发现，原来他不识字，并且愚不可教。

次日早晨，我在山档头①村见过的茶农，走了10里路来看我，为了得到我答应他的书。他的桃红色名帖上写着"金廷远"三个大字。他说自己已53岁了。据他说，他那村有90来户人家，居民务农为生，种植水稻，还种一种名叫蓼蓝的草本植物，这种植物被广泛用来把布染成蓝色。附近不种小麦，也不种棉花。绿茶则大量种植。他说，他每年向政府缴纳的税收就达70两银子（约合23英镑）。他来时穿了最好的衣服，邀请我今晚再去他们村，上他家吃饭。

他走后不久，方丈来回访。他看上去兴致很好，没有因为我最近举止出格，在和尚做功课时向他们分发基督教宣传手册，诋毁参神拜佛，而感到丝毫不快。他也倾向于同意我的提议，允许给一位宁波的朋友一间厢房，或者就在天童寺内，或者是坐落在距此一里半路的一个幽静山谷口的外庙，条件是每月交5块钱房租。前一天，他还摆出不同意的样子，理由是我们杀鸡还吃其他动物，这有违佛教不杀生的戒律。现在，他看上去

---

① 原文为 San-dang-dow，译音。

已完全不在意了，还暗示不会不同意外国女士来此暂住。这一暗示又解决了我朋友带家眷来此换换空气的一大难题。他赠送我几本佛教圣书。由于他已经与先前的顾虑作了妥协，后来还带我去看可供选择的厢房。

傍晚，我乘轿走了10里路去拜访那位茶农。附近的一个名叫阿路的农民成了我的一个轿夫兼向导。他还能为我做翻译，在根本无法听懂的当地土话中夹上一定程度的官话，一路上还给我讲了各种事情。

阿路告诉我的情况中有一条是，这个地区没有强盗、小偷，人们都参神拜佛，很虔诚。若是这种值得怀疑的道德乞求可以接受的话，那么参神拜佛确实对人们的思想具有约束作用。迷信对人们恐惧所产生的控制力量，超过无神论主义。

到了金家，他的一些朋友围了上来，他们是来看外国人的长相和服装的。他们抚摸我的衣服，赞叹质地的优良，对其他东西也同样好奇。他们对我的诚意有一定信心，于是把几个病人，尤其是患眼疾的，带来让我看。我仔细地检查了几个病人，显示出朋友般的关心，然后允诺用中文写下宁波一位行医传教朋友的地址，再用英文介绍他们去就医。他们问得付多少医药费，我答应他们，村里人都可以进城免费就诊。他们听了非常高兴。

这时，阿路有些惹我不高兴，因为他不愿意完整地翻译我的原话。我要他解释，我的那位医生朋友，和我一样，都信仰基督，愿意遵循我们的宗教原则，为他们做善事。然而，阿路只是说我们都是好人。尽管我一再敦促他解释我说的全文，他仍然不顾我的请求，一直不肯按照我的原话翻译。他很穷，世代为奴，受人压迫,当地方言称之为"堕贫"①,后面会提到这种人。也许他过于害怕,以至于宁愿冒犯我。

我在写医疗介绍信的时候,人们在桌上摆了糕饼、茶水、米酒及其他食物,只有屋主和我在吃。我问能否住在村里,他说行,让我住他家楼上的房间。我问他们怕不怕地保,他们回答说不怕,地保无权干涉这类事。他们还说,欢迎我的朋友来分发书籍,讲解我们的教义,他们会善待我的朋友的。中国人滥于允诺,常常过誉,但在此刻,没有任何理由怀疑他们保证的诚意和真实性。

回天童寺前,东道主带着我走上一条长满树丛的蜿蜒曲折的小路,沿着小山坡到了一个僻静之处。那里有座庙,庙里有个住持和尚。在这些地方,所有风水宝地似乎都划给了寺庙。与那位和尚喝过茶后,留下几本书籍,我便动身返回天童寺。

途经每座村舍,几乎都可以听到有人喊我"四美先生""四美老爷"。那友好的称呼,显示出他们欢迎我到他们中间来。最为遗憾的是,我不能对他们讲话,只能通过我那执拗的翻译传递几句。

9月19日。早晨在寺内各处走走,见到张贴的通知,要寺内和尚上午9点到大食堂去吃第二餐,便也走了过去。

方丈独自一人坐在台上一张桌子旁。其余的人分坐长桌两边,肃穆地等待开饭的信号。一个侍者提着盛饭的大桶走到每张桌子旁。方丈第一个舀饭,接着其他和尚轮流效法。又一个大

---

① 原文为 do-be。

桶被依次抬到各张桌子，桶里盛着十分难闻的汤，侍者用长柄勺子把汤盛到每个人的碗中。大家都静静地等待，没有动碗中之物。

这时，一个轮值的和尚舀了一小瓢饭，端到屋外，虔诚地放在一块石板上，恭恭敬敬地鞠了两三个躬后，回到大厅。成群的麻雀马上飞来啄食祭奉的食物。

轮值和尚回到大厅中央的位置，另一个和尚摇起了铃，和尚们开始以正常速度唱诵礼拜佛祖的饭前感恩祷告，唱了大约5分钟。祷告完毕，他们开始吃饭，没有人交谈一句话，似乎敬畏万分。

吃完这个量少而难闻的餐食后，他们又合十致谢，依次起身，向佛祖鞠躬，然后走出大厅。

方丈离开时，向我静观他们就餐之处走来，邀请我陪他去寺内的一个地方。那里住着一个远道来拜访他的和尚，他要为我引见。

方丈一到，所有和尚都起身恭迎。显而易见，和尚也是有等级的，有的从事卑微的工作，有的衣着华贵，引人瞩目。这或许与寺中不同的捐赠基金有关。各个和尚分别属于不同的捐赠基金，因而贫富不等。不过，绝大多数和尚看上去一贫如洗，给几个铜板就会屈尊做任何事情。

寺门口的大殿里，偶尔有女子从附近村庄结伴而来，参拜韦陀菩萨。据说，这尊菩萨最初是从暹罗引进的。凡有大事，商人、农夫、海员都会前来参拜。参拜者在韦陀菩萨像前点燃焚香，然后拿着一个圆木筒，内有几根按序号规则排列的签，就着香火晃动。他们在地上磕过头后,开始摇圆木筒,直至一根签掉出来。他们接着再摇,摇出第二根签。两根签都拿给坐在门口桌子旁的和尚。和尚收了钱后,便给他们两张与签号对应的字条。字条上写着几句箴言,以及对有关日常生活琐事的指点。求签者根据自己的迷信或是私下许的愿,从箴言与指点中猜度菩萨的回答。

下午,攀登名为太白山①的崇山峻岭。我所乘坐的是通常用两根竹竿连接而成的轿子。最初一里半路,中国轿夫抬着我,沿着陡峭的小径艰难地穿过低矮灌木组成的树林。我的身子半抬着,脚半拖在地上。此后的路上,没有那么多的灌木丛。但有时坡度很陡,路面高低不平,甚为危险。幸得中国轿夫刻苦耐劳,艰难地走过一山又一山,上坡又下坡。最后,经过了一个半小时的艰苦攀登,我们到达了山顶。

我的两个轿夫,虽然土生土长,却从未爬上山顶过。

接近峰顶处有个小小的冷水井,按照盛行的迷信说法,是用来祭奉东海龙王的。东海龙王的像刻在一块未经加工的简陋而不太光洁的石板上,几乎被灌木丛掩盖住。灌木丛生,要看到东海龙王像,得花好些时间将灌木砍去。

在这里,两个轿夫把头低向井中之水,参拜东海龙王,而另外两个则听从我的劝告,没有公开参拜。

据估计,太白山峰海拔3000英尺左右。我们在山顶逗留了

---

① 西晋永康元年(300),僧人义兴云游至南山之东谷,见此地山明水秀,遂结茅修持,当时有童子日奉薪水,临辞时自称是"太白金星"化身,受玉帝派遣前来护持,自此山名"太白",寺曰"天童"。

半个小时。这些山岭构成名为鸡头①岬的一部分,三面为海②,视野辽阔。前方是美丽的舟山岛,距此90里路。左面,夕阳西下,光线柔和,镇海镇一半被江口高耸的山岩遮掩。内陆方向,宁波乌云密布,难见轮廓。脚下山谷,雷声滚滚,低沉回荡。西南方向,东湖③尽收眼底;湖面宽阔,四面为花岗岩山陵环抱。

向导给了我一些野生土长的茶叶,让我当饮料咀嚼。其味感不佳,若这也算茶叶,我可以轻易地从多种醋栗④中品尝到茶叶的味道。

下山时,我们取道他途,走了八九里路,到了一个地方。下面的山坡,大片大片的土地为茶园所占据。一路上,地里劳作的人不时急切地向领路人打听我来此地的目的,以及到过哪里。只消几句话,似乎就解决了他们的疑惑。

我们沿着山中溪流河床继续下山。山脚下,溪流扩大了河床,经过山谷,流入许多运河,分道扬镳,如同欧洲风景画中成排的灌木树篱,在大地上纵横交叉。众多运河,替代了道路,将大地收成运送到各处。

我们来到一个村庄。该村房屋较为分散,人口至少有两千。我被带去见村里的主要人物。他在宽大的宅第客气地接待我。他的房子很多,根据中国优良住宅风格,围成一个四方形,中间是个大院。

---

① 原文为 Ke-tou,译音。
② 作者恐记忆有误,太白山峰在内陆,不靠海,何来之海岬?
③ 即东钱湖。
④ 又名鹅梅。

东道主从事成衣染布业，在附近开了好几家裁缝铺。他看上去颇有些钱财，而随着钱财的增长，他的抱负也越来越高。不久前，他花钱买了颗金扣，镶在帽上。

我坐下不久，鸭蛋、米糕和茶水就端了上来，年迈的主人与我共同进餐。他很好奇，于是阿路自告奋勇，向他解释我此行的目的和性质。然而，他在解释中提到，我就像是英国的红庙和尚，使我相当不快。我的宗教不同意这种比较。因为我未婚，最近又婉拒敬酒，也许使阿路作出如此推测。我当时作了反驳。但后来我责怪阿路不该把我与那种恶劣而无知的人比较时，他装出一副无辜的样子，说他是先被问起我是否是那样的人，而他只是予以否认。

我们现在走的路经过稻田。稻田中不时可见坟墓和纪念牌坊。那些纪念牌坊其实是架在垂直柱子上的横石条而已。有座坟墓与众不同，是为一位黄姓福建人修建的。他来宁波开办商行，3年前客死他乡。死时还很年轻，宁波附近风水宝地不让买，只得送到60里外的此地埋葬。

暮色降临之际，离寺5个小时后，我们回到了天童寺。

9月20日。拂晓时分，我踏上归程，返回宁波。到运河有15里路，途经各个村庄，人们都笑容相送，许多时候还会出言道别。舟船之旅则不尽如人意，酷暑难当，同船的中国人又陋习累累。每到一村，船中就又增添一批喧闹的乘客。

中午时分，我回到宁波。

第十七章　宁波最后见闻，前往舟山

宁波的天主教会——清朝军队的弓箭手——新任知县引起的公愤——读《圣经·新约》对当地一位商人产生的影响——奉化叛乱——击退官军——最终的妥协——世代为奴之族——宗教仪式——宁波传教活动回顾——到达舟山——法国大使的访问与接待——英军在佛教寺庙举行基督教礼拜

9月21日。偶尔，我会在住宅附近的街上行走，分发宣传手册。这次进了一家制油商的屋子。他和几个合伙人站起来迎接我，其中有一位走上前来，按照英国习惯，跟我握手。

我们坐着呷茶的时候，他们问了许多问题。他们发现今天是我们的安息日，赶紧查看不知怎么搞到的《基督教年鉴》。查完日历，他们证实了我所说不假。有个人花了几分钟，从我送给他们的宣传手册中朗读了一段。他们问的问题还包括我是否是罗马天主教徒。他们后来告诉我，宁波的罗马天主教徒屈指可数，他们都属于商人中的中产阶级。他们还说，这些人偷偷地信奉天主教，同时又参神拜佛，以免被人察觉，因为地方官员会惩治任何承认自己是天主教徒的人。另一方面，他们说，穆斯林教徒人数众多，不受禁止或威胁，因为有好几个是蒙古人，甚至在满族人中也有一些信徒。

9月22日。张医生的儿子来看我，替他父亲转交礼物，并且带我去3里地外观看军事操练。

两个帽子上镶着白扣的长官坐在用帆布遮挡太阳的一个棚子下面。他们抽着烟，不时喝一口茶，而士兵们五个一组走上前来，应了名之后，向80米远的一个靶子各射6枝箭。

士兵们头戴绒帽，帽上垂着红丝缨，类似当地上流阶层绅士们冬天通常戴的帽子。士兵们的外套是件宽松的蓝色棉布长袍，拖至脚踝，腰间用皮带束扎。脚上穿着厚而结实的黑靴子，长及膝盖。

士兵们摆好架势，扭转身躯，聚精会神地瞄准，箭从他们粗陋的弓上射向箭靶。箭靶用纸制成，高2米，宽1米；靶心为白色，长1米，宽7、8厘米，上面有3个红色牛眼，相隔15厘米。

有一半以上的箭射中箭靶，每中一箭就会敲起一声鼓点，表示射中。有几个士兵箭艺高超，有个士兵前4箭中，3支都射中中间的牛眼。一个长官作记录，在每个士兵的名字旁记下射中次数，时而发表评论，时而对射得不好的士兵斥骂着发出指令。有些士兵在斥骂之下显得紧张，长官的斥责剥夺了他们剩下的所有命中几率。有一两个士兵，在一阵乱射之后，被命令停止射箭。力拔头筹的箭手获得奖品，升迁亦得到确定。

军事学位也有常规考试，类似文官的文学考核。军事学位也有相同的秀才、举人等等级，通过射箭、枪炮操作、马术及其他军事技艺测验来决定。晋升根据成绩而定，有抱负者就有出人头地的机会。

这些士兵看上去不大像武士或军人,想到这些人是天朝帝国用来抵御外来侵略与征服的,不禁令人感到滑稽可笑。

不过,中国人从最近的战争中获得经验,力图改良他们的火药,给火炮装上轮子和转盘,在将来与外国强敌冲突时,或许比起最近与英军的搏斗,能够进行持久一些的抵抗。

清朝武将中无疑存在着保卫帝国的最伟大的神武精神和忠心赤胆。但是,在西方的先进技术与技能面前,他们将难以取胜,直到能够克服顾忌,鼓励外国工程师来华服务。这样的一种政策将背离根深蒂固的观念,将明确标志着放弃至今仍保留的闭关自守的做法。这在这个民族的这个历史时代似乎是遥不可及的事。

在京城,曾有过类似政策的先例,允许外国人提供天文学方面的服务。但是,除非朝廷大难临头,帝国即将崩溃,否则法国或美国工程师要想获得朝廷的信赖,允许来华服务,那是绝不可能的。在这方面,穆罕默德·阿里①与土耳其帝国政府领先中国人1000年。

这个星期,军事操练在郊区各处以及城内一些空地上继续举行。每天都有一张有关阅兵式命令和细节的印刷品在市民中流传。骑兵和马上弓箭手在东门外进行演习。据谣传,这些测试是为授予军事学位与晋升作准备的。

9月23日。据报道,今天得到证实,宁波知县叶堃被调往乍浦。他颇具钱财,值此国库羞涩之际,极有可能迅速攀登仕

---

① 穆罕默德·阿里(1769—1849),生于奥德曼帝国卡瓦拉城(现在希腊境内),曾任埃及总督,常被后人引作现代埃及的创始人。

途阶梯，因为朝中肥缺常为出资最多者捐得。他的继任者原为镇海知县，姓罗①，靠捐赠一担鸦片而来到宁波。

有匿名者张贴告示，呼吁人们警惕他的一个主要助手，不要受他敲诈勒索。告示对知县本人亦有大量指控，称其贪赃枉法。任镇海知县期间，有人指控他最近在制定秀才考生名单时，受贿两千大洋，将一名下等考生排在具有生员资格的秀才名单之榜首，逾越9至10名资格更优异者。此名单在匿名告示上再次公布于众，罗列了所有生员姓名，只有第一名因涉嫌贿赂而榜上无名，其位置上只写着"两千大洋先生"。

这些匿名公告，以及民众对政府官员贪赃枉法或不得人心的愤慨之情，构成了公共舆论的强劲动力，是新闻自由的唯一替代之物。一般认为，面对愤怒的士大夫阶层的公开宣言，新任知县要站稳脚跟不无困难，可能会被迫离开此地。这件事很可能传入他的顶头上司知府的耳中。那样的话，知县会被传去问话，下一步将遵循受贿案处理惯例。他可能作出部分坦白，但同意与知府分享赃款。事态到此就会尘埃落定了。但是，若道台插手此案，他也得从这两千大洋中获得一定份额。因此，分赃之结果是，知县保留职位，民众徒然愤慨，地方政府腐败的行政管理依旧，几乎没有任何改变之可能。

9月26日。我的医疗顾问们做出郑重建议，认为我不应该再留在中国过一个酷暑季节，那样对我的健康危害很大。因此，我不得不准备转让租房契约，提前离开宁波，以便在冬季可以访问其他设领事馆的城市。

---

① 全名为罗东。

安排续接房约者将他的商品搬入新居，花了一两天时间，这也吸引了不少当地商人和钱币兑换商来我家。我乘机向他们分发了书籍。

有个人似乎常常在认真看书，有时会过来询问书中有关的问题。一大早，我给了他一本译成中文的《雅各书》，他看了很久。两个小时后，我从附近的街上回来，向他借几个铜板，拿去给一个乞丐。那个乞丐已病入膏肓，奄奄一息地躺在附近寺庙的门口。

我的中国朋友对我的举动感到讶异，问我为何对那个乞丐感兴趣，他与我既没有亲戚关系，又不是我的同胞。我回答说，天国至高无上的主命令我们为所有的人做善事。那位朋友称赞我的行为，然后走开了。他在隔壁房间踱来踱去，鼻孔中喷出浓浓的烟雾，陷入沉思。后来，他拿起一本书，读了一会儿，脸上带着喜悦的神情回到我身边，仿佛从书中获得发现，使脑中闪过的问题得到了满意的回答。"先生，"他说道，"我懂了！我懂了！"然后他指着《雅各书》第二章第八节，"经上记着说：'要爱人如己。'你们若全守这至尊的律法，才是好的。"他对《圣经》这部分所包含的道德教诲大为赞赏，但又说道，孔夫子几乎用了同样的词语，也值得称道。他肯定地说，"四书"中有同样的段落①。在后来的谈话中，他承认从未祈祷赦免罪孽，既

---

① 作者原注：原文段落摘自一则对"四书"的评论。那则评论应当写于基督纪元后几个世纪。善行作为世间责任被用一种否定的语气陈述，因而日渐式微，乃至于降格而成："己所不欲，勿施于人。"另一段摘要陈述道，"整个儒家学说可归纳为忠孝二字。"中国文人学士既是怀疑论者又是无神论者，他们对未来世界持怀疑态度，这些在另一则陈述中可得佐证："孔子曰，不能侍人，何以奉神？此生尚不知其详，何以领悟来世？"（译者注：原话为：季路问事鬼神，子曰："未能事人，焉能事鬼？"曰："敢问死？"曰："未知生，焉知死？"）

然我们对来世所知甚少，儒家认为不必为不确定的事庸人自扰。

9月27日。由城里到江对岸朋友家过夜。临行前有些忧虑，担心出不了城门。据谣传，地方官员下令，入夜即关闭六道城门，贴上封条，以免守城官兵受贿开启城门。

我发现北门关了，但要求开门时并没有遇到任何麻烦。看门人通常会在第二天早上来讨100个铜板作为赏钱。这是我以前在北门、盐门和东门常用的方法。

今天傍晚走近北门时，看门人立刻喊出我的名字和住址，以前给的赏钱在他脑中留下了深刻印象。我轻而易举地让他为我和两个中国人打开巨大而沉重的城门。

早关城门的缘由是，60里外的奉化发生了严重的民众暴动。奉化是宁波的一个区。据说引发暴动的事件如下：去年举办应试秀才时，奉化知县收取贿赂，公然偏袒，极其不公。与此同时，知县还私自向所辖地区民众征税。去年一年，奉化民众通过知县向朝廷请愿，要求减免税收。京城的回复十分优惠，准许减免两千两银子，而知县则千方百计加以隐瞒。他借口请愿未准，继续征收全额税收，将两千两银子纳入自己腰包。这件事被民众发觉，委派一群秀才进京。他们的请愿书被转到宁波知府，命他查处此冤情。

知府与知县疑为一丘之貉，对请愿者的积极干预十分恼火，出言不逊，并质疑他们的学位。他命人将"四书"置于一些请愿者手中，要当场考量他们的学识。秀才们不堪如此凌辱，拒绝从命，声明来此是为了申冤，而不是应考。结果是，他们受到相当粗鲁的对待，据说有些人还被知府命人当场笞打。不过，报应的日子马上到了。今年科举的第一天，满堂的考生起而造反，民众亦加入进来，吓得知县落荒而逃，使整个地区动荡不安。民间盛传，他们将向宁波进发，突袭宁波。宁波派出三位官员作为代表，意欲与愤怒的民众谈判，被打得鼻青眼肿，轿子被砸得粉碎。应试学子唯一愿意听其说话的是那位被废黜的道台鹿大老爷。这一事实又一次证明他为官正直。

奉化的动乱很快就发展成有系统的叛乱。军队从全省各地调来镇压，却被民众击溃过一两次。好几位军官以及知县本人，都成了宁波两位行医传教士的临时病人。那两位行医传教士为他们开处方治伤。地方当局惊恐万状。但最终，随着增援部队的到达，参与者的前景变得不太乐观。整个事件得到和平解决，条件是叛乱首领免受死刑。真正的叛乱首领被秘密宽恕，据说他的位置由一个可怜的中国人顶替。那个人的父母和家庭得到两千大洋，因此同意做牺牲品。地方当局向皇帝谎报军情，称军队作战如何骁勇，不久，中国的地方志刊登了晋升军官名单。

宁波的大街小巷，每个街角都有轿夫可雇。他们似乎属于一个世代相传的阶层，地位卑微，被大众鄙视。轿夫，通常称作"堕贫"[①]，据说起源于元朝，而在明朝人数大增。据说他们是罪犯的后代，由于犯罪，使整个家庭都不能从事正当职业。这些罪犯中，有的曾经为官，因勾结倭寇而被治罪。当前，这个受压

---

① 堕贫，据《辞海》："堕民，亦作'惰民'，俗称'堕贫'。明、清时居于浙东等地。相传其始皆宦家，因罪被杀而籍其家属为堕民。"清时的贱民之一，不完全具备人身自由，要听凭主人的支配，在法律上低人一等。贱民包括世仆、伴当、乐户和惰民。惰民男的充当婚丧礼仪中的帮手和牙侩，女的充当喜婆和送娘子等。他们被禁止读书、缠足，不许与良人通婚，不得参加科举考试。

迫的阶级为附近地区提供所有的轿夫。他们也被雇作剃头匠，还可以做苦力的活儿。为数不多的还被雇用来做最低级的贸易，私下里赚了不少钱。他们的女人被雇作护士，从来不会被其他女人尊称为"嫂子"。堕贫一族不被允许戴有地位的清朝人通常戴的帽子，不被允许穿他们通常穿的衣服。很多堕贫成了戏子。他们人数并不多，估计在两千到三千之间，仅在浙江省可以看到，主要居住在宁波、绍兴、台州。尽管四五个世纪过去了，他们仍然因祖辈的罪行遭世人唾弃。

9月28日。早上，我参加了美国传教士举办的礼拜，在场的共有六十几个人，主要是中国公务员、教师和学生。场景经过精心布置，用基督教崇拜唯一真神所体现出来的庄严崇敬，给习惯于迷信的当地人的脑子里留下深刻的影响。

次日，在朋友们亲切的惜别声中，我向宁波正式告别。我曾想在宁波多住几年，提供有用的服务。但是一直疾病缠身，主要是本人体质衰弱而非当地气候不利健康，致使我不能坚守阵地。一位我最后拜访过的传教兄弟为我祝福，我们为彼此祷告，祝对方在上帝为各自安排的地方体现神授风采，为主的荣耀而工作。晚上10点，我登上当地船只，午夜起锚。

在宁波居住的3个月，尽管一直体质虚弱、疾病缠身，但将在我的心里永远留下一生中最美好的回忆。美国来的传教兄弟们勤勤恳恳地工作，虽然人数还不多，但作为一个整体，将大有作为。我将永远铭记他们对我的关切和爱护。

目前，只有一个英国传工进入宁波基地。她是个女传教士，有独立的资金来源，正在进行一项值得赞颂的工作，即向20来个女童传授基督教教育。家长们充满偏见，疑虑重重，起初一有点事就激动万分，甚至江上来了一艘蒸汽船也会导致他们把每个学生带回家去。经过她管理中体现出的明智和爱心，他们的疑虑渐消，信心日增。我最后一次去参观她的学校时，一个遭受慢性饥饿的女孩得到拯救，刚被送来入学。

男孩子可以轻易地得到父母的允许，到传教士开办的学校学习几年，这套系统已经一半是因为他们而建立起来了。但是，只有未婚女传教士，中国人才愿意让她们照料自己的女孩，即使对她们也并非毫无保留。因此，奥尔德西小姐的大胆试验，值得所有对此关心的人们的赞同与祈祷。在这里以及以前在爪哇[①]，她都锲而不舍、勇气百倍地工作，值得在刚毅坚韧的女性中占一席之地。在基督教传教历史上，像奥尔德西小姐这样的女性不乏其人。

夜里，我们乘坐的中国船只在镇海附近抛锚停泊。次日早晨，狂风大作，使我们在江口附近又滞留了不少时间。将近中午，浪潮转变方向，我们得以继续向舟山进发。9月30日，日落后1小时，船到达舟山。

在舟山逗留的最初几天，我住在一位朋友在海边的房子里。后来又搬到一个美国传教士家，他的房子坐落在定海市内北门附近。

10月3日。法兰西大使拉萼尼先生携家眷与随行，在不列颠礼炮和仪仗队的欢迎下，登上舟山。法兰西大使的访问使

---

① 印度尼西亚爪哇岛。

当地一阵兴奋。他的随行中有已故泰銮屯公爵之子麦克唐纳元帅[①]。他借着主人的友好款待，自由地与一些反对他获得元帅衔的退伍老兵混在一起。随大使在不同公共场合出现的非军人装束的人，除了几位牧师，还有一位，据说是圣拉匝禄[②]会[③]的司铎。圣拉匝禄会，即遣使会，在中国有众多的使者。

在舟山逗留期间，我曾有一次机会为军队主持星期日下午礼拜。做礼拜的场所是一座以前用来参神拜佛的佛教庙宇，即使是现在，墙上有些地方仍留着最近战争中英军加农炮弹的痕迹。欧洲营全体集合，新教徒齐步走进通常当作食堂的庙里。第一批有500人，我向他们宣讲了一位基督教徒死后得到赐福的故事。上个星期，我埋葬了一位年轻的海军军官。在随着葬礼队伍行进时，有人向我建议了这个宣讲主题。那位军官的遗体由陆军和水手共同抬到墓地。根据习俗，葬礼完毕时，士兵们鸣枪致礼。

英军占领舟山岛已经5年。在此期间，驻军没有随军牧师。望着眼前集合的官兵们，看到战争、气候、疾病留下的令人悲痛

---

① 法国麦克唐纳元帅：1765年出生于法国大革命前一个流亡的苏格兰人家庭，最终从军，在荷兰与意大利战功卓越。1804年法兰西第一帝国建立前，因不公而失宠，被迫退役。后为拿破仑赏识，在1809年瓦戈兰战役（Battle of Wagram）中营救法军左翼部队脱险，赢得元帅衔。

② 圣拉匝禄：《若望福音》第十一章对于玛尔大和玛利亚的兄弟、耶稣的好友拉匝禄死而复活的经过叙述甚详，但关于他死而复活后的生活，未有只字提及。

③ 遣使会，又称圣拉匝禄会，或称味增爵会，由圣云仙（St. Vincent de Paul）等六位司铎在1625年4月17日在巴黎圣拉匝禄会院（前身为麻风病院）创立。1633年1月12日教宗乌尔班八世批准。现有4000名会士分布在全球86个国家。

的痕迹，想起有多少人在濒临死亡之际或是埋入坟墓之时没有得到宗教的安慰，没有牧师在场，我心中真是百感交集。这些官兵的一张张脸上，凝刻着深深的注意力，他们在讲述一个故事，祈求得到政客的同情，并建议他们为过去的疏忽进行自我谴责。不列颠政府渎职，使那么多的士兵在那么久的时间里没有得到精神的指导。而法兰西大使之行，不但军舰上有几位牧师，法兰西政府还在他的随从中配备了一名私人牧师，相比之下，能不让人嫉妒？

这个星期的一个傍晚，我在城里又举行了一次宗教活动，大约 20 来个士兵前来参加。

我在舟山待了半个月，等候船只去上海。我决定去福州和厦门之前，再次拜访朋友麦赖滋。在此期间，我常深入附近乡村，不时与定海的民众接触。结伴而行的是那位为我提供临时寓所的传教士，他的房子给了我各种便利。

第十八章　舟山概况

地形——人口特点——自然物产——首次被英军攻占发生的事件——军队的过分行为——当地强盗——清政府的威胁性法令——中国绑匪——英军士兵的抢掠——舟山停战——清政府缺乏诚意——重新占领舟山——英军沿海岸征伐迅速成功——《南京条约》与继续占领舟山——英军占领的影响——英国治安管理——外国贸易——传教前景——当地居民对恢复自己的政府的看法

舟山为舟山群岛最大的岛屿，位于中国漫长海岸线中段的海上。这组岛屿构成宁波的一个区，名为定海县，县名取自舟山首府之名。

舟山首府位于东经122度5分18秒，北纬30度0分20秒。舟山岛呈不规则形状，西北至西南长75里，平均宽度为30里。岛上主要村庄18个，加上一些较小的村落。那些小村落是规模较大的农场的耕种者，用墙把各自的小屋圈在一起而形成的。

山岭陡峭，高度300米到700米不等，向四面八方交叉纵横，围成几个肥沃的山谷。山谷里种植大豆、玉米、稻谷和甜薯。由于四周高山挡住寒流,庄稼长得郁郁葱葱,随风起伏,既赏心悦目,又回馈了农夫辛勤的劳动。

每个山谷都有小溪、小河,顺着青翠的山坡,蜿蜒而下,流入大海。这些山谷伸向海滩。海滩上都筑有宽阔而结实的土坝,防御春季汹涌的潮水。土坝沿岸堆积而成,上面开了几道出口,有些季节用来排泄附近稻田里过多的水。

整个岛上几乎没有什么地方不用来生产农作物,为人们提供生活所需。唯一逃避了犁耙、锄铲的星星点点之处,是几千座狭小的坟墓。坟墓里掩蔽着死者。坟上杂草成堆,长得又高又壮,表明死者亲戚每年多次前来添土修坟。

城西北山上,坟墓的数量特别多,证明该城历史悠久、人丁兴旺。几乎每座坟前都有石碑,上面刻着死者姓名和去世日期。城本身呈不规则的五角形,南北长两里,东西略微短些。城墙高 5 米半,宽 4 米半,周长 9 里左右。

四座城门按东南西北开向附近乡村。有段城墙跨过镇鳌山,把一部分山圈在城内,但有些部分已处于半坍毁状态。英军用云梯爬墙占领工事后,把城墙上的防御壁垒推倒了。

站在这段城墙上,可以清楚地看到全城、3 里外的港口、四周的乡村以及附近的小岛。以前曾经是公共机构和政府官员住宅的地方,现在成了片片空地,留在那里就像是一个个纪念碑,昭告英军攻击造成的毁坏。

城西有座精致的宝塔,高于一般建筑物。沿着附近山边,长着许多小树林。有几个树林中建有小庙,由一两个和尚照看。这些和尚大多是从中国东南部佛教圣地普陀岛派来的。

城北 3 里地，有个玲珑的假山花园，构思奇妙，在小小的空间里，呈现出田园美景。小小的一条溪流上架着两座小桥，两段石阶引着游客旋来转去，通往假山的另一端。一路上，景致千变万化，如此布局得归功于当地艺术家的匠心独运。外国人也常常为之吸引。

翻山越岭的小路和横穿田野的小径，通常都十分狭窄，许多地方仅容一人行走，否则得特别当心。有些山谷风景如画，还冠有英文名。那是最初占领该岛时，个别外国人突发奇想而起的。这些山谷中，有一条长谷，通常称作"安斯特拉瑟山谷"[1]，值得一提。山谷之名取自一位英国军官的名字。他在山谷中被中国人抓住，带到大陆上成为官府囚犯。

对整个舟山岛的人口，人们有不同的估计，但最可信的大概为 12 万，其中四分之一住在定海市。

舟山人的特征与附近大陆相仿。他们对外国人没有狂暴的敌意，而那在广东省则十分普遍。

据传说，清朝最初在全中国建立统治时，舟山以前的居民曾公开宣言反对，抵抗任何使他们臣服的行为，坚决抵制满洲统治者强加给他们的奴役的象征，即剃头蓄辫。舟山居民的反抗，遭到清军的报复。他们用武力征服此岛，将岛上的原住民赶尽杀绝。现在舟山的居民，他们的祖先都是后来从宁波迁居而来的。

舟山的百姓主要以捕鱼、务农为生，经商的不多，城里则另当别论。英军占领之前，在清朝统治之下，舟山的农产品分为 10

---

[1] 据中国文献，此当为青林岙，道光二十年八月二十二日（1840 年 9 月 16 日），乡民将测绘地图的英人安突德拿获送官。

份，其中 1 份缴纳政府，4 份付给地主，剩下的 5 份归耕种者所得。

岛上有一些富裕的地主，但自从战争以后，很少住在岛上。

岛上土地肥沃，除蔬菜外，一年还可种两季水稻，不需多少人工，而那点人工亦只花在一年中的一个季节里。他们耕田只用一头水牛。播完种后，剩下的主要劳动就是灌溉。灌溉通常以牛为动力，使用一个环形机械，将一系列木块绑在上面，水从下面的溪流或沟渠被传送到高处。

收获通常在 8 月至 11 月之间进行。大米产量丰盛，超过本地人口之需，富余部分被用来酿酒，当地称作糟烧①，是主要出口产品。植物油、茶叶、甜薯和棉花也有生产，供当地使用。

晒盐、烧砖以及制作家用物品，为当地人口提供了部分就业机会。

舟山人勤奋，易于管理。拦路抢劫不是没有耳闻，但确实极为罕见。侵入住宅之事常有发生，小偷小摸则是家常便饭。

附近岛屿居民稀少，有些岛上只有一两家人，有些更是荒无人烟。那些岛上的居民与舟山一样，务农，捕鱼，晒盐。

海盗主要来自南方的福建省，他们频频光顾附近航线，但尚未听说袭击过欧洲人。有时，当地船只在舟山港结集，组编成船队向南航行，以此防御海盗袭击。今年 7 月，曾有 180 艘平底帆船从舟山结队出发，不到 4 个小时，160 艘被迫返航，一些船员被海盗的长矛刺伤。靠近港口处也发生过几起海盗袭击事件，但没有理由怀疑有舟山当地人卷入这些犯罪活动。

---

① 原文为 samshoo。

舟山与宁波之间轮渡频繁，只需区区200个铜板，相当于英币8分，就可以摆渡到对岸。

舟山、宁波两地往来甚多，富商大贾都寓居宁波城内。他们通常雇用中间商或代理人经营在舟山的业务，非到万不得已，不会亲自去舟山。虽然舟山甚得上苍垂青，物产丰富、资源自足，具备繁荣昌盛的种种内在因素，然而富裕之家寥寥无几，百姓身上常流露出家境贫寒的痕迹。不过，赤贫之家亦属罕见。身强力壮之人，通过辛勤劳动，足以维持日常生活所需。

较为富裕的、大一些的城市中开设的那种接济穷人的公共机构，舟山也有，但仅几家而已。穷困潦倒者死在街头巷尾、庙宇门外，无人问津。一旦发现有人身患绝症，那些机构的主事人便会谨慎地把他们移到外面，以免他们死后传染别人，同时也是为了避免丧葬费用。因为依据法律，靠救济过活的人死在哪家，就由哪家负责埋葬。

舟山人对外来者态度友好，乐于帮助。外来者可以随时去岛上任何偏僻之处访问，不会受到人身攻击或遭人侮辱。社会的种种基本因素似乎主要是由家长制法则约束，虽然未正式成文，但却深深地扎根于人们的情感之中。

舟山民众的社会状况与香港中国居民龙蛇混杂的情况形成鲜明对照。在香港，夜间毁坏财产、殴打人们，实属司空见惯，由来已久。根据最有机会获得实情的英国政府官员的证词，舟山居民勤奋、守法、体面。舟山没有香港的那些不利的社会条件。正是那些不利的社会条件，把英军在南方海岸外的占领地[1]变成了附近大陆的亡命之徒的庇护所。

这就是舟山岛的概况。舟山与最近英华战争的主要事件有着密切的关联。1840年7月初，不列颠远征军抵达定海镇前，下书招降。不幸的是，当时推行的战争政策过于大胆，冲突之地从南方转到中部省份。那里的人们对不列颠之名几乎一无所知，直到看见英军在他们毫无防御的家园之前挺进。所遇到的抵抗，与其说是惨烈，还不如谓之可笑。

7月5日，英国军队登陆，势如破竹，于次日进城，没有遭遇任何抵抗。上次与英军指挥官谈判时，年迈的中国海军元帅显得镇定自若，走下外国战舰还纵声大笑。此时，中国海军元帅依然气定神闲，从容面对不幸的结局。他面前只有两条路：一是即刻投降，可获一时平安，但会很快遭到皇上报复，斥之为懦弱；一是临危不惧，抵抗敌军。他选择了走英雄的道路，在战斗中身负重伤倒下。他的旗舰舰长被杀死，知县在逃跑中自刭，结束了所有的灾难。

英国军队成了定海镇的主人，一时抢劫掠夺成风，局面混乱不堪。军官们驻扎在各条街上，试图在这动乱之际约束印度与欧洲士兵，终是徒劳一场。家家户户被洗劫一空，士兵们如狼似虎地搜寻醉人的糟烧，喝得醉醺醺。倘若没有大规模地砸毁盛装这种烈酒的坛坛罐罐，更可悲的过分行为很可能会接踵而来。

与此同时，稍有家产的人们从北门、东门、西门逃往岛上偏僻之处，再从那里尽快逃到大陆，逃出英国入侵者的势力范围。

---

[1] 指香港。

英军总司令几次发布公告，保证留下来的民众人身安全、财产安全。但是，凄凉寂静笼罩着每一寸土地。军队所到之处，只有几个可怜的人，无法逃走，只得露面。他们从家中走出，哀求西方蛮夷饶了他们性命，试图奉上茶水，以此瓦解他们的残酷无情。

在大规模的逃难中，岛上最下等的阶级留了下来。不久，他们胆壮了起来，开始掠夺有钱人丢弃的房屋，从城里把赃物运回家。这种掠夺行径导致了禁止性的措施，各处城门都派兵守卫，防止财产运出城去。城墙也受到监控，以此挫败种种偷运赃物出城的企图。

有时，一队号啕大哭的人们跟着一口棺材经过城门，得到允许出城。很快，丧葬队伍变得很多，频繁出城。后来有一口棺材被打开，里面没有尸体，而是大量的丝绸。有些掠夺者企图强行闯过警卫，被当场击毙。

不久，留下来的店铺业主重抄旧业，他们的货物卖得很俏。英军到处购粮，当地商贩乐于供应，从中获利。有一段时间，事情进展得十分顺利。后来，中国统治者颁布敕令，警告向西方蛮夷供应粮食之人。有个中国粮食供应商遭人绑架，带到镇海，受到严惩。后来还有悬赏抓获英国人的，接着就发生了几起绑架与残肢断臂案件。三个中国人涉嫌此类犯罪，被抓获，判处绞刑。行刑前的晚上，三人中的一个力图逃脱，被执勤哨兵击毙。另外两个被带到一棵树下，准备在同一根树枝上吊死。他们俩向围观的中国人和英国人鞠过几个躬后，由一个指定的囚犯与同胞蹬掉他们脚下的凳子。

不久，朝廷官员的阴谋诡计和民众的恐惧心理，使得粮食供应紧缺,这也许可能是后来军队疾病肆虐的主要原因。朝廷官员恐吓威胁向英国军队供应粮食的人,使他们惊恐万状。有一段时间,人们弃城而去,定海变成了空城,生活必需品极难获得。

周围村庄的人们,由于不列颠军队的放松,也变得胆大起来,竟然捕捉征粮队走散的人。我们所有的食物,无论多少,都得派兵守卫和运送。在此期间,军队扎营在湿软的沼泽地上,在夏日的炎炎高温下,遭受疾病和缺粮的双重折磨。发烧和痢疾闹得人心惶惶。把军队从帐篷迁入城内舒适的营房,对于减轻灾难,收效不大。身受双重煎熬,外加农民频繁骚扰,是对军队的极大挑战。不过,我们有各种理由相信,在这种情况下,军队总的克制态度,值得予以充分信任。尽管条件不利,驻军还是作了些努力,试图在岛上组建一支当地警察,建立管理系统。

在这个时候,英军终于与清政府达成停战协定。经过一系列外交谈判,(其间清朝官员的双重性暴露无遗,)清政府代表与英国政府代表签订了一项条约。双方互释俘虏,英军撤离舟山岛。根据这些条款,舟山将于1841年2月23日归还中国。不久,英国远征军启程前往南方。就这样,伊里布[①]的允诺和花言巧语,

---

[①] 伊里布(1772—1843),满族,爱新觉罗氏,字莘农,满洲镶黄旗人。1801年他考中进士,1821年参加镇压云南永北人民起义,1833年任云贵总督。1840年1月,他调任两江总督,8月授钦差大臣,赴浙江办理抗英军务。他惧怕敌人的"船坚炮利",主张妥协,攻击林则徐"断绝贸易,烧烟起衅",于11月擅自与英军达成停战协定,承认英军继续占领舟山及附近小岛。1841年,裕谦揭发此事,清政府将伊里布革职问。1842年4月,受英军压力,清政府又起用伊里布,让他随耆英向英国侵略者求和。中英《南京条约》签订以后,清政府任命伊里布为广州将军、钦差大臣,办理善后事宜。1843年3月,伊里布病死广州。

暂时使中国避免了迫在眉睫的打击，推延了受到全面进攻的日期。而事实证明，当时相信伊里布的承诺不是时候。

结果显示，双方都不满意和平的条件。伊里布不久就被朝廷降罪，发配边疆，远离繁花似锦的江南。后来发生的事件证明朝廷言而无信，开战的枪声再次响起。新任全权代表是璞鼎查①，不久一支远征军再度从香港出发。在陆海军的联合攻击下，英军很快就占领了厦门。

根据计划，在进军京城的路线上，宁波为第二站。舟山横在路上，又成了攻击目标。自英军撤离之后，岛上的防御能力得到加强，沿着海滩用泥土堆砌了长长的防御工事。中国人的防御，虽然比以前要坚固，但依然无效。一支英国部队从港口西面登陆，追逐溃败的中国军队，翻过山岭，逼近镇海城。

东边，英军的炮击很快就使中国的大炮哑口无声，并将宝塔山炮台的守兵驱逐一空。许多中国士兵英勇奋战，惹人注目。但是英国军队长驱直入，定海再次落入外国入侵者之手。

远征军派了一支部队去搜索全岛。远征军离去前，舟山实行军管，驻扎了一支400人的卫戍部队。就这样，相隔不到八

---

① 璞鼎查（1789—1856），鸦片战争时英国侵略军全权代表。他从1803年起，在印度从事殖民侵略近四十年。1841年4月，英国政府任命他为侵华全权代表，代替查理·义律，来华扩大侵略战争。他按照英国外交大臣巴麦尊规定的侵略步骤、勒索条件以及扩大鸦片贸易的训令，一面抛出"议和纲要"，胁迫清政府无条件接受；一面指挥英军从香港北犯，相继攻占厦门、定海、镇海和宁波，扬言要把中国沿海省份"并入（英国）女王陛下的版图之内"。1842年8月，英国军舰到达南京城下，清政府被迫签订了丧权辱国的中英《南京条约》。1841年至1844年，璞鼎查为首任英国驻华公使兼香港总督。1843年，璞鼎查被授予爵士衔，次年回国。

个月，舟山岛于1841年10月1日再次被英军占领。

岛上的居民被告知，在英军所有的要求得到满足并得以实施以前，舟山将长期置于英国统治之下。驻军张贴公告，允诺保护安分守己者，对捣乱滋事者严惩不贷。英军保证处事公平，促进民生，人们这才开始重操旧业。

自那时起到现在，事态逐渐趋向平和。民众出于无奈，只得任由外国人管控。

接下去的战事，镇海被攻占，宁波被占领，乍浦被攻陷，这一系列的失败接踵而至，对当地统治者的狂妄自大打击甚重，使他们无地自容。远征军沦陷上海，强攻镇江，最后，兵临南京城下。众多舰队，凭借测量部门的技术，克服艰难险阻，通过素有中华帝国钥匙之称的扬子江，证明了迄今为中国人所鄙夷的西方在军事力量方面的领先。

1842年8月29日，《南京条约》签订，英国保留舟山成为条款中的一部分，直至1846年初最后一笔赔偿付清为止。

1840年英军最初占领舟山时，疾病肆虐，致使许多士兵死于他乡。不久得到证实，罪魁祸首不是当地气候对健康不利，而是生活必需品的空前匮乏。再度占领后的4年里，舟山成了健康、适宜的居住地。现在有许多人经历过香港不利健康的气候之后，能来到舟山，享受它高爽的气候，恢复精力。

不列颠占据这个重要岛屿可能对其民众所产生的社会、道德方面的影响，及其间接地对中华帝国命运所产生的影响，也许是个饶有趣味的主题，不妨作一番推测臆想。不过，这些希望可能实现的程度还是留待调查为妥。

舟山民众的真实状况，以及他们对外国人的感觉，也许可以用来透视与不列颠相联系的真正效果。所有税收一概免除，商人赚取高额利润，行政管理公正，对贫富一视同仁。凡此种种，无疑使相当多的舟山居民对不列颠颇为好感。

但是，这幅图画的反面也必须看清，才不至于匆匆得出结论，沾沾自喜，以为我们已经在这里建立了永久的丰碑，在中国人眼中展示出英国对中国的优越性。士兵们常有暴力行为，酗酒闹事层出不穷，每每罔顾中国人的感情，对被征服的民族趾高气扬、盛气凌人。这些都需要反其道而行之，方能抵消这种举止在当地人心目中造成的印象，而不是单单炫耀侵入者的武力、艺术与财富。

因此，我们发现，欢迎不列颠的人仅限于那些既得利益者，对不列颠的好感是用金钱和个人利益贿赂而来的。社会底层阶级没有流露出明显的敌意。不过，上层阶级失去了以往的地位，自然而然对现状十分不满。他们私下里渴望有朝一日东山再起，恢复往日地位，公开场合则言谈谨慎，对比较两国政府的话题，从不妄加评论。在美国居民面前，他们没有那么保留，谈起英国即将撤军，把舟山归还中国统治时，语调颇为兴奋。在船工、苦力以及仆人看来，不列颠撤军之日就是高收入中止之时，店铺业主则从外国居民那里赚取钱财，朝廷官员很可能敲诈他们从英国人那里赚取的钱财。可以想见，在割让舟山之时，这个阶级中有许多人会迁移到大陆各个城市一段时间，以便逃避贪得无厌的官员的敲诈。

有些英国警官对中国人的等级一无所知，常常将士大夫与暴民同样处理。有一回，一个中国士大夫稍表不满，即被英国警官把辫子与另一囚犯绑在一起，在他的同胞众目睽睽之下，一路拖到英国行政长官公馆之前。那位长官立刻开释了这个案子。

当地最富裕的绅士之流，既怕英国人，又怕当众出丑，便自行放逐，远离本岛。英国长官雇用的当地警察，也被怀疑为清政府秘密工作，监视外国人的行踪。那些当地警察，来自社会底层，但十分称职，忠于雇主。许多人本身是小偷，他们熟知以前同僚的惯用伎俩与作案地点，对捕捉罪犯十分有用。有时，他们流露出担心，一旦英国军队离去，他们会遭到窃贼的报复。

罪犯有时会在中国法庭上厚颜无耻地搞小动作。最初，在公开审讯中，时而可见被告企图贿赂警察、译员，或是法官，人们已经习惯了钱能通神的规则。有个富裕的当地商人，身上藏有被盗物品而被捕，辩解说自己不是贼，愿意把真正的贼带来。而那个贼随后就到了，坦白是他偷的。后来者被判重刑，包括剪掉辫子。他没有想到会受这种侮辱，恳求免去这一项处罚，还招来目击者，证明现在已经脱罪的商人花了100块大洋收买他，让他顶罪接受处罚。这种收钱顶罪的行为，常常得到统治者的默许与容忍，但是不为英国法官认可。那个可怜的替罪之人，因为贪财与欺骗，受到全程惩处。

舟山的外贸几乎荡然无存，只有几艘船只在前往其他港口的路上途经此地，稍作停靠。港口中只有一艘偶尔来访的军舰，三四条驻在此地作为接收鸦片的船只。这些船只对中国商人构成主要吸引力，使他们不顾正常的贸易。

鸦片的烟雾一直飘荡在微风之中，感染了四周的空气。鸦片船边云集了无数中国走私船，显示出这种交易的广泛程度。那些走私船只来自台州、镇海、宁波和乍浦，偷偷地把鸦片运回大陆，由于大胆冒险而赚得高额利润。舟山港每月平均销售鸦片225到230箱。据说，宁波的中国官员默许走私，按关税提成百分之五，即每箱25至50大洋。这在宁波和舟山的中国人中是个公开的丑闻。所有这些钱都被海关的贪官污吏吞没。中国人唯一与外国人做的贸易，只有几船樟脑和明矾。不过，缺少了以前的资金和财产，交易的程度和重要性皆不足为道。

外国人的存在可能会给舟山人的品位和需求打上永久的烙印。欧洲制造的小商品登陆舟山，给当地手艺注入了新的动力。因此，舟山人比他们的同胞至少先进半个世纪。各种陈年累月的偏见被釜底抽薪、挖动墙脚。尽管对我们信任不足或是滥用我们的信任，总的来说，由于我们暂时管辖而换得的利益，将会使某些弊病得到制衡。他们亲眼看到了一个不受贿赂、不敲诈勒索的管理的奇观。不列颠的正直与真实，也在这里的人们心目中树立起来了。也许舟山的富人会弃岛而去，因为我们对中国的习俗一无所知，使他们深恶痛绝，而我们执行法律不偏不袒，又得罪了他们。但是，时间会磨钝委屈之感。希望这种公正廉洁的法律，与清朝官员的贪污受贿形成对照，留在人们的记忆中，给所有阶层的居民心中施加有益的影响。

当前，在遣返罪犯和逃犯方面，舟山的英军当局与宁波的清廷官员彼此了解，友好合作。复杂的法律案件通常交与宁波知县处理。鉴于舟山即将重归中国人管理，法律纠纷事务也大都委托他们做最后调解。许多人相信，清政府在过去四年中已经暗地里向舟山征收土地税，或者在接管舟山岛时，一定会征收所有税款。不过，不列颠当局已经施加影响，保护无助的居民。香港总督署名的公告已经贴出，允诺保护那些与不列颠有关联的人，保证他们今后不受冤屈。为了便利权力移交，英军一方面与清政府调节，一方面提出保护措施，作了一切安排。

现在只有一位新教教会传教士住在舟山，他是美国新教教会代表大会传教董事会派来的。他住在城里，打算坚守岗位，直到受中国人传呼命他离岛。他这样做是要试探中国人的慷慨和忍耐程度，大家对此都很感兴趣，又忧心忡忡。一百多年前，东印度公司的商务代理人在舟山被容忍了一两年，最后还是被驱逐出境，即是先例。所以在舟山回归中国之后，对于外国人还能被允许待多久，我们不抱太大希望。[①]

作为传教努力的一个地域，舟山的情况与宁波大致一样。方言相同，人们性格相似，气候更为宜人。在欧洲人主导下，建立永久性教育机构的前景甚为乐观。舟山是个美丽的岛屿，气候温和，民众安分守己、乐于助人。在公正政府的影响下，对于传教努力必将是大有前途，颇具吸引力。我们遗憾地离开舟山这个可爱的岛屿。

舟山重归中国，居民们一般都没有流露出明显的遗憾之情，而许多人对此前景则兴奋不已。值此交替时期，这些事实值得引起注意，亦使人回想起他们自己政府的真正性质。虽然在英军占领下，所有税收都免除了，不用担心敲诈勒索，还有机会

---

① 作者原注：最近的中国来信中提到，那位信教教会传教士与罗马天主教神父都被迫离开舟山。

赚钱，但人们仍然宁愿要自己的政府，即使自己的政府弊病百出。理由很简单。这得归功于他们的内部组织结构，这种结构一直勉强而迟缓地迎合他们的需求。

　　清朝政府或许是有史以来最纯粹的专制制度。公共舆论的影响，以及强烈的民族感，在清政府垮台后，依然会存在，就像历朝历代一样。英华战争之后，宁波与厦门民众纷纷为废黜官员请愿，舟山人民普遍渴望恢复中国统治，中国是个凝聚了这么长时间的国家。这一切证明，虽然他们的管理体系中存在着种种偏差与瑕疵，亦包含了许多精华之处。尽管政府缺乏自由代表，没有受到基督教精神的启蒙，人民却一般比我们想象的统治的要好。

第十九章 再访上海

前往上海——上海与宁波两个传教基地之比较——中国内地的新道德派系——林则徐编辑的地理原著——中国教师与学生——中国文人对文字的崇敬——替人受罪——阅兵——对外国人的蔑称——道台的随行队伍——弛禁勒令的最新补充——前往舟山

10月11日。傍晚，我登上驶往上海的一艘纵帆船。次日早晨起锚。初时，微风和煦，后来风力开始增强，由南方刮来。不久，我们经过了舟山西面大大小小的岛屿。数小时后，船经过金塘岛南端，镇海市极目可望。由此开始，我们的航线一直向北，朝扬子江驶去。经过乍浦湾时，海上惊涛骇浪，使我们不得不偏离航向几度，避开潮头。午夜时分，船经过大戢山岛。拂晓时分，船进入扬子江。四面望不到岸，船的位置只能靠测量水深来确定。有时测得只有5米半深，后来测到9米深。不久，江岸在船左舷出现了，而低矮平坦的崇明岛则浮现在右面。此时，风调潮顺，船沿着狭窄的航道快速前进。10点钟，我们的船在吴淞抛锚。

在这里，我雇了一条当地小船，载我去上海。但逆风强劲，水一阵阵冲上我们的小船，不久使我确信，当天要到达上海，是绝不可能的。我于是决定在吴淞村下船。在这里，我雇了顶轿子，穿过乡间前往上海。男仆留了下来，让他次日早晨坐船把我的行李和被褥带来。照例，我们又得讨价还价一番，花了半个小时与农民热烈争执，才把他们的天价杀了下来。在吴淞下船时，我选了一些书，准备路上经过各个小村时分发。几个在吴淞海滩上闲逛的人看见了，跟过来缠着我讨书。我给了他们二十来册。但他们热切过分，在接书时，长长的指甲重重地划过我的手。后来，他们又围着我的轿子，几乎忍不住要自行取书，我只好把衣服一直扣到领子。此次去上海，走的是上一次同样的乡间小路。路上，遇上倾盆大雨，淋得浑身湿透。日落时分，我到了上海。不久，就在传教兄弟麦赖滋的住宅安顿下来。

自上次来上海，我在宁波住了 3 个月，在舟山岛也待了近 1 个月，使我有资格比较三地，评估各地在进行传教工作方面所特有的优势与便利条件。或许，在此添加一项说明不会不合时宜，即选择上海和宁波作为中国第一批传教基地的原则和理由是什么。

从全方位来作综合观察，在中国进行传教可能会对基督教在东方传播的前景产生影响。我应当致力于正确估计传教运动的进行在当地人身上体现出来的迹象，仔细地用上帝的言辞来检验当今的引导与永久的标志，尤其是彻底摒除虚假，确保基督教真理的胜利。为此，英国圣公会传道会感到，应当本着与愿景中同等辉煌程度的信仰精神，着手进行传教活动，使中国人皈依，其规模应当与各自所属教会相称。

将我们的传教工作集中和加强到一些可以牢固占领的地方，显然为上策，而不是分散我们的力量，沿海岸线铺开去，应付各种方言，对付各种性格的人们。不过，为了防止一种错误，不必走另一种极端，将我们的活动范围与注意力限制到一个地方。

我们若是愿意选择中国新近开放的一个港口城市，使之成为进军这些广袤地区的孤独的前哨阵地，要在上海与宁波之间作一选择，会使人难以决断。上海前途无限，会成为北方最大的贸易中心。上海作为对外交流的枢纽，从商业的角度来看，仅次于广州。上海的优势在于，她与欧洲保持着频繁的交流，欧洲船只直达上海，不必中途停靠香港。

宁波是个安静的传教基地，没有受到外国商人社区通常带来的不良影响，因此，提供了另一种便利之处。单纯从传教工作角度来看，大多数人会觉得宁波更适合做传教基地。但是，在传教活动中，宁波似乎偏于一隅，较为孤单。只有时间、经验和事情发生的轨道才能区别宁波与上海，使它们显露各自真正的优越性。但若是宁波和上海同时用作传教基地，使之发挥各自特长，那将是基督教会所能期望的传教事业中最为壮丽的牧场[①]。

一方面：

1. 上海为苏州之海港，距苏州 150 里。苏州是古典文学、美食与时尚的大都会，享有中国牛津之美誉。苏州亦是产生影响的

---

① 威斯理的名言："世界就是我们的牧场。"
又，"天父，我们的善牧，请垂顾你圣子以宝血所救赎的羊群，引领我们到达永生的牧场。"

中心,当地哲学的光芒辐射到中国成千上万受过教育的民众。

2. 若是将视野放得远些,超越现在发生的事件,思考外国与中国内地交流可能的发展,上海又可以看作是开启南京的钥匙。南京为中华帝国之古都,距上海仅 600 里。

3. 上海控制着扬子江入口,与京杭大运河相交,形成财富与贸易的巨大的中央动脉,将活力与温暖输送到中华帝国最偏僻遥远的地方。

4. 上海位于中国南北 6000 里海岸线的中间,在所有自由港中,距现在的京城北京最近。上海在北纬 32 度线的 150 里以内。根据条约,过了北纬 32 度线,不列颠船只不得驶入海岸线 450 里以内。

5. 若把外国影响算作其他可贵的优势,前文中已提到,上海的交易量,除广州外,超过其他港口的总和。因此,上海成了内地商人重要的聚集地。今后通过当地代理人,由上海向内地传播福音,其基地位置的重要性,无论怎样强调都不为过。

6. 最后一点,我们若是放宽视野,将目光投向尚未被传教劳工开垦和占领的无边无际的苍茫大地,我们可以看到这两个传教基地如同闪耀的光点,发射出真理的光芒,穿透笼罩在日本、琉球群岛,以及周围群岛上空的滚滚乌云。西南方向,琉球群岛横列在太平洋上,季风季节[①]乘船 3 天即可抵达。东北方向,可以看到日本,那里有几百万佛教徒,孤傲排外,猜疑嫉妒,长久以来不与基督教交往。若是顺风,乘船 3 天多就可抵达。

---

① 季节风,夏为西南风,冬为东北风。

另一方面：

宁波在上海以南300里，具备许多自己的优势，更有额外的便利条件。

1. 由于外贸规模有限，宁波人单纯的性格受到污染影响的机会也相对较少。

2. 宁波民众具有文人气质，举止文雅，在全国享有盛名。

3. 宁波通常为前往杭州的必经之路。杭州人口稠密，是浙江省的省会，其重要性只稍逊于苏州。

4. 宁波与内地的交易亦是规模庞大。

5. 最后一点，宁波位于大陆，隔海与舟山相望，使她具备一种重要功能，将来在各种突发事件下，都可为我所用。一旦冲突又起，就像最近的战争一样，英国军队可以立即占领舟山。而一旦再次占领，常人即可预测，英国将永久保留舟山。舟山很有可能代替香港，成为不列颠的军事基地。这就会使舟山向传教活动敞开大门。而宁波来的传教士，说的是同样的方言，可以立刻进入这个富饶宜人、人口众多的岛屿，不必毁坏，而是把其他两个基地更紧密地结合在一起。

上海与宁波两地的气候，对一般体质的欧洲人都十分有利；界限规定都允许传教努力在相当大范围内进行；人们对外国人都十分友好、尊敬；统治者没有显示出反对传教的倾向；上海与宁波的方言虽然不同，但比中国其他设领事馆城市的方言要相近得多。因此，万一风云不测，传教工作需要从一地迁往另一地，不便之处将大为减少。

因此，将两地结合起来观察，就会看到多项明显的优势，如气候宜人，适合居住，居民性情友好，与欧洲有直接联络，与外国人接触相对较少所以比较安静；接近中国科学的大本营，距中国第二大城市不远；对舟山来说的重要性，相对全中国而言的中心位置，将来实施最宏伟的计划向周围群岛宣讲福音的支承作用。上海与宁波的传教基地联合起来，必定可以成为东方最崇高、最有希望的牧场之一。

上海与宁波影响范围广大，均位于周围地区中心。因此，这两个城市联合起来，它们所能提供的便利与优势，在中国海岸上其他任何两个对外国人开放的城市都无法找到。

再次访问上海期间，传教士主持的礼拜仪式与我首次来访一样。人们对外国人的友好态度依然如故，虽然有时可能会受到黄浦江上欧洲和美国水手举动的影响而有所波动。上海就像第二个利物浦[①]，贸易兴隆，各个种族的人都被吸引来此赚钱，他们构成了市民中的最底层阶级。整条整条街上住着福建房客。福建人就像是中国的爱尔兰人，他们具有强烈的经商意识，但性情暴躁，易于骚动。对于这个生机勃勃的人群，外国人想要制服他们的任何举动都是枉然。他们的人生准则就是以拳还拳，以眼还眼，以牙还牙。在这些偏北的城市里，中国人一般把攻击单个外国人等同于遭遇大部队，因为他们常高估外国人的体力。但晋州船上的水手已经打破了这种恐惧感。他们对抗外国人过分行为的决心日益增强，已露出端倪。有两三个住在本地的外国商人鲁莽地在这些船工头上挥舞着手杖，立刻被缴了械，

---

① 利物浦是英格兰西北部的一个著名港口城市。

还被臭打一顿。

外国有钱人方面对待当地中国人的这种鲁莽行为，以及临时进港的外国水手偶尔的过分行为，对上海的传教努力造成主要危害，是我们与中国所有设领事馆城市的上流社会交往的极大阻碍。

上海的外贸增长迅速，此刻就有14艘大型船只停泊在港内。

下面所叙的事发生在我逗留期间，可以就上海对中国腹地的重要性进行佐证。

一个中国商人从内地来，拜访了一位传教士。他是一个新的哲学派别的成员。他们联合起来，试图进行道德改良，纠正同胞们的自傲与贪婪。听过传教士的布道后，这个商人突发奇想，想要做一尝试，看看是否可能把儒教移植到基督教，或是把基督教移植到儒教，将两种体系的精华结合在一起。他对三位一体的本质提了很多问题，问到圣灵是否不仅仅是基督本人的灵魂。类似的许多问题显示了他思想中的偏见，亦透露出他渴望知识的真诚态度。他思想上最大的障碍似乎是，基督教宣称自己为唯一真理，谴责所有其他道德与宗教体系，认为他们都建立在错误的基础上。

这位传教士也参与出版一本相当有趣的中文刊物。一位英国商人慷慨解囊，将1000块大洋交给他使用，支付重新编辑一本刚刚问世的中文地理书籍的费用。这本书的编辑者是大名鼎鼎的林则徐钦差大人。

这位官员在早期处理与英国冲突中担当过显要角色，现在又突然出现在政治舞台上了。他非但没有像报道的那样死去，

216 | 五口通商城市游记

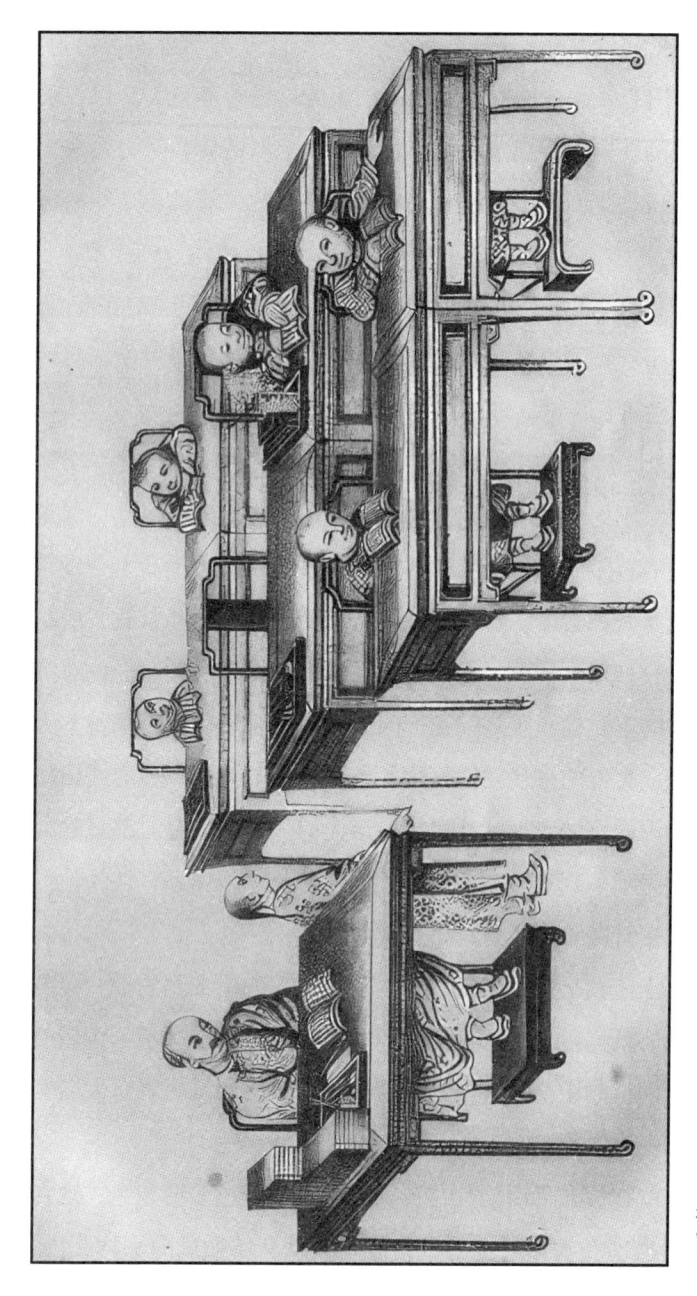

⊙ 私塾

反而重得圣上恩宠，被任命为内地两省的总督。这位废黜官员的复出，证明了北京城中反对欧洲的保守势力，在朝中依然掌握着相当大的影响。

据说，这本地理书籍是他在罢免期间编辑而成的，在中国文人中广为流传①。虽然书中错误百出，对西方各国记叙不实，但是作者的渊博知识与洞察能力，令人叹为观止。经过那位英国编辑更正错误之后，这本书将成为有用的教科书，让中国人了解有关外国各个国家的统计数字。

在上海逗留期间，我常与朋友麦赖滋结伴，在城中走动。有一次，我们结识了一位教师。我后来再次拜访他，向他及优秀学生赠送书籍。教师与助手坐在学校的两头，听学生朗诵课文。每个学生都背对教师站立，左右摇晃着，用一种歌唱的语调，快速而清晰地大声朗诵《大学》中的某个段落。教师手中拿着一支笔，在书上做记号，标明学生的进度。

我的到来，扰乱了学生们严肃的态度，有些年幼的还几乎严重违反课堂纪律。学生们坐在书桌前，直着嗓子喊着书上的课文，这就是在中国学校学习的一个主要部分。一些学生在学习中发出的大声喧哗，给居住在隔壁的中国人造成相当大的骚扰。年纪大些的学生得到教师允许，每个人可以带几本宣传手册回家给父母。

教师非常客气，把我的来访看作是善意的行为，对我百般感谢。教师面容疲惫，举止文静，来访者万万想不到中国教师

---

① 应为《四洲志》。魏源在此基础上编纂成《海国图志》。

有时对待懒惰的学生会那样严厉。学生背向教师，为的是看不到书，但这种姿势与欧洲的礼貌观念大相径庭。这种做法造就了一个活灵活现的词语，即"背书"，直译的话就是"背对着书"。"背书"通常指"根据记忆复述"，起源即来自学生把脸从听他们复述的人那里转过去的这种做法。

我的朋友麦赖滋的教师就是这种先生绝好的样板。他中过秀才，因而自视甚高，过分自负。邱先生60岁左右，颇具年轻人的精力。我们坐下听他夸夸其谈古典作品时，他似乎飘飘然于一种自我陶醉的仙境。邱先生充满激情的手势，对文学的奔放热情，本该使我们相信，他乐此不疲，愉乐其中，而书中传达的观念必定崇高卓绝。但是，将这些旷世之作的片段翻译出来，每每只有下列感触："协议公正方可兑现；举止端庄方可不辱；高朋满座方可为师。"

尽管邱先生最近在金钱交易时的低劣行为曾被人发觉，几乎可说是相当不光彩，并且不久前还试图向前来拜访我朋友的和尚灌输偏见，让他以为中文版《圣经》文体不雅而应当加以反对，为此他遭受过严厉申斥，但是他依旧道貌岸然，一副清高的样子。下面之事可以为证。

在用中文给我的朋友讲课时，他借机解释科举等级以及上流社会所用称谓。他说："对像我这样具有文学造诣的文人，人们通常尊称'师傅'。而对于低级绅士，一个学生，比如你，常用的称谓是'老爷'。"他讲完这些自负的话后，又要求我的朋友麦赖滋吩咐用人，今后称他"师傅"。

另一次，邱先生的学生要扔掉一张印着中文词句的纸条。那老人装出大吃一惊的样子，对如此糟践文学作品感到义愤填膺。他口头议论一番之后，接着写下一篇短文以资纪念，并把它给了学生，让他以后警惕，不要再犯同样的错误。这篇文章若是翻译出来，对西方读者，与其说是指示，更可能是笑话一场。

这件事提供了中国式逻辑的真实样品，显示了中国教育的不成熟，周而复始地制造出这种僵化的思想。与此同时，这个事实也表明中国人崇敬记载的文字。中国人的这种普遍的感情对传播基督教书籍具有不可估量的价值，令人鼓舞。我们印刷成册的真理信息将不会被人撕毁。

我们有一次在城里行走，经过构成知县衙门的庞大的建筑群。我们仔细地观察了审判员席，听了旁观者提供的解释，说到最近有个案子动用竹杖体罚。犯人中有个人木枷锁颈，要戴上4个月。该犯似乎精神很好，虽然形象不佳，颈上木枷四面各宽两尺。追问下去才知道，他只是替一个有钱人顶罪。那个有钱人因偷窃被判刑，罚戴木枷4个月。他花钱买了个穷人顶替，代他慢慢受折磨。刑期已经过去了1个月。真正的罪犯，在远方继续从事他的日常业务。再过3个月，戴枷者将被释放，4个月的监禁与耻辱将使他得到一笔钱作为赔偿。

与此同时，中国法律的尊严在公众眼中降低，庄严的法官席宣告了一个丢脸的事实，即钱可赎罪，钱可以让人免遭惩罚。因此，在一个贪图享受的民族里，在一个眼中只认钱而罔顾各种罪孽的政府的统治之下，无怪乎，钱成了唯一尊崇的东西，被供奉在每个人的心目中。

我们在一个警察与囚犯占据的套间里坐了会儿。那些囚犯是群赌棍，一脸病容，嘈杂喧闹。他们的职业没有改进他们的举止，也没有改善他们的容貌。我们被允许透过牢房的闩栏观看，牢中之人都挤到门边，看上去情绪不错，个个活跃地交谈着，开着玩笑。

10月21日。我去小南门附近一块宽阔的空地观看中国军队练习射击。他们列队行进，人与人之间相隔3米，打完一枪后就跑回几米重新装弹。此时，另一队士兵前进到同一地点，打完枪后又迅速后撤。他们的火绳枪设计笨拙，制作粗糙。有一种较大的炮，由两个人抬来。一个人把炮口扛在肩上，露出几寸，另一个人扶着炮身，瞄准后发射。整个演习看上去就像孩童玩耍，围观的民众亦有同感。

后来我又有机会在同一地点观看刀剑练习。那场演习就各种队形变换进行了操练。他们的技能主要是将盾牌拼成各种让人眼花缭乱的组合，构成一道墙，类似古罗马军团的龟甲阵。士兵躲在盾牌组成的墙后，有时退却，以躲避进攻者的标枪。有时，经过良好训练的士兵扑倒在地，用盾牌掩盖自己，后面的士兵踏着他们的盾牌，越过他们向前冲锋。还有一场假打，格斗者打一下喊一声，想要吓倒对方。演习结束后，下级军官都跑到远处一个垒起的台上，接受主持这次演习的军官训示。

同一天晚些时候，我坐在裁缝铺歇歇脚。不久前，那个裁缝和同伴一起从宁波来到上海。铺外聚集了几个中国人，相互间谈起外国人的事。其中有个商人刚从苏州来，他问我是否最近与另一位英国人秘密访问过苏州。听到我的否认后，他与宁波来的人谈了很久，其间我听到他提到英国人时用了"鬼子"

一词。我打断了他，对这一诬蔑之词表示强烈抗议。我提醒他，中国官员的公告中明文规定，使用这类攻击性词语将会受到惩处。那人露出吃惊的表情，感到羞愧，不久找了个机会突然离去。店铺老板对此感到恼火，向我解释说，不认得他们，他们只是偶尔的客人而已。其他人说他是个坏人，"不懂礼貌，缺乏教养"。这些是中国人可以听到的最刺耳的评价，而那个苏州来的人听到这一申斥后才得以离开。

10月24日。我乘轿前往欧洲人的商行。正抬着，迎面碰到道台的轿子，沿着街道威风凛凛地过来了。我的轿夫马上靠边，在墙角落轿。道台大人过来时，街上所有业务都暂停了几分钟。走在最前面的一队人打扮得古里古怪，身后几米跟着两个刽子手。再后面两个人手持中国惯用的行刑器具竹杖，另外两人提着巨大的皮鞭。然后是道台本人，乘着官轿经过。几个扈从骑着马殿后。道台看上去是个不苟言笑、惯于沉思的老人，胡须俱白，长长地垂在颏下。

我不能确定，轿夫是出于好奇而在街上自作主张落轿，还是按惯例向他们的最高长官致敬，但倾向于认为是后者，若不遵循惯例以表敬意，也许会受到惩罚。

离开上海之前，机缘巧合，让我读到一份公开文件的译本。那个文件据说是两江总督璧昌[①]的公告，其中公布了钦差大臣耆英有关与外国进行谈判的勒令。该文件对前一则全面弛禁宗教的勒令加以诠注。在这个第二则勒令中，耆英把他在前则勒

---

① 璧昌，两江总督（1844—1847年在任），蒙古镶黄旗人。

令中提到的"天主教",即"天上之主的宗教",定义为容忍基督教。这一术语现在只适用于"那些崇拜天主以及尊敬十字架的人",他们可以对塑像、图像及圣徒礼拜。这个第二则勒令接着禁止心怀叵测之人假借天主教之名散布自己的宗教主张,限制这一术语的使用范围是为了防范欺诈行径。

该勒令中的一些文字表述足以证明教皇,可能还有法兰西,对清廷施加的影响。这种不公正的偏袒行为以后将得到更正。

10月27日。我向亲爱的朋友麦赖滋、文惠廉主教以及上海其他传教士一一道别,登上一艘英国方帆双桅船,前往舟山。

次日早晨,升帆启航,顺江而下,航行了15里路,遇到逆潮,被迫抛锚。耽搁期间,我登上江南岸,打算分发一些宣传手册,但发现村里无人识字。不过,我确信,1里之内一定有罗马天主教徒看得懂。我找了个向导,刚走了一半,就被匆匆召回船上。顺风已经刮起来了。我把书留给了向导,他答应履行我的要求。

晚上,船在吴淞口抛锚停泊。次日早晨,风调潮顺,我们沿着扬子江向下航行。风和日丽,旅途格外愉快。但是,将近日落时分,一阵无声无息的暴风,没有任何预兆,没有相伴的云或雨,突然袭来,几乎把我们的船吹翻。在这些海域,这种无声无息的暴风常常刮断船上的桅杆。

有好一阵子,我们的船上一片混乱,以为桅杆会被暴风吹折。混乱过后,风力降了下来,我们又能够继续航行。日落时,船长曾一度犹豫,是否该在洋山群岛抛锚停泊。但此时风力已经缓和,沿着海湾有许多良好的停泊地点,就在我们的航线上,所以他决定再航行几小时，到达更南边的某个岛屿。

他后来对此决定后悔了。风力不久就增强到八级，狂风大作，船速太快，若想抛锚，可能会折断锚链。在漆黑的夜里，船上只有一组船帆，我们只得听天由命。经过两个小时的担惊受怕，我们猜测到了一些礁石林立的岛屿附近。

9点钟，船长下令抛锚。船跟着锚转了一圈，在汹涌的波涛中，上下起伏，总算平安地度过了夜晚的风暴。当我们在浩瀚的大海中吹向下风岸的时候，我们的生命一度悬挂在铁锚脆弱的链条上，是仁慈的上帝保护我们不受毁灭。

次日早晨，我们看清船的位置，四面几乎都是礁石林立的岛屿。拂晓之后不久，风力降了下来，使我们能够沿着狭而深的西堠门继续航程。

10月30日傍晚，经历阵阵逆风，终于在舟山附近抛锚停泊。

第二十章　访问普陀圣岛

普陀之行——岛上各处——八卦——前寺——后寺——浪漫景观——好客的方丈——僧人强求礼品献佛——继承庙务的组织体系——嬴修——佛教明显的衰退——僧人的葬礼——和尚的贪婪与无知——人们提的问题——游览佛顶山——新来的信徒——普陀概况及对佛教传播的影响

长久以来，我一直想拜访佛教圣地普陀岛的佛教僧侣。在定海市小住数日后，于11月5日付诸行动。

乘坐的船有两张帆，5个中国水手，伴我同行的还有一个在当地雇的仆人。船顶上覆盖着用竹条箍成半圆形的篾席，离甲板将近5尺高，弯下腰可以在舱内走动。我与仆人的床分别置于舱内不同角落，船的另一头安置了一个炭炉，用来煮食物。

风不调潮不顺，只向东航行了9里，就不得不抛锚停泊，等候潮头转向。这里离岸不到20米。小船系在岸边，中国人都躺下睡觉了。我裹上皮袄，用一些旧帆布挡在舱前避风，不久也学他们的样儿睡了。两三个小时后，附近船上传来起锚的响声，把我从睡梦中吵醒，但却没有吵醒我们船上酣睡的中国水手。我颇费了些周折才让他们起锚摇橹，因为现在是平潮。

我们继续沿着舟山南岸张帆航行。海滩上一堆堆灰皑皑的盐连绵不断，岸上晒盐民工的村落一座连着一座。后来，我们终于穿过了沈家门海峡。

北边有个大村庄，那里有一两幢房子，其建筑结构带有英国风格。这里有一小队渔船停泊着。此处山岭，山坡与山峰都是光秃秃的，很难让人想象到岛内土壤其实非常肥沃。

我们经过沈家门时，有一艘帆船看上去颇似海盗船，让我们的水手疑虑重重，担惊受怕。他们把船向外拐出一段，然后又折回原来航道，紧挨着其他船只抛锚停泊。他们决定在这里等潮水转变方向，而不是努力穿过开阔的海面，再航行十几里就可抵达普陀。

普陀岛在星光下隐约可见。波涛喧哗，狂风怒号，海浪击船，我们睡到将近午夜，乘着转向的潮水，迎着顶头风，迂回前进，穿过海峡到达普陀。我们的航线上，波涛汹涌，人被摇到东晃到西，非得有些技巧才能牢牢地贴在船边。经过两个小时，我们终于上了海滩。迎接我们的有十几个船工，七嘴八舌地向我们询问。我们船停泊的位置不好，每次浪涌都可能把它冲上礁石。他们把我们的船拖上来时，争吵了好几回。

一些中国人想睡在我身边，而我不相信他们手脚干净，把他们赶开了些，一直到黎明前才迷迷糊糊睡着。天亮前，我被钟声和木鱼声吵醒。附近一家寺庙的僧侣正在准备做晨课。

下船后，在海滩上走了几米路，发现我们的位置在普陀岛东南的一个小湾里，两旁突出的岬岩提供了屏障。首先引起我注意的是一队苦力,从附近岛屿上寺庙的领地把一袋袋的米背往一所寺庙。米袋上用大字写着所属寺庙的名字。

不时有僧人走近我们的船,看着我们吃早餐。附近整个地方弥漫着懒散般的寂静,构成迷信体系的显著的特征,用古代名流的权威统治着这方水土。

不久以后,我乘轿考察岛上各处。首先得从一个巨大的牌楼下经过。那座牌楼看上去建立不久,上面用油漆描绘着神圣的图纹,书写着汉字铭文。我转向左面,上了几段石阶,两旁伟岸的树木在顶上相互交织。

我走过一系列小庙后,终于进入主要广场。在那里,看到一些僧人,有的在工作,有的在烧饭,还有些无所事事,虚度时光。四面建筑破旧不堪,唯有石阶修整得尚可。这些建筑群统称为"八卦"①。几个辈分较低的僧人呆呆地望着我,另一些僧人在笑,有几个过来翻阅我的书籍。但这座庙中,几乎没有一个僧人能够流利地阅读,而不会觉得每个字都似曾相识。

我离开此地后,上了一座顺着东面海滩延伸的小山。左边巨石耸立,上面刻着至理名言。不久来到一座假山,在高处横过路径。我从这里,沿着两旁种植灌木、修整完好的小径一步步走下去,下面华丽的寺庙群尽收眼底。这些寺庙统称为"前寺"②,构成普陀山最主要的寺庙。

我从一个石牌坊下穿过,向左转,走过一块空地,这里有座造型优雅的桥,横跨在一个小湖上,湖面上漂浮着荷花和绿叶。

---

① 原文为 Pah-kwa,译音。
② 前寺:即普济寺。

我走进主要庭院，不少僧人马上围了过来，有些人看上去聪明睿智，受过良好教育。我又故技重施，让他们阅读书面，发现只有几个人看不懂，于是我的书籍成了抢手货。

分发过程中，寺钟敲响了，召集僧人到不远处的一个庙里用餐。听到钟声，这些新认识的人一哄而散，就像饥饿的学童，向食堂的方向飞奔而去。留下来的只有几个与寺庙有关而被允许住在岛上的工匠及其他俗人。

过后不久，我也向那个方向走去。接近食堂时，看见三十来个僧人进餐前，对着一座神像唱赞美歌。他们唱完后，狼吞虎咽地进食，吃的只有米饭和清汤。

我离开前寺，独自一人向东走去，经过一排店铺，上了一段石阶，登上另一个山顶。轿夫抬着我经过一系列悬崖峭壁。下面传来巨浪撞击岩石的轰鸣声，大海怒涛翻滚，一直延伸到天际。一望无垠的海面上偶尔点缀着小岛，或是暗礁，碎浪的白沫向航海者指出隐而不见的危险。

我慢慢地向下走去，两旁不是忍冬树篱就是灌木丛，很少有人工开垦的地方。走了 3 里路后，穿过一个小树林，眼前出现了一座坍坏的古塔。这个坍圮的宝塔是岛上另一个主要寺庙"后寺"[①]的入口处。后寺坐落在一个自然的环形剧场里。北面有崎岖的岩石遮挡，山坡上星星点点的树丛挂下来，四周草木野生野长，整个景观令人赏心悦目。冬天刺骨的冷风已经开始剥落树林葱茏的绿叶，露出光秃的树干，枯黄的枝条。

---

① 后寺：即法雨寺。

这里的僧人自动作出许多好客的举动，端来茶水、蜜饯，而我乘机向看得懂的人分发宣传手册与《新约》的一些章节。有个人看上去像大家一样好奇，智商不低于一般人，却是个聋哑人。

这里的一些僧人似乎是些粗俗之辈，虽然对我恭恭敬敬，但对我的中国男仆却有几分放肆。我的中国男仆感到自尊心受辱，对他们怒眼相向。后来有个老僧作势要触摸他脑后的辫子，让他愤怒不已。

这所寺院的方丈与前寺的方丈一起管辖普陀山。我被带去方丈的住所，见面后不免一番客套寒暄。方丈说他法名"允能"①。方丈叫了饭让我吃。

我的男仆很会穿着，在此装作绅士，接受方丈的邀请，因重新得到重视而沾沾自喜。他一直用眼睛盯着我，生怕我暴露我们之间真正的从属关系，影响他的尊严。他镇定地坐到桌旁，方丈对他讲话时，就优雅地鞠躬致意。

我在外院告辞时，一个面目可憎的僧人向我讨钱，说是用来供奉菩萨。

归途中，我走进几个小一些的寺庙。那些小庙中，除了懒散的僧人与肮脏的庭院，没有什么值得一看的。

附近一块大岩石上，用巨大的汉字刻着"中国有圣人"的自我吹嘘的题词，意欲使游客对此地以及此地僧人的圣洁留下深刻印象，而这些光头和尚的外表和毫无用处的生命，却恰恰形成了反面诠注。

---

① 原文为 Yung-nang，译音。

后来，我离开大道，转到左边，踏上一条偏僻小路，离开前寺。小路引领我们经过一个精致的石塔[①]，几座大墓，一个建造在悬崖上的小庙。

小庙俯瞰普陀岛东南端的大海。我来此是为了寻找一位七十几岁的老僧。他在岛上幽居大半生，对此岛的情况了如指掌。两个星期以前，我的一位传教朋友来访普陀，见到这位睿智的老人，他提供了许多非常有价值的信息。但我此刻只能凝视着盛装着他的遗体的白坯棺材。棺材前，墓灯闪烁着灰黄的火焰，投下一层暗淡、悲哀的光泽。

灵堂里到处可见人死后的迷信图纹，但永恒世界肃穆的现实似乎并没有存在于旁观者的心目之中。有个人在棺材外壳上刷一层清漆。两个僧人在旁观看，像往常一样轻薄无聊，在回答我有关死者时，显得漫不经心。

这位老僧 5 天前寿终正寝。他生前德高望重，自愿从前寺迁来这个小庙。庙中有另外两位僧人，以他为首。这些小庙是一种任职，或是职位晋升，和尚们根据资历才能继承。新的主事将由主寺派来接替死者之位。

灵堂里陈设着锡箔纸钱、香棒、墓灯，场面催人泪下。然而，死者在最后的痛苦阶段，没有得到希望的照耀，没有获得任何其他欢乐的慰藉，剩下的只是实质性的湮灭。

我走下山坡，在沙滩上走了几百米，到了船上。此次出游，共走了二十几里路。

[①] 应指多宝塔，又名太子塔，位于普济禅寺的东南方。塔建于元代，是普陀山上保存至今的最古老的建筑，也是现存的元代最大的宝箧印式塔。

同日晚些时候，我登上一座在登陆地点北面附近的小山，到了一个名叫嬴修①的小庙。庙里有 15 个僧人，态度和蔼，有些看上去聪慧睿智。第一个大殿里供奉着主要佛像，我迈步进去，立刻被僧人们围上了，热切地讨书。

一个中年僧人坐在 3 尊巨大佛像之前的桌旁，面前摆着烧香拜佛的用品。有些人在高声交谈，有些人在大声欢笑，这个僧人却旁若无人，口中不断地念着"阿弥陀佛"，手上敲着木鱼。他气定神闲，心无旁骛，一心拜佛。半个小时后，他到邻院加入我们。僧人们在那里履行好客之礼。

他们中有个人来自福建，说一口官话，似乎受过不一般的教育，极具能力。他 35 岁左右，已在庙里出家 30 年。据我观察，僧人中出众之人几乎都是自幼出家。另外的人则是出身低贱，通常没有受过什么教育，品行值得怀疑。

我从这个僧人处获得各种有关普陀岛的具体信息。他向我讲解此地概况以及附近各处的地理位置之后，又告诉我，普陀岛乃汉朝的一个皇帝赐予佛教徒，作为传播佛教的基地。这一日期将他们宗教基地的建立置于公元的最初几个世纪。我问他佛教进入中国的年代，他表示无法给我想要的信息，似乎觉得我不可理喻，竟然考究他如此遥远的事情。他说，普陀有过香火鼎盛的岁月，他对现在衰败的状况深表遗憾。他特地提到，100 年前，普陀岛上有 300 多僧侣，并说明僧人减少的原因是大陆上的人缺乏兴趣、虔诚不足，致使寺庙一座座坍塌而无钱重建。

---

① 原文为 Ying-sew，译音。

赐给该寺的地已增加到 200 亩，在对面的朱家尖①岛上，为寺里提供岁收。除此之外，还有偶尔前来佛教圣地烧香拜佛的信徒捐赠的香火钱，但收入不稳定。他不愿讲出每年平均捐款的确切数目。因为有其他人在旁，他显然想回避这个话题。他认为，普陀岛上，每百个僧人中只有 20 个人受过教育，但很多人能够辨认汉字，虽然还不能够阅读书籍。这个区别很好，应当常记在心，以便估计中国人真正受教育的程度。我告辞时，他们都一起送我到外门口。

傍晚，我登上俯瞰前寺的山顶。在那里，遇到 10 个僧人正要去海滩举行葬礼。他们邀我同行，一路问了我很多问题。他们尽管在寺院修身养性，所提的问题反映了他们此刻脑中所感兴趣的东西。他们问道："英格兰有多远？乘船到你的国家要几天？那里银子多吗？那里富吗？有没有佛像或是僧人？我们可以跟你去英格兰吗？"我告诉他们，欢迎他们跟我去英格兰，只要能支付各自的船票即可。他们得知船票的价钱后，似乎打消了去那里的念头，尽管他们觉得那里一定是遍地银子，多得像海滩上的鹅卵石，俯拾皆是。

我们到了海滩，另外有些僧人也加入进来。他们的到来，使人数增加到 20 人。人们开始准备把棺材从船上抬到岸上。抬

---

① 据史料记载，自元朝大德五年（1301）起，朱家尖岛逐渐成为普陀山庙产的一部分，是普陀山僧侣的给养地。清朝康熙至道光年间，经朝廷准许，普陀山僧人把朱家尖作为普陀山观音道场的重要补充。在朱家尖观音文化苑内的一块距今已有 280 多年历史的石碑上，记载着康熙皇帝关于朱家尖田产由普陀山寺庙管理并免赋役的文字。从此，普陀山僧人在朱家尖岛上垦荒造田，筑塘围涂，共计 6000 多亩，同时建庙设庵 20 余处，有的就是普陀山的下院。

的过程中,吵吵嚷嚷,插科打诨,船工互相责骂,僧人互开玩笑,哈哈大笑。

死者是岛上的一个僧人,在大陆云游时死于宁波,刚从两百多里路外运回来,要埋葬在普陀神圣的土壤里。他死于上个星期,尸体已经开始腐烂。棺材抬到岸上,搁在几条板凳上。

传统的送葬仪式开始了,僧人两个一排列队行进。悲哀的挽歌唱了起来。有人摇着铃铛,敲着木鱼。另外3个僧人,似乎与死者有某种关系,在棺材前的桌子上插上香,点上蜡烛,摆上水果,然后在一个写着死者名字的小小的牌位前,弯下腰去,在石头上连连磕头。之后,一个据说是死者养子的俗人,肃容满面,规规矩矩上前鞠躬,祭拜逝去的灵魂。

他们刚跪拜完,就走到我面前,问了许多问题,显然对死者毫不在意。在吟唱挽歌期间,有的僧人还经常讲话,甚至发笑。那位俗人养子不过20岁。他问我能否给他一些医治鸦片的药。他承认已经染上鸦片瘾,虽然不想继续受鸦片危害,但无法改掉此一恶习。有个僧人也向我讨这种药,但否认抽鸦片,说是为了救个朋友。送葬的队伍缓缓地离去,走向安葬之地,约3里路远,一路上敲锣打鼓,驱逐妖魔鬼怪。

不久,两个附属于前寺的店铺老板来到我身边,问了许多有关我分发的书籍的问题,还问我来普陀的目的是什么。他们想知道,一个人信了基督教是否可以喝酒吃肉。这些问题很自然,因为和尚需戒酒戒肉,他们的饮食中没有这两样食物。

次日早晨,我去游览几个偏僻的地方。它们位于在普陀岛的东、西两端。

我走了 10 里路，到了后寺，然后取道左边的小路，登上陡峭的"佛顶山"。上山的路上，有些地方是一段段陡峭的石阶，这在普陀岛的各座山上到处都是。站在山顶眺望，大海尽收眼底，附近岛屿星罗棋布。为了提醒游客此地为神灵统驭，峭壁上醒目地刻着斗大的汉字——"海天佛国"。

我从另一边下山，路边皆是苍松翠柏。走了一段路，到了一座较小的寺庙。庙里有 25 个僧人。眼光所到之处皆是"佛"字。另外一些题词也经过精心设计，为了使游客对这些远离忙碌尘世的隐士的圣洁与和谐留下深刻影响。

寺门口坐着一尊体态硕长、面带傻笑的佛像，全身镀金，头上蓝发绺绺。庙里的僧人均目不识丁，孤陋寡闻，只有 3 个人勉强可以认得一个字。寺内肮脏不堪，多处流露出衰败的迹象。这些可怜的生物，目光呆滞，半傻半痴的，看了让人心情黯淡，对面大海壮丽的景象也久久不能抹去我心中留下的阴影。

同一天晚些时候，我沿着西面海滩，走过几块田地。地里，农夫们正在辛勤地劳作着。我的到来引起了一些骚乱。耕地的几头水牛似乎不习惯外邦蛮夷的相貌，想要冲过来攻击，农夫们费了好大的劲儿才控制住那几头发疯的牛。

回程时，我绕了个圈子，经过前寺的几个四合院。在这里得知，身为岛上最高权威的前寺方丈去了宁波。一些僧人请我喝茶。

我走进大殿，看到屋中各处的桌子上放着我昨天分发的书籍。我坐在他们中间，他们对我十分礼貌，还说不介意我来岛上居住，他们会好好接待我的。后来的切身体验证明，这些保证并非出自真心。不过，我在当时没有理由怀疑他们的诚意。

中国人看上去对宗教不太偏执，人们有理由相信，只要能从房租中赚到一块大洋，僧人脑中的自身利益一定会压倒对宗教的恐惧或是迷信的热诚。

日中，我在海滩上遇到一个刚从定海来的商人。他穿了自己最好的衣服，还随身携带了一些礼物。他告诉我是来普陀烧香拜佛的。我努力向他解释，崇拜那些毫无生命力的东西是多么愚蠢，规劝他崇拜创造天地的唯一真神。他没有走开，还接受了我的邀请，回定海后会去北门我传教朋友的家看望我。他辩解说，他信佛是因为传统力量，似乎信了佛会给他的生意带来好运，而不是他真正崇拜佛。

下午，微风习习，浪潮顺流，我们升帆启程，快速航行了3个半小时，到达舟山港。

我的脑海中翻滚着普陀岛上的所见所闻，心情很不平静。走近这些佛教兄弟们与寺院的封地，看到将这些寺庙精心设计成传播佛教宏伟而多样化工具的匠心所在，即使再不经意的人，也不会看不出各种谬误体系之间存在的相互的密切关系，禁不住会感叹道："这是教皇制度多么精确的翻版啊！"

如此精心构思，凭外观来传播佛教，牢牢控制大众思想，这种设计已是无以复加的了。这项工程可以与罗马天主教传道总会① 活动与教士最兴盛的时期相提并论。

普陀岛现有600多僧侣，基金充足，过着悠闲而富足的生活。在附近省份，另有300个化缘僧和云游僧，靠施舍与捐赠

---

① 罗马天主教的传教总会由红衣主教组成，负责海外传教。

度日。他们发誓一辈子独身，无需牵挂家庭琐事，心无旁骛，一心从事劝人信佛的工作。

他们经过多年积极努力之后，得以回到这个孤僻之处，沐浴在佛教恒古的荣耀之中。他们可以在这大自然的美景中恢复疲乏的身躯，充实消耗的精力，静思冥想，有机会在他们神秘的等级系统中晋升，然后精力充足地再去感化中华帝国的千万民众。由来已久的传统习惯，古代帝王的虔诚与慷慨，都增强了佛教兄弟的外在影响。

整个普陀岛，周长100里，与附近的几个小岛一起，构成住持方丈居住的前寺的领地。这位方丈将他的权力分了一部分给另一个主要寺庙——后寺的方丈。普陀岛不必向朝廷缴纳岁收，所有财产由住持和尚一手掌管。他就像是地方长官，处理一切寻常事务。只有超出祭祀权约束而需更严厉处治的刑事案子，才委托给定海的最高长官处理。

岛上的僧人大多来自附近的浙江省，但也有许多从遥远的省份成群结队来到这里。前寺中住着150个和尚，后寺中有80个和尚。另外还有72个小一些的寺庙分散在岛上各处，都有住寺僧人，各自占据着岛上最佳的地点。

普陀岛不允许妇女社团的世俗影响，不允许她们来引诱信徒还俗。任何女人都不得在这块神圣的土地上居住。只有300个俗人被允许留在岛上，从事必需的耕种和提供僧人生活所需。

但此项殊荣不适用于死者，即只有僧人死后可以在普陀埋葬。俗人尸体不得在这神圣的土地上变成累累白骨，或是亵渎此地的圣洁。人类所能预见到的一切都被佛教用来大规模地、有系统地对人类进行改造。佛教在此享有充足的余地来施加影响。

好坏姑且不论，普陀成了佛教发展内在势力的沃土佳壤。然而，佛教尽管受到当权者的偏袒，得到百姓的偏爱，却一事无成，反而看上去不久将会注定毁灭。因为它已内在腐朽，无论外部如何加倍努力，终究回天乏术。

我们不仅看到他们的寺庙破烂不堪，僧人目不识丁，还看到人们对之显著的轻蔑迹象，这些都证实了我的上述想法。此外，我们还可以加上僧人们自己明显的怀疑态度。在他们的行为举止中，很难看到他们相信自己每日从事的迷信活动的迹象。

有鉴于这处佛教圣地，人们或许会希望基督教也有如此卓越的高地，可以由此向黑暗王国发起进攻。我们并不赞同这种愿望。纯粹的基督福音信徒，以天国全副甲胄为武装，仿效吾主耶稣，相信他的事业的内在力量，而不是人类自行设计的工具，心满意足地勇往直前。坚信谬误终究会被征服，基督真理一定会赢得胜利，即使满目泪水、身处逆境，也要播种《圣经》的优良种子，仰望圣洁的露珠和散发出无穷生命力的正义的太阳，在他们共同的圣父的王国里，"耕耘者与收获者同享欢乐"。

第二十一章　离开舟山，前往福州

舟山最后见闻——中国人对政治的恐惧——跨岛旅行——行医传教优势之实例——前往福州——罗马天主教领航员——闽江口——风景如画——通往城市

去福州府的船位很难搞到，使我又在舟山待了一个月。在耽搁期间，我仍住在定海市唯一的另一位新教教会传教士家，接受他的款待。安息日，我继续在军营附近的寺院为欧洲军队主持礼拜，有些军人星期四晚上也来参加我们的家庭祷告。

最初几天，正值皇太后诞辰，中国人在街上张灯结彩，普天同庆，甚为热闹，因而不太觉得日子单调。

英国军队即将撤离本岛，显然使有身份地位的中国人惶惶不可终日。他们不敢来看望我的美国朋友，不愿被人看到在读基督教的书籍，这些都显示出他们的心情。虽然学生家长以前同意契约条款，让他们的孩子来读几年书，现在却不愿履行合同，不肯签字画押。他们不承认有任何个人反对的理由，但坦陈心存畏惧，担心英国军队撤离后，像这种与外国人有瓜葛的事可能引起清廷官员注意，向他们敲诈勒索。因此，他们要求缓一缓，待事情稍微安顿下来再说。耆英的弛禁勒令恰好此时公布了。他们看了之后如释重负，说道："这道勒令假不了，不可能有错。这是仿造不来的，那文笔只有中国人才写得出来。"

他们似乎满意了一阵子，但不久又害怕起来。这段时间，有钱人几乎都显得人心惶惶，担心失去钱财。商人与店铺老板，只要与英国军队有瓜葛赚过钱的，都准备好对应之策，以防英国军队突然大批撤走。有的打算暂时去上海，有的准备去大陆各处避一避，待到官员的头一阵贪婪与恼怒过去后，再视机回来。

英国驻香港总督的公告贴在大街的墙上，敦促大家报告中国官员回来后的任何压迫事例，允诺全面保护与英国军队有关联的人不受惩罚。英国永久保留舟山，法兰西占领舟山等消息，相继在人们中流传。谣传英国与中国全权代表之间，就外国人进入广州之事，出现外交上的困境，亦引起一阵轰动。有些中国爱国之士甚至贸然悄悄地对美国人说，他们怀疑是英国言而无信，故意制造借口，想要撕毁条约，继续占领舟山。

11月14日。我乘轿与一位朋友横穿舟山，去北岸的海滩。经过北门不久，向右转了一点，沿着杂草丛生的山间小路翻山越岭。狭窄的小路常常与溪流深深的河床相交。路两边有许多村舍乡居，房屋四周还开辟了小小的菜园。

我们终于到达了山间主路，从这里可以看到一条长长的肥沃山谷，一直延伸到大海。路上经过许多农宅与小村落，最后我们在一个大村庄的杂货店停了个把小时。杂货店的老板欢迎我们的到来，帮我们烧饭，煮蛋，烫茶。这时候，不少村民围在我们身边，有几个识字的人接受了几本我们的书。

之后，我们又走了6里路，在海滩上待了段时间。中国晒盐的劳工向我们讲解整个制作过程，怎么利用日光暴晒和人工烧煮的方法蒸发水分，把海水转变成盐。沙滩上铺着浅浅的盛着海水的大盘，挖了几个用来过滤卤水的坑，还有好几个棚屋，里面筑有炉台。炉台上放着平底铜盆，这些就是制盐的用具。盐是舟山出产的非常重要的物品。

在这里，数千公顷肥沃的淤积土延伸15里路，一直伸展到山脚下。这片肥沃的平原，一年可种植两三季庄稼，可以生产岛上现有人口所需的10倍的粮食。

回城的路上，我们参观了一个酿酒作坊。与西方国家相比，这里的工具相当简陋，却能酿制出力度很高、酒劲很大的烈酒。

一个村子里，有个和尚在人群中进行着每逢十五通常都做的烧香拜佛活动。远处敲锣打鼓声隐约可闻。山路最高处有个简陋的庙，庙里有一小组佛像。有尊佛像是大慈大悲的观世音，怀中抱着一个男婴。欧洲游客很可能把她误认为圣母玛利亚。

我在舟山滞留的后半期，经常可以听到送葬队伍的哭泣声。这表明人们中生病的很多。一次，我被吸引到一所房子，看见屋里有两个道士正在大声驱鬼，并在神像前摆着祭品，想要使家中一个生病的女人恢复健康。

我进去时，有人很快领我到病榻，恳求我为她开药治病。我斥责他们愚蠢，竟然想靠这些迷信的把戏来使她恢复健康。随后，我给了她暂时缓解的药，一两天后，再带她去看刚到舟山的美国医生，让他决定治疗方法。几天以后，她完全康复了，尽管当地郎中对她束手无策。她的康复使我心存感激，因为我担心，一旦她死了，道士们会说是我触怒神灵引起的。那家人感恩戴德，这件事也使我得到医术高明的声誉。好几个人来见我，虽然我严格要求他们吃药期间禁止吸烟饮酒，他们在治疗过程中都自始至终遵循我的指示。治疗中，我还乘机向一些私人家庭分发宣传手册。这些小事使我深深信服行医传教努力的重要性，只要把行医当作从属手段，就能够在这块土地上为基督教福音传教士打开大门。

1845年12月9日。去福州的机会终于来临了。一艘小纵帆船满载货物，从上海而来，到舟山港停靠。我早上9点上船。

一个小时后，美丽的舟山岛在视野里渐渐逝去。我曾在这个岛上度过几周非常愉快的时光，享受到一个基督教家庭的宁静安闲的生活。微风习习，浪潮顺流，送我们的小船平稳向前。舟山的苍山翠谷不久便消失在朦胧的远方。船越过鸡头岬，最后到达一个小岛。

那个岛上有个空洞，酷似牛鼻，因此该岛取名为"牛鼻"岛。我们在这个岛与另一个小岛之间抛锚过夜。

次日早晨，阴雨沉沉，逐渐形成大雾，使我们不能起锚。就这样，在此耽搁了一整天。接下去的晚上，一小队商船，还有两艘战舰，停泊在一箭之遥的地方。那两艘战舰，刚好一艘在我们船头，一艘在我们船尾。我们马上准备好滑膛炮和回旋炮，严格监视新来的邻居。不过这一切都没有必要，因为天一亮，它们就悄悄地起锚，紧靠着海岸，一起向南航行而去。

中午前，我们起锚，乘强劲的西北风，不久就经过韭山列岛，进入公海。白天，船航行得很快。次日拂晓前，由于担心进程太快，便在夜间降低船帆。

第二天早晨，大陆遥遥在望。接下去几个小时，船在一些小岛与大陆之间航行，曾经一度风平浪静，不久进入公海上的某个海湾。此时，阴云密布，无法观察太阳的确定位置，船上的人都辨认不出是在哪段海岸附近。船在陡峭的礁石岛之间航行了120多里。日落时分，不得不在一个小岛附近的深水中突然抛锚停泊。这里没有什么东西可以遮挡狂风，下风岸[①]仅1里路远。

我们在海上颠簸了一夜，次日早晨又继续向南航行。起锚时，一艘宁波的平底帆船刚好经过，我们就跟着它，希望找到正确航线。不过，不久就失去了它的行踪，因为它取道靠近大陆的狭小通道，而我们不敢跟过去。

我们的船转向西南，航行于海岸与一列距海岸30里的不规则的岛屿之间，突然找到了我们的位置，就在闽江口，及时地避免了撞上那里的暗礁。我们不得不突然转变航向，迎着大风航行，到一个名叫马祖山的岛屿抛锚过夜。船停泊之处靠近一个小渔村，那个小村坐落在岛南一个狭窄海湾的一小块平整的沙地上。

第二天是12月14日，星期天。两个渔民上船来，自愿做我们的领航员，要价甚高。但不久，他们的要求就降得比较合理，以5块大洋成交。于是他们去掌舵。

他们刚上船时，用罗马天主教最常见的方式，不停地在额

[①] 风吹向的海岸。一旦船被吹到礁石耸立的岸边，就会造成危险。

头、面颊和胸脯上画十字。我们的马拉巴尔[①]大副对此并不欣赏，但是印度西班牙籍的马尼拉船员却大都懂得。不同方言所造成的不便不久就显露出来。船上的广东译员也能讲官话，他问领航员，"到福州还有多远？"却无法沟通。虽然用各种可能的方式问了将近10分钟，双方像最初一样，还是互相听不懂。领航员用力摇摇手，恳求那个译员不要再做徒劳的努力了。

不过，后来过了半个小时，他们似乎有所进展，那个译员从领航员那里带了个请求给船长，说他们想喝杯酒。领航员喝酒的样子，让人一看就知道他们常喝酒。

船长对他们领航的技术缺乏信心，或是对他们不信任，命令船员继续用水砣探测水深。对此，新来的领航员看上去很不受用，摇摇手，似乎对我们的不信任大不以为然。他们成功地让船安全地绕过水下浅滩。那是在江口驾驶船只最危险的地方。

船经过江口的沙洲，终于进入圆形的港口。港口由大陆几个突出的岬和两三个小岛构成。开敞的锚地在我们眼前延伸二十几里长，一直到闽江突然狭窄起来，变成一条一里半宽的小航道。

在港口的领事馆辖区外，停泊着3艘鸦片船，紧挨着的还有五十几条中国舢板。成群的白色海鸟到处可见。海滩上有一些村庄。山坡上有几座瞭望塔。许多悬崖绝壁，伟岸壮观地耸立着，远远望去，构成一幅山石林立、如诗如画的风景。这就是这个铁质丰富的海岸的总的特征。

---

① 马拉巴尔为印度海岸。

我们在一个名叫金牌门①的狭窄的通道外抛锚停泊。像往常一样，不久就有许多中国船只靠上来，或是为财，或是好奇。船民大多是贫贱阶级。

次日，我离开纵帆船，搭乘一艘欧洲船溯江而上，前往 60 里外的福州市。进入金牌门后，我们经过右边一个名叫关头②的大村庄。那里有个军事基地，附设海关大楼。

闽江在这一段宽约 3 里，两岸悬崖峭壁，在阳光下金光闪闪、五彩缤纷，现出各种梦幻形状。最近刚下过雨，湍急的溪流、瀑布从悬崖上倾注而下，蔚为奇观。在反射与折射的综合影响下，远处景物浮现在地平线上，形成双重景象，下半部恰好是上半部的倒影。

右边十几里路，村庄与瞭望塔接连不断，直到江岸突然聚拢，形成又一个狭窄的关隘，称作"闽关"③，两边石柱擎天，高达千尺。不久，闽江又宽阔起来，到了宝塔岛④，遂分成两道溪流。宝塔岛是装载大量货物的大型船只通常停泊的地点。

闽江的主要支流通往福州城，另一条支流向南，过福州 20 里，重新与主要支流汇合。两道支流之间围住一个开垦良好的

---

① 原文为 Kin-pai mun，译音。
② 原文为 Kwan-tow，译音。
③ 即闽安门。
④ 宝塔岛：此处宝塔应指耸立在马尾罗星山上的罗星塔，距福州 21 公里。罗星山原本是江心岛屿，俗称磨心岛，经过几百年沧海桑田，磨心岛与陆地相连，成了陆上一个高埠。由于外国船来福州都在罗星塔下抛锚，外国水手把罗星塔称为中国塔。

大岛。我们沿主要支流而上，右边是高 3000 尺的鼓山[①]巍峨的山脉。山下有一些村庄，对岸有少许松树小林。

我们终于到达位于闽江一处急转弯的沙洲。在这里，江上船只数量增多，繁忙的景象预告，我们已接近福建省会。我们在当地船只之间蜿蜒航行了一里半路，到达江边人口最密集的郊区，在一座横跨闽江的大桥旁上了岸。

[①] 鼓山海拔 969 米、面积 1890 公顷，耸立于榕城东郊，闽江北岸。鼓山是福建省十佳风景区之一，也是国家级风景名胜区。早在一千多年前就已名闻遐迩。西晋尚书郎郭璞在《迁城记》中就有"左旗（山）右鼓（山），全闽二绝"之赞。它因顶峰有一巨石如鼓，每当风雨交加，便有簸荡之声，故名鼓山。

第二十二章　福州日记

河上人家奇观——福州桥——中国郊外生机盎然的景象——英国领事——乌石山顶俯瞰福州——英国领事与当地官员之间的关系——清朝官兵因攻击外国人而遭惩处——沿城墙游览

在福州逗留期间，一位新近结识的友人好意地将一幢小木板房的二楼借给我使用。那幢楼建在一个200米长的小岛上，楼面探向江中。在这个寓所里，我打开褥垫，按照东方习惯铺设。不久，我便乔迁新居。

一夜酣睡，精神得到恢复，天不亮就被吵醒。新邻居都是船民，喧喧嚷嚷地在水上忙绿着。我走到阳台上，静静地观看下面混杂的人群。许许多多的船被贫穷的船主当作居家，一条一条沿着江岸两边排列了3里路长，最主要的集聚点就是小岛四周。

这个小岛堵住闽江的主要支流，将其分割成两条溪流。每条船的船边都根据船主的个人爱好或是经济能力，挂着许多花盆与常青树，从上面望下去，让人赏心悦目。船上的女人，头上戴着假花装饰，看上去非常整洁，在这种阶级实属罕见。

船顶与屋顶都蒙上一层白霜，几日不化，有一两天早晨还结了冰。

福州的那座著名大桥从两岸连接这个小岛，也许是因为建桥所用的结实耐用的材料，这座桥被称作"万寿桥"[①]。北岸的桥较长，有 40 个桥拱，是用巨大的花岗岩石板，根据一定角度架在桥墩之上而建成的。南岸的桥较短，只有九个相似的桥拱。水位高时，轻载的船只可以放下桅杆通过。水位浅时，高处的溪水流向另一边较低的江面，形成小瀑布。长桥上摆满铺子，狭窄的通道常常挤满了匆匆的行人。

我乘轿经过这座桥，前往英国领事的住宅。我在福州逗留期间，一半时间住在领事舒适的寓所，一半时间住在岛上的小屋。长长的郊区只有一条街，6 里多路长，一直从大桥通到南门。

郊区有各种行当与手工艺。到处都是熙熙攘攘的人群。比起中国北部的地方，这里的人看上去蛮横好斗，饮酒无度。轿夫不断推推搡搡，这在中国拥挤的街道上是不可避免的，人们对此习以为常。不过，有几次出了点事故，轿夫惹上麻烦，被人一把扭住，要他们赔偿挤过人群时打碎或是弄乱的家用物品。有个文人也是，忘了所学的清规戒律，跟了我们 100 米，一有机会就狠命地敲那个撞到他的轿夫的头。人们神色冷峻，虽然他们的举止不是没有礼貌。外国人来了，不会有粗鲁的人群围上

[①] 现称解放大桥，跨越闽江，连接台江、仓山两区，由万寿桥、中洲岛和江南桥三部分组成。1303 年（元朝大德七年），万寿寺僧王法助募集了数百万贯资金，奉旨把原来的石墩桥改建成简支石梁石板桥。后人为了纪念万寿寺和尚王法助的功绩，便把这条大桥命名为万寿桥。

来，也不会有人出言不逊。一般来说，人们没有因为过于好奇而引起麻烦。

我们的路线就在这条长街上。这条街可说是一般中国街道的绝佳样品。街上可以看到当地各行各类的手工艺匠人，在同一间屋子里忙绿地从事他们的工作，并销售自己制造的物品。

他们的屋子可谓一屋三用，既是作坊，又作仓库，还兼柜台。在他们狭窄的屋子里，一切都很拥挤，煅炉呼哧呼哧地响，铁锤叮叮当当地敲。屋里有一组组的拉丝者、制扣者、铜匠、铁匠，还有4个人在铁砧上轮流敲打。这里还可看到画像的人、制灯的人、做鞋的人、木匠、裁缝、敲打金箔银箔的人、制雨伞的人、弹棉花的人、贩卖杂货的人、出售药品的人、切割玉石的人、刻图章的人、装帧的人，以及各行各业的能工巧匠。他们为中国人提供日用必需品或是奢侈装饰。

再远些，还可以看到画斋，里面挂着当地艺术家花哨俗气的作品，也有英吉利海军元帅、校官、女士和蒸汽船的漫画。

街角巷尾，到处摆着活动厨房，蒸汽腾腾，为饥肠辘辘的等候者供应可口的快餐。对于有钱的人，街上有一连串的饭店、酒家和茶馆。

再远一些，一群赌棍在与橘子摊贩或是蜜饯贩子争夺几尺地盘。离他们不远处，有货物充足的当铺、门面考究的钱币兑换行，门外挂着一串串亮晶晶的假铜钱作为招揽之用。

不久，我们又经过众多的瓷器店、旱烟筒制作铺、粮站、纸与锡箔制造坊、编织坊、丝绸铺、小件装饰品店，还有几家书店。这一切显示出，忙忙绿绿的工作是为了提供人们外在的需求。但是，知识自有它的爱好者。在这里，人的头脑可以汲取所需的精神食粮。

偶尔可见三四个和尚优哉游哉地走过，他们无精打采的样子，暴露出他们对身边忙碌的世间俗事漠不关心。他们身穿的道貌岸然的僧衣，并不能保护他们不受到人们鲁莽的推搡。

偶尔还可以看到几个绅士或是谋求一官半职之人，由不太富裕的同胞抬着，从街上走过。

每隔1里多路，就可以看到一些可耻的罪犯，颈上戴着沉重的木枷，为所犯罪行受此惩罚。他们吹着一点炭火，想要以此抵御刺骨寒风，或是想要睡上一觉，却又终究不能成眠。他们属于社会阶梯上的最底层。

再往前走，自由自在的人们聚集在一家公共茶馆里，一边品茶，一边听雇来的说书先生细细讲述古典故事，或是在他简陋的讲台上悠扬顿挫地讲述深受人们喜爱的浪漫故事。

不久我们进了城，穿过南门高大的拱门，向左急转，沿着城墙内侧继续前进。又走了3里路，路上住家变得稀少。我们来到一条树木成荫的大道。不久就看见竖立在乌石山[①]突出的岩石上的旗杆上飘扬着不列颠的旗帜。

上山的路上，小路、平台相替交换，终于看到构成不列颠领事馆的罗曼蒂克的庭院与古老寺庙[②]的全景。在这片风景如画

[①] 乌山在南门西侧与于山东西对峙，又称乌石山、道山。相传该处曾为汉代何氏九仙登高射乌鸦之地，故名乌山。

[②] 积翠寺。前后两进，前院为僧房客舍，后院是大雄宝殿。当时英国领事馆租赁了前院的房子作为办公与起居的地方。现已毁。

的林间幽静之处，最大的寺庙正在装修成英国式的住宅。领事与夫人已经入住其中的一个部分。在已故的领事李太郭先生①的坚持下，领事馆成功地从江边郊区不利的地点迁移到现在这个宜人的馆址。

清政府曾对主寺僧众施加压力，使他们同意接受一年几百块大洋的租金，放弃对大殿的所有权。僧众对自己的宗教本来就不十分执着，这在中国到处都是一样，因而眼睁睁地看着他们的封地被改变成外国人的住宅，而没有感到丝毫惋惜。

方丈本人，以首席园艺师的身份，每天忙忙碌碌地监督着必要的修缮。虽然杀生是违反佛教戒律中重要的一条，但我的老朋友（在我逗留期间有幸与他结识）方丈随时乐意向外国人提供野鸡、大雁、鸭子及其他野味。

地方官员自动在建造合同中加入条款，禁止泥水匠在安息日工作，也不得以任何方式打扰英吉利人的宗教仪式。他们的开阔胸襟，由此可见一斑。地方官员来访之前，常派人前来询问是否安息日。附近一座道观的道长也不拘小节，收了一小笔钱，就让一位领事馆的官员住进道观。

乌石山，高 150 多米，站在山顶，福州城与附近乡间，尽收眼底。我坐在一块突出的石头上，四周成片的巨岩，是大自然急剧震动后留下的永恒的纪念碑。此处安静孤寂，与下面繁忙的景象，以及周边乡间的勃勃生机，形成强烈的对照。在我

---

① 李太郭（George Tradescant Lay, 1800—1845）是英国参与《南京条约》谈判的代表璞鼎查（pottihger, 香港译为砵甸乍）的传译秘书，1844 年 6 月抵达福州，为英国驻福州第一任领事，1845 年 45 岁死于厦门领事任上。

脚下躺着人口众多的福州城，芸芸众生，刻苦耐劳。

稍远处，城市周围连绵起伏的平原，向四面延伸到600米至900米的高山脚下。东、西、北三个方向，各15里路外，略微起伏不平的乡村被陡峭的高地所止，形成城北巨大的半圆形凹地。南面，平坦的乡村越过闽江，延伸近60里路，碰到另一系列山脉，挡住了视野。闽江蜿蜒曲折，江水浑浊，自西向东匆匆流去，远处山脉轮廓中低陷的地方便是被闽江切断之处。四周整个乡间形成了一个圆形盆地，直径约60里。

不过，当我站在乌石山顶，凝望着山下人口众多的福州城，脑海中不无痛苦地想到，在中华帝国一个大省的省会，在闽浙两省总督府的所在地，那里有50多万苍生，或为偶像崇拜所迷惑，或被无神论引入歧途，竟然没有一个从新教教会国度来的传教劳工，竟然没有人做出过努力，向他们传达福音无可估量的祝福。

次日，我雇了个中文教师。他是当地人，既能说当地方言，也能说官话。他将作为译员陪我四处走动，向我解释我所感兴趣的事务。

我到达福州时，英国领事与地方当局之间的关系饶为有趣。已故的李太郭先生于1844年下半年抵达福州，主持开放福州港。当时他要求得到一个适宜的住宅，却遭到地方政府的百般阻碍，对他的公职处处体现出怠慢。我在上文中已经提到，他坚持不懈、坚决抗争，终于克服了一时的困难，使得地方官员对外国人逐渐宽宏大量起来，并且越来越尊敬。

领事馆迁入城内，地方官员与领事经常互相拜访，使清朝当局渐渐建立起友好的谅解。这种关系也得到现任领事[①]的积极推动。当局一再发布公告,谆谆教诲民众尊敬外国人,声言将对违反者处罚。事情发展得十分有利。

但是,3个月前,有个替领事馆作译员的绅士在城墙上行走,受到一群人的攻击。那段城墙在城内满族人集中居住区附近。那些人连续用石块砸他,将他赶走。领事为这一攻击事件向地方当局作了严正抗议,还威胁说要招来战舰,除非肇事者立时得到处罚。

领事的抗议书也分送给闽浙总督与满族总兵。城内的满洲旗人构成卫戍部队,直接受满族总兵管辖。虽然最初他们不把它当一回事,用出乎意料的温和言辞下了一道公告,装作十分愤怒,说这次袭击陌生人是"举止不当"。

领事坚持抗议,反对公告中的用词,使事情达到了危机程度。满族总兵突然惊恐起来,害怕冲突可能引起的后果,于是逮捕了6个肇事的满族人,其中3个人被竹杖抽打,另外3个受到严惩,戴木枷1个月。

旗人戴木枷是件新鲜事,史无前例,以往他们都享有特权免受此刑。按照惯例,宣告所犯何罪的告示贴在木枷上,"攻击新来的陌生人",使受刑者深感羞辱,也对这个傲慢阶级居民的自尊带来双倍的屈辱。

在几个星期前,外国居民的处境有了明显的改善。我在福州逗留期间经常有机会检验此事的真实性。我的实验结果可以

[①] 根据年代判断,应是金执尔。当时英国驻福州领事李太郭去了香港,由翻译官金执尔代理领事职务。

在下面的日记中看到。

12月18日。我乘轿在城墙上做环城之游，总共25里左右。从乌石山下附近的缺口登上城墙，向西而行。一边是城垛形成的小路，另一边靠着城墙长了一排小树，围在乌石山脚，美丽的灌木丛一直蔓延到山坡上。城墙本身有高有低，但一般来说，墙外侧平均高9米。城墙顶上的人行道，大部分地方都可以通过一辆马车，路面规则、平整，虽然墙边长满野草。

福州是个卫戍城，驻有大量本省的文武官员。城墙守卫严格，两三百米就有一个瞭望塔，许多炮架在没有轮子的炮架上，炮口对着外面的乡村。这种设计相当笨拙，只能向两边各移动一点，并且只能对目标近距离直射。当我在仔细观察这些建筑内容时，一些哨兵走过来，看到我的笔记，脸上露出怀疑的神色。有几个哨兵喋喋不休地说着，但他们的口才对我没有用，因为我只能听懂他们的一个问题，即贵国的大炮是铁制的还是铜制的。

城墙外，田野里长着一些高大而美丽的树。沿着城墙边缘有几个池塘，池塘里开满荷花。墙内侧有几大片死水，还有一长排公共粮仓，里面堆满粮食，以备不时之需。

我们到了一个看上去像城门的建筑，但事实证明是"西水关"。这里有架长长的大炮护卫着一部卷扬机。卷扬机可以根据需要，把滑板提上或放到一个大水渠里。开启水关是为了将城内雨水与污水排出，洪水泛滥时又可关上，因为那时郊区的水位会高于城市地面。

接下去，我们来到了西门，那里有个巨大的柱廊支撑着一个水塔，从那里可以看到附近郊区。从这里开始，墙外有一大片水，名为"西湖"①，与城墙平行，长数百米。湖对岸有处低矮的高地，上面建了一座寺庙，还有几座小桥。湖面上偶尔可见小船和渔网。

又走了 5 里路到了北门，守门人一边跟着我，一边眼睛看着我的笔记，尽管举止有礼，但是显然满腹狐疑。

城墙从这里开始攀爬北部高耸的山岭。北山的这部分围在城墙之内。山顶上建造了一个巨大的瞭望塔，走向城里的游客远远就可看见这个显著的建筑。这座瞭望塔鸟瞰福州城与周围乡村。塔上有 7 个巨大的石炉，一旦看到失火或是敌军来犯，即可当作信号点燃。

紧挨着城墙外侧有处悬崖，深 60 多米，上面东一丛、西一撮地长着一些树。翻过这个崎岖的山岭，就不再是郊区了。乡间光秃秃的，寸草不长，但稍远处可见开垦的迹象。

城墙以内，有几座别墅，与花园间隔而建。果园里种着荔枝和芭蕉②。低矮的灌木丛中露出一些柏树。这片幽静的隐蔽场所，只有富人才住得起，可以远离城内的拥挤。

城墙向东下山，这里的住宅相隔更远，质量更好。不久，我们到了城墙与市内居住密集的区相连接的部分。那座城门叫

---

① 福州西湖位于福州市西北部湖滨路，处卧龙山下。西晋太康三年（282）郡守严高所凿，方圆十数里。当时主要为农田灌溉所用。因在福州之西，故名西湖。
② 原文是 lichens, and banians，译成中文是"地衣与印度榕树"，似乎不通。果园里种这些植物不近情理。疑为笔误，遂译成"荔枝与芭蕉"。

"兴隆门"①，由 3 层高楼构成。顶楼上的一条阴暗的通道，引导我们经过一堆堆的垃圾和一家制绳厂，来到满族人居住区（即满洲营②）的附近。

在这里，守卫又跟了我一段路，还有几个满洲人经过我身边，显然还记得最近发生的事件，因而根本无意挡住我的去路。

又经过一个大水关，那里有 3 个满族守护人。我终于到了城内以前只允许满族人进出的地方。我向守卫分发了一些宣传手册，他们笑着接受了，逐渐松开了紧皱的眉头，但不久又露出焦急不安的神情。我决定让他们轻松些，把记事本收了起来，显然他们对我的本子很不喜欢。

这时，有一些满族人走过我身边，尽管装作无动于衷，但脸色阴沉，不敢朝我看一眼。有几个一副凶悍的样子，匆匆从我的轿边走过，眼皮也不抬一下。

我曾经谢绝了一个英国领事馆人员的好意陪伴，觉得没有官方的保护，也许更能测验外国人这种旅行的可行性。

守卫们与我的教师之间经常有问题来往。我的教师看上去完全了解外国人受保护，所以没有一丝害怕。一个守卫神色焦急地跑到下一个城门去报告我即将到来，以便防止民众过于激动。因此，我对聚集在汤门的人群并不吃惊。我向那里的负责军官赠送了一些宣传手册，他颇有礼貌地鞠了几个躬，谦恭地接受了。

---

① 原文为 Tsing-low-mun，译音。
② 清顺治十四年（1657）五月，清廷移兵驻守福州，在东门、汤门、水部强迁民居，设"满洲营"。

靠近这座门的市区，以及我们接下来到达的东门，都是满族人居住的地方。许多满族人在下面的军队操练场上练习射箭。我经过时，他们停下练习，看看我这个不速之客。一个满族军官派了3个卫兵护送我安全到达下一个城门。他们都能说官话，但在他们自己中间，说的是满洲话，听起来充满额外的声调与不谐和的语音。他们一般穿着军服，都戴红帽，脚穿高靴，虽然大多数人担任军职外，还经营一些买卖。他们看上去是个傲慢自大的民族，有点小事就会起而攻之。

我的中国轿夫也不像我在较北地区处得十分融洽的那些人。这里的轿夫精神压抑，沉默寡言。他们默默地抬着轿子，愿意满足我的任何要求，但缺少欢快的精神。

经过一片周围住着贫民的沼泽地后，我们到了又一个水关。留在那里的满族人向我礼貌地鞠躬，显示出一种愿望，想要抹去最近发生的攻击外国人的记忆，虽然想起木枷或许对促使他们的礼貌之举不无影响。

不久，九仙山①使得城墙的路线又再次向上攀升。沿着城墙到山顶，有许多建在突出的小岩石上的建筑。此山与对面的乌石山同在福州城南。九仙山上有无数处摩崖石刻，亦可鸟瞰闽江。

此段闽江夹于两岸高耸的山岭之间，滚滚流向大海。高山峻岭从两边圈住精耕细作的山谷。九仙山山脚下与南门之间，

---

① 九仙山，现称于山。于山位于福州市中心。相传汉代有何氏九兄弟在此炼丹修仙，故又名九仙山。又传称战国时古民族"于越氏"的一支居此而得名。

有观音庙，白塔①和石塔。白塔高 7 层，从顶上的缝隙到四边都长满了茂密的灌木丛。石塔也高 7 层，塔檐层层叠叠，也是破烂不堪。

福州的商人主要居住在南门附近，因为这里靠近南台②居民集中的滨江郊区。再走 1 里多路，终于回到我出发时登上城墙的地方。至此绕城一周，历时 3 个小时。

---

① 白塔，正名"报恩定光多宝塔"，位于鼓楼区南门万岁寺后。唐天祐元年（904），王审知为亡过父母超荐冥福而建。初建塔七层八面，砖砌轴心，外施木构，通高 80 米。明嘉靖二十七年（1548）重建，砌轴心改为塔身，七层八面葫芦状塔刹，高 45.35 米。

② 福州南台岛（即现今的福州仓山区全境），地处福州市南大门，闽江、乌龙江四周环绕，分别与鼓楼、台江、晋安、马尾和闽侯、长乐隔江相望。

第二十三章　福州更多见闻

沿江而上，进入城中僻远之处——访问满洲营——警察焦虑不安，极力防止骚乱——满族士兵逐渐变得友好——温泉浴——满族目前在全国的形势——中国大革命的可能性——道士与和尚不拘小节——罗马天主教徒——新月节发生的事——戴枷犯人——可怜的乞丐——南台郊外——鱼鹰——迷信与祭祀的例子

以后几日，我沿着闽江向上游走了十几里路，到了另一座大桥，去参观领事山附近的寺庙，以及巡视城中不同的街道。

在一次旅行中，我从南门向北走，由南门街到达市中心。在这个地方，人们克制着好奇心，举止相当有规矩。虽然他们会跟着我进入商店，观看我的一举一动，但总是退到两边，留出中间通道，让我走出去，不会显得唐突或是惹人讨厌。

这些人群一般不超过100人，举止安分守己。我经过时，他们的好奇心一般都集中在我的服装与容貌上。这里的商店都属于上等之流，尤其是那些出售欧洲物品的，有几家是钟表店，展示着当地与外国制造的各种时钟、怀表、手表。

在这条主街上，以及一条向左折向总督府的主要横街上，有好几家古玩店，里面货物齐备，陈列着古老铜瓶、画像、玉石装饰和木雕。店主通常索价甚高。

当我走近市中心地带的时候，这里的人群很少见过外国人的模样，因此遇到了些麻烦。有一两次，我听见"番狗"一词。有一次，我听到身旁一个年轻人说出这个词，就用眼睛瞪着他，让他明白我听得懂这个词。于是，他退入人群，哈哈一笑，大声重复这个侮辱性的词语，尽管他知道我听得懂。

我对教师说，这种粗鲁的行为应当受到官员惩处。不幸的是，他会错了意，主要是我的中文词汇有限，而不是他理解力迟钝。不久，我尴尬地发现到了一个治安法庭的门口，教师带着我去向法官告状。正当他敲着门，想要打开闩着的大门的时候，幸而我发现了原因，阻止他继续敲下去。

我们出来的时候，迅速围聚起来的人群发出了欢笑，或许是嘲笑我们告不成状，或许是赞赏我没有坚持告状。不过，我再没有听到那个词语。在后来的路上，我只听见"番人"一词。

有个庞大的公共大楼建在路上，上面还高高地悬挂着一只欧洲的大时钟。我们从它下面经过时，后面跟的人群越来越多，主要是男孩，跟着我们到了亭台楼阁众多的城隍庙。这里人声嘈杂，吵吵嚷嚷的。一个警察从政府机构出来，跟我们走在一起。这个新来者显然极力想防止我遭到骚扰，不让跟着我们的那群男孩与游手好闲之人进入离我 20 米以内。最后，那些跟着我们的男孩感到厌倦了，一个个转过身回去了。在下一条街，他们的位置被游手好闲的人替代了。那个警察不时给我些橙子与槟榔。

我们后来走的路线，经过狭窄的小巷。小巷里到处是垃圾，散发着恶臭。我们要去的地方是城东。我决定去那里参观一下满洲营。

路上，人们露出越来越好奇的迹象。我进店铺休息时，那个警察就站在门口，阻止人群拥挤，不时进来向我敬烟或是做出类似的好客举动。

最后，我走进满洲营。那里只允许满族人居住。直到最近，没有一个汉族人敢来此一游。当我沿着街道走过去的时候，男女老少，不分家境贫富，都出来看我。他们脸上的神情混杂着惊讶与不满。总的来说，他们看上去体格魁梧高大。他们似乎都格外谨慎，不想惹是生非。老人不停地挥手，或是大声喊着，阻止年轻人跟着我们的脚步。在一个警察局附近，警官命令那些年轻人全都转回去，不许再跟着我们。

我们走近满族总兵府的时候，教师与那个警察都要我转到右边的小街。但我坚持走在头里，经过总兵府大院前面，走到对面的满洲街上。这时，一个满族军官加入我们小小的队伍，陪伴我们走到东门。

我们由此折向北，经过城墙内的军事操练场。在这里，有50个左右的满族人跟着我们，献些小殷勤，带我去看附近引人入胜的地方。

他们首先带我去一处温泉。那里的水中有大量的硫黄，我尝了尝，但他们阻止我喝，说这是他们把马牵来饮水的地方。接下去，他们有一小群人带我到汤门①，经过汤门又领我到一个小的郊区，那里满汉杂居。不久，我们到了一处公共温泉浴池，只要花上两个铜板，居民就可以在这些药泉中沐浴。比起中国其他城市，此地人患皮肤病的要少得多。有些人把这归功于洗温泉澡。

我首先看到的是，在一个直径不到 2 米圆池中，有 20 来个人，在热气腾腾的水中只露出颗头，一个紧挨着一个。福州人一般都不开玩笑，脸色阴沉。但从这些好像没有身躯的 20 颗头中却发出了一阵阵笑声。有三四个人坐在池边，等待那 20 个人中有人上来，腾出位置让他加入洗澡的行列。有一两个人洗完澡后，在往身体上抹油或涂药膏，医治身上的疼痛。远一些的地方，还有一个澡池，也有 20 个中国人紧紧地挤在浅浅的温泉中。在同一屋檐下，还有一口井，有些人在那里喝水。几米之外，那里有口井，隔离开来，不让洗澡的人过去。那里的水用水桶装起来提走，只允许饮用。那里的水，即使盛在杯子里，温度也非常高，但喝起来没有药味。

在此期间，我的新向导们渐渐变得十分友好起来，甚至有些高兴。他们问我贵姓，要求我写在沙土上面。他们后来又想知道我的头衔，何时到的福州。我听不懂教师提供给他们的信息，但根据以往类似的经历，我猜想得到，他一定夸大其词，以此增加自己的重要性。

福州的满洲旗人据估计有 3000 人左右。但根据他们当时所说，他们无法确切知道有多少人，不过加上女人和孩子，应当

---

① 汤门以温泉著称，设多处温泉浴池。福州的温泉相传发现于唐朝，但至清初才建有营业性的浴池，供人洗澡。

有 8000 人左右。他们的性格体现出骚动而傲慢，有时给政府官员制造许多麻烦。他们一般不受汉族官员管辖，只听命于自己的军官。两个世纪以来，他们依然保持着胜利者的骄傲。

据说，满族人的桎梏有时非常使人恼怒、让人蒙受耻辱。但是从一开始，他们就很明智地与汉人分享政权。从理论上讲，科举制度向所有的人打开从政的大门。

当今皇上为人正直、处事公正，看上去很得人心。只有与外国人有关联的中国人才敢悄悄地说些反对朝廷的话。不过，公共舆论在中国力量很大。虽然没有一个代表民意的政府，因而没有任何正规渠道施展舆论的力量，但也不能公然冒犯，造成危险。只要有一场全国范围内的大规模灾难，就很可能危及朝廷的稳定。在福州，总督与满族总兵级别相同，但往往面和心不和。他们管辖同一个区域，但互不隶属，因而常常发生误解。

返回市中心时，我取了一条不同的路线，到了总督府附近。在邻街公共轿行雇了一顶轿子，走了半小时，到了乌石山脚下。在这里，领事馆中国雇员穿的衣服，下摆上绣着"大英帝国雇员"的大字，他们显然意识到受不列颠保护，因而神气活现地在街上走来走去。这就是清政府的排外政策在当代人中受到严重侵蚀的活生生的证据。

在另外不同的时机，我游览了城内中部与西部地区，有时在商人的店铺里坐一坐。我在逗留期间结识的人，以及我有机会测试他们感情的人，一般都表现出同样的友好性情。这种友好的表现，在其他外国人可去的地方也甚为普遍。他们的举止中最不友善的地方，体现在买卖当中。有时我想买一些小东西，

262 | 五口通商城市游记

⊙ 谨观法事

可他们开的价钱十分不合理。有一次，我诘问一个商人为什么卖给中国人与外国人的价格差别那么大，他幽默地说："四海之内皆兄弟。"

我每天到乌石山散步，因而有机会透视人们的性格和追求。这里就像是福州的海德公园①，人们到这些地方来逍遥。

有一次，道山观②的道长接待了我。他是个75岁的老人，一捋白发长须。他和其他道士都表现得十分友好，彬彬有礼。有个道士后来与我独处。他阅读了一会儿一本基督教的书，然后不拘泥于教条地评论道，世上所有的宗教，其原理相同。此言显示出，他对一切事物持本能的怀疑态度，或是认为此类主题无关紧要。有些和尚也跟着我，索取书籍，得到后总是百般感谢。

每日所见所闻证实，无论佛教还是道教，他们对各自的宗教都漠不关心，对这些出版物中所传播的基督教有可能减少他们自己宗教对人们的影响，竟然没有丝毫警觉。

过了几分钟，在同一地点，一个祖祖辈辈信仰罗马天主教的中国教徒，接受了一本宣传手册后，抬起挂在胸前的一个金属像章，上面刻着约瑟、童女③和施洗礼的约翰的肖像。他说，看到这些像就使他想起圣书里看到的善行。

我从另外的消息来源获知，最近在附近地区有迫害罗马天主教的事情发生，起因是他们拒绝捐款修建或是维修某个庙宇。

有个西班牙教士，名叫贾斯托·达奎拉，依据最近的普遍

---

① 海德公园是英国伦敦市中心最大的公园之一，面积为1.4平方公里。
② 道山观在乌山东侧。
③ 圣母玛利亚。

弛禁宗教的条款，在福州住了一年了。他穿中国的服装，但据说他既无行动又不动脑，对罗马天主教在福州的前景十分悲观。在他看来，中国人太过差劲，让他们皈依是没有希望的。

在福建北部，距福州大约 300 里，有个罗马天主教主教，是个西班牙人，已经 90 高龄，他在中国待了 50 年。那里还有一所罗马天主教学院。在那里，据说有些地方皈依罗马天主教的人非常多，因此他们的势力很强，不可能受到迫害。

在一次会见中，不列颠领事找了个机会，就着英第二则敕令中贯穿的令人反感的区别和排他性，向福建省代理总督表示不满。这第二则敕令显然将第一则敕令中的弛禁范围限定为罗马天主教。代理总督回答说，北京对这些区别不一定知情，皇上本着对法兰西与英吉利两国一视同仁的态度，对西方各国的宗教都予以全面弛禁。他还告诉我，虽然北京的朝廷对罗马天主教与新教的区别一无所知，但他本人知道两者的区别，还比较喜欢新教，因为新教的政治图谋较少。

地方当局对西班牙教士的一举一动似乎了如指掌，但至今为止对他十分宽容，了解了事情的真实情况后，就马上采取措施，制止对中国皈依者进行虐待。

12 月 29 日。时值新月，即中国农历十二月，这个季节给街上带来比往日更多的激动人心的景象。成群结队的化缘和尚在街上慢慢地走着，嘴里念着佛经，其中一两个光顾附近的店铺，索讨钱财。有时商人正忙着照料顾客，装着没有看见这些和尚，他们就等上 5 分钟，一般都能得到几个铜板。

不远处，两个脾气暴躁的人正在凶狠的斗殴，你一拳我一脚打得不亦乐乎，但被围观的人们拖住，所以没有造成什么伤害。好不容易把他俩分开，一松手他们又扑向对方，加倍愤怒地挥动拳头，但又被人们拽回来，所以只是打空拳而已。看到人们极力阻止双方继续打下去，我甚感欣慰。西方文明国度遇到这种事，有时会闹得丢人现眼，与这里形成鲜明对照。店铺的老板会冲出店来，一时间似乎所有的人都把分开斗殴者当作自己的头等大事，把他们拉到两边。

把城市划分成甲保的制度在这里起到最佳效果。这种甲保制度是相关的几户人家有责任维持他们地区的平安，不仅一般性地防止骚乱，而且对乘欧洲船只来福州游玩的外国人提供了良好的对待。

在这个节庆的季节，街上看到的迎亲队伍和听到的音乐也比往常多。不时还可以看到新科秀才乘轿正式前去拜访友人，轿后跟着一队随从和吹鼓手，一副春风得意的样子。

日落不久，整条街上的居民都会从家里出来，手中捧着一小堆写着中文字句的纸条，在门前恭恭敬敬地焚烧，以免亵渎他们的文字。冒着烟的余烬一堆连着一堆，显示了这个习俗的普遍性。

在福州，颈上戴着木枷的卑劣罪犯比我所去过的任何城市都多。在这个时候，他们也受到友人的关心，减轻了一些苦难。一些年纪大的，相貌看上去像是罪犯父母的人，用父母的慈爱，为成年的罪犯儿子喂食。他们在警察的默许或是允许下，分享着这个季节的欢乐与喜庆。

他们之所以遭受这种慢性折磨，一般都是因为犯了偷窃罪，而对他们惩罚的形式常常是稀奇古怪的。有时候可以看到一个年幼的孩子在尽孝，把父亲身上积累的污垢搓掉。罪犯们似乎竭尽其创造力，想方设法来弥补分隔头和身体的突出的木板带来的不便，使用两尺长的牙签和挖耳勺，伸长手臂，小心翼翼地摆好姿势，绕过笨重的木板，把牙签或是挖耳勺伸进该去的地方。日落后不久，一个警察过来打开把木枷锁在墙上的铁链，带犯人到牢里过夜，第二天再把他送去示众。

世界上没有什么比这些邋遢的乞丐更可怜的了。他们衣衫褴褛，几乎半裸着身体。他们一无所有，四肢无力，脸色苍白，在街上游逛，偶尔从好心人那里得到一些施舍，或是躺在路边，病得奄奄一息。有个可怜的人，下肢被疾病腐烂掉，只能坐在一个箱子里挪动。他把一只枯萎的脚放在前面的木桩上，用这种可怕的样子，来唤起匆匆过往行人的怜悯，得到急需的救济。

一个满族军官乘着轿子，在侍卫们的前拥后簇下，从街上耀武扬威地走过。这种情景与这些一贫如洗的乞丐形成强烈对照。

我在福州逗留的后半期，一般都住在南台郊区两桥之间的小岛上。这个郊区的主要部分在闽江南岸，有20万居民。大多数人都是船民、水手、宁波籍及其他地方坐商船来的人。这个地方盛产鱼、水果、蔬菜，到处摆着出售。水果和蔬菜是体格健壮的乡下女人送到这里来的。她们身板结实，步履矫健，与城里一步三摇的娇小女子截然不同。这里从小缠足的习俗虽然不像北方城市那样普遍，但也十分常见。不受这种残酷习俗伤害的女人为少数，主要是满族女子、江上的船妇，以及下层社会的女人，她们得提沉重的东西，干男人的活儿。许多这样的女人干苦力的活儿，光着脚或是穿着草鞋在街上匆匆跑来跑去。她们头上插着很大的发簪，通常是用银子做的。她们是我在中国见得到的最健壮的女人，从某种程度上弥补了中国男人的不足。

南台的一些居民谋生之道极具天才，他们训练鱼鹰潜水，从江底把鱼捉上来。通常在水位低的时候，可以看见船民把船停泊在桥拱附近，船边栖息着四五只鱼鹰。主人发出信号，一只鱼鹰就会从船上跃入溪流，四处寻找一番，然后潜到水底，有时一两分钟不见踪影，通常在四五十米远处浮出水面换气。过了一分钟，那只鱼鹰又潜入溪流，重复这个过程，直到逮到一条鱼，浮上水面，鱼在它的嘴里拼命挣扎。船民看到这个信号，就把小船划过去，撒下网，把鱼鹰与鱼一起捞上来。那只鱼鹰知道会得到奖赏，拍着翅膀，做出各种古怪的动作，寻求得到一片鱼或是其他食物，作为成功的通常奖励。有时，两只鱼鹰会同时捉鱼，常常有好几分钟不见踪影。不过，渔民会轻易地跟着它们，他的小船是用五六根毛竹扎起来的，就像一只轻便的竹筏，足以承载他本人和鱼鹰们，用一只桨就可以轻松的划动。在我观看期间，这些鱼鹰捉了三四条鱼，有条鱼太大，鱼鹰把它拖向竹筏的时候，它的嘴都抬不出水面。据说，在这些鱼鹰的脖子下面的部位套了一个环，这样在渔民来捞鱼之前，鱼鹰就不能咽下捉到的鱼。

1845年12月31日。我去游览与南台南边接壤的乡间。那里有座山，平地拔起100米。从山顶望去，10里外的市区一目了然。

我经过一段起伏不平、间或有些树丛的地面，来到了一块坟地。坟墓大大小小有几千座，小的只够掩埋乞丐的尸体，大的是有钱人宽敞整齐的陵墓。有些小的坟墓上面铺着一层硬水泥或是石膏，像西方国家一样，只是地上隆起的一个土堆。大的陵墓呈三叶形状，酷似希腊字母表中的最后一个字母 Ω，象征着所有事物的终结。福州市的主要坟地就建在这个地面起伏不平的沙质的山上，一些松柏树林点缀其间。

翻过山去，有一大片平原。那是已经开垦的乡村，一直延伸到远处的山岭。

南台山上有座寺院。在那里我目睹了僧人奇特的权术，他们借此依然控制着一部分人。那是座小小的道观，只有两三井院落，供奉的是道教的一个至尊天神，由几个道士看管。

我在那里遇到一个中国人，因为家中有难，特来讨取解救之道。他家的苦难是妻子病了，即将死去。丈夫穿上最好的衣服，带着许多捐献物，焦虑地站在一个平台前等待着，而一个道士则在地上东走西窜，左摇右摆，翻筋斗打滚，努力求得好兆。那个道士头上扎着红手绢，手中拿着一把燃烧的纸，绕着一张摆满糕点和水果的桌子，激烈地跳着，一边作出激动的手势。两个助手敲锣打鼓，跟他的表演保持节奏。有时他会轻声祈祷，有时又会诅咒妖魔。有时他会极力哄走被冒犯的神灵，有时又会在空中甩鞭吓唬。经过半个小时疯狂的喧闹，不断地翻筋斗后，他从地上站了起来，把那个焦急的丈夫的头发挽成道家特殊的发髻，在上面插了一枚发簪。

道观外又焚烧了许多纸。这时，道士停止了在空中甩打。病人的丈夫在神像前面鞠了几个躬，按常规付了道士钱，显得心满意足，欢欢喜喜地回到自己有难的家中。

第二十四章 福州概况

  地形——地方贸易——鸦片走私导致白银外流——当地进出口业——货币体系——欧洲贸易的前景——人们的特征——附近乡村——当地士大夫的数量以及科举制度——地方官员的性情——对外国人的普遍态度——传教方面

  福州市位于东经 119 度 15 分，北纬 26 度 7 分。由于缺乏权威性的统计数据，对福州人口的总数只能猜测而已。

  在一个游客的眼中，福州城中有建筑物覆盖的面积大约为宁波的 2 倍、上海的 3 倍、厦门的 5 倍。我所听到的最低估计是，福州的人口有 50 多万，本人倾向于把这个数字增加到 60 万。这个数字应该不会过大，因为只要想一下城墙有二三十里长，城内面积都为建筑物覆盖。

  福州虽然是福建省的省会，然而所有当地政府官员都承认，福州与内地的贸易很少，其商业的重要性在不断下降。福州与中国其他地方的海上贸易规模也不大，它的海上贸易受到成群结队的海盗的抑制。几个世纪以来，海盗一直是安分守己的人们的灾星，亦使软弱无能的政府惶恐不安。

根据一些当地最具信誉的商人的陈述，福州国内贸易日益缩小，其主要原因是中国每年支付沿海鸦片走私，导致白银大量流失，限制了正常贸易和当地工业的发展。据说，每年有价值两百万大洋的鸦片进口到福州。

以前，最主要的鸦片基地是在福州以南450里的晋州。但是最近，在闽江口领事馆管辖区外，又建立了一个供走私船只使用的仓库。目前，相当大量的鸦片从福州流往内地各处。福州城内每日零售的鸦片也有4至8箱。城里一半人口染上鸦片瘾，甚至贫穷的苦力和乞丐都宁愿节食缩衣，享受这一昂贵的奢侈品。

城里各处开设鸦片馆，有上百家之多，外屋为私人住宅，内屋则为吸鸦片者提供各种便利和用具。这些鸦片馆常常坐落在政府官员的住宅附近，警察和军人也常常前去光顾，使人毫不怀疑，地方政府官员对它们的存在一定了如指掌。

致使地方官员不对它们采取措施，根据律法严厉惩处，以此强行禁止这种非法走私活动，原因种种，一是害怕与外国人冲突可能给自己带来的后果，二是疑惑鸦片走私与不列颠政府之间有着什么联系，三是觉得无法采取武力对付停泊在走私仓库附近的武装齐备的外国船只，四是他们保持沉默可以得到丰厚的贿赂和私下孝敬。这些因素合在一起，维持并促进了这一罪恶事业，使得当地贸易普遍萧条。大量白银源源不断流到国外，很快就会造成经济危机，使类似的沿海城市商业崩溃，使清朝财政枯竭。这也许就是那些实权在握之人最有力的论据，为什么要抑制这一罪恶，关闭西方制造业最重要的一个销售点，以免造成全面衰败。

福州的贸易繁荣，尽管面临着这些束缚，但在各种生活必需品方面与其他地方仍有大量的贸易往来。福州从相邻的江西省购进瓷器，也从遥远的陕西省购进皮毛，帆船从山东、天津及其他沿海地区运来蔬菜和药品，从宁波购进棉布。泸州群岛来的进贡船只也运来鱼干、燕窝、酒、海参，以及日本铸造的金锭，年价值在一万大洋左右。本省西北乡村为福州提供日常家用物品，如茶叶、茶油、大米、竹笋、香木和牛皮。本省南部各地，尤其是厦门和晋州附近，从陆路运来藤条、辣椒、布匹、毛料、海参、燕窝、檀香及其他香木、人参、食糖和水银。水银等是南部富有冒险精神的人从其他国家进口到南部港口，然后从陆路运到省城，牟取暴利。作为交换，福州出口毛竹、茶叶、圆材[①]、柑橘，以及烧香拜佛用的锡箔纸。

福州大型帆船的数量不多，不会超过100艘，并且大都来自宁波。小一些的帆船从闽江上游而来。闽江可航行段长达近600里，一直通到本省西北边缘地区。这些小帆船的船尾上安装了长橹，有时为了抗衡水流的力量，还在船头安装橹，而不是舵。闽江上急流险滩很多，因此很难航行。

福州盛行的钱币制度显示出高度的商业和文明程度。通常发行的期票或银票，金额不等，小至400个铜板（约合16便士），大到1000块大洋，使用极其方便，没有银行发行的流通钞票那样的风险。这些期票用蓝、红、黑三色印制，使签名和担保显得十分悦目。发行商行的名号和期票四周的一些中文字

---

① 圆材：制作船舶桅杆之木料。

构成期票艳蓝的基色，发行的年月日和一些精心设计的密码用的是深红色，金额数目、发行人和接受人的名字用了醒目的黑体字。这些密码既为签名所用，亦为了防止伪造。期票的背面有各个经手人的担保签名，目的是便于发现伪造，而不是让签名者承担进一步的责任。那些商行的信誉一般良好，很少有破产的。发行期票时收取一笔小小的手续费，在商行贴现时又收一笔费用。人们对期票像银子一样看重，我付钱给轿夫时，一般他们都要期票，而不是铜板，因为轻便之故。

福州几乎不存在外国贸易，只有一个欧洲商人住在这里。迄今为止，只有7艘外国船只进港，其中3艘是美国人的。也没有迹象显示外国贸易在近期内会有增加。

由于福州本地缺乏出口欧洲的制造业和土特产，从本省北部运来的茶叶就成了唯一可能对外贸易的重要物品。福建省是中国红茶的主要产地，著名的武夷山就在福州西北400多里。不过，随着英国的资金进港，茶商可以把茶叶运到福州出售，而不必像现在这样劳民伤财地由陆路赶1800里路运到广州。一船的茶叶只需花4天的时间就可用小船随着溪流运到福州，而翻山越岭运到广州不仅运费昂贵，而且需要好几个星期。据说，有些茶农想把茶叶运到福州，直接交换欧洲货物。主要障碍似乎是中国人一般不愿放弃传统的交易方式，而外国商人也不愿增加代办处的数目与开销。除了广州和上海这两个主要港口外，外国商人对在其他港口开设新的机构十分犹豫。

福州人的性格中缺少活力和进取心，而这些一般是福建人有别于中国其他省份的特性。福州人住在省会，由于地处偏僻，河道难于航行，因而与其他地方的海上往来十分有限。幸得上苍眷顾，物产丰富，大多生活用品都能自产自足。人们没有意向迁移，对外国所知甚少。他们对待欧洲人的行为举止一般相当持重，不苟言笑，几乎是阴沉着脸。

这也许是当局颁布的严厉规定所造成的暂时现象。因为当局规定，在遇到外国人时，不得过于好奇，禁止使用侮辱性的言辞。与外国人打交道的几个当地人，显示出极其的尊敬，就像中国其他城市中常见的一样。由于了解不多，目前人们的举止一般较为生硬，同时无意像其他地方的中国人那样，与外国人结交，坦然相处。有迹象表明，这方面正在有所改进。如果我们的大宗贸易浪潮所通常带来的鲁莽行为没有使他们离心离德，不用很久，民众的头脑将会充满对外国人友好的感情，具有好的印象。

街上轿子很多，有两人抬的，偶尔也有四人抬的，每百米就有一个挡着道路，证明福州城里相当富裕。不过，绝大多数的人口生活在极端贫穷的状况之中。辛勤劳作只能挣得微薄的收入，勉强维持最低生活的需要。

附近的村庄，零落地散布在平原之上。一直到山脚下，住的都是农业人口。住在通往大海的闽江两岸的村民们，性格使然，常常做出些海盗行径，干些无法无天的事情。

城里的人们通常从事贸易方面的工作，或是干些苦力活儿。有些工匠的技艺比其他地方的同胞先进。他们从外国人那里习得技艺，并以此为生。这里有几家钟表修理铺，店里的钟表好坏不一，有的相当精致。这些店铺的主人直率地承认，结构精巧的钟表都是从外国进口到广州的，常用的几种类型是模仿外国的设计自己制作的。出售钟表时，店里会给购买者一张纸条，上面用中文印刷着对钟表表面上的欧洲数字的解释。我目睹过一个钟表修理工敏捷地把一只手表拆得七零八落，马上就能说出为什么不走的原因。他们就是活生生的证人，证明外国人生产这种机械的高超技术。

福州的画斋经常有外国人光顾，显示出他们对英吉利人好战的性格有所了解。这里的人们对最近的战争所造成的灾难一无所知，而闽浙总督又极力不让他们知道他所管辖的范围内，有两座城池被英军占领。也许，这就是为什么福州人不如中国其他设领事馆城市的人，对外国人真正的力量与优势了解得更少的原因。不过，政府官员是知道真实情况的。他们在公告中关于对外国人要讲究礼貌之事，所用的口吻不像广州当局那样吞吞吐吐，以此形成强烈的对照。我们对他们的诚意表示欢迎，这是个很好的预兆，希望会对外国人继续友好下去。

福州享受的文学声誉程度，对于一个偶然来访的游客，自然是难以调查。下面这些信息是个智力聪颖的中国人提供的。我在福州逗留期间与他结识。这些信息将显示，福州在这方面，名不虚传。关于秀才学位，每3年授予2次。福建全省共有8000名秀才，其中2000名属于福州市。关于举人学位，3年只授1次，全省共有1000名举人，其中360名在省会。关于进士学位，3年在北京授予1次；全国18个省份，一次只有360人获得进士学位。进士以上为翰林，3年1次的科举考试中，全中国只有20人晋升到这个最高学位。

据估计，福建省有200个进士，其中60个住在福州。福州还有5000个书生尚未获得学位，他们靠讲授及其他类似工作过活。有些受雇于政府公共机构，从事下属工作。秀才很少晋升为官员，除非他们得到私人财力的支持。即便是举人，若是家境贫穷，通常也得等上10年、12年才能得到官职。进士则无一例外，均立即得以任职，作为对他们罕见学识的奖赏。那些荣登翰林之位的人，跻身顾问之列，为皇帝就重大国策问题出谋划策，位居极品的大臣也是从翰林中选拔的。

福州城内缺少宏伟华丽的大寺庙。不过，南门与北门之间，与城墙外侧接壤处，几乎是在领事山的对面，却有一处吸引游客的胜地。在福州城东南25里路的鼓山的半山腰，也有座著名的佛教寺庙，名为"涌泉寺"。寺内有100个僧人，靠捐赠维持，其中有60人常驻寺内。

据说，地方当局当前总的倾向较为开放，对外国人日益好感。现任闽浙总督名叫刘韵珂。虽然在战争中据说以强烈敌视英国出名，坚决主张对蛮夷采取最严酷的手段，但现在已平息仇恨，与英国领事之间建立了友好的来往。满族将军[①]名叫敬穆，举止生硬，与外国人交往中显示出偏执与傲慢。藩台，即布政使，现在亦是福建省代办巡抚，名叫徐继畲，曾任广州大法官。此人思想解放，对西方的地理与政治相当精通。"海关监督"，名叫贺龙武[②]，是个满族军队的上校[③]，为人直率，性格开

---

① 即福州将军。
② 原文为 Ho lung-woo，译音。
③ 清军中似无上校一职，作者拟套用西方军衔。

朗，但能力平庸，后来在厦门担任过类似职务。政府中次一等的官员中，最显赫的是闽县①。他是个地县官，曾在广州任过职，从那里带来了一些传统的反欧情绪，有时会在他傲慢无理的举止中体现出来，即使是在社交场合与外国人自由相处的时候也是如此。

所有这些地方官员都在城里设立官邸，里面有一系列的空地，一进又一进的院落。屋中的家具质量低廉，窗上只糊着纸，以此抵御风雨。家眷一般住在他们的管辖区外面，因为官员不断地调任或是升迁到其他职位，这样就可避免搬迁造成的不便与开销。他们私下的社交活动充满节日般的欢乐与无拘无束，彼此信任，似乎十分融洽。

日落后不久，城门就关闭了，卫戍城的规定就是这么严格。城门一旦关闭，即使是满族将军也不能入城。在所有地方官员中，本省巡抚信息最为灵通，来源最广，见解亦是最为开明。在前面提到的对外国宗教一视同仁方面，他比他的同胞更为大度。在与英国领事往来中，他在谈话中提到现代欧洲较著名的事件，显示出对欧洲政治的一般了解，例如爱尔兰政府因为教皇制度而陷入的困境，比利时对荷兰的反叛，英国和西班牙在北美和南美的殖民地分别脱离它们，拿破仑野心勃勃的一生，以及滑铁卢决定性的胜利。他甚至还听说过英格兰因为商议梅诺斯授地②的结果而欣喜若狂。

有时，他会一连几个小时谈论地理，把中国字贴在一本豪

---

① 即县令或知县。
② 原文为 Maynoon grant。

华的地图册上。那本地图册是他在广州的一个属下孝敬给他的。除此之外,他不久还会得到一个地球仪,因为领事已经允诺送他了。在他的请求下,领事夫人替他画了一幅世界地图,用色彩标明不列颠、法兰西、俄罗斯等国的领土。他收到后,马上送来一张便签,询问为何阿富汗被省略掉,是否已经被波斯吞并,或者已经不再是个独立的王国了。

在谈话中,政府官员通常承认外国人具有优越的技术。其中有个海军元帅谢绝在他的船上为某些不列颠军官举行欢迎仪式,理由是他的船只比不列颠的战舰相差太远。总的来说,对照福州港最初开放时所遇到的种种障碍,以及中国人以前表现出来的怠慢,现在的中国地方当局与不列颠领事之间的相互友好的状况,得自于谦恭有礼与坚定不移的双重影响,不禁令人满意地看到中国官员的心胸逐渐宽大起来,并且至少是在这里,对我们与中国的和平友好关系提供了某种保障,这是每一个基督教慈善家所衷心期望的。

清廷与英国领事就界限规定相互达成协议,将范围从福州盆地扩展到周边山区。欧洲人经常在附近地区旅行十来里路,迄今为止尚未受到任何令人烦恼的限制。一个领事的坚定决心通常可以有效地防止中国官员气量狭窄的限制。

关于外国人的个人居住事宜,没有理由相信会在租赁宽敞的房屋时遇到任何大的麻烦。现在存在的问题,主要是一种敲竹杠的想法,或是对外国人一般还不信任,而不是当局有所害怕,或是民众心目中存在根深蒂固的反感。即使是在现在,租赁奢华的大房子也不会有任何麻烦。一个传教士,无论是否婚娶或有无家眷陪伴，都可以轻易地使僧人让他住在城里的乌石山上，或是同样宜人的九仙山上的某个寺庙。在两处寺庙里，他都可以有很好的机会与人们厮混在一起，学习语言，直到他对当地方言不断了解，对当地居民的信心与日俱增，那时就可以把家眷带来一起居住了。

一个有家眷的传教士，若不懂当地方言，不熟悉当地民众的想法，带家眷居住，会有一段时间对传教工作造成不便。

由此引出我关于福州的最后的也是最重要的看法，即福州作为一个传教基地的适宜性质与程度。一方面，在我列举福州作为传教基地的某些不利条件之后，大多数人会立即想到福州现在尚不能进去的种种障碍。对于这一点，我还必须加上以下事实，即福州人还没有真正见识过外国的优越性和文明程度。当地居民自然而然地对不知底细的外国人满腹狐疑，难以信任。最后一点，当地福州方言掺杂着福建各地方言的怪癖，因而更为不规范，更难掌握。不过，所有这些困难，或者是暂时的，或者可以通过蓬勃干劲与坚持不懈加以克服。这种干劲与不懈的精神是在中国传教领域的各个方面都不可或缺的。

另一方面，与这些不足之处相对照的还有许多可考虑的地方，使得某些新教传道会期望迅速地在福州建立传教机构。

福州城墙内的居民不少于 60 万，并且作为一省之省会，与周边地区有许多来往渠道。福州显著的地方包括城市规模、人口数量，以及在中国新近开放的港口城市中，其地方上的重要性仅次于广州。

福州没有受到大规模外国贸易带来的堕落性的影响，没有体验过最近的战争所引发的令人不愉快的效应,也从未经历过外国侵略造成的灾难。

福建当局思想开放,人们对宗教没有偏袒,使人寄予希望,改变宗教信仰不会引起嫉妒,不会阻碍新教教会的传教努力。

最后一点,几乎每一种宗教都在这里有其活跃的代表,唯独基督教新教教会在这座大城市里没有自己的代表。沿海各处外国人可以涉足的地方都已经有传工在活动,而人口众多的福建省会却至今没有一个笃信福音的福音传教士。这或许就是为什么应该在福州开展传教活动的最有说服力的理由。

这里有一片具有实用价值的天地展现在我们面前,没有等级制度把人与人隔开来,没有一种宗教可以主宰人们的恐惧或是尊崇,没有一种偏执的宗教力量会威胁到我们的进程。我们所要面对的主要障碍是人们对精神世界的淡漠,以及热衷于物质的享受。遗憾的是,这种自然倾向,深深地扎根在世界各地堕落的人性之中,对接受纯真而生机勃勃的基督教形成了主要障碍。

望着这座伟大城市,看到这里的人们沉溺于世俗的追求,对未来世界毫不在意,缺乏基督教教诲的任何方式,作者心里不禁产生出无限感慨。不过,本人还是心存希望,但愿所做的访问可以唤起其他传工的热情,进入这片传教的田野。上海和宁波,作为主要传教基地,理当进驻足够的传教力量,福州或许可以成为英国圣公会传道会下一个建立的传教基地。

第二十五章　前往厦门

前往厦门——厦门港——英军攻占厦门，占据鼓浪屿——新教教会传教士首次抵达厦门——鼓浪屿——人们遭受战争与瘟疫之苦——避凶求吉的祈拜仪式——欧洲人的坟墓——传教士的墓地

1846年1月7日。我雇了一组中国船员，用小船把我从福州送到停泊在闽江下游十来里地的一艘船上。我将乘那艘船去厦门。

天气依然很冷，温度表的刻度固定在摄氏7度。因为顺潮，两个小时就到达宝塔岛。正当我们绕岬而行时，迎面刮来强劲的风，掀起巨浪，使得航线十分危险，巨浪几乎把我们的船打入水底。

中国人是世界上最差劲的水手，却是最棒的船工。以往曾看到过他们极其灵巧地操纵小船，因此我对他们充满信心。在类似的危机中，我很少对其他国家的人的技术有如此的信心。船头的人观察着每一个迎面而来的浪头，然后大声喊叫，使所有的桨在最恰当的时候同时划动，避开扑面卷来的巨浪。

中午时分，我登上了"狼獾"号双桅方帆战舰，托舰长的福，带我去厦门。次日早晨，我们才起锚出发，乘着落潮缓缓顺江而下。另一艘双桅方帆战舰和一艘蒸汽轮战舰与我们作伴，在我们后面跟了十来里路。

过了金牌门，闽江就流入开阔的港湾，形成内有两三个相连小岛的闽江口。然而，在金牌门的狭窄航道入口处附近，船身突然猛地一震，摇晃起来，显然我们搁浅了。锚马上抛了下去。不久发现，船底中间部位搁在航道中央的一块礁石上，而这块礁石在航行图上并未标注。我们在此耽搁了两个小时，船头船尾水深15米左右。

在此期间，舰队司令乘蒸汽轮战舰在我们与南岸之间经过。正当舰队司令向另一艘双桅方帆战舰发出"船只遇险，就地待命"的信号，而3条战船划过来准备拖我们的时候，潮水上涨，使我们的船浮了起来。不久，我们就继续航程。舰队司令发出的下一个信号是"向厦门进发"，使我们如释重负，不用再担心会失去机会，不能伴随他穿越海峡前往台湾岛。

不久以后，我们在一队中国帆船与鸦片船只中间抛锚停泊。次日早晨，我们经过闽江口的沙洲，乘着清新的微风，以每小时9海里速度，向厦门前进。

1月10日。拂晓时分，我们抵达距厦门25里左右的岛屿之中。那些岛屿横跨广阔的湾口。湾口由两岸突入海湾的长岬构成。港湾内有十数里长，东南方通往大海，南面是坐落在大陆上高耸的南泰武山，山上有座惹人注目的高塔。西南方，在通往漳州市的江口，也有个岛屿，岛上也有座惹人注目的宝塔。

漳州是漳州府的所在地。东面远方是金门岛。厦门岛本身占据这些形成环状的山岭的北面和西北面。这些山岭，悬崖峭壁参差比邻，争奇斗艳，崴嵬奇观。

我们沿着厦门岛南岸航行，看到水边炮台密布。我们终于来到厦门与鼓浪屿之间的小海湾抛锚停泊。鼓浪屿在厦门对面，相距1里半路。1个小时后，我在传教士们中间安顿下来，感受到不列颠与美利坚两国传教士由衷的欢迎和款待。我在访问中国设领事馆的港口城市时，这种欢迎与款待无处不在。

在此简略地讲述一下英国与中国的战争中厦门所发生的事件，以及第一位新教教会传教士到达厦门的情形，作者以为既合时宜又有必要，有助于读者对当前传教的状况形成正确的估计。对厦门更全面地介绍将留待以后的记叙，读者可以从本人的每日记事中进一步了解。

1840年夏，英国远征军北上舟山，厦门幸免于英国炮火的威胁。夏末，"金发女郎"号战船被派往厦门，向地方当局递交了一份外务大臣帕尔默森勋爵致中国皇帝的主要大臣和顾问的信函。同一信函也送往中国北方其他地方。那些地方当局把信件内容翻译出来后，客客气气地退还给信差，傲慢地表示，这份信函的主题与风格均不宜呈送皇上御览。在厦门，连这种礼仪都没有。地方官员拒绝接受此信，甚至不与"金发女郎"号战船作任何联络。指挥官派遣上岸解释来访目的的译员，也在小船中被当靶子打，因而引起战船对炮台和厦门城进行猛烈炮击，很快就把守卫的官兵清除干净。由于缺乏一支正规陆军，英军没有采取进一步的敌对行动。指挥官亲自在海滩上竖起一根竹竿，把一则公告和那份信函绑在上面，告知当地居民。随后，"金发女郎"号战船即离开了。

1841 年 8 月，厦门命中注定难逃一劫，受到更具毁灭性的打击。不列颠海军舰队再次从中国南方过来，于 8 月 26 日在港湾出现。不列颠战船炮击厦门和鼓浪屿的炮台，还派遣了一支部队登陆，从侧翼包抄中国炮台守军，几个小时就把中国军队驱逐一空。此后，英国没有再遇到任何抵抗，便一路进军，占领城东高地，在那里露营宿夜，次日早晨进城。居民大都弃城而去。

总司令和军队就驻扎在中国最高长官提督的府衙。英军在城里没有抢到什么东西，因为厦门只不过是个附近更重要城市的外港，当地商人亦不闻有多少财产。印度士兵干了许多过分的事。即使到现在，厦门的丈夫们、父亲们都会义愤填膺地诉说印度士兵对他们家庭所造的孽。印度士兵的行为给这一事件蒙上耻辱。英军司令发布一系列公告，允诺保护安分守己的居民，邀请他们回城。这一措施赢得部分人们的信心，有些很快就重操旧业，以后一般再没有抱怨过所受到的对待。

英军主力继续北上，向舟山进发。三艘战船和一支步兵留下守卫鼓浪屿，亦为威慑厦门城。英军占领厦门后立刻就撤走了，此后鼓浪屿成了英军的大本营和居住地。从那时起，鼓浪屿就在英军占领之下，而厦门本身也没有受到此后北方战役的影响。

1842 年 8 月（即被占领后的一年），根据《南京条约》的款项，鼓浪屿和舟山暂时处于英军占领之下，直到规定的赔款付清为止。

1845 年，在规定时间前的 20 个月，不列颠把鼓浪屿归还中国。留下的少数不列颠居民搬到厦门。那里的民众态度友好，举止恭敬。不列颠居民购置合适的住宅时没有遇到任何麻烦。

1842 年初，第一位前往厦门的新教教会传教士抵达鼓浪屿。值得一提的是，当时离"永久和平友好条约"的签订还早几个月。两个美利坚教士，雅卑理[①]牧师（现在恐怕肺病末期，在故国处于弥留之际）和文惠廉牧师（现为美利坚主教派教会驻上海主教），在到达后的第一个安息日，就用闽南话布道，开始了他们的传教工作。他们在新加坡和爪哇置身众多的此地移民之中，专门学习闽南话。他们与不列颠没有联络，有时会冒险从鼓浪屿渡到厦门。虽然民众仍然处于激动状态，他们的尝试不无危险，但是他们懂得方言，一看有危险就会告诫人们，将敌意症状消除于萌芽之中。

最初一段时间，这两个美利坚牧师似乎保持中立，但不久就被看作朋友了。在频繁发生的虐待案件中，他们常为不列颠指挥官免费充当翻译，通过他们的影响来防止或是纠正，以致不久就使得所有传教人员都被看作是息事宁人、正直诚实的好人。他们也作为译员，在频繁发生的案件中为不列颠军队与中国地方当局调停。在某些案件中，他们的处理方法或许与美利坚这个国家的性格有关，而不是以基督教为出发点。不过，由于这些出色的人，似乎可以这么说，人们没有理由去怀疑他们

[①] 雅卑理（David Abeel，1804—1846），受美国海员教友和美国海外宣教委员会（后改称公理会）派遣，和神治文于 1830 年 2 月 25 日到达广州，他们是第一批来华的美国传教士，先学习中文数月后，才正式开展传教工作。

想要混淆观念，或是将自己传播基督教的显著特征沦为简单的派别倾向或是爱国主义。他们的人数不断增加，有不列颠的，也有美利坚的传教士。经过最近逝世或是调任之后，他们现在有六个人，其中四个是美利坚人，两个是不列颠人。鼓浪屿归还中国之后，他们与经商的居民和不列颠领事馆都迁到厦门。现在，他们住在水边，与鼓浪屿隔水相望。他们有两个教堂，坐落在街上，两地相距不到1里。他们在这两座教堂定期进行礼拜和布道。

我到厦门后的第一个星期，常与一些传教士到对面的鼓浪屿访问。乘船几分钟后，就可登上用大块粗糙的花岗岩铺设的长堤。涨潮时留下的无数小贝壳，使得路面十分滑溜。鼓浪屿长约3里，宽亦是相等。

中国海岸，从山峦起伏的山东海岸到海南的悬崖峭壁，几乎一成不变，都是岩石嵯峨，怪石嶙峋，鼓浪屿亦是如此。此外，鼓浪屿的幽谷与隘路交替出现，构成其独特的罗曼蒂克的美景，引导游人置身于奇形怪状的巨石之下。有些地方，数家房屋周围种着小丛芭蕉。沿着海滩平整的地方，可以看到小麦地与水稻田。

岛上只有两个村庄，坐落在海边，风景优美，其中一个位于厦门对面的海岸上，另一个占据岛北风景如画的位置。小山的坡面上，开辟了一系列的花园，枝繁叶茂，郁郁葱葱，或层层叠叠，或分散四处，直到碰到杂乱无序的断层与石砾为止。大片大片的岩石形成高耸的山峰，似乎在气流中摆动，在绝佳的平衡状态中轻微地颤抖。

从最南端的高处眺望，外港、六岛和远处的大海，尽收眼底。在这个地点，以前曾经矗立着一根不列颠旗杆，并建有炮台，俯瞰厦门的入口。

鼓浪屿中部，除了一小部分地方花岗岩的山峰会突然探出高耸的头来，地面一般缓缓升高。鼓浪屿控制着对岸的城市，不列颠选在这里建立军营甚为恰当。军营的兵力不多，若留在人口众多的城里，则力量太小。

不列颠撤军后，每一幢建筑，每一样东西，只要能使人想起英军的占领的，都被毁坏或是拆除。营房、炮台、旗杆，甚至窗框与阳台，都被迅速拆毁，建筑材料变成了柴火。拆毁工作持续到没有剩下一件外国人遗留的东西，房屋恢复到从前的状况。人们发愤地进行着清除工作。路被挖掉，田野重新呈现出耕作的面貌。

人们又开始祈求迷信的力量与僧侣的帮助。几乎每天都可以看到载着神像的小船经过港湾，穿行在帆船队中间。每只小船上都传来震天响的锣声，向从船下经过前往对面岛屿去的神灵致敬。

当地死亡率高得吓人，许多不列颠士兵被夺走了生命。占领鼓浪屿之前，不列颠对此一无所知。尽管人们已经渐渐恢复耕种，去年夏天依然有大量的人死去。有一个传教士们熟悉的家庭，全家住在同一个房子里，9口人中7个死于瘟疫。即使那些在地里耕作的人，干完一天活后，也通常回到厦门不太利于健康的居所过夜。无知的人们十分恐惧，把这种常见的祸患归咎于英吉利人的恶鬼，因为英吉利人死后埋在鼓浪屿上。每一件发生的小事都被人们的迷信思想夸大。常常可以听到村民们绘声绘色地讲述亲眼目睹的神秘情景。深夜里，蛮夷的鬼魂在山上跑来跑去，"口中说着最可怕的英语"。

我初次去访问时，北边的村子搭起了一个大台。紧挨着的是一个临时建筑，将来会用更结实的大楼来替代。在这个临时建筑里，一座座神像被安置好，人们邀请守护神回来重新统治。一些道士站在一旁驱邪辟晦，使这块地方重新变得神圣起来。助手们摆上糕点、水果和蜜饯。另外一些人敲锣打鼓，用一种类似苏格兰风笛的管乐①吹奏某种神圣的曲调。道士们唱起了悲哀的歌，庄严肃穆地慢慢走上平台。台上奉献着金纸，燃着香火，下面的村民焦虑地观望着。

鼓浪屿和厦门的居民都被征收捐款，受苦受难的人们自我安慰，希望他们所遭受的战争与瘟疫之罪从今一去不复返。

东边海滩上有些欧洲人的坟墓，证明从前厦门曾经存在过外国贸易。有两块墓碑上刻着英文，日期分别为1698年与1700年。那里还有一块墓碑，纪念一位西班牙人。另一处地方埋葬着一位已故的罗马天主教主教的遗骸。还有一些独立的坟地使人相信，从前在台湾的荷兰人与厦门的中国人之间曾经有过贸易往来。

在拥挤的不列颠墓地里，仍然保留着最近外国占领留下的永久的纪念物。那里躺着因水土不服而死亡的不幸者。这块墓地坐落在岛东，靠近上岸的地方。墓地里有许多精致的墓碑，是活下来的战友建立的，以此作为凭吊。

---

① 此处所指乐器当是唢呐。

传教士的墓地靠近北村，有一小丛树遮掩。此地气候不利于健康，使基督的这些劳工深受其害。他们跟随着尘世的征服者的脚印，为救世主不流血地拓宽领地。在过去的13个月里，传教大家庭的25个成员中，有18个由于种种天意事件而离去。有3个传教士，或是因为自身健康原因，或是因为家人健康，再也不会回来了。有2个传教士的妻子因为身体有病，启程回国，其中1个死在船上。还有2个传教士突然接到升迁令，调往别处高就。有2个孩子病死，另外9个被送往欧洲或是美利坚。现在只剩下6个传教士，其中1人已婚，这样总共有7个人在这片传教土地上。

在这块隐蔽的小墓地里，埋葬着3具女传工的遗体。她们是文惠廉夫人、多蒂夫人、波尔曼夫人，还有波尔曼夫人的2个孩子。离开美利坚时，她们都朝气勃勃，充满青春活力，想要为传教工作奉献一生，但却一个接着一个夭折，留下尘世伴侣徒自悲哀，但并未失去希望。墓碑上刻着的经文说出了去世者对救世主的信心，即使在死亡冰冷的拥抱里，她们也笃诚相信有生之年曾经谦卑从事的"救人救己"[①]的工作。

---

① 英文原文为"to spend and be spent"，源自《路加福音》第九章二十四节，中文译文为："因为凡要救自己生命的，必丧掉生命；凡为我丧掉生命的，必救了生命。"

第二十六章　厦门每日见闻

访问海行——大量牌位——神像店铺——人们友好——传教士举行的礼拜活动——常来的听众——为中国妇女做的礼拜

1月16日。传教士与厦门的清朝当局交往十分友好，使我起意拜访"海行"①，即主管城市事务的最高官员，他的管辖范围，类似市长，覆盖整个厦门市与厦门岛。他继任海行才几个月，他的前任见解开明，有时会不拘礼节地拜访传教士。在那种时候，他会把孩子抱到膝上，和他们友好地玩耍。现任海行也像他的前任，具有大量的开明见解，举止平易近人，随时可去拜见。

我们走过海滩旁一些崎岖不平的丘陵。那里到处都是坟墓，有的年久失修，露出里面朽烂的棺材。不久，我们到了郊区一个名叫"蛤门卡"②的小村，海行的宅第就坐落在这里。两个长长的庭院与几段阶梯，最终把我们引领到一块垫高的平台，海

---

① 原文为hai-hong，译音。又，厦门地方官是兴泉永道，兼海政、驿传，驻厦门。

② 原文为Ha-mun-ka，译音。

行的会客室和宽敞的大厅就在平台的最里边。

海行本人刚离开，进城到提督衙门与其他官员一起处理公事。根据每年惯例，封存所有账簿与公文，为的是在新年节假日期间停止办公。新年假期从12月19日开始到1月20日。

海行的两个秘书接待了我们，把我们领进右边的一间小屋，在那里为我们端上茶水与柑橘，问了我们半个小时的话，直到听见外面鸣枪、敲锣，通告海行大人就要回到家里了。

我们的名片上印着中文名字，根据习俗，一来就递交上去了。这时，一个侍者回到我们的小房间，领我们去接待大厅。在那里，海行头戴官帽，顶上镶着一颗水晶扣，脑后插着一管孔雀翎，颈上挂着项链，胸前绣着花饰，他亲自上前欢迎我们。他与我们握手，称呼我们各自的名字，还在我们的名字后面冠上"老师"的头衔。

他自己坐在下首，四周站着20个侍卫。他与我们一起呷茶，陪我来的两个美利坚传教士与他相互问了各种问题。一个下属军官为他们翻译，因为那两个传教士只懂闽南方言，而海行只会北京话或称官话。

偶尔，我与海行用官话交谈几句。听说我是个"红毛先生"，即英语教师，他便问我是否是个"礼拜先生"，即"宗教先生"。我回答说，我是个传教士，即"传播宗教"，还反问道，我们来到中央王国的目的是否能得到他的认可。他回答说，我们来此是为了教导人们行善，我们的目的良好，充满仁慈，因此他没有理由不大加赞赏。

在访问的余下时间里，他常常找机会称赞我们的工作，虽然他没有前任走得那么远。他的前任曾经有一次对雅卑理先生说，希望传教士能够使人们皈依基督教，那样的话，他们就会变成更为忠诚的臣民。

我们向他赠送了一本基督教年鉴，这又引起他仔细翻看书中的地图，问了许多有关英格兰和它的领地的问题。他特地问起印度在哪里？后来，他又问我到中国多久了？花多少时间学习中文？去过沿海哪些地方？五个港口城市中，我最喜欢哪一个？是否对福建如同对浙江一样喜欢？

我在回答过程中，找机会告诉他，我这两个朋友是美利坚人，而我是英吉利人，但是我们所信仰的教义相同，所有国家都是兄弟和朋友。这又引起他赞赏我们的宗教，说希望自己也在我们的朋友之列。

他表示希望我们若有任何要求，都可以直接告诉他，还暗示说，在他这一方，也相信我们愿意为他做些善事。当时听到这番话，觉得十分离奇，但后来得到解释，是因为清朝当局有时会派遣特使，向传教士打听地方官员与外国人交往中的各种事情。

这种事不久前曾经发生过，当时法兰西大使要去内地 120 多里地的一个城市访问，引起地方官员的猜忌。从传教士那里得到的信息，打消了他们的疑虑。传教士在回答官方信使的问题时，提出自己的见解，认为法兰西人此行没有恶意，其动机只不过是好奇而已。在地方官员看来，有了这么一群可以与中国人自由交谈的人，应当是十分有利的。传教士的目的保证了他们人格正直，即使他们也关注欧洲人的世俗利益。

海行向两个美利坚传教士问了一些有关气压表和望远镜的

问题，并拜托他们代为购买。之后，他对陆地上的雾与海上的雾作了一番奇谈怪论。

后来，他低声地与一个侍从交谈了几句。那个侍从瞧准机会，附在一个传教士的耳朵上，悄悄地告诉他，外面有些人在等海行，有重要公事处理。这一暗示使我们立即告辞，海行一路送我们到外院。在那里，我们看到有一百来个官员、勤务员、侍从官，按惯例列队恭候他外出。

我们走到附近街上，听到唢呐声和锣鼓声。那是达官贵人通常迎接客人到访的礼仪。

我们从那里沿着宽阔的大道走去，得胜的不列颠军队在攻占厦门时就是经由这条大道向炮台进军的。路上有些古老的得胜门和牌楼，两旁还有一些寺庙。

我们进了一座寺庙，里面没有神像，却摆满了一排排的列祖列宗的牌位，总共有 3000 个左右。这座庙是官员和民众最近共同捐款建造的，为了纪念那些在附近被可怕的洪水不幸卷走的成千上万的人们。

那场灾难发生在 1842 年。当时，整个村庄都被从大陆对岸的漳州刮来的飓风卷入水中。几百具尸体被浪潮冲下河，向大海漂去。许多尸体也被冲到停泊在鼓浪屿另一边的不列颠船只旁边。这个建筑就是为了接纳在那场共同灾难中遇难的家庭的列祖列宗牌位而建立的。许多牌位，连同安置它们的庙宇，都被巨浪摧枯拉朽的力量冲走了。这些在那场大灾难中幸存的牌位，被小心翼翼地一起摆到这个为此目的而建造的庙中。大门上刻着四个大字——"有求必应"，相当于《圣经》中的"如今你们求就必得着"①。这就是个很好的佐证。

人们必须向逝去的灵魂直接祈祷,这也是中国人对恶魔的真正崇拜。每块牌位上都刻着历代辈分,由此追溯家谱,有的是十三代,有的是十四代,还有十七代的。虽然中国人对自己家族的列祖列宗牌位十分迷信,甚至充满盲目崇敬的心理,但对他人家庭则没有这种敬畏的感情。他们常把那些被遗忘的或是绝后的家庭的牌位放在小小的角落里,放上一尊神像作为守护神。不过,他们也会允许这些牌位被移走,有时甚至会鼓励人们取走,只要他们是出于好奇而不是故意要损坏那些牌位。一个我认识的中国人主动提议为我从那座庙中取来一两块牌位。他似乎把那些牌位当作共有财产,取走它们不涉及亵渎或是品行不端,因为原来的主人已经没有任何后代了。

在一条狭窄的小街上,我们拐入一家神像店铺。那里有各式各样的神像出售,价格不等,贵的要价几块大洋,便宜的只要6个小铜钱,折合英币四分之一便士。店里有块招牌,上面清楚地写着"本店得到政府官员许可,从事神像制作业务"。另一块牌子上有一则告示——"制作、修缮佛像"。店里到处摆着大量的处于各个制作阶段的形形色色的神像。另一家神像制作店铺门上挂着一块招牌——"金佛店"。这些店铺很多,不到一里地就可看到一家。店里摆着一组组的神像,有的年久发黑,送来重塑金身,有的色泽鲜艳,刚由工匠完成。有的容貌威严,有的面带欢愉的神情,个个都是奇形怪状。传教士向门外的人

---

① 原文为"Ask and ye shall receive",源自《圣经·新约·约翰福音》第十六章二十四节。

们指出，崇拜这种神灵有多么滑稽可笑。他们欣然同意，开怀大笑。

人们到处都显示出同样的殷勤和友好。虽然传教士们大胆地说出自己对偶像崇拜的看法，但似乎没有引起人们的反感。刚开始传教时，人们有时对传教的目的与动机会有误会。传教士到了不久，一个中国人来向他们建议推翻现在的清王朝。他觉得这很容易办到，只要派 4000 人到厦门来，协助完成他的计划。

我们沿街走去，在传教士居住地附近常可听到人们的问候，"您吃过饭了吗？""吃饱了吗？"一位新教士的到来，似乎让他们产生了特别的兴趣。我独自在这些街上走的时候，人们会极力以自己简单的方式，或是做出一些殷勤的举动，或是友好地打招呼，对我表示欢迎。对于他们的招呼，虽然语言不能都听懂，但他们的表情却是十分明白的。

街上有些地段，有很多搓绳的人。每当我要从横跨街道的绳子底下钻过的时候，他们一般都会大声招呼我，停下手中的活儿，这样我经过时就不必弯下腰来。

1 月 18 日，星期天。对当天的传教活动的描述，或许可以让读者了解厦门通常是怎么度过安息日的。早上 9 点，两个传教教堂都举行中文礼拜，其中一个教堂属于美利坚国外宣教董事会，另一个教堂属于伦敦传道会。这两所教堂的位置很好，就在居民当中，年租金不贵。传教士花了一笔不大的费用，把原来的商行或是仓库改建成小教堂，可以容纳 150 人，使用活动条凳作为座位。10 点钟，行医传教的牧师在医院为中国人主持了一场礼拜。11 点钟，在一位传教士的家里进行了一场英文礼拜，有时有另外两三个欧洲人参加。下午3点，另一场中文礼拜在那两个小教堂举行。除了星期天的这些礼拜活动之外，传教士们通常每天下午到小教堂去，与好奇进来的人们谈话。有些下午，这种访谈不能进行，因为传教士要在家中为各自的教师、家仆以及常客举行查经班。每星期的一个下午，在那位已婚的传教士家，还为妇女举办特别的聚会。那位已婚传教士的夫人幸存下来，能够继续待在厦门。常有女邻居来拜访她，通过友好往来，许多偏见得以消除，并取得了她们的信任。

在我第一次参加的公共礼拜中，主持的传教士向50个中国人宣讲。他所用的比较和例子都取自于即将到来的中国新年习俗。他提到人们一丝不苟地结清账目，缝制新衣，以及作其他准备，欢度新年。常来的与会者都十分认真，安静地聆听。新来的就没有那么恭敬，有时会打断布道，提出问题或是进行评论。

有个年长的绅士，身穿一袭丝袍，走进屋来。一个兼作教堂司事的中国人把他引到我附近的条凳。他一路向布道者和其他认识的人频频鞠躬点头。当传教士讲到中国家庭室内的细节以及如何具体地准备过新年时，他常常会暗笑。尔后，这位老人的脸色会变得很严肃，神情非常专注。传教士尖锐的评论或是暗中提及有趣的事，常会引得他暗暗发笑，或出声赞同。

布道结束后，一个中年的中国人，外表相当寒酸，在屋子里到处走动，想要测试我们的胸膛，说是要听听我们的心是善良的还是邪恶的。每次测试后，他都作出许多评论，让人怀疑他是否心智健全还是怪僻。上一次，他曾经中途打断布道好几分钟，站起来对在场的人作了一番长篇大论，为了向他们证明，所有对未来的关心和担忧都是没有必要的,要得到幸福,最好的方式就是摒弃心中一切心事和牵挂。

在医院祈祷时,所有的人都会跪倒在地上。在两所小教堂里,听众形形色色,只有常来的人会遵循教规跪下。总共有25个中国人一直来接受教诲,几乎每天都来见传教士。其中有两个是老人,每天来听教诲已有4年了。他们受洗礼的仪式推迟了那么久,可能是过于谨慎,没有先例可循。但是传教士坚信,在目前的传教情况下,推迟洗礼比起过早接受皈依者更为可取。虽然现在进行洗礼,一时能够增加信仰基督教的人数,但也可能在其他人的眼中降低我们的宗教标准。

最常来参加礼拜活动的人有下列一些,其中有许多是因为他们的处境或是职业对传教士有不同程度的依赖。为此,他们的真诚或许值得怀疑。有两个老人不久就会接受洗礼,一个名叫何秋白,另一个名叫安西泊。两人都开小店,在安息日一律关门息业,也不做其他世俗事务。还有一个年老的富商,跟广州做茶叶买卖。他的儿子已经获得举人学位,当时人在北京,等候任命。

人们通常称这位老绅士"大老爷"。这种称呼常用于一些中等官员,也适用于获得高级学位之人的父亲。中国也许是世界上唯一的一个国家,儿子获得殊荣,会给父亲带来尊称。

每日来的听众中还有一位老人,名叫林伯,已经戒了鸦片瘾。他靠一点不多的独立收入生活,许多时间都在传教士圈子里度过。根据他自己所说,是为了避免以前抽鸦片的伙伴的不良影响,远离鸦片的诱惑。

常来的听众中还有两位老人，眼睛几乎全瞎了，一个名叫马辛旗，另一个名叫水娄。水娄老人是一座小教堂的看门人，就住在楼上的一个房间里。另一个常来传教士处拜访的老人叫班奇，以前曾经倾向于接受罗马天主教，由于担心受到迫害而迟迟不敢入教。

中年人与青年之中，常来的有齐琼。他是个制作祭奠用的纸品用具的人，自称由于职业的罪恶性而感到良心不安，希望能够改行。

另一个叫何蛤，他以搓绳为业，很有希望入教。还有个叫秦汉，是附属于传教医院的医科学生。另一个叫安健，是个麻风病患者，曾在传教医院中治疗过许多时日。

还有传教士的 6 个中国教师，其中两个获得秀才学位。所有的教师看上去都能够很好地理解基督教教义，赞同福音中传播的美德与真理。其中有个谭先生，早上从一位传教士那里接受指导，下午常陪那位传教士去教堂及其他地方，替换着向聚会的中国人演讲。

对于这种权宜之计，不同的人或许会有不同的想法。不过，很多事情都得依赖传教士在当时情况下的智慧与判断。

还有 11 个中国人，或者在传教士家帮佣，或者在传教医院工作，他们每天都有机会领悟基督教中比较重要的教义，但是还没有谁显示出已经决定改变信仰的迹象。所有这些人都已经停止崇拜偶像，但除了两个老人即将接受洗礼之外，其他人还没有决定从家里把神像驱逐出去。

那位大老爷习惯在家中的一个祭坛上焚香，最近把以前的神像移走了，说他现在只为唯一真神焚香。尽管传教士们常常对他的这种举动加以指责，但他依然一有机会就来参加礼拜活动。每天都可能看见他在一所小教堂里，拿着中文版的《圣经》和赞美诗集。他有时会表示出一种愿望，想要接受洗礼，似乎真诚地相信基督教的优越性。但他对焚香这类的物质崇拜情有独钟，还自以为是，显示出一旦接触到那种强调感官与想象的崇拜仪式，他就会走向罗马天主教的坦途。

在那两所小教堂中，我所目睹的人数最多的一次有100人参加礼拜。

在为妇女举办的宗教聚会上，男人通常不得入内。不过，有一两次，我倒是在场。我们的那次聚会，有一位传教士与他的夫人，一个中国教师和二十来个妇女。那位教师对她们讲得非常生动，而传教士用了适宜的祈祷作为结束。所有的人都跪在地上。结束时，那些妇女说教义非常好，又谈了一会儿，一起饮了茶，然后各自回家。

第二十七章　中国新年

新年的传统庆祝方式——当地文人撰写的道德传单——门前的对联——金钱方面的频繁调整——一年一度的"围炉"习俗——家庭场景——预知来年季节的迷信方法——给一些中国朋友拜年——大老爷——林伯——林先生——谭先生——赌博盛行——传教士举行的礼拜活动

中国新年即将来临。随后几天，狭窄的街道上，人头攒动，忙忙碌碌，弥漫着兴奋的气氛。

有一次我随传教士们穿城远行，参观了关帝庙。关帝是中国的战神，他的肚子上安装了一块玻璃，代表他的灵魂。他身旁站着两个侍卫，一脸煞气，吓唬迷信的人们。关帝庙附近还有一座供奉佛祖之母[①]的庙宇，她的神像有18只手。邻近的大殿里有18尊神像[②]，代表佛祖最初的18位弟子。在这些庙宇里，我们发送了几份特地为这个季节撰写的宣传手册，作为"新年"致辞。

---

① 疑为观音。
② 应指十八罗汉。

⊙ 采购年货

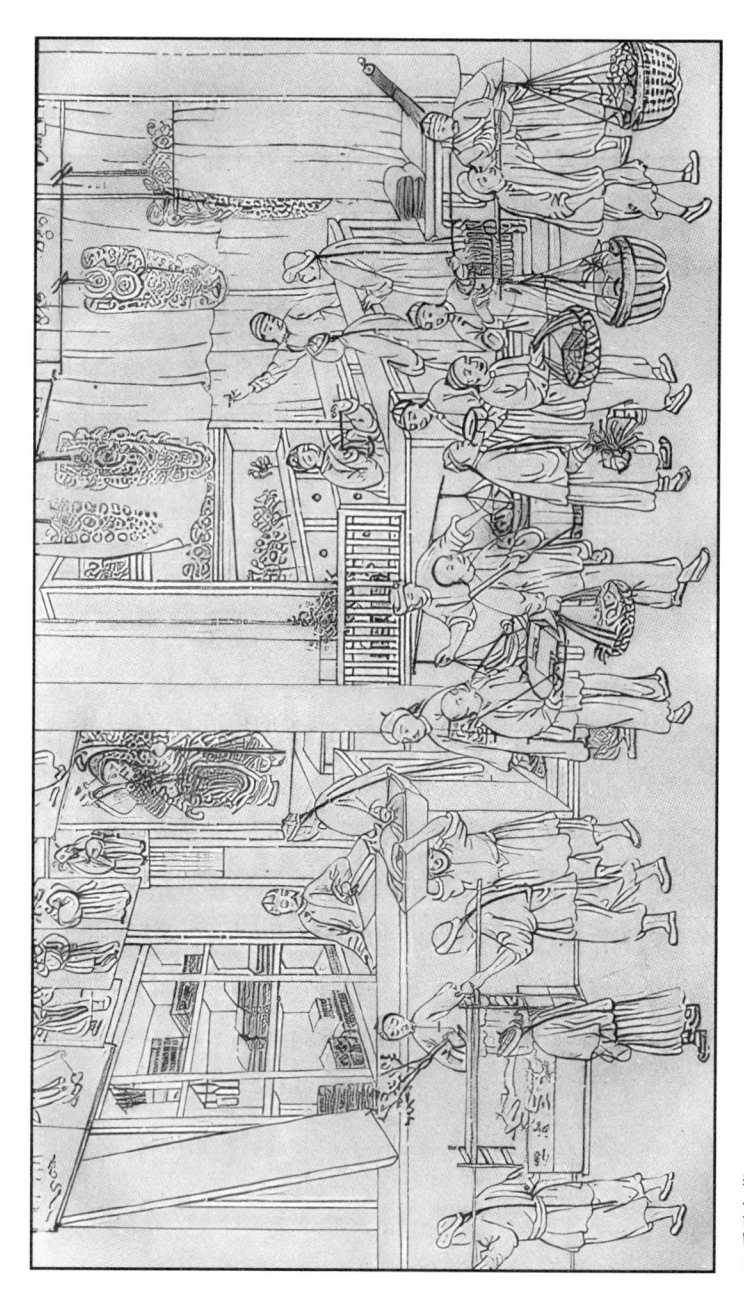

后来，我们进入城堡，即城区，四面有城墙，只有一小部分人口住在这里。几分钟后，我们就到了对面的城门，不久又走入外城，踏上归程。

每隔200米远，就可以看到一些装饰性的箱子，或称柜子，大约两尺宽，从一些房子的屋角凸露出来。箱子表面上写着一些句子，其中有一句是这么写的："每个甜蜜的举动都会被人记住。"经询问得知，这些小箱子是颇为迷信的店铺老板自愿提供的，让人们寄存写有文字的纸张，以免人们把这些宝贵的纸片扔在地上，任人践踏，导致亵渎中国文字的神圣不可侵犯性。到了新月节，这些纸片会按照习俗处理掉，防止任何想象得到的亵渎方式。

每年的这段时节，到处还可以看到许多有关道德的传单，醒目地张贴在公共的墙上。这些传单是当地一些文人写给教育程度较低的同胞的，意在提倡德行。有张传单是漳州的一位秀才所写，在一段杂乱无章、华而不实的序言之后，规劝读者恢复与生俱来的正直和德行。大约在这张传单的中间部位，有一系列的图表，反映人心堕落的几个阶段。他的图表显示，人心原本是白色的，没有污点，并引用了古典文学为证，"人之初，性本善。"第二张图表上的心有了一小块黑斑，表示由于忽视教育而开始变质。第三、四、五张图表中，黑斑数量逐渐增多，表示道德逐渐沦落的不同阶段。到了第六张图表，心脏已经变形，整个儿发黑，表示已经完全被邪恶占领，完全为邪恶的原则所支配。余下的六张图表，下面都附有简短的道德警句，进而描绘人心怎样通过遵循圣人的格言行善逐渐得到恢复，从堕落的最低点一直到洁白无瑕的原始德行。传单中的另一部分，通过把人心置于各种程度的邪恶状态之中，用言语描绘了同样的堕落过程与恢复德行的过程。

该秀才在漳州散发了大量的这份道德传单。用来印刷这份传单的木刻印版被送到厦门，任何具有善心的人或是对公共道德有兴趣的人都允许印刷散发这份传单。具有公益心，花费纸张、油墨、印刷这份传单之人的姓名与印章，用鲜红的颜色印在传单的底部，作为对他的善行的奖励。

这个季节的另一种习俗也非常盛行，代表了中国的特征，值得特别一提。家家户户的大门上、门柱上，以及门楣上，都醒目地贴着对联。这些对联都精心取自于大众认可的文章，通常包括一些吉祥的言辞，也有对仗工整、词句押韵的创新意境。

选择对联得有相当功底的文学修养，不可或缺的敏锐心智，只有文人秀才堪当此任。传教士们的所有中国教师都请了短假，以便施展他们的才能，为人们选择对联、书写对联，赚取外快。街头巷尾，寺庙门口，到处可见穷书生站在桌子旁，贱卖自己书写的对联，换取几个铜板。

新年期间，人们都得揭掉去年的旧对联，张贴今年的新对联。书写对联的纸张五颜六色，不过最常用的是深红色。白纸意味着去年家中有长辈逝世。第二年居丧，去世的是父亲得用蓝色，母亲得用黄色，祖父母得用血牙色。第三年居丧，用的是淡红色。三年以后，恢复使用常见的深红色。

每年的这个季节，市政府也在内城门附近的墙上张贴许多公告，主题繁多，都与告诫大众有关。有则公告来自地区法官，警告警察和其他下属官员，不得使用旧传票逮人，不得以此接受贿赂，然后释放人犯。

1月26日。今天是中国农历年的最后一天，人们忙着准备结束业务，贮存粮食，庆祝今晚的迷信活动。到处可见苦力成群结队抬着大宗新年礼物，送往主人的朋友家。

日落后，我们访问了许多家庭，看见一家之主在儿子或是合伙人的陪伴下，平衡账目，结清一年的债务。中国人年终结账一丝不苟，此一习惯值得称赞。据说，只有解除了这一思想负担，他们才能够欢度佳节，才能够睡个安稳觉。算盘噼噼啪啪不停地响着，结账即将大功告成、账簿即将合拢之际，一个邻居会匆匆跑进店里，新的一个季度的金钱交易又重新开始了。

这些重要事情在进行当中，家庭成员忙着焚烧金纸，时而燃放爆竹，准备一年一度的"围炉"风俗。根据习俗，桌子底下放了一大盆炭火，每个家庭成员都围桌而坐，享用丰盛的晚餐。对这种奇特的风俗，人们给我的唯一解释是，火在五行中最为强盛有力，因此人们觉得火或许具有避邪的功效，或者可以巩固家庭团结。妇女在内屋遵守这一习俗，而一家之长与儿子们、雇工们坐在外屋。

有一家邀请我们留下来观看遵守这种习俗的细节。那家的家长显然有些钱财，与他同坐的有雇工们、小儿子，还有两个小孙子。长子19岁，坐在我们附近照顾我们，但自己并不吃。他每分钟都要站起来，被父亲招过去服侍，看上去他的地位没有什么与众不同。有时，他取来一只汤勺，或是一双筷子。有时，他为父亲递上一张餐巾纸，或是在父亲的杯子里续上糟烧。

那位老人不久就昏昏欲睡，不再言语。但其他人则更加兴致勃勃，风扫残云般地席卷摆在面前的佳肴。谈话变得越来越热烈，有些妇女不久也从另一头进来，加入聊天。这些妇女是老人的妾室，原配夫人和媳妇都不准与陌生人无拘无束地自由交谈，而地位低下的妇女则有时会得到允许。

他们对我们非常客气，但我们谢绝参加他们的盛宴。人们毫无顾忌地撒谎的习惯，看了使人心情压抑。他们的回答中常常漏洞百出。但无论是老人还是长子，为了达到目的，都会信口雌黄，而毫无内疚或是羞愧之色。我们问起一位在场的妇女，老人起初说是个熟人，过了不一会儿，又说是媳妇，最后才说实话，是他的一个小妾。

虽然家庭主妇从未露面，但似乎并不对妾室有任何嫉妒。这些地位低下的妇女一般都是从穷人之家买来做家务的，顺手收为妾室，这种习俗相当普遍，即使圣人也认为此举符合道德规范，尤其是原配夫人没有生出儿子的话。妻妾所生的子女都被认为是合法正统的，只是妾室的儿子在继承家产时，只能得到主妇所生的儿子的一半。

晚餐结束了，他们接着准备焚烧小小的木制灯架，通常是在室内阴暗处持续燃烧的。他们声称可以从余下的灰烬中，得知来年确切的雨季与干旱季节。知道这些极其重要，因为庄稼一旦受到损坏，此地就会闹饥荒，使成千上万的人面临饿死的危险。他们拿来三个小小的灯架，放在地上准备点燃。长子走到街上，燃放了一串爆竹，驱赶邪气，而其他的家人则把一簸箕金纸、银纸折叠成银元宝的形状。不久，长子从街上回来，点燃这些材料。

大约过了 10 分钟，一切都烧成了灰烬。还在燃烧的余烬被小心地分成 12 小堆，与一年 12 个月相对应。然后，他们焦急地观望着，最先熄灭的一堆表明那个月下雨最多，最后熄灭的一堆预示那个月阳光最足、雨量最少。人们尤其关心 3 月、4 月、5 月、6 月和 7 月，因为这些月份如果雨量太多就会导致生霉，影响收成。结果是第 2 堆最先熄灭，预示着 2 月份雨水最多，那是最合时令的，最不可能造成损坏，因此大家欢呼雀跃。5 月份天气晴朗，无雨。第 6 堆与第 7 堆的余烬一半红一半黑，预示着这两个月份半晴半雨。试验结果让围观的人们十分满意。

但我们的问题使他们略为扫兴，因为我们问到隔壁邻居的灰烬是否也和他们的一样预兆丰年。对于这个问题，他们请我们自己看来年的结果，还说他们与隔壁毫无关系。他们开始传递糟烧，我们便离开他们家。他们又庆祝了一两个小时，然后回屋休息，直到夜半的守时炮声将他们从酣睡中吵醒，匆忙起来相互拜年，重新开始大吃大喝。

次日早晨，市府当局在拂晓时分聚集在一起，列队向北门外郊区的一座皇封敕庙走去，去纪念新年。新年的这一天，敕庙里用一块巨大的黄色帷幕围住皇上的位置，一行官员在帷幕前九叩首，即用头敲地。这一习俗在皇帝诞辰时也要举行，表示最谦卑的臣服。朝中大臣曾想迫使前不列颠特使行的就是这种礼仪，以示从属地位，但终究徒然。

我想仔细观察中国人的家庭生活，在这普天同庆的节日期间，借机陪同一位美利坚传教士拜访了常来听他宣讲的人们的家庭。在访问过住处附近的一些家庭之后，又向人们常尊称为

"大老爷"的老商人家走去。

大老爷的住宅比一般的房子外观更好，面积更大，还有显示殊荣的两根高杆，一般只见于一品官员府邸与寺庙门前。这些是他现在北京的儿子功成名就之后带给老人的荣誉标志。

我们被引入的房间，四周都挂着风景画、仙境画与精致的书法珍品。书画之中有两幅立轴，一幅用 100 种不同字体写着一个"寿"字，另一幅也用了许多种不同字体写着一个"福"字。这两幅立轴用的是上等宣纸，都是他儿子从北京送来的礼品。桌上摆着市府官员派人送来的贺卡，上面写着新年常用的贺词。贺卡旁有一本刚从京城送来的新年黄历。桌上另一处摆着几本基督教宣传手册，以及《基督教十戒》加附注。他说他每天都在研读此十戒。

他带我到前室观看儿子的藏书，那里有两千来本薄薄的册子，占据了一个中等大小的书架。回到大厅后，他指着另一头通常供奉家神与祖宗牌位的桌子，让我仔细看看，那里没有神像。在这张祭奠的桌子上，仍然摆着两支烛台和几炷香，桌前还铺着一块垫子。他说他跪在那里向唯一真神燃香祈祷。我提醒他说，上帝无处不在，愿意在任何地方接受崇拜，心境要比身体姿势或是焚香更为重要。

这时，用人端上来一种饮料，是用莲子与一种干果泡出来的，还有蜜饯。在此期间，他问了我游览中国沿海其他城市的情况，还问我打算回英格兰的缘由。他劝我要相信上帝会让我恢复健康的。他对我们的恭维有些过分，还几次提到地方官员对传教士印象甚好，最近曾说过我们为人正直，乐善好施。他的一个儿子与孙子站在门口，除非谈话直接问到他们，否则一言不发。即便问到他们，也是谦恭地作一回答，然后又恢复安静的举止。大老爷最后准许我们告辞。

我们下一个拜访的是一位名叫林伯的老人。他最近才戒除鸦片瘾。英华战争所造成的后果，使他现在的家境相对贫困。他变得烦躁易怒，难以自制。他以前曾是鼓浪屿的一个地主，还拥有一些商船。不列颠军队的到来毁了他的一切，使他不得不逃到厦门这边来。现在在厦门，虽然家境大不如前，还是有足够的收入维持生计。他的儿子们都当了船工，为父母提供赡养。根据中国到处盛行的风俗习惯，全家人，一直到第三代，都住在一个房子里。

以前，每当他想起自己的不幸，都会流露出极其激动的神情，悲叹命运的坎坷，遭遇的不幸。近来，传教士的规劝似乎使他的想法有所软化，让他顺从于上帝的意志。在这次访问中，我的同伴特地提及自己最近受到的磨难，妻子和两个孩子都不幸去世，说明自己把安慰与信心寄托于磨炼我们的天父的仁慈和挚爱。老人的精神渐渐开朗起来，谈起当地发生的种种趣事。

我看到房间另一头的桌子上摆着常见的迷信用品，如左面匣子中的祖宗牌位，占据右面的家神，便向他指出，这些与他常去教堂的行为很不一致。我还告诉他，大老爷已经把神像移走了，希望他也能那样做。

这引起老人说了大老爷所做的一些苛刻的事，骂他是个老骗子，还信誓旦旦地说，只要我们进入大老爷的内院，一定可以在某个房间里找到那些神像的。

我们在此作了一席长谈,其间,伺候我们的一个仆人也积极参与。他谈到移走这些家神困难重重。他说自己从不崇拜偶像,对此不屑一顾。但是祖母、母亲、丈母、妻妾都十分迷信。她们都是家庭成员,都得与之商量,说服她们。她们人数众多,不能草率行事,否则会触怒她们,引起家庭混乱,那将是非常严重的事。他喜欢和睦宁静,不得不按照习惯让那些神像留在那里,虽然自己从未愚昧到崇拜它们。

我们接下去拜访了林先生。他有些家产,被一位传教士雇作教师。他的伯父在远方担任公职,为他的侄子买了个秀才学位。不过,林先生后来锲学不息,终于靠自己的努力,获得秀才之上的文学荣誉,墙上十数张证书即可为证。由于去年祖母去世,礼节规定他留在家中,新年不能外出访客。大门的门框两边贴着新对联,显示出主人出人头地的抱负。左联为"胸藏典籍三万卷",右联为"眼观世事六千年"。

后来,我们在内城行走,不久来到一条狭窄的绝巷。另一位教师谭先生的房子就坐落在巷内。我们到达时,看到谭先生正在家中等候。令我们相当过意不去的是,谭先生为了我们的来访,破费不少,办了一桌酒席,还硬要我们入席。

几位邻居,主要是妇女,聚在院中,而我们的主人似乎为我们的来访感到相当得意。他把我们一一介绍给小巷里来道贺的所有居民。他的妻子过了一会儿也出来了,远远地向我们谦恭地致意,不久又回到里屋。不过,他年迈的母亲要殷勤些,把两个穿戴得漂漂亮亮的小孙子带出来。她似乎是一家之主。

我十分欣慰地看到,人们普遍尊敬老年妇女。每家的所有成员似乎都紧紧地凝聚在一起,所有的收入都放入一个共同的基金。日常所需的开销就从这个共同的基金中支付。家中老妇通常身兼数职,既是保姆,又是管家、顾问,统管家中所有成员,从来不会受到抵制。她的话就是法律,她的影响力似乎至高无上。

谭先生是个清贫的人,每月只有六块钱的学费进账。不过,他似乎心满意足,而老妇特别感谢我的同伴善待她的儿子。一旦祖母去世,媳妇就一统家政。她在家庭圈子里的地位代表了妇女在中国的社会地位,既卑微又独立,堪为奇观。

归途中,我们经过一座牌坊。那座牌坊是一位皇帝下令修建的,上书御旨,褒奖丈夫死后妻子守寡,特赐予某种奖赏或是封号给那些家庭。据说,只有极其富裕的家庭才能受惠于这项圣眷。

路上,耍把戏的和江湖郎中吸引了民众围观。说书先生手里拿着书,用粗俗的方言讲故事,也吸引着人们一排排坐在条凳上听讲。从这些人群中穿行,颇费周折。

爆竹声声,将冒着烟的碎片甩向四面八方。在这个普天同庆的节日里,所有人的时间都分别花在大吃大喝、燃放爆竹、聚众赌博之中。这是个占全人类三分之一的国家的欢庆节日。不过,接下去的半个月当中,赌博成了最主要的事。法律暂时停止实施,五天之内显然对这一恶习予以宽容。因而,整条街上都摆满了赌桌。有些赌桌只有孩童看管着,根据雇用时间长短,付给他们赌注的百分之几。大声的争吵声,在其他时间相对较少,现在到处可以听到。即使是寺庙,在这个季节也不能幸免于人们的这种狂热。寺庙圣地之内,紧挨着神像,架起一溜溜的赌台。随着掷下的骰子泯灭了他们赢的渴望,赌徒们大声争吵,愤怒地挥舞拳头,声嘶力竭。

当天下午,我有幸目睹了一个完全不同的场面。我参加了在美利坚传教小教堂举行的宗教仪式,在场的有70人。谭先生事先在家中作过准备,受过一位传教士的辅导。此时,他诵读了米怜为新年所写的短文,还充满激情地进行讲解。有时,他会贸然作出自己的评论,这种倾向有些问题。有个当地医生和一位和尚,出于好奇来到这里。谭先生眼睛注视着他们,向他们讲述传教士教导他的教义,以及那些教义对自己心灵所产生的效果。他说,有10个朋友和他聚集在一起,专心研习这些教义,崇拜上帝。他们已经坚持了一段时间。在此期间,他们受到上帝的保护。为了举例证明这一点,他提到他们中的一员是个城里的老人,虽然以前没有孩子,现在妻子为他生了两个,而且都是儿子。

轮到传教士时,他向人们作了演讲,然后邀请他们跟他一起向全能的上帝祈祷。演讲结束时,一个穿戴整齐的人与传教士交谈,表示对刚才听到的教义十分满意,但又说脑子有些糊涂,被各种宗教搞困惑了,例如佛教、道教、罗马天主教。他特别问到我们是否举行斋戒。传教士回答他说,我们的斋戒方式不仅仅是禁食某种食物,而且要祈祷,要感到羞耻,要作出反省。心灵的道德状况是至关紧要的。传教士鼓励他再来参加聚会,告诉他听一次演讲就能深入了解福音中所有的教义,那是不切合实际的。

第二十八章　拜访厦门高官

中国新娘——拜访提督——他机智躲避英华战争——他最近遭到贬黜——千户——他与传教士的谈话——为偶像崇拜辩护——道台，一位满族人——海关监督，即海关检查官，一位满族人——市长大人——尼姑庵——丐帮

同天傍晚，我们收到一位邻居何蛤的邀请，去探望他前天晚上刚娶的新娘。何蛤是个年轻人，21岁左右，显然真诚地追求基督教真理，常去小教堂和波尔曼先生的家庭聚会参加祈祷。他父亲11年前去世，现在他给叔父当助手，在很大程度上靠叔父生活。他叔父以制绳为业，对何蛤不断缺场去参加传教士的活动常常表示不快。有一次，何蛤不得不在一个传教士家躲避了一个星期，害怕受到叔父的严酷惩罚。

何蛤对传教士们感恩戴德，显得十分依恋。他的思想状况正处于值得关注的阶段，每天祷告成了生活习惯。7年前，他母亲替他买了个童养媳，从此就住在他家，现在16岁了。他母亲命儿子成亲，虽然他自己还想再等上两年，到那时他的前途会光明一些，不再那么依赖叔父了。但是老妇人急于让他成家。

何蛤是她的独子，她的命令无法抗拒。他唯一的选择就是乖乖地服从她的权威。由于新娘已经是个家庭成员，无须把新娘迎娶到夫家，因此在前天晚上只是办了通常的喜宴和结婚仪式。

新郎带我们走上两三段阶梯，进入他寒酸的居室，让我们坐在一张桌子对面的长椅上。桌子上还盖着宴席留下的残羹剩菜。新娘站在桌子旁，眼睛盯着地面，全身裹得严严实实的，以便保持礼仪。

中国的习俗是，3天之内，不许新娘同来客说话，30天内也不可外出，去父母家则另当别论。

何蛤的新娘长得挺秀气，人也有趣，头上戴着插满假花的冕状头饰，身穿一袭漂亮的鲜红色的新娘长袍，脸上抹着珍珠粉，厚厚的一层，超过欧洲人所能欣赏的程度。在夫君的示意下，她从抽屉中取出一盘蜜饯递给我们。我们出于礼貌吃了些。

在我们整个拜访期间，她都一直站在那里。附近的梳妆台上有面镜子，偶尔她会瞄上一眼，确定自己是否严格保持端庄的外表。虽然我的同伴有一两次对她说话，但她严格保持沉默。不过，她有时似乎强忍窃笑，差一点破坏了装出来的严肃表情。

何蛤似乎对新娘十分满意。他已经放弃偶像崇拜，决心不在他的房间里摆设神像。这间房子是家中唯一属于他自己的，屋里没有任何神像或是其他偶像崇拜的象征物，证实了他的诚心。

1月28日。今天是新年的第二天，即中国的正月初二。我们5个传教士聚集在一起，准备前去拜访厦门的各位高官。

我们进入内城，不久走进一大块空地，那是提督府的入口处。提督相当于海军元帅。我们经过的第一重院落是块围起来的开阔空地，两边都有些破破烂烂的外屋或是下房。

休奇·高夫勋爵和英国军队攻入厦门，曾占用这重院落四五天，直到撤到鼓浪屿。英军在这个开阔的院落里露营。但头一天晚上，左边的房屋被中国人纵火焚烧。

现任提督在第一次鸦片战争中也是实权在握，统驭陆海两军，但每次战斗都恰好不在现场。厦门被占领前不久，他率领舰队出海，表面上是迎击英国战船，将它们击沉于汪洋大海之中，但他却设法错过英国舰队，逃避了可怕的冲突。

所有的地方官员都因为胆怯，致使城池落入蛮夷之手，而被皇帝撤职和惩罚。在这种情形之下，提督只受到较轻的处罚，让他官降三级。但他上书朝廷，声称他不在战斗现场是他倒霉，而不是他的过错，加上他在公共服务方面显示出来的勇气和热忱，使他不久便官复原职。

不过，他最近又惹上了麻烦。起因是推荐一位不合格的候选人升任北京的军机处，他被革除一切爵位，但仍保留军权和俸禄。

我们问了他的秘书，得知他不在，去了沿海考察，6天后才回来。他现在外出或许是为了新年期间不被人耻笑革除爵位，或许是努力在海上作些表面文章，重新赢得朝廷恩宠。关于这一点，他的万贯家财很可能使他的愿望早日得以实现。他的海上管辖区包括闽浙沿海。他具有瘾君子的特性，有时吞云吐雾之后，向传教士信口雌黄，吹嘘最近大败海盗，砍了上百颗人头。

几天后，我们再次登门拜访，估计时宜得当，因而成功了。提督显然很客气地接待我们。他是个70岁的老人，人老体衰，没有往日的官衔装饰，与侍从一样，穿着简单，显示出近来失宠。

提督不停地抽着大烟，谈起最近在浙江的功绩，说他抓到三四十个海盗，在附近的东洼地区也抓了那么多。据他所说，现在海盗非常之多。

接着，他谈起毛皮和服装的价格。他告诉我们，他身上穿的毛皮来自俄罗斯，十分珍稀。他还进一步告诉我们，他袖口上的那么点毛皮就价值10块大洋。

论及我计划中回英格兰的航行，他建议我趁现在刮北风尽早动身，可以一路顺风到达欧洲。

厦门正谣传着说他要辞职，告老还乡，回到广东省西南部的老家去，但还没有得到批准。

他接受了《路加福音》和一本宣传手册，表示十分感谢。但看上去，他智力很低，是清朝官员中非常糟糕的代表。

我们下一个去拜访的是千户，即要塞司令。他的官邸就在提督府附近。他走到外院来迎接我们，与我们每个人握手，然后领我们走进内屋的一个大厅。

千户的帽子上镶着浅蓝色的圆扣，那是陆军第三等级军官的徽章。在当地驻军中，他是唯一一位家乡就在附近地区的高级军官。他说的是一口带东洼口音的当地方言，所以美利坚传教士们可以自由地与他交谈，无须译员从中帮助。他们对此充分利用。

千户本人也很友好、健谈。他发现我们中有人以前曾在爪哇住过，特别问到巴达维亚，以及在那个国家的中国移民。他想要知道中国移民在那里的状况，问到他们是否保持中国的传统，穿中国的服装。他也问起荷兰政府的特征，以及对中国定居者的政策。他接着又问起以前曾在厦门待过的一位名叫文惠廉的教师，说他曾经与一个陪伴文惠廉博士从厦门去美国的中国人谈论过美国。他还提到，曾看到过在美国拍的照片，问那两位传教士是否也有那种神奇的立刻取像的器具。他听说美国有个侏儒国，想听听有关他们的详细情况。

当时在场的，有一位英国传教士杨先生，年纪轻学得快，当地方言说得相当纯熟。他把话题引到宗教方面，概要地讲述了基督教的教义。千户听了一会儿，回答说，他们中国僧侣说的与传教士讲的几乎完全相同，中国与外国的宗教没有什么差别。他的这番话使得传教士们再次向他解释我们的教义。

千户彬彬有礼地听了一会儿，当听到教义中论及人的堕落以及人性的堕落时，他极力反对，带着某种个人的感情，坚称自己心地纯正，道德高尚。

传教士以"大人，请不要感到冒犯"作为开场白，重新讲解这个主题，继而说明为什么偶像崇拜是罪孽，并举例证明人的堕落。杨先生说道，上帝把他的怜悯扩大到这个堕落的世界，耶稣基督的使命与赎罪就是为人类的罪孽和苦难作出神圣的补救。

千户听到这里，问道，谁是耶稣？他是神还是人？后来，他带着几分激情争辩说，中国人并不崇拜偶像，只不过是把好人做成神的模样来纪念，以便效仿他们的业绩。他在议论中，举福建人尊为海神的妈祖为例。

在接下去的谈话中，传教士问他，人们在船上摆着妈祖像，是为了向她请教天气，祈求好运，但为什么还是有那么多船沉入大海，连同妈祖、船员、以及所有的一切？他回答说，任何人都无法抵抗"命运"和"天条"。他反问道，那些崇拜耶稣的人不也是无法躲避灾难吗？

他后来把话题转到其他方面。在此期间，他的两个侍从装作颇受这场谈话感动，却偷偷溜出屋去，不让我们听到他们的笑声。

千户答应接受一些我们的宣传册子，会仔细阅读的。他恭维我们具有崇高的目的，说我们的宗教是要把所有国家都和平地联合起来。按照惯例，我们饮过茶水，吃过蜜饯，他送我们到外院，我们在那里向他告辞。

我们由内城回到外城，不久到了最高文官——道台的府邸。道台是个满族人，佩戴着四品官的徽章和暗蓝色的帽扣。我们把名帖递了进去，他很快就出现在外院的台阶上，跟我们握手之后，把我们引入一间内屋。他站着，看我们都坐好之后，才在下首就座。

在此之前，他曾在四川省任知府，因为升迁来到厦门。他问了许多有关我们各自国家的问题。我们虽然属于不同的国家，但我们的宗教却把我们像兄弟一样团结起来，他似乎对此印象深刻。他问了美国脱离英国有多少年了，表示希望得到一些外国的地图，上面用中文标注地名。我就给了他作为礼物。

他发现有 7 位传教士住在厦门，其中 3 位是英国人，便说我们比他好。在厦门，除了他之外，只有一位满族同胞，就是海关监督。他说，福建省共有 34 位满族人担任公职[1]，还有

---

[1] 作者原注：中国人现在常常表示不满，因为在官员的升迁中，文学的考量大为减少。在以前的朝代（明朝），所有文官都是根据学位任命的，但在现在的朝代（清朝），十个官员中，有三个给了满族出身的人，一个让有钱人行贿买官，只剩下六个给汉人学子，不论出生或是贫富。通过这种方式，满洲皇朝渐渐关上汉人爱国者实现抱负所仅有的安全阀，因而可能引起公共舆论的严重爆发。

四五千满族士兵。他问起雅卑理牧师，说 3 年前曾从他那里得到过一些基督教书籍。

我们下一个拜访的是海关，即海关监督。他是满族人。我们去的时候，他不在家，但像其他官员一样，次日即派人把他的名帖送给我们每一个人作为回礼。

我们从海关监督家出来后，坐船去海门岬郊区拜访海行。他像上次一样，对我们屈尊俯就，客客气气，问了我们的年龄，恭维那位在场的行医传教士，称赞他医术高超，宅心仁厚。他说他没有见过任何罗马天主教的书籍，尽管那个宗教已经在中国很久了。在会谈期间，他自动提出要我们送他各种宗教书籍，还说看完后会传给他人。我们离去时，单簧管和风笛吹奏着刺耳的音符，还有一种铜管乐器发出低沉单调的和音。

次日，我精心选择了一些基督教书籍，分别送给各位官员。他们接到后，都送来名帖致谢。

送书的是谭先生。送完书后，千户把他召去，问了一系列有关那些书的内容。谭先生对这些基督教教义大多熟悉，很有资格向他解答。谭先生详细地介绍了我们的宗教，解释了那些书的性质。尤其难能可贵的是，当千户对那些书的中文写作风格各不相同而表示不满时，谭先生能够作出澄清。他特别指出，我们的《圣经》是由原文翻译成中文的，因此看上去显得与中文的文学风格有所不同。他还解释道，那些宣传手册和其他书籍都是传教士们自己撰写的，因此比较容易符合中文的遣词和风格。千户明白了不同写作风格之间的区别，对谭先生说了许多赞美传教士目的良好的话，以及赞扬基督教教义的精妙之处。

接下去几天,我每天下午陪伴一些传教兄弟到人们当中去。我们相继访问了寺庙、护城墙、鸦片馆以及私人住家。

有一次,我们进了一所佛教尼姑庵,庵名为仙山寺[①]。庵内住着10位尼姑和4位当家老尼。她们为我们奉上茶水和蜜饯,后来也给了一些跟随我们进来的一小群人。但那些人都善意地谢绝了,说要是那么多人都接受她们的好意的话,将会增加尼姑的负担。

两个陪伴我们的老尼,一个已经70岁了,另一个则上了80高龄。那位80岁的老尼,3岁时就被卖入庵中,一直在这里居住。她现在年纪大了,口中牙齿都已脱落,但似乎受到旁观者极大的尊敬,对于在这种阶层的女性来说,实属罕见。

庵前大门上,新贴了吉祥的对联:左联为"摒弃尘世",右联为"心存佛祖"。我们所在的殿内,高台上有3尊大佛,两旁各站着一位开门弟子,姿态各异。那两位老尼谈起雅卑理先生,说他从前来过,给了她们一些册子,她们都看得懂。在中国,女人,尤其是女僧尼,被看作智力低下。她们能看得懂基督教的宣传册子,实乃异数。

新年期间,在众多可以观察得到的事务中,有一项几乎到处可见,那就是在门前更换纸条的习惯。经询问得知,这些纸条与中国城市里大量的乞丐有关。

厦门的乞丐根据一套帮规体系招纳,在帮的乞丐都得受帮规的制约,他们也间接地认同国法。乞丐国王,即帮主,由众乞丐正式选举产生。

---

① 原文为 Seen shan she,译音。

每年年初，乞丐们挨家挨户拜访，确定每户每月捐赠数目，这样住家就可避免乞丐上门乞讨的麻烦，不用再听到讨饭棍敲打地面的嗒嗒声。每月出五六百文钱，住家门上就贴上红纸条，在一个坛子或是花瓶的形状里写上三幅"大吉大利"的字样。这张红纸条贴在门柱上，作为免讨的标志。每年年初重新认捐。

若有乞丐不顾这纸赦免令，入店乞讨，店主可以抓住他，当场痛打一顿。

乞丐国王将一部分钱上交地方官员，分出一部分基金用来供养帮内弟子，然后设法把剩下部分留作己用，变成富人。乞丐们衣衫褴褛，长发凌乱，饥不择食。我曾看见一个乞丐经过一家糖果店，偷偷地将一块糕点攥在手心，然后藏进袖子。店里的一个合伙人看见了，跑出去追小偷，一把揪住小偷的头发，逼他从袖子里把那块糕点拿出来，然后动用私刑，痛打他一顿，才放他走。围观的人群在一旁鼓掌鼓励，店主感到心情舒畅，而偷糕点的乞丐也满不在乎。这种私刑体制在中国司空见惯，因为诉诸正常法律费用昂贵，而且还得贿赂法官。

第二十九章　鸦片及其危害

　　访问鸦片馆——鸦片瘾君子的坦言——鸦片对道德与身体的影响——当地鸦片走私与零售方式——十名瘾君子的亲口证词

　　我在厦门逗留期间，多次询问过抽鸦片的普遍程度及其影响，也常与一位传教朋友去卖鸦片的一些店铺。

　　我们最先去的那爿鸦片屋，坐落在道台府邸大门处不远。一座四合院里，有四五间屋，人们躺在简陋的长椅上，头着枕头，旁边放着烟灯、烟管以及其他抽鸦片的用品。屋主站在上房的一边，用精确的提称，称量准备好的鸦片。那是一种深颜色的、稠乎乎的、半液态的物品。一小群鸦片瘾君子来此享受这种昂贵的烟雾，或是日益贫穷只能来此饱饱眼福。

　　这些瘾君子不久就围住我们，跟我们聊了起来。林伯陪我们一起来，他以前也是个瘾君子，现在已经戒了。他与他的同胞们热烈地谈论。

　　他们那群人中形形色色的都有，个个尖嘴猴腮，目光呆滞，泪眼汪汪，痴痴呆呆，频频干笑。

他们都很乐意提供信息,描绘自己堕落的过程。他们中有个年轻人,刚刚成年,不久前开始染上这种恶习,现在已经开始未老先衰了。有个中年人,半生沉溺于这种致命的嗜好,面目憔悴,行将就木。年纪大一些的人,骨骼刚健,可以较好地抵御这种缓慢而必然的提前衰老的结果。他面颊浮肿,眼神空洞,显示出身体内部正在进行着激烈的斗争。他们之中,老年人较为罕见。有个60岁的人受这种恶习引诱已经40年了,至今还活着。

他们都承认是自作自受,都想要摆脱鸦片的控制。他们都抱怨失去食欲,一早就有痛苦的渴望,身体疲惫,越来越感到虚弱,但却没有坚定的意志来克服这种习惯。他们都说抽鸦片比醉酒更为厉害,描绘抽了鸦片之后引起的头晕目眩、恶心呕吐的症状,使他们有气无力。

他们中年纪最大的人,说话前后矛盾,却又十分坦率,他仔细地讲述了自己的悲惨历程。他说,在钦差林大人勒令强行禁止鸦片期间,他戒了这种嗜好3年。英华战争结束后,鸦片船不受任何干涉地来到厦门。他开了一家鸦片馆赚钱,不久自己又染上了鸦片瘾。

他详述了抽鸦片带来的害处,归纳为6点:1. 失去食欲;2. 失去体力;3. 失去钱财;4. 失去时间;5. 失去寿命;6. 失去德行,导致淫乱与赌博。

他接着说起鸦片对人不知不觉的诱惑,就像人们变成酒鬼一样。有人病了,或是着了凉,朋友建议抽抽鸦片或许有帮助,他就这样落入了圈套。或是遇见某个熟人,百般恳求陪他去鸦片馆。最初,他可能拒绝抽鸦片,但后来看到朋友精神渐渐焕发起来，感觉他们那群人看上去挺顺眼的，而自己的顾忌又遭到人们的嘲笑。就这样，他的抗拒很快就瓦解了，享受起这种奢侈。不久抽鸦片就成了他生活中不可缺少的部分，终于无法再抵御它的诱惑了。

有些在场的中国人，请求我们给他们解药，治愈他们的恶习。但我的同伴告诉他们，唯一的良药，就是上帝可以给他们的坚定意志。他指着林伯对他们说，这就是意志坚定的有效例子。林伯接过这个话题，诚恳地佐证，自从半年前戒除这一恶习以来，精神日益感到愉快，身体渐渐变得舒服。

年纪最大的瘾君子为自己在这件事情上的道德缺陷辩解，说他染上这种恶习乃"天意"使然，因此无法逃避。

我们离开这爿鸦片馆时，许多人向我们索讨药物，包括老板在内。对于我们毫不掩饰地评论为他带来生计的嗜好，他似乎没有一丝不快。

他们听说我是个英国传教士，就说我指责他们抽鸦片的习惯是自相矛盾，因为就是我的同胞给他们带来这种嗜好的东西。他们大多数都有错觉，以为走私鸦片的都是英国人。对于这样的误解，我们自然想尽办法予以纠正。

后来，我参观了城里各处三十几爿鸦片馆。有一爿鸦片馆开在一个狭窄、阴暗、肮脏的地方，几乎不适宜任何人进入。这爿鸦片馆与棺材铺相连，地方选得甚为得当。

我们从人们那里了解到有关鸦片买卖的性质与规模的具体细节。当地大宗鸦片批发商，常在船上配备大量人手和武器，驾船驶出海港，前往六岛。那里停泊着外国的鸦片船，同样也是全副武装。若是清廷试图抓捕,他们随时准备抵抗。

当地船只载着成箱的鸦片回到厦门,船上高高地插着一些欧洲的旗帜,扬着船帆,所有水手用力划桨,迅速地穿过港湾。他们的武力很强,无论海盗还是政府官员,都不敢奢望能成功地追击他们。

然后,当地走私批发商将鸦片丸分别卖给零售商和鸦片馆老板。买卖这件流行的物品不是暗地里偷偷摸摸地进行的。我看到有三爿鸦片馆是鸦片贩子连锁开的。人们说,厦门将近1000 爿鸦片馆。街角巷尾常贴着告示,指引人们到对面的店铺,那里有"三冬老枪"的鸦片出售。

有钱人会差使仆人到较为考究的鸦片店购买调制好的鸦片,盛在小匣子里,若是数量不多,就用一张小竹叶包起来,带回来给主人,让他在家中享用。

店铺里的人都说,他们没有向地方官员贿赂,因为那些官员也都抽鸦片,因此自惭形秽,不敢来干预。他们认为,可能那些出港到外国船上购买鸦片的大宗批发商已经贿赂过当局了。地方当局对鸦片买卖完全了解,也知道抽鸦片非常流行。此类证据很多,每条街上都可看到制造鸦片管上的烟锅的人,到处都在公开出售这种烟锅。

我目睹了一些事例,听取人们的回忆,对鸦片在人的体质与道德方面的影响,有了总的感观。

为了获取更为精确的信息和数据,我在波尔曼先生的陪同下,去了 10 爿鸦片馆,以便连续接触 10 名瘾君子,从他们的坦白中得到确切的证据。波尔曼先生好心地作了我的译员。

通常，我们在每片馆中找第一个在抽鸦片的人，问的问题一般不会使人感到约束或是不愿回答。有时，被问人的同伴也会证实他所言不虚。我们把简单的事实记录下来，没有作长篇评论，以便读者不受任何偏见影响，对鸦片的作用形成自己的看法。

作者本人没有任何私人目的，只是陈述事实，希望人们了解鸦片一案的真实状态，以及这一体系的真实影响，无论结果如何，无论是否会增加或是缓解大众百姓对鸦片的普遍感觉和看法。

作者在此事先声明，这些记录的案例都是些经常光顾低级鸦片馆的穷人，他们通常没有能力维持这种昂贵的嗜好。有钱之人，具有满足一切鸦片癖好的能力，通常不会到这些公共场所去，而是在自己家中暗地里享受。

一号案例。这是个 30 岁的男人，在一艘从天津来的商船上做事，抽鸦片已有 4 年。自称当时心脏有病，抽了之后发觉能止痛。头两年，他逐渐增加剂量。后两年，他每天抽 10 分，即 1 钱，相当于 4 克，早上两克，晚上两克。按照现在的消耗量，他每天要花费 190 铜板，相当于英币 18 个便士。他有一妻五子。每天清晨鸦片瘾发作，五脏俱焚，四肢无力，抽了惯常用量之后，才获得舒缓。他看上去体格强健，身材魁梧，至今受到影响不大，只是面容浮肿。但他自己证实，自从有了这个习惯，食欲下降，体力衰减。

二号案例。这是个 42 岁的男人，抽鸦片已有 15 年历史。从前他每天抽 1 钱，现在囊中羞涩，只买得起 3 分。他的职业是文学教师，但现在处境每况愈下。他抱怨全身无力，食欲不振。自称为贫困所迫，正在逐渐戒除鸦片，但胃中疼痛使他有借口下午多服一剂。他面颊陷落，脸色苍白，一副可怜相。

三号案例。这是个 25 岁的男人，抽鸦片已有 3 年历史。开始时，每天抽 2 到 3 分，但逐渐增加剂量，现在他每天抽 1 钱。他抱怨食欲不振，全身乏力。从前，他身体强壮，是一群苦力的领班。每天收入两三百个铜板，190 个花在了鸦片上。他神情痴呆，眼眶凹陷，一副可怜相，年纪轻轻的就像老年人一样，体质衰弱，疾病缠身。旁观者说他极其堕落，即使是用中国人的道德标准来衡量。

四号案例。这是个 51 岁的老人，抽鸦片已有 15 年历史。他是个商船上的水手。他每天抽鸦片超过 1 钱。他说自己食欲与体力都极大地下降了。以前他习惯于酗酒，但感到鸦片更加摧残身体。鸦片常使他恶心，想要呕吐，却没有力气吐。在鸦片馆老板的劝导与帮助下，他在努力戒除鸦片瘾，8 天来没有抽足往常的剂量。他现在吃一种复合药物，想要消除那种渴望，使他一步一步地戒除抽鸦片的习惯。那种药是食糖、人参和一些鸦片灰制成的，主要成分是食糖。他坦白说，每天晚上还要抽上一点，看上去是积习难改，一定不会寿终正寝。

五号案例。这是个 40 岁的聋哑人，什么也听不见，疑神疑鬼，一副可怜相。家道十分贫寒，整个人邋里邋遢。他来店里买两分鸦片回家抽。旁观的人说，刚开始抽鸦片，两分就可以飘飘欲仙，但以后需要逐渐加大剂量，才能获得同样的效果。

六号案例。这是个 50 岁的老人，抽鸦片已有 14 年历史。他每天抽 1 钱。他还把烟锅里的鸦片灰刮出来，继续抽。他说自己的食欲与体力都大不如从前。他以前曾开过鸦片馆，但经营不善，倒闭了。现在他租了我们访问的鸦片馆，在这个肮脏的陋屋中，小规模地从事以前的业务。他的儿子都在乡下务农，为他提供资助。

七号案例。这是个43岁的男人，抽鸦片已有13年历史。他是这爿鸦片馆的老板，也为某个官员兼做书记。他每天抽鸦片7分到1钱。食欲不振，体力下降，他说想要戒除鸦片，很想知道改邪归正的方法。曾经有两次，他戒了一半，又被瘾君子朋友甜言蜜语地诱骗回来。他承认，戒鸦片期间身体好些，说他相信，只要现在能戒除诱惑，就可以恢复以前的体力。以前改邪归正之前，他吃过一种配方，包括用烧酒调和两分鸦片灰、食糖以及其他成分，共有八样。他承认自己走了一条愚蠢、罪恶的道路。不过，有个另一爿鸦片馆的合伙人，有一次一边称鸦片给顾客，一边反驳我的同伴的规劝，问道："那么，你们外国人为什么把鸦片运给我们？得了，你还是去说服你的同胞不要把鸦片运来吧。"

八号案例。这是个30岁的男人，抽鸦片已有两年历史。他每天抽3分，早上1分半，晚上1分半。他抱怨说食欲不振，体力下降。他说想要改过自新，但不能完成愿望，因为只要戒上一两天，就会四肢酸痛。他以制作竹椅为生，有妻子，但无子女。（不论在这次还是其他场合，旁观者都证明，抽鸦片的人，子女都很少。）他的脸颊苍白、陷落。他说自己从前身强力壮，现在体重已经掉了一半。我们对此表示怀疑，但他坚持己见。

九号案例。这是个50岁的船工，抽鸦片已有10年历史。他每天抽3分。他抱怨说食欲减少，体力减弱，神情茫然，面容浮肿。

十号案例。这是个 37 岁的男人，抽鸦片已有 13 年历史。他通常的剂量是每天 1 钱。他是个鞋匠，有一妻三子。他自称想要改过自新，从口袋里取出一种鸦片灰与食盐的混合物，说是可以抑制那种渴望。前天，由于没有钱，他没有抽鸦片。昨天，他抽了往常剂量的一半。今天，他还没有抽过鸦片，但感到神经性虚脱。他说自己以前很胖，身体健康，相貌堂堂。现在他面容浮肿，身体虚弱，吃不下正常的食物。他想要知道是否有任何东西可以让他改邪归正。我的同伴对他进行劝告，他摇摇头，指着胸口，气喘吁吁的样子。他接着打着手势，详细地描绘说，在条凳上制作鞋子的时候，若没有抽足往常剂量的鸦片，就会昏倒在地。他说自己养成习惯，嚼一点这种混合物补充体力。听他描绘所受的痛苦，看他讲到自己悲惨过程时的激动神情，令人十分感慨。他说，没有惯常剂量的鸦片，一吃东西就会呕吐。他每天挣 260 个铜板，180 到 220 个都花在鸦片上。最小的儿子是 6 年前出生的，自从那以后再没有添丁加口。他迫切地恳求我们帮助，向他提供治疗方法。波尔曼先生告诉他向全能的上帝祈祷，使他能够脱离罪恶。他听了，茫然地点点头，他说 3 天前上帝[①]诞辰时去拜过。"上帝"，直译的话就是"全能的"，是他们的一个神灵的名字。他接着又用姿势，模仿鸦片瘾上来时喘气的样子，抱怨说自己正处于那种嗜好的诱惑之中。他欣然同意波尔曼先生的建议，5 天后去我们的住处。我们会免费提供给他米饭，使他不受诱惑的影响，能够戒除这

[①] 原文为 Shang-te，或许第十号案例脑筋糊涂，把波尔曼先生所说的上帝与道教三清之一混淆了。

种嗜好。他对此千恩百谢，似乎十分真诚。次日早晨，他来到我们的房子，声称决心已下，要练习完全戒除鸦片，看上去真的想脱离这种罪恶。一连数小时，他都表现得很好。但到了一天快结束的时候，他显然变得不舒服起来，坐立不安。他到楼下的一个房间跟中国仆人一起吃饭，然后回到传教士的书房。不久就可从他的谈话中看出，他的内心正在进行着与诱惑的搏斗。他找了个借口上街，但因为没有钱，暂时离开屋子也不能满足他的目的。他后来说，家中无米下锅，因为他不在家，没有为他们赚钱。他向我们讨几个铜板，说为他们买些吃的。我们坚决地拒绝了他的要求，因为我们相信，他只是想弄些钱满足抽鸦片强烈而克制不住的欲望。他和我们又待了一会儿，显然痛苦万分，最后被鸦片瘾的极端痛苦所征服，消失在街上。

第三十章　杀死女婴

访问周围村庄——村民对杀死女婴之盛行与动机的证词——村民的宗族——祖庙——乡村校舍——杀死女婴之父母的坦白——杀死女婴的常用方式——病患的款待——企图杀死女婴的案例——女性地位的下降

1月30日。我偶尔骑马去岛上四处的村庄走动，闻知杀死女婴之事。我在厦门了解到的事实使我相信，福建省存在的这种社会弊病，规模一定令人难以相信，除非掌握最充分的证据，才能确立其真实性。

我访问过的中国其他地方，尚未得知真实可信的案例，可用来证明这种犯罪行为盛行到相当规模。山东与宁波附近，若有人做下这种道德惨案，那也是偷偷摸摸干的。相对来说，这种事十分罕见，会受到公共舆论的谴责。

这天，我在一位热心朋友的陪伴下，去民间收集信息。他总是随叫随到，为我提供珍贵的帮助。

我们出发，前往厦门岛另一边的几个村庄，一大早就经过了城东的郊区。我们的路线，途经坐落在海防炮群上方的一块广大的军事操练场。

操练场的一处,有个小小的检阅台,高级军官常坐在那里评判军队射箭技艺。靶子很大,绑在杆子上,置于不远处。另一处,有些墙与沙堆,士兵们在那里练习射击。再过去一点,规模庞大的防御工事沿海滩而筑,有三里路长,一直通到远处,然后向北拐,与悬崖峭壁相连,构成一道山脉的自然屏障,护卫城东、城北两面。我们从这道墙下的一个出口经过,那时英国军队就是从这里向城里挺进的。整条防御工事看上去都修整得很好。但无论是工事还是在瞭望塔上,都缺少枪炮。

我们骑马走了 18 里地,进了一个名叫洪丘①的村庄。那里的人们不久就围了上来。我的同伴和他们进行了交谈。话题渐渐而谨慎地引到杀死女婴上面,人们当场提供了各种统计方面的信息。他们毫不犹豫地断言,杀死女婴之事在他们中间十分普遍。他们说话的语气显示,在他们看来,这种做法与犯罪根本无关。他们说,穷人家的女婴一出生,通常 4 个中有 2 个会被立即杀死。但有钱人养得起女孩,因此没有杀害女儿的习惯。

下一个村庄有 3 里路远,名叫宝阿坳②,我们在那里待了两三个小时。那里的人们像中国一般的村民一样友好。整个村庄的人都姓林,看上去像是用族规团结在一起的。这个村庄的宗族制度是一种强有力的契合,所有的村民都互相看作兄弟。村界内的水井和寺庙都是公共财产,有时会因此与岭村的人们引起争端。这种村与村之间的争吵有时会闹得很大,双方好斗之士经

---

① 原文为 Hong-choo,译音。
② 原文为 Baw-a-aou,译音。

常召集人马，诉诸暴力。不过，村际之间的战争至多打个头破血流，手脚骨折。

他们似乎乐意带我们去看他们的小庙、神龛，尤其是让我们去探索本村的悠久历史与传奇的无比魅力，那就是摆设他们共同祖先牌位的祖庙。祖庙的正厅大门开向一个广场，厅中一共摆设了六块牌位。该宗族创始人的牌位按照先后次序摆成三排。最早的牌位摆在后面的第三排，声称为第十代子孙，中间一排为第十一代，前排为第十二代。最近的几块牌位已有两三百年历史，此后再没有罗列第几代了。现在，即使是村里最老的、最受尊敬的人，死后也只能把牌位设在自己家中。祖庙的正厅里，有个巨大的香炉，香炉顶上雕刻了一头狮子。香炉前摆着一张桌子，桌子上插着香。人们似乎把这些牌位看得神圣无比，说这些祖先的象征是无价之宝，没有人可以用钱把它们买走。

我们不久去了村中另一处公房，那处房子被当作学校使用。人们十分害怕我们的马，花了好些时间才说服最勇敢的人弄来了些饲料，帮我们牵住马。然后，我们进了大厅就座。大厅的另一头有个小平台，上面摆着一些神像。很快就有百来号人聚集到我们身边，大多数人都以不同的方式向我们问候。

我们在这里又提起了杀死女婴的可怕话题。他们证实前一个村庄所言不假，穷人一般会杀死 4 个女儿中的 2 个，有时甚至 3 个。他们说，在他们自己的村子，习惯是杀掉 6 个女儿中的 3 个，有时 4 个，甚至 5 个。他们说，杀死女孩的比例完全取决于个人的贫困状况。他们告诉我们，女婴一出生就被杀死，还说杀死女婴的方法一般有 4 种：在水盆中溺死，卡住喉咙，用湿布蒙住嘴巴，以及放几粒米到婴孩口中把她噎死。如果一个家庭中儿子女儿交替出生，人们把这种现象当成好的兆头，一般不会杀死女婴。

我们告诉他们，在我们自己的国家，许多人不愿相信中国人会有这种残暴的习惯。他们都坚称所言没有半点虚假。但此后，他们每个人都不愿承认自己或是父母杀死过女婴，这也是可以预料得到的。他们发现我们强烈谴责这种习俗，便再也不坦白自己参与这种行为了。

这时，村里一个名叫林修的人来了，邀请我们到他家去做客。他是出于好意，但我们知道他家一贫如洗，所以没有接受邀请。我们认为，谢绝他的邀请会对他更好。

这个穷人以前见过我的同伴，举止十分有礼。几天前，我的同伴与另一位传教士在城市附近行走，遇到这个村民。当时他怀里抱着一个眉清目秀、身体健康的孩子，我的同伴就跟他谈了会儿话，夸奖那个孩子长得好。那位父亲一副愁眉苦脸的样子，摇了摇头，说他是天底下最不幸的人，因为这是个女孩。在他们进一步询问下，他告诉他们，他有 8 个孩子，全是女儿，已经杀了 5 个。

这个人现在出现在我们面前，怀中抱着上次那个女婴，又重复了一遍他的悲惨故事。周围的人们证实了他所说的话，实在是臭名昭著。他抚摸着怀中的孩子，流露出父亲对子女的爱护。不过，他喋喋不休地诉说自己不幸的"命运"，讲到以前杀死女婴的过程，在孩子出生后怎样立刻放到水盆里。

林修是个小农，或是园林工人，耕种四小块土地。他认为自己是世上最晦气的人，生了 8 个孩子，却没有一个儿子。将来年纪大了，没有儿子可以依靠。他说得情真意切，悲哀不已。周围的人们，尤其是女人，看上去并不把这当一回事，常常开着玩笑，轻浮地挑逗着。林修说，每次杀死孩子，他都要懊悔10 天，他和妻子都会痛哭流涕，悲叹命运不济，尽生女孩。

我们问了一个老人，他公开承认杀死 6 个女儿中的 3 个。起初，他说不记得杀了 2 个还是 3 个。他说，是把草塞进女婴的嘴里让她们窒息而死的。在他的处境之下，这样打发自己的女孩，使他心里感到安宁。他和妻子都经常哭，但没有感到良心受到谴责。波尔曼先生对他做了规劝。他回答说，他会劝所有的女婿留住他们的女孩。

林牛以前曾去传教医院看过病。他脖子上长了一个快两斤重的肿瘤，动了手术才把它切除。他的生命由于外国人的仁慈与医术得以延长。现在他也加入我们的谈话。我们接受他的请客吃饭。

过了半个小时，饭菜就在公共大厅里摆好了。我的同伴告诉人群，感谢上帝每天的仁慈是基督教徒的习惯，吃饭前要祈求祝福，要求他们保持安静。于是，我祈求上帝赐福于我们，也赐福围在我们身边的误入歧途的可怜的人们。在我祷告期间，他们都保持寂静，一声不吭，牢牢地看着我。

人们为我们递上木筷，我们吃了地道的中国菜，有煮饭、鸭蛋，还有白菜、牡蛎和粉丝煮在一起的一道菜。桌上铺了一块围巾当作台布。饭后，主人为我们每个人端来一盆水，让我们洗手。我们表示要付些饭钱，但林牛和站在我们身边的邻居们都坚决拒绝接受任何钱，对我们摇摇手，觉得我们的做法不近人情。

林牛后来接受波尔曼先生的邀请，下个安息日回访我们，来参加我们的宗教崇拜，听传教士作有关耶稣基督的布道。因此，下个星期天，他在两个邻居的陪同下来了，所有的人都穿着节日里才穿的最好的衣服。关于他们村子的人口，他们无法给我们确切的信息，只是说有180家，大概有1000人吧。

　　回程中，我们也问了前邱华①的村民有关杀死女婴的类似问题，所得到的回答都证实了在这之前提供给我们的信息，即这是个非常普遍的习俗。几个村子中杀死女婴的平均比例都达到一半。当我们在问一位老人时，人群不明白我们询问的要旨或是目的，感到十分有趣，开玩笑说我们是算命先生，正在算老人的命运如何。后来，他们说话变得保留起来，怀疑我们是政府官员雇用的密探。不过，他们不久又变得友好健谈起来。我们要走时，他们极力劝我们留下来吃饭，跟他们谈天。

　　在另一个叫作鳌尼②的村子，人们承认女婴出生后被杀死的比例也是如此之大，但没有一个村民愿意坦白自己杀死过女婴，尽管他们证实这在他们中间十分普遍。

　　城内也有许多中国人证实这样的事实③。城里的居民，虽然

---

　　① 原文为 Chan-chew-hwa，译音。
　　② 原文为 O-ne，译音。
　　③ 作者原注：下列事实是"鸻"号海岸炮舰的柯林森舰长提供的。近来，他在考察中国海岸。他同意我可以公布这一事实。在福建海岸线上，距厦门与南澳各一半路程，靠近东山城的一小块岸上，两个男人与三个妇女走近那段他的水手正在勘探的海滩。那些中国人带着四个婴儿，开始在沙滩上挖了两个坑，正要把四个婴儿活埋，这时一个水手与实习生帮助柯林森舰长（当时他离那里还有一小段距离）把他们赶走。柯林森舰长用望远镜看到他们带着婴儿绕过岬到另一个地点，那里没有人会干扰他们干这残酷的事。

不像村民那么普遍，但也不是完全没有人干过这种罪孽的事。当地一些有身份的人说，这种事不仅在乡村十分普遍，就是在城里也已到了令人发指的程度，甚至说城里那些毫无人性的父母也把一半的女婴处死。这种令人毛骨悚然的习俗，究其真正缘由，一半是因为人们极度贫穷，一半是因为他们的良知没有得到启迪，看不到这种社会犯罪是多么的泯灭人性。他们已经对此熟视无睹，他们的道德感觉已经麻木不仁。

对于访问过乡下村落的人，这种罪恶行径对社会造成的可怕影响，应是显而易见。只要匆匆地做一个调查，就可以显示出，妇女在居民中的比例很小。读者可以轻易地想象得到，杀死女婴的后果会造成多么大的灾难性，由此引起的缺乏妇女的状况，又会带来什么后果，但作者不想在此详细描绘，以免冒犯读者的眼睛。

人们普遍地把有女无儿视为不幸与灾难，这种想法不难回答。下列事实就是最好的解释：

甲、父母老了，儿子为他们提供赡养。如果儿子事业发达，境遇良好，作为父亲的，一般 50 岁就可以不再为生计而劳作。儿子会为父母提供体面的生活。

乙、女儿一般 16 岁就嫁到别人家。不过在婚嫁时，丈夫得付一笔钱给妻子的父母，实际上就是一笔买卖，但表面上却说是偿还把妻子从小养大的费用。

丙、女儿出嫁后，不再被视为家中成员，改姓丈夫的姓。所以父母计算家中人口时，经常把她们除外，只把她们当作第二层的亲戚。

丁、女儿不能为父亲保留家族姓氏,不会披麻戴孝,祭奠祖宗之灵。

戊、人们认为妇女不能为赡养自己的费用提供足够的补偿,因而总的说来,地位低下,相对无用。

那位生了八个女儿却没有一个儿子的村民,自然在公共舆论中被认为非常不幸。因为他们缺乏信仰,没有信任上帝的智慧与仁慈。

第三十一章　厦门每日见闻，续

中国传教士会议——庆祝灯笼节——烟火制造术的巨型标本——节日假期完毕，生意恢复进行——祖先牌位的问题——中文查经班——布道的题目——中国听众的新奇解释——间接迫害宗教信仰者

2月2日。今天是2月的第一个星期一。上个月建立的每月传教士会议就在今天首次举行，其目的是对新入教的中国人有所帮助。6个传教士，他们的当地教师和家仆，加上一些邻居，总共有30来个人，在一位传教士家聚会。主持的传教士以一段中文祷告开始，然后以对《圣经·新约·使徒行传》第十三章第四十二节[①]进行评论作为结束。

谭先生接着朗读了一篇自己写的稿子。这篇稿子经过精心准备，以前还得到过一位传教士的帮助。内容讲的就是他们聚会的性质和目的。

墙上挂着一些地图，还有代表太阳、月亮、行星的图片，

---

① 《圣经·新约·使徒行传》第十三章第四十二节："他们出会堂的时候，众人请他们到下安息日再讲这话给他们听。"

有些放在桌子上，讲解中不时提及它们。谭先生的话题范围包括：1. 本次传教士会议的目的；2. 每月聚会的时间与事项；3. 新教教会在中国传教的历史概括。他说，本次会议的目的，是向大家提供他们自己写的以及全世界的祈祷文。提到这种聚会的时间，他说，大约60年前，一些英格兰的基督徒，深深感到传播耶稣基督福音的重要性，于是聚在一起，同意留出每个月的第一个星期一，用来向上帝祈祷、祝福传教工作。自那时起，英格兰与美利坚的基督徒普遍采纳了这种每月一次的会议。迄今为止，中国人尚未得到这种传教士会议的殊荣。但是福音在世界各处都具有同样的价值与重要性。中国人也只能通过像其他国家一样的方式获得拯救。为此，传教士会议今天也在厦门建立了。他提到过去在中国人中间所进行的传教努力，强调说，耶稣的教义之所以没有在中国广为传播，不是因为中国人认为没有必要，而是因为传教士的人数太少。

从前，皇帝与大臣禁止传教士进入中央王国。公元1807年，马礼逊来到广州，被迫隐居，以免被人注意。而厦门、福州、宁波、舟山和上海则完全不对外开放。但是现在，倚赖全能的上帝的帮助，在耶稣精神的指引下，4年来，传教士们一直在传播基督教。

接下去，另一位传教士用中文祷告。之后，林先生朗读了一篇以前写的文章，讲的是在南海诸岛传播福音的传教活动。他描绘了那里的居民以前的状况。他们崇拜偶像，杀害婴儿，谋财害命，淫乱放荡。与那时比较，他们现在洗心革面，成了信奉基督的人，对偶像崇拜深恶痛绝，在文明中迅速成长。许多说明他们过去与现在状况的轶事和真相，都取自已故的威廉斯发表的见闻，为了这次聚会特地译成中文。

谭先生又朗读了一篇文章，里面讲到世界传教地图。他向人们展示那张地图，并且经常用口头语言加上自己的评论。他首先让人们注意，地球是圆形的，摆在桌子上的太阳系模型有助于人们形成较为正确的概念。他然后描绘了地球的四个部分，每个部分上面的主要国家以及他们的大小、人口和宗教。接着，他更为仔细地讲述各个宗教系统的具体细节。他讲到在过去的4年里，传教士在厦门辛勤工作。但是传教工作只限于中国的5个开放港口城市，他们不能进入中国腹地。他接着详细地讲了自己的义务以及在场的每个同胞的义务。大家都应该接受福音，把它带到内地各处，直到四万万使用汉字（例如，中国及其藩国，朝鲜、日本、交趾支那等）的人都皈依基督教。会议由另一位传教士兄弟用中文做祷告结束。

2月10日。今天是花灯节，也是新年假日的最后一天。店铺与住家门前都点起灯笼，长长的一溜，照得亮堂堂的。我们正要上街去观看，从对面大陆的南泰武来了一位乡下人。几个星期前，他在村子里受到邀请，所以今天前来拜访波尔曼先生。

我收集了一些神像作为样品，包括那三位佛祖，这会儿就放在来客就座的房间的一角。我担心他会把它们摔到地上，便告诉他小心别打碎。他会错了意，立刻走上前去恭恭敬敬地叩拜，在每个神像面前鞠躬合十，直到听到在场的中国人的笑声，才意识到自己的愚蠢。那个可怜人看上去有些意外，对同胞们的轻浮感到惊讶，但他对偶像的热情显然受到意外的冲击，因为不久他自己也笑了起来。

夕阳西下之际，我们到各处街道以及公共聚集的地方观看。爆竹声接连不断，戏班子不时可见，赌桌上吵吵嚷嚷的，家家户户喜庆洋洋，到处悬挂着灯笼，五彩缤纷，各色各样。有些是用玻璃做的，有些用胶，有些用纸，形状有各种飞禽走兽、鱼蟹蛟龙。有些灯笼排成组合，让微风吹着不停地转动，有的做成森林里各种动物的形象。所有的主要寺庙和大户人家，都点上巨大的蜡烛，有的蜡烛周长有两尺。

四面八方都可以听到唢呐声、锣钹声。每家庙里的桌子上都摆满巨大的糕点，做成乌龟的形状。龟是佛教神话中神圣的象征。

城里 18 个区的自由民被征收捐款，支付在他们各自区内燃放的烟火费用。区与区之间相互竞争，使庆典变得规模宏大，给人留下深刻印象。富豪大贾也解囊支付烟花设计的费用，那些烟花就在他们的住宅附近展出。

我们进入内城的南大门晚了些，没有赶上看一个巨大的焰火，只看到人群涌往下一个燃放地点。那个焰火刚在提督府前燃放过，焰火中显示出狮子的形象。

我们从东面城墙附近的军队操练场折回来，经过西门走到外城。路上遇到几个巨大的火堆，熊熊的火焰有好几尺高。人们在锣声和掌声中，热切地从火上跳过去，以便得到好运。

附近一所庙门前的空地上，传来阵阵音乐声，把我们吸引了过去。那里有几大堆木材、焦炭和其他材料，准备点燃。这里的人群迅速增加。不时有吹唢呐的人加入进来。高高的杆子上，鞭炮噼里啪啦地炸着。这里可以看见通常的喜庆景象。

庙旁搭了一座看台，一些中国妇女坐在上面，观赏下面的游行队伍和烟火。空地上摆着一张桌子，上面有一些神像和常用的香烛、贡品。我们在这张桌子上坐了几分钟。后来，有人从附近屋子里搬来两张椅子，请我们就座。我们正要谢绝好意，仍旧坐在桌子上，这时一个中国熟人悄悄地对我们说，我们最好还是接受盛情，不然，他的同胞看见我们坐在供奉偶像的桌子上或许会感到大为震惊的。

这时，我们周围集聚了一小圈子人，听我的同伴解释传教士来中国的目的，以及他们给中国人的心灵带来的信息的性质。有些无知的人，发现我们自称虔诚，要我们向偶像礼拜。这自然引得传教士对他们做了一番规劝，也让他们的一些同胞开怀大笑，因为他们以前就知道基督徒反对偶像崇拜。

不久以后，另一位传教士和他的夫人也加入了我们。那位传教士对围在我们身边的几十个人作了一场演讲。那位传教士的夫人穿过人群，走到庙的另一边，那里的妇女坐在围栏里。她们看见她走来，先是装出害怕的样子，但后来，她用厦门方言向她们打招呼后，她们变得非常友好。那位传教士的夫人在她们中间待了一段时间。

我们从这里走了一里半路，到了另一个庙前的空地。一路上，几个人为我们带路，一路问了许多问题。这里也是到处挂着灯笼，到处可见一群一群的人。

我们不久看见一个大焰火正在准备燃放。那是个焰火制作技术的巨大标本。一根长杆竖了起来，超过15米高，四面绑着推进火箭式烟火和其他易燃物。底下一点着火，就看到一连串的爆竹、罗马焰火筒、信号弹、焰火，成片成片的烟火，把天空照得通明，远远都能看见。这个次要的表演之后，一个绑在那根长杆的肢臂上的房子，带着里面的人，突然从上面坠落下来。周围远远近近的烟火对准掉下来的房子喷射，把房子打成蜂窝状。一些燃得较慢的烟火这时突然爆发，变成一串串靓丽的葡萄挂在天空，持续了不少时间，给一大块地方的房屋和围墙投上了一层深蓝的色泽。这时，天空中下起一阵金光闪闪的雨，紧接着出现了一把亮晶晶的伞。伞突然自动打开，引得观看的人们轰然喝彩。不久，天空中出现了一个人的形象，迅疾地转着圈子，下面打上去的爆竹在他的四周开花，接着又下了一场闪闪烁烁的金雨、银雨。在这之后，一些曳光火箭拖着长长的火焰横过天空。接着，焰火垂直发射，射得非常高。整个焰火表演持续了一刻钟，在老老少少狂热的喝彩鼓掌中结束。

之后，人群向我们去过的第一座庙涌过去。我们也随大流，希望能看到著名的狮子焰火。但我们后来发现，第三场表演要过了半夜才开始，而且其他区的人也大量涌了过来。我们觉得还是回去为好，晚上 11 点回到住处。

路上经过的街上，每座庙都照得灯火通明。和尚、道士的法事道场看上去十分紧俏。有些地方在上演皮影戏。戏中人物通过幻灯投影到类似面巾纸的半透明的幕上。人物的一举一动，甚至是挥手点头，都有幕后操纵的人配音。有条街上搭了个戏台，演员正在演出某个皇宫华丽的景致。那个戏台正好挡住我们的路，别无他法，只得跪在地上，手脚并用，爬了 20 米路，从台底下爬到另一头。在那头，几双友好的手把我们搀扶了起来。

这场举国欢庆的花灯节过后，从新年第一天起一直处于半营业状态的日常生意，又重新旺盛起来。新年期间，法律或是中国风俗习惯，都对聚众赌博网开一面。现在新年已过，又将对赌博进行处罚。那些闲着找乐子的人们，又精神饱满地投入到忙碌的日常生意中去。从这一天开始，任人免费观赏的游行没有了，每件事都带上了营利色彩和商业性。

2月11日。传教士们举行了一场礼拜。结束时，有两个问题让大家讨论。这两个问题都与要求每个愿意接受基督教洗礼的人把家中的偶像和祖宗牌位移走有关。问题如下：

甲、一个人公开声明摒弃偶像崇拜，但屈从于亲属的迷信和恐惧，家中依然留着偶像，这样的人是否可以认为通过了基督教诚信的测验？

乙、家中保留祖宗牌位，仅仅作为对逝世之人的纪念，而没有进行祭拜，这样是否可以得到允许？

关于第一个问题，传教士一致认为，只要皈依者是一家之主，不仅要声明放弃偶像崇拜，还要销毁家中偶像标志，或是把这些从家中搬出去。这是绝对必要的条件。

两个即将接受洗礼的老人，其中一个虽然是一家之主，但由于继子邪恶，妹夫及其他亲戚抢权，实际上没有任何权利。因此，他决定带着妻子和孩子从那个共同住的家中搬出来，另外安置一个家。在新家里，他就有权废除偶像。大家都觉得这已经足够了。

关于第二个问题，虽然大家的意见也是一致，即每个接受洗礼的人都有义不容辞的责任，不仅声明不再祭拜祖宗牌位，而且要把它们移走,离开往常与偶像摆在一起的地方,但实施起来困难较多。

下列事实将会帮助读者了解这个主题。盛行的迷信说法是,人有三个灵魂。人死后,一个灵魂去了神灵世界。第二个灵魂住在死者的坟墓里;它在葬礼时,通过一根棍棒末端的小旗子或是幡条的招引,正式到新居就职。第三个灵魂应该住在祖宗牌位[①]上。

祖宗牌位是块竖的木板,大约30厘米高,安置在一个底座上,上面刻着死者姓名和日期。有钱人盖得起祖庙,就把牌位珍藏在共同的祖庙里。穷人把牌位珍藏在家中,与家神摆在一起,接受香火、食品、锡箔纸钱、微型衣服等常用来崇拜偶像的东西。

获得功名的文人,最先做的事中,就有一项是拜访这些具有祖先意义的标志,祭奠逝者的灵魂。祭拜祖宗牌位,是文人学士唯一遵守的严格属于宗教的习俗,这个习俗也被没有受过教育的大众所遵循。这也是传教工作进展的最难克服的障碍。

耶稣会的人以前就预见到这个困难,采取容忍祭拜祖宗牌位,把它看成是纯粹的世俗礼仪,没有宗教含义,从而尽可能方便地完成从儒教到天主教的转变。后来,天主教多明我会和方济各会的传教士从罗马来到中国,揭露了这种将儒教与基督教混合的自相矛盾的做法。

罗马天主教传教各派在中国互相倾轧,激烈争斗将近一个世纪。罗马接二连三地派遣使节前来缓减长期纷争,在冲突双方之

---

① 作者原注:但愿这种迷信不要对《以赛亚书》第三章第二十节中的用词"香盒"有所联想。牌位似可意译为"灵堂"。

间斡旋。一位教皇推翻了前任的教令,而他的训令又被继任者撤销。最后,耶稣会在教廷的影响不能推翻教皇的不利裁决。

他们于是唆使康熙皇帝不满教皇干涉中国朝政,并在大臣中施加影响。教皇的使节受到当众侮辱,被囚禁起来。耶稣会会士是教皇派驻澳门的管理人员。只要红衣主教铎罗①的名字还在史册上,在中国的罗马传教士之间举世无双的纷争就会使他们的抱负落空,并且暴露这一假象,即普天之下的教会都明显地团结在一起,受罗马七丘②的教皇统驭。

康熙的继承人雍正,快刀斩乱麻,驱逐了所有的罗马天主教派,结束了这些纷争。就这样,经过将近一个世纪的教派争斗,他们都从以前颇具影响与力量的地方被驱逐出来。自那以来,中国皈依罗马天主教的信徒由乔装打扮而来的欧洲传教士维持。

此次会议上,大家认为允许保留牌位作为对死者的纪念不合适,理由有下面几点:

甲、即使在以前的罗马天主教传教士中,也只有耶稣会允许保留牌位,仅当作世俗礼仪。

乙、中国人对牌位比偶像更为崇敬。

丙、保留牌位将会使接纳皈依者的大门过于容易进入,并且把迷信与基督教教义掺和在一起。

丁、保留牌位也将给中国人提供口实,让他们嘲笑皈依者伪善。这是他们常用的攻击性武器。

---

① 铎罗(Charles-Thomas Maillard De Tournon,1668—1710),另译"多罗",是红衣主教,曾任罗马教皇派往印度与中国的使节。
② 罗马七丘,指古罗马城周围七座小山。

346 | 五口通商城市游记

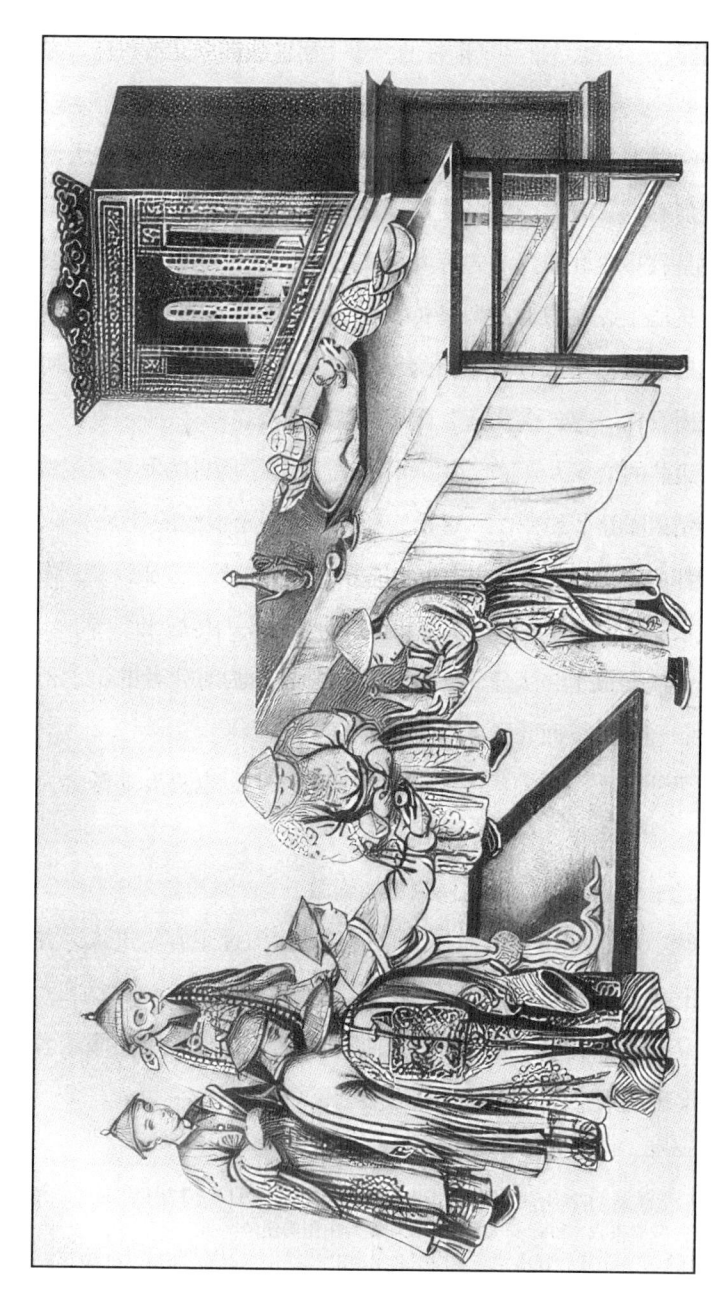

⊙ 新科进士耀祖光宗

戊、中国人在听传教士说偶像崇拜是罪孽后，常问起崇拜祖宗牌位的合法性，似乎两者在他们心目中紧紧地连接在一起。

己、《旧约》对各种类型的偶像崇拜作了严厉的谴责，例如，打碎偶像崇拜的物体，斩草除根，将偶像崇拜所用的物品砸得稀巴烂。我们不能与这种迷信妥协。在所有的迷信之中，崇拜祖宗牌位在中国人的心目中根扎得最深。祖宗成了神。

祖宗牌位一事对上面提到的两个老人没有造成任何麻烦，因为厦门不是他们的出生地，所以他们的祖宗牌位都在远方，由亲戚们看管着。

2月15日，星期天。一位传教朋友像往常一样举行安息日晚间家庭聚会，检查中国邻居和家仆白天在传教教堂和医院听到的主题。只有四个人参加，是通常人数的一半。聚会的目的，是通过友好谈话，使他们回忆不同的传教士布道的宗教题目，让他们自由地说出难懂的和不同意的地方。

为了让读者了解传教士演讲的性质，讨论过的有关《圣经》的题材，中国人对教会的接受能力，以及这种友好而亲密的交往所带来的有益影响，本人在此就这天晚上家庭聚会的内容做一简要的介绍。

传教士作了一个简短的演讲后，要求一个名叫易哈的青年解释早上9点布道中听到的主题。易哈是传教士家的仆人。他在回答中，分析了讲道的内容。

他说得非常自如，从容不迫。

后来，其他人自愿说出他们自己简单的见解，显然对这个主题很感兴趣，有时互相指正，没有一丝窘迫。一个名叫钱哈的成年仆人报告了上午 10 点听到的布道,主题是"重生",根据尼哥底母夜访耶稣的故事①引出来的。一位名叫秦汉的医科学生也回忆了同一场布道。他们每个人交替地描述了所听到的教义。

后来,他们记述了下午 3 点钟听到的一场布道,讲的是有关愚蠢的有钱人的寓言,源自《路加福音》第十二章十五至二十一节。布道者特别指出的一段,讲的是一个人的生命不在于"他所拥有的财富",生命意味着幸福,而真正的幸福不会在财富中得到,传教士问他们,完美无缺的幸福是否可以在这个世界上得到。钱哈说,幸福是渐进的,一个基督徒的幸福将会在天堂达到圆满,并且用文学学位作为例子来阐明,把尘世间的幸福比作"秀才"和"举人",把天堂的幸福比作"进士"。

绳匠何蛤被问到时,他面带伤心的表情说,白天他没有参加礼拜。他充满感情色彩地提到叔父对他的迫害,以及邻居们嘲讽他跟外国人勾勾搭搭。他叔父威胁说要解雇他,除非他在安息日工作,停止参加传教士的活动。邻居们说他喜欢外国人胜于中国人,还说他是外国人的密探。传教士劝他把苦恼向天父祷告,但他还是继续谈论由于没有听从叔父的命令,而给自己以及母亲、妻子带来的种种后果。他的情绪十分激动,但在友好的劝告和安慰之下,渐渐平静下来。他说曾经希望过要爱耶稣,常

---

① 见《约翰福音》第三章第一至三节:"有个法利塞人,名叫尼哥底母,是犹太人的官。这人夜里来见耶稣,说:'拉比,我们知道你是由神那里来做师傅的;因为你所行的神迹,若没有神同在,无人能行。'耶稣回答说:'我实实在在地告诉你,人若不重生,就不能见神的国。'"

常向他祈祷,但现在感到还没有准备好上天堂,因为他还没有获得"一颗新的心"。

聚会以一段适宜的祷告结束,所有的人都跪在地上。

第三十二章　厦门官员款待传教士

《圣经》新译——当地翻译委员会会议记录——厦门五位高官共同宴请传教士团体——预先的邀请与安排——大门口的欢迎仪式——先后次序的礼仪——宴会细节——话题——送别仪式——秘密动机

2月19日。《圣经》的一个新的中译本,或者说是对以前译文的修改,引起了各方相当大的关注。《新约》的中文版本被分成几个部分,分别委派中国各个基地的传教士进行修改。

厦门分到的部分有《马可福音》和《哥林多前后书》中从保罗开始的部分。每个传教基地修改过的译文要送给其他基地的传教士,得到他们的认可或是更正。整本《新约》修改过的译文,以及各个传教基地的传教士的更正意见,都将送往某个大会的地点,很可能是香港。在那里,每个基地的代表将负责承担定稿的重要任务。最终为代表们所同意的译文将被看作是标准版,因为它获得在中国的新教教会传教士整体的认可。

今天以及随后的日子,从上午11点半到下午1点,我都在当地翻译委员会工作。3个最有经验的传教士出席会议,包括他们的中国教师,其中有个人是秀才。一些常来参加礼拜的老人一般也在场,有时传教士讨论某个话题时,他们会加入谈话。

我们祈祷圣灵保佑,将上帝的语言变成中文。之后,修改工作从《哥林多前书》第三章第五节开始,每天完成十二节。我们首先参照希腊原文,把它译成最为接近的字面意思。然后大声朗读麦都思的中文译文。总体来说,麦都思的译文被认为是以前所有译文中最佳的版本。所以我们用他的版本作为基础,展开新的翻译工作,后来也参考马礼逊的中文版本[1],偶尔还参考郭士立的版本。凡是有任何重大分歧,都会大声朗读这两个版本。传教士们在自己中间讨论过一段译文之后,把那段圣经的意思讲给中国教师听,从他们那里得到中文书面语地道的表达方式。

这种时候,有时中国人对马礼逊译文的批判让我感到痛心。马礼逊的用词不是地道的书面语表达,从字面上理解常常让他们联想到荒诞无稽的事,使他们不禁莞尔,觉得可笑。麦都思的版本似乎译得比马礼逊较为流畅,有时使用意译,但总的来说比较地道。在场的中国人认为,在中文写作风格方面,麦都思的版本比现有的另外版本优越得多。他们认为郭士立的版本与麦都思的版本相差不多。郭士立的版本意欲对麦都思的版本加以改进,增加文言文的风格。朗读马、郭两个版本时,那些教师通常都摇头,几乎一致选择麦都思的译文,不过偶尔也会

---

[1] 马礼逊译本:1814 年出版了马礼逊单独翻译的《新约全书》。1823 年,马礼逊与另一位新教传教士米怜合作完成《旧约全书》之后出版中文《圣经》全译本,取名《神天圣书》,线装本,共 21 册,史称"马礼逊译本"。

作些校勘和更正。教师们把这些记录下来，以后在有空的时候，誊出一份清样，得到全体的同意和采纳之后，作为定稿。

傍晚，所有的传教士一起去内城提督府。在那里，厦门的五位最高长官为传教士的全体工作人员举办特别宴请。

胡春是个税务官，作为那些地方官员的密使，曾来拜访过我们两三次，为了定下我们方便的日期和时间，也要确定我们对细节安排的意见。他用来劝我们接受邀请的一个论点是，不要对看到的有些不合礼仪或是过分的事感到震惊。他还说，只要我们提出来，酒就不会摆上桌子。

胡春此次来访时，我们正要吃晚餐。他接受我们的邀请，也来加入我们。根据我们通常的习惯，饭前祷告后，我们每人都复述了一段经文。我们复述完后，胡春显然听懂我们所说的意思，出乎我们意料的双手合十，低声说道："多谢上帝。"在接下去的谈话中，他常表示希望传教士有任何要求或是想要当局为他们做任何事，都可以告诉他，他会替他们办理的。

下午5点，我们经过城门，不久到达提督府的大门。胡春和另一位官员在那里迎接我们，把我们引入一间候客室。我们在那里等了几分钟，胡春在为我们准备名帖，因为我们忘了带来。他们对这些礼仪非常注意，名帖准备好之后，才向大人们通报我们来了。

不久，中间的两扇大门为我们打开，我们被隆重地引入提督府大门。我们从两列侍卫中间向前走，经过一进又一进的院子，跨过一道又一道的大门，走上一段阶梯，四个官员迎上前来作揖问候。

安排我们坐最尊贵的位子，花了足足5分钟。就座完毕，传来三声礼炮，侍卫们洪亮地吆喝开道，通报道台大人即将到达。不久，道台乘轿到达，停在台阶下，带着一队卫兵和侍从。侍从们高举着红伞和显示道台官阶常用的徽章。四个官员都出去迎候道台下轿，陪他进入客厅。道台走上前来跟我们一一握手。看得出，他们之间也有有关位子尊卑的同样的礼仪和礼节。最后，每个人都按照他的官位顺序坐了下来。他们都穿着昂贵的貂毛大衣，帽子上镶嵌着帽扣，胸前绣着各种徽章标志，显示他们各自的官位品级。

提督和海行脑后都插着一枝孔雀翎，这是种荣誉的装饰，类似巴斯勋章。提督最近恢复荣誉，现在作为一品武将，帽子上镶着一个红色帽扣。其他人对这两位满族官员倍加关注，尤其是道台，只有他和提督一样，享受"大人"之称，其他人都被称作"大老爷"。

他们谈了些有关西南风和天气的话。之后，茶水和烟管送了进来。不久，每个人便同两旁的人熟悉起来。我的座位在道台旁边，他乘这个机会谢谢我最近送他的地图。

不久，宴席桌子摆好了。侍从报告一切准备就绪后，我们又花了5分钟时间安排座位。最后，我们放弃谦让，任由主人安排，这样就缩短了我们站在那里的时间。两个英吉利传教士被奉为会长和副会长，分别安排在桌子的两头。余下的外国客人安排在会长和副会长的左右。主人们坐在桌子的中段，根据中国人的看法，那些是客厅中最卑下的位子。

桌子的中间摆着一小堆一小堆的糕点、泡菜、果干和蜜饯。

我们面前摆了筷子和欧式刀、叉、匙。这些是特地为今天的宴会借来的。我们面前的小碗小碟频繁更换，炖肉、燕窝羹、猪肉、鱼、鱼翅、鸭、髓骨，川流不息地端上来。接着是烤猪，羊腿，唯恐我们吃不惯他们的满汉全席。

当我们松懈下来，没有精力去对待他们的盛情时，他们会不顾礼仪地把刚从嘴里拿出来的筷子伸到菜盘中，夹上一大筷子菜，放到我们的盘子里。

上了 20 道菜，花了将近两个小时。这时，米饭端了上来，象征着宴席接近尾声。他们用小杯喝一种用大米酿造的饮料，还互相频频敬酒。每次，他们把杯中酒喝完，都把杯子翻过来，底朝天，显示他们不折不扣地接受了挑战。

我们面前摆着小杯的葡萄酒，有些人严格地遵守绝对戒酒的原则，就没有喝。这引起主人问了好几次。我们在解释中讲了戒酒社团的起源。我们回答他们的问题时说，完全戒酒不是我们的宗教的重要组成部分，但每个基督徒可以自己对此做出判断，不要超越或者滥用上帝的祝福即可。听到这里，那些官员相互狡黠地交换眼色，拿和尚开玩笑，说他们白天戒荤戒酒，晚上则想方设法克服这种禁忌。

桌上的碗碟很快就取走了，红漆桌子用纸巾擦干净。那种纸巾也摆在我们面前，供我们使用。用餐时，他们那散发着香气的项链被放在一边，现在侍卫把它们取来，挂在他们脖子上。我们身边站着的侍卫有 100 人左右。千户是唯一懂得当地方言的官员，在谈话中扮演主要角色，通常为他人做翻译。我们的朋友胡春站在一边，有时自告奋勇地说上几句。

提督从一个中国人那里高价买来一个英国制造的气压表，现在命人取来放在面前的桌子上。他似乎对气压表失灵非常恼怒，因为白天没有预测到风向转变。提督详细地讲述了大海的危险。一位在场的传教士的妻子，由于身体欠佳，乘船回欧洲时，也在海上遭到不测。

提督提到海上有冰山，他在中国北方海岸线外航行时曾见到过。说起冰山的形成，他提出一项离奇的理论。他认为，冰山只不过是大量海水冻结而成的，风暴中激起的浪潮一下子冻成了一堆！

海关监督也想向我们显示他刚学的英语，试着用英语从1数到10。他问了许多有关俄罗斯、法兰西、英吉利和美利坚的事，尤其是英美两国是否使用同一种书写文字，说同一种语言。他还想知道英吉利人能否说蒙古的语言，或者是俄罗斯的语言。后一个问题或许是因为他想起北京的俄国语言学家而问的。

侍从又端上茶水和大烟，我们不久就笼罩在烟雾之中。他们相互之间都举止文雅，彬彬有礼，似乎相处得十分友好。不过，当我看到他们相互客套，脑中不禁想到，他们表面上客客气气，显得十分亲近，而在这外表之下，或许是尔虞我诈，没有半点真心。他们每个人都靠敲诈勒索、鱼肉人民为生。与此同时，他们每个人都得把不义之财的一部分孝敬上司。

道台是个满族人，驻扎在厦门，主要是监视其他官员的行动，也是为了遏制那些纯汉人官员的影响。他没有什么具体职责，但靠默许下级官员敲诈勒索而敛得大量钱财。厦门时下流传说，道台每年从海行那里收到的礼物比海行本人从朝廷那里得到的俸禄还要多一倍。这笔额外钱财得来的方式自可在普遍盛行的贪赃枉法中找到解释。

告辞时，我们听到一片恭维声和道歉声。有的官员表示遗憾地说，只让我们吃了些粗茶淡饭，还说我们几乎什么也没吃。他们陪我们走到外院。在那里，侍从给我们一人一个火把。我们借着火把亮光，走过大街小巷，回到家里。

提督府的外院里，挂着奇奇怪怪的铃铛和装饰品的矮种马在等候着各位官员。我们刚走，道台就立刻离开了，三声礼炮和唢呐声立刻传进我们的耳朵。

邻近街道的人们呆呆地看着我们从提督府附近走来，显然惊讶地发现外国人对他们统治者的政策所产生的最新效应。我们所受到的殷勤对待非同小可，从来没有欧洲人得到过类似的殊荣。他们像我们一样，没有因为在不列颠政府之中担任公职而获得这样的殊荣的。毫无疑问，促使这种殷勤的主要动机，应当是想要正式向传教士表达敬意。当然，私人的动机，也可能在这件事中起到一定影响。

在一个像中国这样的国家，外国人以往一直受到统治当局有系统地蔑视。现在的这些官方表示尊敬的迹象，很可能是为了对民众施加有利影响，使他们也尊敬传教士。同时，也是为了解除人们潜在的担心，害怕自己承认皈依西方国家的宗教而受到统治者的迫害。

第三十三章　厦门概况

　　早期与欧洲的来往——人们的经商胆魄——移民国外——厦门市与厦门岛的地形——白鹿山——界限规定——罗马天主教村——另一份弛教解释公文——地方官员试图隐瞒——地方上对文学成就的奖励——方言——人们思想上的堕落——厦门的传教情况

　　厦门市位于东经118度6分，北纬24度32分。
　　即使是在以往与中国的交往系统下，欧洲人对厦门也要比对大多数中国沿海城市熟悉。这种情形的产生，部分原因是东印度公司以前曾试图跟厦门人开辟贸易，但主要是厦门人自己具有强烈的事业精神。正是这种精神，使得厦门人到南中国海边缘的各个国家与岛屿定居，开辟贸易。
　　早在公元1676年，就有一艘船从英格兰派往厦门，目的是建立一家商行。那个尝试获得成功，但后来的贸易因为中国内战纷纷而中断。
　　1680年，满族人捣毁了东印度公司的商行。
　　1784年，管辖这个地区的满族将领允许商行重建。第二年，东印度公司在厦门的常驻代表们在一份正式报告中宣称："经过5个月的时间了解这些人的本性与品质，可以把他们归纳为披着人皮的魔鬼。"他们还陈述道："我们认为，继续遭受这些贪得无厌的统治者的敲诈，不会给贸易带来好处，反而害处更多。"[1] 不过，那家商行继续开着，直到朝廷下了一道敕令，把外国贸易限制在广州，才迫使东印度公司官员撤离。

厦门人的经商热情可以从以下事实中窥视一斑：厦门市的人口估计只有15万，拥有的商船数目却是重要的省会城市福州的3倍。人们大量移民婆罗洲[2]、暹罗、新加坡、马六甲、巴达维亚、三保垄以及爪哇的其他地方，想要靠贸易发财，然后衣锦还乡。

真正回来的几个通常都一贫如洗，道德败坏。他们行为暴躁，常给地方当局制造麻烦。作为传教的对象，他们通常不如从未移民过的人。

厦门与台湾之间存在着相当规模的贸易，商船从台湾运来一船船的大米、食糖、食油和落花生。厦门从上海和宁波购买棉布、粉丝、毛皮和毡帽。沿海帆船从福州运来圆材和柑橘。广州提供布料、羽纱、鞋和精工制品，还从马六甲海峡大量进口五谷、海参、巴西杂木和一种用来制作桅杆与锚的硬木。作为交换，厦门人出口大量的茶叶、砖头、鞋、伞、陶器、铁质厨房用具，还有神像。

去年，5艘欧洲或美利坚的船只从厦门带走移民，到马六

---

[1] 作者原注：见《米尔本的东方商业》。伦敦，1813年。
[2] 加里曼丹的旧称。

甲海峡去。每艘船上都有100至200个厦门人,每人都付了10块或12块大洋作为船费。他们通常都在甲板上挤在一块,除非船很快就到达目的地,不然他们就得备受困苦。由于难以找到生计,使得人们铤而走险,到异国他乡闯荡。那些移民他乡的穷人,通常都希望落空。据那些地方的传教士说,他们都沦为当地人口的最底层。巴达维亚属于例外,那里有几个中国人发了财,其中两三个人还坐上了欧洲式样的高级马车。

厦门岛长35里,宽30里,有村落136个,人口约40万,其中近一半住在城里。厦门的地理构成,包括一道连绵不断的黑石山脉。那些石头刚砸开时呈浅灰色,但在空气和雨水中暴露一段时间,就会恢复原来的黑色。

厦门岛像一座天然形成的巨大城堡,四周都是高低不等的悬崖峭壁,只在崖底与大海之间,留出一些低洼不平的土地供人耕作。在山脉顶上,有七八里长的台地,得到人们精耕细作。厦门岛东部和北部,在山峦与海滩之间,有十来里宽的平整沙地,出产大米、小麦和蔬菜。

厦门市建成瘦长形状,占据一处岬角,三面临海。内城规模不大,城墙长不足3里,有4道城门,开向外城。内城没有什么商业,提督府和花园紧挨着城墙,占据了相当大的面积,使游客不能在内城里走上完整的一圈。厦门的街道狭窄、肮脏,除了少数例外,绝大多数房屋破旧不堪。偶尔可见一些外观像样的建筑,在一片贫穷之中平添了一点异样景观。

众多的寺庙之中,有些建筑相当出众。坐落在白鹿山上的寺庙群,尤其值得一提。突出的岩石上悬空建造了一组建筑。

站在顶上，鸟瞰 3 里外的市区和忙碌的人们，如诗如画，美不胜收。在这风景如画的隐居之处，寺庙墙上有些题词颇具新意。一块碑上刻着："行德乃大。"另一块石碑上刻着："世人祈求上苍，方能得到安宁幸福。"

另一座饶有趣味的寺庙坐落在山脚下附近，建在南部海滩一块长长的平原的高处。由于所在位置距离构成海防炮台的一系列防御工事仅一里多路，致使这座寺庙遭受到不列颠战舰的炮火威胁。僧人们拥有一枚巨大的加农炮弹，保留下来向游客展示，证明神像的威力神圣不可侵犯。当时，庙墙被炸得千疮百孔，但没有对其他建筑造成严重损坏。他们还说，那颗炮弹滚到神像脚下，奇迹般地被止住，没有爆炸。

尽管此地商业兴隆，但城里富豪大贾则屈指可数。其原因是，作为一个城市，厦门的重要性很小，属于大陆上的同安县，而同安县只是泉州府管辖下的一个地区。厦门仅仅是更为重要的漳州和泉州的一个外港。那些生意成功、赚得大量钱财的当地商人，大多住在漳州、泉州，享受着财富带来的优雅和奢侈。厦门与漳州的关系，就像上海与苏州那样。

中国的外交家当然会十分乐意把整个外国贸易局限到这类城市，以便将欧洲人排除于真正的繁华之都、制造业的重镇之外。这也许就是中国全权大臣坚决反对向不列颠贸易开放省城福州的缘由了。

限制外国人逾越的界限，在代理领事的参与下，定为"一日之游"。在这一条款上，加了一条限制性很强的注解，以便禁止外国人离城作半日以上的外出，并且日落之前必须返回厦门。

由于一天被解释为从日出到日落,并且由于乘船到对岸陆地一般需要大半个上午,所以这条规定事实上把外国人限制在厦门岛上,甚至不允许他们在村里过夜,必须在日落之前回到城里。

在附近大陆的一些地区,罗马天主教徒人数众多。

法兰西大使与随从最近访问过厦门。在他们访问期间,曾去过120里远的一个村庄。那个村里的人几乎都是罗马天主教徒。法兰西大使后来说,看到村民们胸前挂着十字架和纪念章走上前来迎接,那个景象真是美妙无比,使他心中点燃起宗教的热忱。

那个村有约500人。一些附近的村子也有同样数量的天主教徒。牧师是个西班牙人,名叫弗朗西斯·席,穿着中国人的服装,在他们中间公开举行宗教仪式。法兰西人访问期间,一座估价为1800块大洋的小教堂接近竣工。这座教堂用砖砌成,风格一半像欧洲,一半像中国,长27.5米,宽12.8米。教堂内有两排柱子,圣坛严格按照罗马天主教的建筑模式安置。法兰西全权大使为这座教堂的建立捐过一笔钱。地方官员肯定知道那位牧师在那里居住和工作。

我在厦门居住期间,有消息传来,说中国政府又颁布了一则对弛禁宗教的解释令。在这个新文件中,中国政府全面承认,所有的外国人都享受同等的赦免,弛禁法令涵盖西方国家所有的宗教,不偏不袒。第二个敕令显然把弛禁宗教限制在罗马天主教。因此,在以前的一段时间里,成了不列颠驻香港总督和耆英信函来往的一个主题。香港总督迫使耆英承认,应该对新教与罗马天主教一样弛禁。总督的决定值得赞赏。耆英答应,这个公告将由五个设领事馆的港口城市的地方当局向民众广为传播。虽然已经过去了几个星期，厦门一度只见到一份公告。不过，几天之后，在郊外的一处偏僻的墙上又出现了第二份。然而，在通常张贴政府公告的地方，即城门上，却一份也没见到。

虽然厦门的人口一般都是贫民，不像新近开放的中国其他城市，外表看不到几处富裕的迹象，但不乏文学机构，其建立就是为了促进当地学术的发展。

由于厦门没有被包括在三种正规等级的城市之内，因而不在当地授予任何学位。不过，这里有约200名秀才，有些是花钱买的。报考学位的人得从厦门赴泉州应试。泉州是当地行政区的首府。正像前面所提到的，举人的考试只在省府福州举行。泉州府估计有70位举人，在厦门的只有3位。至于更高学位的进士，厦门当地人中没有一个考取过。

据说有几位学者去泉州应试，不太有希望获得学位，但想试试运气，看看能不能用文章谋取一点钱财。厦门设有40份奖，每份4块大洋，每年用来奖励当地学子，看谁在某个主题方面的专题论文写得最好。秀才（相当于研究生）与生员（相当于本科生）都可以竞争这些奖项。不过，奖品分两等，前10名秀才，以及在每个分科之下的前10名生员，都可获得同等数目的大洋。二等奖授予每个分科之下的后10名生员。据说，通常有1000人参加这种一年一度的考试。这样就促使学子刻苦用功。许多这样的学子都可轻易地雇作教师，在厦门每个月只要付其他设领事馆城市的一半多一点就够了。但传教士发现，真正效率高、精通古典，并且愿意谆谆教导外国学生的，还是得颇费周章去寻找。

厦门的当地方言，或者更严格地说，是漳州方言，就是那些传教士以前在新加坡与巴达维亚的中国移民中主要学习的那种方言，通常也称作福建方言。这一术语有时会引起误解，以为全省通用。作者遇到过省府福州的当地人，他们跟通晓厦门方言的传教士一句话都沟通不了。

以上所述，应当使读者对这块传教土地的性质，现在的工作结果，以及传教路途中的困难和鼓励，有个总的概念。已经记录下来的事实，将使读者对下列情形有个相对正确的看法，即厦门人性情友好，严格遵守国家律法的公认原则，家庭紧紧团结在一起，勤奋节俭，见识开明。这就是这个民族的这部分人的一般特性。

以前，我们曾经把他们看成是半野蛮的人，一方面对他们的文明和优雅不屑一顾，另一方面又过分赞扬、夸大。但是，如果我们就此打住，不再记述下去，满足于这种肤浅的看法，那么我们就会对他们的真实社会状况，形成过于有利的判断。

日常发生的事情，不管是传教士自己了解到的，还是经常通过传教医院得知的，都揭露了厦门人的道德水准，透示出令人毛骨悚然的行径，让人寒心。

人们公开承认杀死女婴。世俗习惯使得这种行为合法化，并且由于频繁发生，而不再让人们为此感到羞耻。妇女缺少的后果，将会引起各种犯罪活动，给家庭生活留下污点。使徒保罗指责古代非基督教世界的各种罪恶场景，都会可怕地盛行开来。

厦门人抽鸦片成瘾，规模大得惊人，这种恶习毁坏了人们的生殖能力和自然资源。人与人之间经常撒谎，尔虞我诈，没有诚信可言。老老少少，淫荡无度，恬不知耻。腐败堕落的洪流势不可挡，它随着湍急的水道，用滚滚的邪恶淹没社会秩序。

凡此种种，都证明他们是一种特殊的人，道德败坏。对于他们，怎样谴责都不为过；对于他们，正确的感念很难形成。厦门人的道德和社会状况就是如此。

这个传教基地的特别之处不多，下面将作一简短的回顾概述。

就规模、人口和居民的阶级来说，厦门在中国所有对外国人开放的港口城市中，最微不足道。厦门的传教劳工，由于与其他省份交往甚少，处于不利的地位，不可能对内地居民施展较大的影响，以便传播基督教真理。厦门的传教士人数在令人遗憾地减少，有的死亡，有的迁移到气候较为适宜的地方。这也暗示着，厦门的气候没有北方的港口城市有利于健康。

不过，在另一方面，厦门的人民极其友好，当地官员显然关心和庇护传教士，传教士在当地所赢得的名望和道德影响，都远胜于沿海的各个传教基地。这一切，无疑归功于传教士在厦门住得比较久，并且天天与各个阶层的人交往，对他们进行口头教诲，并且没有忽视教育机构。

虽然厦门的情况像其他传教基地一样，正在朝着同样有利的结果发展。但在目前，在中国的其他地方还看不到上面列举过的决定性的迹象，这显示出厦门的传教努力，已经在当地民众中产生了良好的影响。

第三十四章　告别厦门，三访广州

厦门最后一个安息日——中国朋友们的道别——乘船去香港——访问广州——广州与中国北部港口在开展传教活动方面的比较与回顾——广州最近的动乱——耆英的困境——中国当前的危机——对清政府禁止鸦片的道歉——英国基督教立法者的责任

2月22日。今天是我在厦门居住期间的最后一个安息日。我参加了各个传教礼拜活动。在美利坚传教小教堂布道结束时，传教士请我用官话向与会者讲几句。我告诉他们促使我不得不回国的原因，并且说可能会有其他传教士来接替我。讲话结束时，我问道，听说有新的传工来加强传教人员，他们是否感到高兴？一个教师用当地方言向站在四周的人翻译了我告别的话，并加上长篇评论。

不久，五十来个人围聚到布道坛旁，又留了半个小时，跟我握手道别。那位布道的传教士看到他们还不想与我分别，就走过来跟一些人谈话。有些人对他们在布道中听到的主题，贸然举了些自己的例证。当问到他们是否欢迎新的传教士来，看到新传教士来是否会感到高兴时,他们都回答说:"当然会。"当又问到为什么希望传教士到他们中间来时,有的说:"因为你们爱我们。"另一些人说:"因为你们对我们说话那么和气。"于是,传教士提醒他们轻侮福音启示可能导致的后果,还说所有的传教士都可能会离开他们,作为对他们精神上无动于衷的惩罚。我离开教堂的时候,人们又跟我握手。有些较熟悉的人还问我次日早晨几点出发,表示愿意送我一程。

次日一大早,6个教师和邻居来到我的住处,等候我离别。他们把我送到码头。我上了船,向他们告别。不过,他们坚持雇了一条船,在我的船尾划了6里路,送到外港,一直到达我将搭乘的军舰旁。在这里,当我攀登舷梯的时候,他们与我相互挥手,作最后的告别,然后穿过厦门港划回去。

不久,我们就启程前往香港。几个小时之后,当地的景物一一从视野中消失。我心中会永远记住所有传教兄弟的仁爱和友谊,记住在6个多星期逗留期间所发生的各种事情。

航行的头两天,有轻微的顶头风。到了第3天,从东南方向刮来强劲的逆风。第4天,东北方向突然刮起清新的微风,我们乘风航行得很快。下午,我们已经到了大星簪附近,发现日落前无法到达群岛的入口处。因为没有月亮,而风力则增强到八级,所以被迫在海上颠簸着过夜。

2月27日,星期五。拂晓时分,我们发现船在夜里顺风向香港岛漂了十来里路。经1个小时的逆风行驶,通过了东面的鲤鱼门海峡,不久就在维多利亚港抛锚停泊。

3月份,我去了趟广州,想要确认民众的感情状态,以及

11个月以来传教工作的进展。在我离开的这段时间里，几个传教士从香港调到广州，其中有位裨治文博士。他是个阅历丰富的传教士，以前曾在广州住过10年。比起以前，传教医院现在与传教事业更为一致。梁阿发协助几位传教士定期为病人举行安息日礼拜，通常有100人参加。不过，除了在传教士自己的家里之外，其他公共礼拜活动现在已经停止了。

作者真心希望，最后一次访问这个人口众多的城市时，可以对民众的精神和广州传教开展的规模，获得较为有利的看法。不过，坦率迫使他不得不表示，北面一些的城市居民举止友好，安分守己，与广州居民独特的狂暴、傲慢，具有多么巨大且显著的区别呀！他不禁想起与中国其他城市各个阶层人们自由自在、无拘无束交往的幸福时刻，想起那里的统治者和人民、富豪大贾和平民百姓，无论是在拥挤的市中心还是在偏僻的村庄，对传教劳工表达出来的相当程度的尊敬。他无法不把外国人在那些港口城市所享受到的自由程度与广州比较。在这里，外国人被限制在一个无足轻重的郊区的几条街上，事实上是作为一种遭到鄙视和侮辱的阶层而被囚禁起来。

上次来访时，正值民情极为激动的时刻。民众显示出极大的倾向，要把权力的缰绳握在自己手中。当地政府处于瘫痪状态。耆英发表公告，让外国人有权进城，劝告人们"普天之下皆应和睦友好相处"。

他的这一公告引起民情哗然，导致动乱。愤怒的人们张贴针锋相对的布告，广州府的衙门和办公机构遭到民众焚毁，表面上是抗议虐待一些中国人，但实际上是民众反对最近颁布的敕令的愤慨之情的迸发。地方官员只要一出门就会受到当众凌辱。下层民众煽风点火，引发对外国商行的全面攻击。

当局的公告被撤销，他们发布告示，说人民的意愿应当高于一切，"蛮夷"（公告中用的就是这样的字眼！）不得入城。一艘英国蒸汽轮战舰开来，停泊在外国商行外面。当地军队同情民众，厌恶外国人，因此不能依靠他们平息动乱。耆英向别处调兵遣将，经过一段时间的准备，最后重新行使决定性的权威，拘捕了一些平民首领。在一段时间内，民众的狂热行为得到压制，中国法律的权威再次占领上风。但是外国人出了外国商行走远一些，安全就不能得到保障。

与此同时，中国的最后一笔赔款已在2月份付清。英国借口广州的和平状况没有得到实现，超越规定期限，依然控制着舟山岛。尽管中国全权特使与不列颠全权特使之间频繁会晤，广州民众过于激烈的行动导致的重重困难，使得事情无法调整。

一方面，不列颠已经准备就绪，一旦《南京条约》的精神得到贯彻，允许不列颠臣民入城，"不受侵扰或是限制"，即可放弃舟山。另一方面，耆英曾向皇上担保准时收回舟山，因而强烈反对不列颠逾期不还。他声称，这无疑是使他遭到不该有的毁灭的前兆，也会在中国人的心目中永久地留下对不列颠言而无信的记忆。更重要的是，这种做法对保持外国人的商业设施与特权毫无必要[①]。

当地绅士和学者建议对言而无信的蛮夷采取极端措施。乡

---

① 不列颠全权特使于7月将舟山还给中国。

下民众认为自己人数众多，占据优势，因而竭力制造危机。一旦发生不测，他们可以退回自己的村庄。不列颠想要报复，也是鞭长莫及。当地商人和店主，担心财产受损，似乎是唯一不同情激烈的民众的一个阶层。他们对冲突的后果胆战心惊。

在这些动荡与焦虑之中，耆英的身体开始急剧变坏。他咳血，一只眼睛也长了白内障。当传教医生把听诊器放在他的胸口上的时候，耆英说："我生的是心病，没有医生治得好。"有一段时间，他无法处理公务，看上去心理失常。

这些人民即将造反的迹象，将会使每个人看清，一旦又与中国冲突，战争的危险性将与上次不同。那将不再是跟中国的统治者对抗，而是与它的人民为敌。这种对抗的严重后果，是任何人都预见不了的。中国其他地方人民的安分守己的性格，加上当局总的维持秩序、保护外国人的意愿，提供了持续和睦关系的保障。不过，和平随时都有可能受到广州等地反抗的扰乱，接着不列颠政府会要求赔偿和赔款。而在民众的这种思想状态下，中国政府可能无法或是不愿让步。

许多人会倾向于把以上描绘的毫无规则的事态，看作是腐朽衰败的标志，若不能动摇整个帝国本身的话，也是现在这个王朝的权力毁灭的预兆。但是，这种看法应当加以修正，因为每个朝代都经常有骚动和造反。

广州的民众，几个世纪以来，一直处于一种类似造反的状态。中国处于这种内部危险之中，它的安全依赖于避免外来的危机。中国的主要危险，来自北京反欧派系的狂妄自大，亦来自广州民众的群情激昂，从而引起与外国发生冲突。

采纳对"外邦"大度的政策,使政府适应新发生的紧急事件,让外国使节常驻北京,这些应当是中国的真正利益所在。除非中国改变它的政策体系,放弃闭关自守的国策,否则它在知识、艺术、实力、财富,以及一种进步的文明所拥有的所有更实质性的东西方面,都会固步自封。

在中国的政治大舞台上活动的最显要的角色中,耆英爱好和平,思想开明,私下仔细阅读外国人撰写的书籍,汲取了相当多的有关基督教国家宗教的知识,似乎没有人比他更适合来阻止国家衰退的进程。

另外还有块危险的暗礁,或许同样会使国家资源遭受破坏,如果这一术语可以严格地应用于一个民族和它的全民道德的话。对于消除这个危险的来源,不列颠在很大程度上负有责任。清政府在过去的半个世纪以来,一直反对把鸦片输入中国。个别官员,或是为了相安无事,或是接受贿赂,无疑默许了这种罪恶勾当。但作为政府,他们明文规定,禁止鸦片输入中国。这是每个独立的国家都具有的不可剥夺的神圣权力,每个国家都有权拒绝走私物品输入。

同禁止从外国进口鸦片相一致的是,中国自己禁止种植鸦片。中国曾经有六个省份在不同时候偷偷种过鸦片。中国政府永远有权不准外国鸦片进口,而简单地鼓励人们在自己的土地上种植罂粟。但是,他们选择了相反的道路。

大量的证据显示,尽管沿海省份的下属官员行贿受贿,默许鸦片走私,但影响中国朝廷,使之决定禁止鸦片的,在很大程度上,若不是主要的,则是抽鸦片引起的道德败坏。这种反对始于上世纪末的嘉庆年间。

1796年，嘉庆下旨禁止鸦片。在这之前的几年，中国白银进出口失调，给这种令人担忧的罪恶又加上一条罪状。让人怀疑外国人居心叵测，担心银元宝"渗出国外"。这种担心超过或者替代了禁止鸦片的所有道德方面的考虑。但是，虽然应当承认财政方面的考虑或许得到增强，甚至在许多案例中导致中国最高当局反对进口鸦片，人们可以不失公允的问道，用财政方面便利和自私的考量来加强一种政策，是否有不当之处？这种政策的基石，就建立在内心的道德责任之上，建立在道德真理的外在原则之上。

那些极力为向中国走私鸦片辩解或是辩护的人的立场，同样站不住脚。他们的理论是，假如一国政府颁布法律，禁止任何非法买卖，那么该国政府就应当采取有效措施，实施禁令。不过，那些走私快船全副武装，遍及中国的整个海岸，面对的是像中国这样的软弱政府，几乎在防御和战争中毫无招架能力，这种理论不是十分荒谬吗？

中国深深地感受到鸦片引起的资源枯竭。那些爱国的当地学者，说起他们城市过去的富庶与辉煌，然而现在，由于走私鸦片的后果，他们的城市迅速衰败了。这个问题相当难解决，迟早会使两国政府尴尬。

不列颠信奉基督的议员们，请你们正视这种罪恶，勇敢地面对这种危险吧！鸦片无疑是我们英属印度政府的有利可图的收入来源。那些对这个问题不重视的人也许不愿作出放弃，但是，让印度从其他的来源征集岁收吧！不要再向一个遭受我们奇耻大辱的政府搜刮，不要再欺凌一个无力严格执行它的走私法令的政府了。

不列颠已经在这件事上欠下了沉重的责任债。基督教以慷慨和公正著称。除非基督教的道路得到严格的遵循，为了解放奴隶的事业将两千万英镑的银元奉献在人性的祭坛上，否则，向未来的人们展示的历史的那一页，将会失去所有的光彩。在那一页的对面，将会记载着我国贪婪成性，每年从一个虚弱的、无力自卫的国度海岸走私的赢利中，搜刮两千万两白银。那一定会让人看了恶心。

第三十五章　香港概况

首次占领香港——定居者逐渐涌入——香港岛的地形——英国在东方的影响与前景——香港不适合作为传教活动中心——气候——中国居民的道德与社会特征——方言的多样性——欧洲的影响

本卷的记述，将以简短地回顾香港的现状与前景可能对在中国的传教工作产生的影响作为结束。

1839年，钦差大臣林则徐对不列颠臣民采取激烈措施，葡萄牙当局对澳门的不列颠臣民又保护不力，使他们感到岌岌可危，不列颠军舰逐渐移师香港。当时，香港的大部分不列颠臣民仍然居住在船上。虽然在香港岛上搭建了一些棚屋草房，但没有建立殖民地的正规意图。直到1841年初与琦善签订条约，正式把香港割让给不列颠，殖民地才开始进行规划。

各种优惠政策纷纷出台，鼓励不列颠的资本和企业涌入香港。许多商人开始在新城维多利亚大规模地兴建楼宇。后来清廷毁约，战火复燃，形势十分不稳，耽搁了向香港移民。直到《南京条约》签订，最终正式把香港岛割让给不列颠，移民潮才正式形成。自那时起，殖民地迅速发展。迄今为止（1846年5月），香港湾崎岖陡峭的南麓已呈现出欧洲城镇的风貌，街道齐整，楼宇耸立，层层叠叠。要塞、军营、医院、商店，林林总总。

香港岛呈不规则形状，东南到西北长约30里，宽约15里。香港岛北麓，由两端弯向对岸的大陆，形成了一个巨大的自然屏障，为停靠维多利亚城的船只提供庇护。港湾长约15里，宽近6里，是香港岛最接近大陆的地方。

香港岛上有一些村庄，散落在各处，最大的村庄名"石岗"，位于南部，有约2000人口。"石岗"与"西湾"成了英军的营房和休整地，十分重要。"西湾"位于东部，略小于"石岗"。岛上的居民主要是渔民、小贩以及一些农人。

香港岛由一组巨大的悬崖峭壁构成，对中分开，贫瘠的山峰直插云霄，可耕地甚少。雨季过后，一些绿色植被爬满沟壑两壁，瀑布在阳光下闪烁着，一级级地滚滚而下，经过下面的山谷，注入大海。

维多利亚新城的许多建筑，规模宏伟，造价昂贵，因为得铲平突出的岬角四边，用附近盛产的花岗岩建造。一条宽阔的大道贯穿海港沿岸，大多地段，两旁或横街衔接，或房屋鳞次。出城之后，路面规模缩小，继续通往岛上两边的一些附近的渔村。

维多利亚的城西部分，遍布中国街道和集市，兴建的十分迅速，令人刮目相看。那里居住着忙忙碌碌的创业者。

从一些高地上极目远眺，景致壮观，风景如画。尤其是站在马礼逊教育学会学校的校址，俯瞰壮丽的海湾中形形色色的外国船只和当地船只。远处，对岸大陆巍峨的群峰起起伏伏。

中国内地迁居而来的人源源不断，香港岛上的中国人口将近翻了三倍。

作为一名不列颠基督徒，凝视着这个迅速形成的殖民地，回想起这个殖民地是在什么样的情形下获得的，冥思这个殖民地对我们星球上占三分之一人口的一个民族的未来命运可能产生的影响，心中不禁思绪万千。

无数的王国兴盛而又毁灭，每个兴盛与毁灭的过程，都完成其既定的使命，为拯救人类的神圣目的作出贡献。

作者刻意不提政治和商业方面的意义，除非间接影响到当地人口的社会状况。他们现在处于不列颠法律的直接影响之下，使我们能够善意地向他们介绍基督教的赐福。占据香港，改变香港，使其起到预期推动的重要目的，对维持和平产生影响，尤其是香港对基督教传教活动所具有的大量有利条件。在这个关键时刻，所有这些都应当予以深思熟虑，不可掉以轻心。

作为一个基督教爱国者，我的心愿自然而然地倾向于舟山，因为那里，其他的不说，单是气候、局面、独立性以及自然资源等有利条件，即是香港无法与之比拟的，因为这些条件在香港十分匮乏。

虽然传教事业的每个朋友，都会心仪香港所拥有的有利条件，况且还有永久的前景。然而必须承认，假如我们的希望仅限于此地，那么中国是否对基督教传播最为限制一事，就值得商榷了。中国沿海设立领事馆的港口城市已经向我们敞开大门，足以让不列颠和美利坚教会所能派遣的传教士一展身手。对于像香港这样的弹丸之地，派遣的传教劳工人数超出其人口比例的一丁点都是错误的。此外，还有其他因素，给香港盖上在传教方面没有前途、缺乏吸引力的印戳。

对于香港在气候方面的不利条件，作者不想赘言，因为去年（1845）夏天是个例外，气候相对宜人。同时，也因为一个地方的气候对健康有利与否，属于次一等考虑，看看是否会有相应的有用程度。不过，只有长期处于不利健康气候的情况下，才值得慎重考虑这一点。为此，香港岛以前的死亡率不能不引起重视。

香港岛的地理特征造成的自然的原因，足以解释为什么存在着一种非常不利于健康的气候。香港群山围绕，阻挡了空气自然流通；雨后，强烈的阳光照射在湿透的地上，产生了对健康有害的蒸汽；酷暑季节，火辣辣的山崖折射出令人眩晕的热量。毋庸置疑，以前的死亡率，一部分是因为建筑工地挖开大面积的新土，使人吸入有害气体；一部分是因为缺乏遮日避雨的房屋；一部分是因为暴热过湿，使欧洲人的体格难以承受这种未曾经历过的气候。虽然作者本人对香港的不利居住程度的看法已有相当大的改变，但还是心有余悸，担心在这种大伤元气的气候下，没有几个欧洲人的体格能够经得住长年累月的刻苦学习、体力支出，而这些是在中国传教所必需的。

香港的中国居民的道德和社会特征是另一种不利因素。在中国大陆的北方城市，传教士与当地社会较有地位的人们时常交往，不会受到什么限制。一个外国人可以到处遇到明智而友好的人们。而在香港，传教士也许辛勤劳作若干年，仍未能与任何中国人建立私人交往。底层人不在此列，因为他们通常不可能对同胞的道德施加影响。

中国的社会渣滓，成群结队地涌入香港，或是梦想发财，或是图谋抢劫。虽然有几个颇为殷实的店铺老板开始来这个殖民地定居，但新来者中，绝大多数是地位低下，人品卑劣。城里的中国人口主要是用人、苦力、石匠和打零工的泥水匠。大约三分之一的人住在船上。

香港一度成为海盗、窃贼的乐土。他们受到秘密帮派的保护，罔顾警察侦查或防范的通常规定。简而言之，目前来香港的不是流动人口就是意图掠夺的人们，吸引其他人的希望十分渺茫。那些梦想发财之人或是图谋抢劫之徒，一旦希望破灭，便会毫不犹豫地徙迁他乡。

在广州，具有身份地位之人，极其不愿与香港有任何瓜葛，以免引起公愤。中国爱国人士心中的这种偏见，不能不谓之为自然，因为香港是被用刀剑强行割走的。中国的统治者应当承担最大的公愤，而香港则成了他们骄傲的心目中一颗永久的眼中钉。在公众的这种感情之下，律法的威慑和约束成了强有力的工具，遏制有身份地位的人移居香港。

一位有钱的中国人来香港，必须把一大笔财产和许多家庭成员留在大陆，作为当局手中的抵押和人质。这样，他在香港居住期间，仍然在清朝官员的掌控之下，跟在中国本土上居住没有多少差别。处于这种实质性的威胁制度之下，不难看出，我们没有任何希望可以吸引中上流阶层的人来香港，只是方便了清政府驱逐不想要的人。

即使没有其他阻碍这个殖民地在道德和社会方面进行改善的障碍，鉴于与清政府签订的条约的款项限制，香港亦是没有希望在居民的阶层方面得到任何显著的改善。根据附加条约第十三、十四以及第十六款项，任何中国商船，除非来自五个自由港口，否则不得访问香港；即使来自那五个自由港口的中国商船，亦须出示清政府颁发的护照。条约还规定，香港的不列颠官员需检查出示的每份护照，每月向中国驻广州海关监督提交记录或报告，说明停靠香港的中国船只，以及船主或是船长的姓名、运载货物内容，等等。若有船只进入香港而不能出示护照，不列颠当局应当拘留所有船员，送交中国当局，接受应得的惩罚。条约既然如此明文规定，中国人对香港又带有自然的偏见，显而易见，改善香港的道德和社会的希望是多么的渺茫。

来香港的中国人通常是未婚男子，或是把家眷留在大陆，打完几个月的工后，带着积蓄回归故里。香港岛原有人口 7500 人。根据 1844 年的人口统计，在香港正式割让于不列颠之后的 3 年内，整个中国人口增长到 19000 人。这些人几乎都是文盲，不识字，因此无法受到宗教教育。他们自成一个阶层，比其他阶层更需要得到福音的约束和净化。但是，他们与北方四个口岸安分守己的居民完全不同，他们的性格很难让人看到传教成功的希望。

香港不适宜作为传教基地的另一个独特原因是方言太多。人口虽然只有 19000 人，却来自各地，自然通行各自的方言。香港岛上主要的方言有三种，说一种方言的人听不懂另一种方言。在这三大方言体系之下，还有各种分支，或多或少各有特征，但都有共同之处。

香港的居民中说客家话的有3500人，他们来自广东省东北地区。"本地话"①是当地和附近地区的方言，又可分为当地土著和澳门来的居民所说的新恩话、黄埔来的居民所说的番禺话，以及南海话。除此之外，还有福建传来的鹤佬以及其他一些分支。每一种只有数百人或者几十人懂得。在这种地方，显而易见学习中国语言的人将面临多大的困难。不但传教士的作用受到种种令人困扰的方言的限制，一名资质一般的外国人，以前未曾在别处学过中文，亦几乎不可能在香港获得流利而正确的发音。

香港还有两个甚为不利的因素，不过这些因素都与欧洲人常见的不信宗教的举止，以及警方惹人反感的规定有关，两者都可能给将来使中国人信奉基督教的努力带来不良影响。作者怀着真诚的遗憾和勉强，陈述传教士的同胞们在大街上和室内的所作所为，在当地人的心目中留下极为不佳的印象。除非当前的种种不良倾向得到令人满意地消除，这个殖民地与其说是个天赐良机，更可能是一大败笔。作者的这一观点出自真诚，特此陈清。

至于永久性带来的种种优势，香港自然比大陆上设领事馆的城市有利。但是，一个自称为基督教的国度呈现在中国人眼前的亵渎举动，对这些优势造成了不可估量的损害，甚至变成了不利。

亵渎安息日的行为比比皆是。长久以来，在殖民地教堂的临时房屋里，人们已经习惯了在安息日听到从军事建筑工地传

---

① 原文为Pun-te，译音。

来的叮叮当当的捶打声，以及从事公共设施建设的泥水匠、石匠发出的噪音。

中国人还被当作下等贱民对待。夜间几点之后，中国人没有灯笼，没有得到欧洲老板的便条，便不准上街，否则可能被拘捕，关押到天明。

根据一本官方的地方志记载，中国人中最低下的阶层，常常有碍观瞻，曾一度置于地方官员常规监管之下，每月还发给他们一定津贴，作为接受这种控制的补偿。

读者还可以回想起阿奎一案。阿奎是香港岛上唯一有钱的中国人。现在，他可以通过获得的鸦片包税区垄断的权利，对其他中国居民进行暴虐的敲诈勒索。有段时间，他习惯性地去当地船只和私人住宅，为了收缴没有得到他的许可出售的每一粒鸦片丸。为了这个目的，他在当地警察或是印度警察的陪同下，行使调查权，对胆怯的中国人行使垄断权。他的行为足以使有身份地位的中国人望而却步，不敢来香港定居。即使从商业角度来看，最权威的观点是，香港绝不可能实现最初获得时那种期望的十分之一。

即使是公开承认信仰基督教，或是与传教士来往甚密的一些中国人，也都不免受到以上描述的不良情形的影响。他们中的有些人，提起所遭受的严酷对待，常常会义愤填膺。

通过这些方式，一个本来最可以切身体会到仁爱对待的民族，非但没有转化成不列颠的亲朋好友，却被疏远，带着种种偏见和十倍的怨恨回到故乡，他们散布对香港的不满，以及对西方蛮夷的憎恨。

也许，那些现行的惹人反感的规定在中国人社区目前的社会状况下，作者不得不重申其观点：在香港能够采取对中国臣民更为宽容的政策之前，渴望有身份地位的中国商人去往香港，或者从作者的角度看来更为重要的是，渴望更有希望接受基督教教诲的人们去往香港，都只不过是一厢情愿而已。

第三十六章 香港概况，续

真实的传教活动——马礼逊教育学会——传教医院——罗马天主教驻香港使团——关于本地基督教机构的教育功能的看法——印刷机构——北方四港优越的传教条件——在华传教活动概况——传教劳工必备的条件——对英国信奉基督徒的父母与青年的呼吁——结束语——在华新教教会传教士名单

相对来说，香港不适宜作为传教基地，这一点可以由下列事实作出推断：1845年初在香港居住的新教教会传教士，如今只有两三位还留在此地。其余的逐渐得出以下结论：尽管广州对外国人有诸多限制，民心骚动，却提供了更为宽阔、更有希望的传教领域。

香港最有用的传教机构就是马礼逊教育学会的学校。这所学校是几年前由一些仁爱之士创办的。他们想通过某种教育机构来惠顾中国人，并以此纪念第一位来华的新教教会传教士。

这所学校有大约30个学生，年龄8至19岁不等。自开办以来，一直在一位美利坚传教士布朗牧师的精心管理之下。布朗先生与精明能干的夫人一起，致力于提高这所学校的效率，使在华的同类学校无一可以与之比拟。

学生分为四班，其中两班由一位助教指导。上午学习英文，下午由一位当地教师教授中文。课程包括英国完整教育的通常科目，例如，阅读、拼写、写作、作文、算术、地理、历史、代数、几何。作者曾数次听到高年级学生，在频繁的盘问中，极其精确地论证欧几里得最难的命题。看到学生们晚间祈祷与传教士家庭融会在一起，望着这群可爱的年轻人诚挚地聆听导师讲解《圣经》，感受导师夫人的温柔与道德影响，此情此景，多么令人舒心啊！听着学生唱诵所教的赞扬人类救世主的赞美诗，心中亦是同样的喜悦。几个年纪大些的男生，有时会自然地流露出基督教徒的行为举止。他们中有个叫阿兴的，是个非常聪慧的男孩，公开表达愿意把毕生奉献给上帝，向同胞们传教。由于他们仍然受到内地的父母的控制，至今尚无人接受洗礼。有些学生的英文作文显示出他们横溢的才华与出众的学识，证明中国人汲取知识的能力。

距马礼逊教育学会的学校百步之遥，在一处同样醒目的高地上，矗立着传教医院，由合信医师①主持。合信医师是伦敦

---

① 合信（Benjamin Hobson 1816—1873），英国传教士、医生，1816年1月2日生于英国北安普敦郡威尔佛特村，1835年伦敦大学医学院毕业。1839年他被伦敦会派往中国澳门为驻澳门教会医院的传教医师，1843年被派往广州，在广州西关外金利埠创办惠爱医馆，施医舍药。1855年他在广州用中文著作《博物新编》介绍西方自然科学知识，又著《全体新论》介绍人体解剖学。1856年10月，第二次鸦片战争爆发，合信的惠爱医馆被民众焚毁，合信避难上海。合信在上海与艾约瑟合作翻译英文科学技术书，先后著《西医略论》《妇婴新说》《内科新说》等医学书籍，由上海墨海书馆出版。合信用中文著的医学书，在中国广泛流传，并被翻译为日文、韩文。合信来华行医二十余年，"活人无算"（王韬语），1859年回国，两袖清风。1873年2月16日，合信病逝于英国伦敦西顿哈姆区。

圣公会布道会的一位热诚的行医传教士。由于夫人病重，不得不陪她返回英格兰。不列颠海岸已经遥遥在望之际，夫人却不幸逝去。合信医师几个月后将会重返香港。

剩下的传教机构，还有一所属于伦敦圣公会布道会的中文学校。这所学校以前办在马六甲，当时名为"英华书院"。这所中文学校有数名男生，由理雅各①博士教授。理雅各博士也是伦敦圣公会布道会的杰出传教士。他的夫人也为中国女孩开办了一所学校。理雅各博士现在患病，暂时离职，住在英格兰，但预期在不久的将来会回到他传教活动的场所。在此期间，他的位置由吉莱斯皮先生暂代。吉莱斯皮先生是1844年来到中国的。美利坚浸礼会传教士修建的两座小教堂曾经一度完全由当地布道者控制。

罗马天主教传教士在香港的人数一直在变。他们在自己的公共小教堂为社区的罗马天主教徒举办礼拜，并且定期访问军队医院的病患。作者后来认识的一位绅士在他们的小教堂里参加过

---

① 理雅各（James Legge，1815—1897），汉学家，苏格兰人。1815年出生在苏格兰阿伯丁郡亨得利镇。1839年被英国耶稣会派驻马六甲主持英华书院。1843年英华书院迁往香港，理雅各随着迁居香港薄扶林，任香港英华书院第一届校长。理雅各从1841年开始着手翻译中国经典，1862年更获得王韬协助。1867年理雅各离开香港回苏格兰家乡克拉克曼南郡的杜拉村。王韬随后也前往苏格兰杜拉村，继续协助理雅各翻译《十三经》。1870年完成《十三经》翻译，获得苏格兰阿伯丁大学文学院博士学位，理雅各重返香港主持英华书院。1870—1873年理雅各任香港佑宁堂（Union Church Hong Kong）教区牧师，同年访问上海、烟台、北京各教区，取道日本、美国，返回英国。1876—1897年，理雅各担任牛津大学第一任汉学教授。1888年理雅各将《大秦景教流行中国碑》翻译成英文。1897年理雅各在牛津逝世。

弥撒。那次望弥撒①的人有800位，几乎所有葡萄牙在香港的居民都参加了，还有一些中国的阿妈或是护理人员，现在驻扎在香港的一支罗马天主教徒组成的部队（爱尔兰皇家第十八团）的大量官兵也都在场。主持的是一位从上海来的主教，由15名欧洲神父和4名中国神父协助，各个华服盛装，整个礼拜过程极其华丽壮观，富于戏剧效果。那些神父，除一两位外，都是在香港暂住的。他们在等候各省派人来接，不久就会随同向导启程前往中国内地。他们的位置很快就会被从欧洲新来的人所接替。这段时间，他们中的一位神父向"半岛东方航运公司"②提出申请，本年度经由埃及和锡兰③，运送30位罗马天主教传教士来中国。与此同时，在意大利人的传教会所还有20位神父。

基督教堕落的一支派别④在香港如此招摇，不遗余力地向这个突破口⑤倾注使者，在新教教会当前的活动中，尤其是我们自己的教会，又有什么可以与之抗衡的呢？

尽管公共建筑造得像宫殿那样富丽堂皇，不惜任何造价，可是举目四望，哪里又看得见有座像样的建筑，根据英格兰教会的形式与程式，被大众用来崇拜上帝的呢？

---

① 参与弥撒仪式，称作望弥撒。
② 在英国政府通过立法允许建立有限责任公司之前，半岛东方航运公司（Peninsular and Oriental Steam Navigation Company，简称P&O）就已经成立了。时至今日，它仍然享受着英国王室授予的特许运营权。当年，该公司白手起家的创始人亚瑟·安德森（Arthur Anderson）和布罗迪·威尔科克斯（Brodie Willcox）赢得了一份颇为赚钱的合同，为英国皇家邮政提供往返英国本土和东方殖民地的运输服务。
③ 锡兰：斯里兰卡的旧称。
④ 指罗马天主教。
⑤ 指香港。

医院、要塞、炮台、军营、监狱,甚至还有一座穆斯林清真寺,已经像纪念碑那样矗立着,向人们宣告,世俗事业比宗教义务远为重要。在上海孑然一身的传教士①就是英格兰教会传教热情的唯一代表。

作者即将离开中国,心情忧郁。不管是现在的活动,还是在不远的将来的前景,难道我们在中国人中的传教工作真正能够做到只有这么一点?

殖民地牧师史丹顿②开始为中国男孩建造一所学校。但是,由于他职责所在,必须访问医院里的病患,并且履行其他公共责任,使他和他的副手③没有足够的精力应对,所以实际教学工作只能移交给专职从事传教的人。

对于普通的中文学校,中国沿海设领事馆的城市所能提供的设施不比香港少。对于更高层次的传教学院,在将来传教使命达到更高阶段时,香港或许会体现出其优越性。不过,这类学院并不属于传教工作的初级阶段,而是更为成熟的状态的成果,即基督教传教使命在一个国家已经超越了婴孩时期。

为中国人制订的教育计划,理应以培养当地基督教牧师为主要目的,如果不是唯一的目的的话。教授中国的年轻人必须用中文或是英文。用他们的语言教学,他们接受起来不费气力,在他们自己的学校中更具优势。不分青红皂白地用英文教学,只会使

---

① 指麦赖滋牧师。
② 史丹顿(Rev.Vincent Stanton),英国圣公会首位驻港牧师。1848年在港岛下亚厘毕道筹款兴建圣公会会督府,原为一所为华人而设的学校,1851年辟作圣保罗书院的校舍。
③ 他的副手是英军随军牧师。

中国的年轻人欲望陡增，使他们能够胜任初级译员，使他们向往高收入，以至于放弃与传教士淡泊相交的不太诱人的前景。

初来乍到，传教士不应当把时间和工作用于向中国年轻人传授完整的英式教育。那些中国年轻人，既不是基督教皈依者的儿子，又没有流露出信仰基督教的任何迹象，使用英文教学，只会让传教士失去获得中文能力的机会，贪得一时便利，在一项与传教事业没有必然联系的工作上徒然浪费精力。这种世俗教育不属于传教会的正当领域。作者在北部港口城市旅行和居住期间，脑海中常留下下列印象：

甲、虽然城里人的阅读能力较为普遍，但是，乡村大部分贫困阶层对教育并不十分看重。

乙、直接向人们宣讲至关重要。

丙、提供条件，有系统地培养当地福音传教士，让他们陪伴和辅助欧洲传教士从事口头教育，甚为便利。

这些考量，在将来某个时期，会指出一所良好的"英华传教学校"的重要性。在这种学校里，具有真才实学的传教士，应当把主要精力用于向少量才华出众、资质上佳的年轻人，传授从一流教育中获得的知识。当前缺乏可以向这种学校提供的可塑之材，因为初级教育必须在普通学校进行，然后才能提高到学院水准。将这两种截然不同的教育机制的次序颠倒过来，便是混淆事物发展的自然进程。

那些可塑之材，虽然开始时并不存在，但也许不用多久，就可以从传教士家庭以及皈依者的后代中提拔出来。通过学习传教士用中文编写的课本，掌握初级教育的内容；在传教士的观察下，长期测试每个学生的智力和道德倾向。一旦时机成熟，这些都会有助于选拔合适人选，用英文作媒介，接受西方理科和神学的完善教育，获取更为扎实的知识。这样，那些当地年轻人就可以致力于向同胞们传播福音。

对于这个更高层次的教育过程，或许应当在远离他们出生地的地方，建立传教学院。一些来自中国沿海数处传教基地的虔诚而聪慧的学生，可以聚集在一起，不会受到家庭和亲朋好友的不利影响。香港，虽然充满与欧洲人交往的危险，又有距离远之不便，但今后或许可能为实施这个计划提供最多的便利。

集中教育体系通常招致人们反对，但是在中国传教的情况甚为特殊，与其他地方不同。这样的学校，由传教士担任校长一职，便于主持每日家庭祈祷，偶尔还可以在家中举办公开的礼拜，方便有兴趣参加的中国人。年轻人经过这种周密的教育和训练，有心致力于向同胞们传播福音，完成必要的课业后，或许会回到中国内地的传教士那里，运用他们所得到的知识，成为欧洲传教士珍贵而有效的助手。

对于任何刚进入中国的传教使团，印刷设施是个不必要的开销。除了印些临时性的出版物，以及英文中套印中文之外，拥有一套欧洲的印刷机没有其他优势。

在设领事馆的任何城市，传教士编写了一本宣传手册后，只要走到邻近的街上，就可以雇用制作印版的人。除非宣传手册很厚，一般几天之内就可以制成印版，轻而易举地印上几千份。

我现在面前就有一本中文宣传手册，是厦门的施约翰牧师[1]编写的，约2000个汉字，长度类似8页的英文手册。这本手册的字体和总的外观均十分漂亮，迎合中国人的眼光和情趣。付给印版制作人的酬金为3个铜钱1个汉字。印刷每份手册的成本，包括纸张、油墨、装订，总共为4个小铜钱。因此，印1本6000份的手册，印刷、纸张和油墨，总共达24000个铜钱，加上刻制印版的6000个铜钱，印这本手册总共花费了30000个铜钱，即5个铜钱1份。大约25个铜钱等于1个便士[2]，这样，印6000份的手册花费了约5个畿尼[3]，每份不到1个法寻[4]。

拥有一套欧洲印刷机的不利之处包括，印刷技师和助手的工资、工场的租金，即使不需要他们服务时，也得照常支出。同时，印刷起来也得不到相应的优势，因为当地的印版制作者技艺精湛，制作得非常整齐精确。

上述考虑引出以下结论，即不管传教士在香港与中国人交往的机会有多大，基督教慈善家的眼睛，应当转向对传教工作更有前途的地方。

北方四个港口城市，气候总的来说要好得多，人们友善，外国人得到尊重。简而言之，传教工作在那里拥有像在印度那样的所有基本的便利条件。传教士可以安全地居住，人们性情友善，社会机构开明，迷信没有牢牢地禁锢人们的思想，教育普及得较广，清朝统治者渐渐开明起来。这些都在呼唤我们去努力而为。

---

① 施约翰（Rev. John Stronach），又作施敦力·约翰，伦敦宣道会牧师。
② 便士是英国辅币单位，1971年以前值十二分之一先令。先令是英国1971年以前使用的货币单位，等于二十分之一英镑。
③ 畿尼是英国旧时的一种金币，合1.05英镑。
④ 法寻是英国旧时的一种硬币，当时值四分之一便士。

中国已经放弃了部分闭关自守的立场。它自以为优越的护符锁已经被剪断。外国交往的楔子已经嵌入，缺口会得到拓宽。文明所赋予的各种基本权益，不再可以肆意践踏之时，危机就已经降临了。

对于事态的进展，或许几十年之内，还会有不同程度的抵制。不过，社会机器不会停留在目前这种摇摆不定的状态之中，而必须在东西两个半球的道德力量的推动下，继续前进，直至人类各个种族之间可以不受限制地往来。上帝为人类福祉所作的精心安排，将会逐渐清晰地展示出来，基督的使者将不再以怯生生的步伐，接近这个古老帝国的疆界，而可以大步迈向它的腹地，在那里用各种祈祷的口音来表达感恩，向一个沦落的世界宣告上帝宽恕世人罪孽的信息。

读者想必已经得到充足的信息，可以对进入这个牧地的传教劳工所必备的独特条件，形成一定的概念。虽然不想擅自把神的赐福局限在劳工中的任何阶级，然而心中必须明确，要在中国人中真正有效地传教，其条件非同一般。学习一种不同的语言，通过与人们不断地交流以便掌握方言、消除偏见、赢得尊敬，使他们注意到福音所有重要的信息，这一切都要求传教士身体强健、精力充沛、判断实际，有能力分辨无神论哲学的细微之处，愿意与社会最底层的人们混在一起，经常串门、参观寺院、巡视邻近乡村，随时接待上门拜访的当地人士。凡此种种，在一种陌生的、未曾经历过的气候条件下，需要非同寻常的体力与脑力。

对于一个传教劳工，不仅在中国，而且在任何非基督教国度,除了必须具备这些自然条件之外,还需拥有充分且强有力的基督精神。注视着身边充满罪孽的帝国而不会因为与其接触受到感染,熟悉偶像崇拜的场面而未失去对可怜的崇拜者的恻隐之心,有时感到独自一人见证谬误而不会因此孤单气馁,目睹频繁的淫猥举动与一再的欺诈行为而能保持基督教徒温顺的本质不受骚扰。不仅如此,置身于精神死亡所引起的污染的氛围中仍能呼吸天国虔诚、谦卑、忏悔的精神,保持信仰,不断祈祷,相信上帝无处不在。所有这些,都要求不断得到精神上的恩典。倘若没有这些恩典,单凭世人是无法具备这些体力、智力,或是道德方面的条件的。

基督教世界的医疗技术和治愈技艺,可能有助于使中国人感受到外国人的仁慈,赢得对基督使徒的好感。医药起到陪衬基督教的作用,或许可以使耳目失聪者、跛足残疾者听到福音。但须切记在心,尽管有医疗与学术机构辅助,我们希望克服传教工作的重重困难,真正地使罪人皈依基督,为主在中国铺设道路,最主要和最基本的,是通过使者传达调和的信息,心中只有耶稣基督和十字架,别无他愿。

我们仰仗本教会虔诚的会众,以及祖国大地上成长的新一代基督教青年,以获得从事这些传教工作的人才。我们恳求的目光、忧虑的心灵、热烈的口舌,都转向国内大专院校虔诚的学子和他们神圣的才华。我们请求那些基督教父母配合,愿意让挚爱的儿女离开他们的怀抱,前往不列颠帝国最遥远的区域,在世俗的道路上崭露头角。我们询问最杰出的人才、最热烈的信徒,展示你们才华和虔诚的最崇高的领域,可有胜过那些

"庄稼已经发白，可以收割"的田野[1]？

假如工作范围的广阔、困难的程度、预期的极大成果，以及前景带来的鼓励，可以在任何工作上盖上真正荣耀的印戳，那么，这项任务就是试图向三亿六千万中国人传播福音。

这个试图本身是史无前例的。中国的长城、埃及的金字塔、新半球的发现，比起试图摧毁中国建立在推测上的无神论和低级的偶像崇拜，在它们的废墟上用生动的精神砖石建造真神的殿堂，则相形见绌。

这样的一个目的，构思如此深远，成果如此辉煌，不可浅尝即止，或是犹豫不决。必须有大量的劳工投入这项工作。

中国从未像现在这样向基督教敞开过大门，颁布御令全面弛禁宗教，实乃天赐良机，新教徒们应当派遣足够的力量进入这个缺口。罗马天主教已经加倍努力派遣它的代理人。麦加[2] 600 年来已经在附近岛屿安插了众多的追随者。在中国本土之上，它不是凭借大肆烧杀取胜，而是使用较为温和的网罗教徒的手法。相形之下，基督教徒在更为神圣的事业上，只作出了微弱的努力，理应感到惭愧。我们在过去交往中体现出来的道德方面的恶行，使得道德沦落而没有自我意识到的中国，更有权利呼唤不列颠的基督徒："快来帮助我们！"

在中国的传教工作，不是没有令人鼓舞之事。愿基督教传

---

[1] 源自《约翰福音》第四章第三十五节。基督对门徒说："你们岂不说：'到收割的时候，还有 4 个月'吗？我告诉你们，举目向田观看，庄稼已经发白，可以收割了。"

[2] 麦加：伊斯兰教徒的朝圣地，在沙特阿拉伯西部。

教士，通过自己圣洁的生活、谨慎的步履、节制的物欲，向人们示范基督教普世善行、对人们灵魂的挚爱。愿祈求圣灵赐福的祈祷，源源不断地呈现到上帝面前。我们深信不疑："播在水面上的"真理的种子，"许多天之后"①，将为世人所见。愿伟大的收获之神基督，回应基督教会的祈祷，派遣大量热诚祷告、信仰坚定、自我克制的劳工！

在这项光荣的事业中，我们有责任审视动机，而无需衡量结果。义务属于我们，结果归于上帝。我们幸福的特权掌握在永恒的仁慈之手。我们展望普天公认从事这项服务的最为卑微的劳工的那一天，届时，在他们共同的父亲的王国里，"播种者与收割者一起欢乐"。②

面对可能遇到的困难与挫折，我们或许可以用60年前南印使徒施瓦茨③感人肺腑的名言来勉励自己。印度众多皈依基督教的人们对施瓦茨心存感激，永志纪念。在印度南部的提尼维勒地区，基督教的村庄里都矗立着纪念他的丰碑，比所有当地王子慷慨解囊的财富更为高贵。碑上刻着他的名言：

"我乐观地相信，上帝会在这个国家的荒芜之地营建乐园。即使完工之时，我们已经躺在坟墓里，那又有何妨？这个国

---

① 源自《圣经·旧约全书·传道书》第十一章第一节。中译文为："当将你的粮食撒在水面，因为日久必能得着。"

② 源自《约翰福音》第四章第三十六节。中译文为："叫播种的和收割的一起欢乐。"

③ 克里斯钦·弗里德里克·施瓦茨（Christian Friedrich Schwartz，1726—1798），出生于普鲁士。1795年作为路德教传教士抵达印度，在印度南部工作了48年，共使6000多原来信奉印度教或伊斯兰教的印度人皈依基督教。有位英国传教历史学家尊称他为"南印使徒"。

家目前荆棘遍地。让我们破土耕耘，播撒良种，恳求主让它生根发芽。我们为主的事业、为主的荣耀所作的一切，不会徒劳无功。"

新教教会传教士名册

现在或是最近两年在中国的新教教会传教士

（1846年5月）

姓名	到达	基地	所属教会	备注
麦都思（Walter Henry Medhurst, 1796—1857）	1817	上海	伦敦传道会	曾驻巴达维亚
裨治文（Elijah Coleman Bridgman, 1801—1861）	1830	广州	美国国外宣教董事会	《中国丛报》编辑
**雅裨里（D. Abeel）	1830	厦门	美国国外宣教董事会	曾驻新加坡与曼谷
*卫三畏①（Samuel. Wells Williams）	1833	澳门	美国国外宣教董事会	传教出版社迁至广州
伯驾（Peter. Parker）	1834	广州	美国国外宣教董事会	传教医院
*迪恩（W. Deane）	1834	香港	美国浸礼会国外宣教董事会	曾驻曼谷

---

① 卫三畏（Samuel Wells Williams，美国，1812—1884），是近代中美关系史上的重要人物，他不仅是最早来华的美国传教士之一，也是美国早期汉学研究的先驱者，是美国第一位汉学教授。他在中国生活了40年，编过报纸（《中国丛报》），当过翻译（《中美天津条约》谈判），还当过美国驻华公使代办，对中国的情况十分了解，掌握了大量的一手资料，是美国第一位重要的研究中国问题的专家，被称为美国"汉学之父"。其名著《中国总论》把中国研究作为一种纯粹的文化来进行综合的研究，是标志美国汉学开端的里程碑。该书与他所编《汉英拼音字典》过去一直是外国人研究中国的必备之书。

*叔末士① （J. L. Shuck）	1836	广州	美国浸礼会国外宣教董事会	
罗孝全（Issachar Jacob Roberts，1802—1871）	1837	广州		受私人或地方资助
施敦力（John Stronach）	1837	厦门	伦敦传道会	曾驻新加坡
文惠廉（William Jones Boone, 1811—1864）	1837	上海	美国主教派教会	曾驻巴达维亚与厦门
**罗啻② （Elihu Doty, 1809—1864）	1837	厦门	美国国外宣教董事会	曾驻新加坡与婆罗洲
博曼（E. Pohlman）	1837	厦门	美国国外宣教董事会	曾驻新加坡与婆罗洲
杨（W. Young）	1837	厦门	伦敦传道会	曾多年在巴达维亚作教义问答
鲍尔（D. Ball）	1838	广州	美国国外宣教董事会	曾驻新加坡
雒魏林（William Lockhart, 1811—1896）	1838	上海	伦敦传道会	传教医院

---

① 叔末士（J. L. Shuck），1835年，美国浸礼会派遣传教士叔末士夫妇来澳门传教。他们是美国第一位到澳门传教的浸礼会教士。叔末士夫妇先在澳门设立教堂，宣传教义。1839年，叔末士夫人也在澳门开办了一所义校，极受欢迎。

② 罗啻（Rev. Elihu Doty,1809—1864），是美国归正教会牧师，受美国公理会差会派遣，前后去爪哇、婆罗洲、厦门传教共28年。他是厦门音白话字奠基者之一，他的《约翰传福音书》（1852），应该是《圣经》第一部厦门音白话字译本。

布朗[①]（S. R. Brown）	1839	香港		美国传教士，马礼逊教育学会学校校长
*理雅各（James Legge，1814—1897）	1839	香港	伦敦传道会	曾驻马六甲
*合信（Benjamin Hobson 1816—1873年）	1839	香港	伦敦传道会	传教医院
*米怜（William. Milne，1785—1822）	1839	不详	伦敦传道会	曾驻澳门与宁波
**赫伯恩（J. C. Hepburn，1843—1845）	1841	厦门	美国新教教会代表大会传教董事会	
卡明（W. C. Cumming）	1842	厦门		传教医院，受美国私人基金赞助
娄理华（W. M. Lowrie）	1842	宁波	美国新教教会代表大会传教董事会	
玛高温（Daniel Jerome MacGowan，1814—1893）	1843	宁波	美国浸礼会国外宣教董事会	传教医院
科尔（R. Cole）	1844	宁波	美国新教教会代表大会传教董事会	传教出版社

---

① 马礼逊于1834年8月1日病逝于广州。在华传教士和洋商为了纪念他，成立了"马礼逊教育会"。1839年，该会在澳门开办了一所学校，聘请美国耶鲁大学毕业生勃朗（S. R. Brown）为教师。

姓名	年份	地点	差会	备注
麦卡逊（D. B. M'Cartee）	1844	宁波	美国新教教会代表大会传教董事会	
韦（T. W. Way）	1844	宁波	美国新教教会代表大会传教董事会	
吉莱斯皮（W. Gillespie）	1844	香港	伦敦传道会	
施美夫（George Smith）	1844		英国圣公会传道会	探访中国五个对外开放的港口城市
麦赖滋（T. M'Clatchie）	1844	上海	英国圣公会传道会	
戴文（T. Devan）	1844	广州	美国浸礼会国外宣教董事会	
卢米斯（A. W. Loomis）	1844	舟山	美国新教教会代表大会传教董事会	
克陛存（Michael Simpson Culbertson, 1819—1862）	1844	宁波	美国新教教会代表大会传教董事会	
哈巴安德（Andrew Paffon Happer）	1844	澳门	美国新教教会代表大会传教董事会	
劳埃德（J. Lloyd）	1844	厦门	美国新教教会代表大会传教董事会	
布朗（Hugh Browne）	1845	厦门	美国新教教会代表大会传教董事会	

邦尼（T. Bonney）	1845	广州	美国国外宣教董事会	
**伍兹（W. Woods）	1845	上海	美国主教派教会	
格雷厄姆（R. Graham）	1845	上海	美国主教派教会	
**费尔布拉泽（R. Fairbrother）	1845	上海	伦敦传道会	
赛尔（E. Syle）	1845	上海	美国主教派教会	
胡德迈（Thomas Hall Hudson，1800—0876）	1845	宁波	英国浸礼会传道会	
杰罗姆（T. Jerrom）	1845	宁波	英国浸礼会传道会	
贝特尔海姆（A. Bettelheim）	1846	琉球群岛		由犹太教皈依基督教，受琉球传教特别基金赞助
梅西（D. Macey）	1846	香港		刚从美国来，在马礼逊教育学会学校担任助教

郭士立牧师（Rev. C. Gutzlaff）是不列颠政府驻香港的中文译员兼秘书，偶尔随同当地布道者在附近地区作巡回传教工作。

那些传教士名字前注有 * 号者，标明临时离职，暂居英国或美国；名字前注有 ** 号者，标明由于健康或是家庭原因，永久脱离中国的传教工作。

下为派遣传教士来华的英、美各教派：

伦敦传道会（London Missionary Society）

美国国外宣教董事会（American Board for Conducting Foreign Missions）

美国浸礼会国外宣教董事会（American Baptist Board of Foreign Missions）

美国主教派教会（American Episcopal Church）

美国新教教会代表大会传教董事会（American General Assembly's Board of Missions）

英国圣公会传道会（Church of England Missionary Society）

英国浸礼会传道会（English Baptist Missionary Society）

九州出版社好书推荐

【历史现场】

《中国近代史》，蒋廷黻 著

《激荡的中国》，蒋梦麟 著

《1911，一个帝国的光荣革命》，叶曙明 著

《1919，一个国家的青春记忆》，叶曙明 著

《山河国运：近代中国的地方博弈》，叶曙明 著

《千古大变局》，曾纪鑫 著

《喋血枭雄：改变历史的民国大案》，张耀杰 著

《沈志华演讲录》，沈志华 著

《周恩来在巴黎》，[日]小仓和夫 著，王冬 译

《生命的奋进》，梁漱溟 熊十力 唐君毅 徐复观 牟宗三 著

《高秉涵回忆录》，高秉涵 口述，张慧敏 孔立文 撰写

《人间世：我们时代的精神状况》，余世存 著

《危机与转机：清末民初的道德、政治与知识人》，段炼 著

【历史与考古】

《中国史通论》，[日]内藤湖南 著，夏应元 钱婉约 等译

《历史的瞬间》，陶晋生 著

《玄奘西游记》，朱偰 著

《瓷器与浙江》，陈万里 著

《中国瓷器谈》，陈万里 著

【钱家档案】

《楼廊闲话》，钱胡美琦 著

《钱穆家庭档案》，钱行 钱辉 编

《温情与敬意》，钱行 著

《两代弦歌三春晖》，钱辉 著

【饮食文化】

《中国食谱》，杨步伟 著，柳建树 秦甦 译

《故乡之食》，刘震慰 著

《南北风味》，王稼句 选编

《南北风味二集》，王稼句 选编

【怀旧时光】

《北平风物》，陈鸿年 著

《北平往事》，王稼句 选编

《人间花木》，周瘦鹃 著，王稼句 编

《把每一个朴素的日子都过成良辰》，晏屏 著

《读史早知今日事》，段炼 著

《念楼书简》，锺叔河 著，夏春锦 禾塘 周音莹 编

【书话书影】

《书世界·第一集》，Bookman 主编

《鲁迅书衣录》，刘运峰 编著

《中国访书记》，[日] 内藤湖南 等著

《蒐书记》，辛德勇 著

《学人书影初集》（经部），辛德勇 编著

《学人书影二集》（史部），辛德勇 编著

《学人书影三集》（子部），辛德勇 编著

《学人书影四集》（集部），辛德勇 编著

【JNB 笔记书】

《红楼群芳》，[清] 改琦 绘

《北京记忆》，[美] 赫伯特·怀特 摄影

《鲁迅写诗》，鲁迅 著

《胡适写字》，胡适 著

【长河文丛】
《旅食与文化》,汪曾祺 著
《往事和近事》,葛剑雄 著
《大师课徒》,魏邦良 著
《书山寻路》,魏英杰 著
《旧梦重温时》,李辉 著
《四时读书乐》,王稼句 著
《汉代的星空》,孟祥才 著
《从陈桥到厓山》,虞云国 著
《寂寞和温暖》,汪曾祺 著
《城南客话》,汪曾祺 著
《天人之际》,葛剑雄 著
《古今之变》,葛剑雄 著

【大观丛书】
《活在古代不容易》,史杰鹏 著
《快刀文章可下酒》,邝海炎 著
《时光的盛宴:经典电影新发现》,谢宗玉 著
《你不知道的日本》,万景路 著
《私家地理课》,赵柏田 著
《壮丽余光中》,李元洛 黄维樑 著
《一心惟尔:生涯散蠹鱼笔记》,傅月庵 著
《悦读者:乐在书中的人生》,祝新宇 著
《民国学风》,刘克敌 著
《大师风雅》,黄维樑 著

【历史地理】

《中国历史地理·第一辑》，辛德勇 主编

《史地覃思》，陈桥驿 著，范今朝 周复来 编

《山海圭识》，钮仲勋 著，钮海燕 编

《山河在兹》，张修桂 著，杨霄 编